古典詩歌研究彙刊

第十五輯

龔鵬程 主編

第 13 冊

金詞「吳蔡體」研究(上)

柯正容 著

國家圖書館出版品預行編目資料

金詞「吳蔡體」研究（上）／柯正容 著 — 初版 — 新北市：
花木蘭文化出版社，2014〔民 103〕
目 2+258 面；17×24 公分
（古典詩歌研究彙刊 第十五輯：第 13 冊）
ISBN 978-986-322-601-7（精裝）
1.（金）吳激　2.（金）蔡松年　3. 金代文學　4. 詞論
820.91　　　　　　　　　　　　　　　　　103001202

ISBN-978-986-322-601-7

9 789863 226017

古典詩歌研究彙刊
第十五輯　第十三冊　　　　　　ISBN：978-986-322-601-7

金詞「吳蔡體」研究（上）

作　　者　柯正容
主　　編　龔鵬程
總 編 輯　杜潔祥
副總編輯　楊嘉樂
編　　輯　許郁翎
出　　版　花木蘭文化出版社
社　　長　高小娟
聯絡地址　235 新北市中和區中安街七二號十三樓
　　　　　電話：02-2923-1455／傳眞：02-2923-1452
網　　址　http://www.huamulan.tw 信箱 hml 810518@gmail.com
印　　刷　普羅文化出版廣告事業
初　　版　2014 年 3 月
定　　價　第十五輯 20 冊（精裝）新台幣 30,000 元

金詞「吳蔡體」研究（上）

柯正容　著

作者簡介

柯正容，台灣桃園縣人，國立成功大學中文所碩士。

自幼對文學即有特別的感觸，因此選擇中文科系研讀。在台灣南部求學，受南方開闊的地域、熱情溫暖氣息的沐浴陶冶，使得文學基礎的涵養奠定，也沾染閃耀著陽光的金黃。

目前任教於中等學校，希望帶領年輕學子進入美好的文學天地。嗜文字閱讀，近年熱衷於研讀輔導、心靈、療癒方面的書籍。接下來正試著找出與文字文學間的新平衡關係。

提　　要

吳激與蔡松年由宋入金，開啟金源一代詞風。元好問《中州集》即云：「百年以來，樂府推伯堅與吳彥高，號『吳蔡體』。」可見由吳激與蔡松年兩人所構成的「吳蔡體」，確實有其獨到之處，值得深入研究。

本論文首先以唐圭璋《全金元詞》為底本，得出吳激、蔡松年兩人詞作共96闋，再輔以相關文本及歷史資料，為詞作進行基礎的箋注工作，並將此附於文末以資參考。接著從文學流變中考察體派概念，以為「吳蔡體」作出明確定義。

在進入詞作之前，先對吳蔡兩人所處的大時代背景，即北宋滅亡前後，從政治局勢與學術風氣兩方面加以探討；此外，還根據相關資料，簡介了吳蔡生平，並對由此衍生的問題進行考辨。最後則將兩人作品加以編年，從而對兩人的生平與遭遇，甚至是因此影響詞作中的表現，有更清晰的認識。

至於吳蔡詞作的分析，則從主題內容與藝術手法兩方面進行討論，歸納出善於用典、以詞言志等特色；接著比較吳蔡兩人詞作的異同，並加入「風格」此一面向，期能對吳蔡詞作的內涵，進行更全面的論述。

論文最後則將吳蔡詞作，統合成「吳蔡體」此一整體概念，並將其置於詞史中加以檢視，得出「吳蔡體」有「上承東坡，追隨詞體革新腳步」、「下啟稼軒，促進豪放詞派發展」，和「揭開金源百年詞運，豎立清剛詞風」三項貢獻；並以此證明金初「吳蔡體」在詞體發展過程中，的確佔有不可忽視的地位。

誌　謝

　　當印表機終於緩緩吐出最後一頁文字，若有似無地增添著手上一疊沈甸甸的重量時，心上高懸已久的大石頭，也隨之平穩降落。在這個總是充滿著燦爛陽光的府城，我的三年，也該是劃下句點的時候了。

　　這本論文的誕生，不僅是對於自己求學生涯的一種完成，更是對極端沒有自信的自己，一個真切而實質的鼓勵。當然，除了不知多少日夜埋首於書桌前的努力撰寫，這本論文得以順利完成，要感謝的人著實不少。

　　首先，最要感謝的是指導教授王偉勇老師。謝謝老師三年來的關心與指導，以及不厭其煩地忍受著，總是因為緊張而神經質的我，不斷展開的電話騷擾。老師幽默風趣的上課內容，總是讓教室裡充滿著歡笑；在此同時，豐富的專業知識以及紮實的為學工夫，卻也與之相伴而生。因此，上老師的課，不僅是幸福的，更是令人難以忘懷的。在老師身上，不僅散發著「經師」所具備的專業，更充滿著發自內心，對學生真誠關懷的「人師」特質。我想，這是往後將踏上教職路途的我，所應學習的目標。

　　另外，陳宏銘老師與高美華老師的細心閱讀，以及所給予的建議，更是促進這本論文成長的幕後推手。兩位老師不僅對論文作了一

番細緻的檢視，因此小至字詞訛誤，大至思考模式與撰寫角度的詮釋，都給予學生嶄新的思考空間；此外，兩位老師在為學態度上的適時提點，也讓學生如沐春風，獲益匪淺。

再者，還要感謝我的父母，在這段時間所給予我的支持。因為有了這樣的後盾，使我在精神和物質生活上都不虞匱乏；而在汲汲於學業，疏於照顧自己身體時，則給了我殷切的叮嚀與直接的照顧。此外，還要感謝身在台南的大伯一家，謝謝你們總能適時地提供我所需要的幫助。

而在台南所結識的朋友，更是這三年來，最為重要的生活伙伴。不論是同班同學抑或所上的學長姐與學弟妹，與你們一同相處、讀書的時光，襯著成功湖畔的波光雲影，鎔鑄成回憶中最耀眼的一頁書籤。謝謝親愛的采甄，你的天真可愛與善體人意，總能為我的生活增添開心與舒放的氣氛；撰寫論文時的互相扶持與加油打氣，更支持著我走到最後。謝謝親愛的其薇，與你成為室友的這兩年中，我們除了一同度過生活上的點滴，你時而搞笑時而活潑的陪伴，更是我在處理論文煩悶時的最佳良方；課業上的建議與指點，更是我在每每山窮水盡時，能夠靈光一現而柳暗花明的重要功臣。謝謝親愛的學伴翊良，除了你逗趣搞笑的思維與個性，在學術上的聰慧靈巧，與深刻細緻的見解與分析，總是莫名地鼓勵著我，讓我更往廣闊的學術天地邁進。謝謝芳蓓，你的細心體貼與善解人意，化解與分擔了我的負面情緒，使我又有了動力繼續前行。而大學同學內喬與秋文，雖然不常見面，但你們偶爾的關懷與分享，也給了我一個得以暫時休息、喘口氣的機會。

總之，該感謝的人太多，無法一一道盡。但想藉此表達內心由衷感謝之情的心意，卻是真摯而滿溢的。僅以此本論文，獻給總是關心著我的你們。

寫於 2006 年盛夏

目

次

第一章 緒 論

第一節 研究背景及目的

　　一般對於詞學發展的概念，大抵不出陳廷焯《白雨齋詞話》所言：「詞興於唐，盛於宋，衰於元，亡於明」。〔註1〕亦即，兩宋是公認詞體的發達時期，但到南宋末已有衰弱浮豔之弊，因此普遍以爲：宋以後的詞體不值一談。於是有詞體於元、明而逐漸消亡之感。然而，詞體至宋以後，眞的一無可觀了嗎？那麼與南宋同時並存，雄峙北方的金源〔註2〕一朝，究竟又該置於兩宋的時間範疇之內；抑或是因爲主政的女眞屬於蠻夷之邦，而同元朝一般，毫無文化可言，更遑論文學創作？

　　雖然以上的論述，在現今的研究眼光來看，不啻是狹隘偏頗的文學觀念；但不可否認的，正是因爲前人過度將焦點集中在粲然大備的

〔註1〕 張璋等編《歷代詞話》（鄭州：大象出版社，2002 年 3 月），下冊，頁 1711。

〔註2〕 《金史》卷二十四〈地理志上・上京路〉：「上京路，即海古之地，金之舊土也。國言『金』曰『按出虎』，以按出虎水源於此，故名金源，建國之號蓋取諸此。」可知「金源」本指金國發源地所流經的河水，後用來代稱「金國」。見楊家駱主編《新校本金史並附編七種》（臺北：鼎文書局，1976 年 11 月），頁 550。本文所引《金史》文字皆出於此，下文不再加註，僅於引文後附註書名、卷數及頁碼。

兩宋詞壇之中，是以完全忽略了在金、元兩朝，還有許多值得關注的詞人與作品。就歷史事實來看，金朝滅北宋，直接繼承了北方之土地與精神，學習北宋漢人之文化。因此，不論從地理位置甚或民俗風情來看，金源一朝對於北宋的接受與繼承，似乎來得更為直接而合理，且其程度不亞於南宋。黃兆漢在《金元詞史》一書中提到：

> 元詞自有它的光彩處，我們是應該使它從荒煙蔓草之中閃耀出來的。至於金詞，在文學發展史上，是與南宋詞並駕齊驅的，位置之重要自然不在南宋詞之下。雖說金代的文學應以諸宮調為代表，但金詞無論在風格上、內容上都有它獨特的成就，而是宋詞所無的，所以斷不能以南宋詞去概括金詞，實際上南宋詞與金詞所走的路線是有點不同的。〔註3〕

黃先生除了肯定元詞閃耀的異樣光彩之外，還看到了同樣被忽視的金詞，雖與南宋詞壇同時並存，卻呈現出天壤之別的另一種情調。

那麼，與南宋詞壇有著迥異風格的金詞，透顯著怎麼樣的內容與韻致？又金源詞壇是否也有如蘇辛一般，具有標誌性意義的詞人及作品的出現，以證明金源一朝確有足堪代表的能手？關於前一個問題，近來已有學者進行研究，發現金詞大抵充滿著疏秀、清新，甚至雄放的氣質，而較少南宋漸趨典雅、富麗且精緻的韻味。至於後一個問題，論者公認當以金末元初的詞人元好問為代表。然而，我們不禁要問：自北宋蘇軾以來，約經過百餘年才孕育出兼備豪放、婉約之長的元好問，其間的金源詞壇難道只是一片荒漠，開不出幾朵可堪欣賞的鮮花？元好問自己在《中州集》裡說到：「百年以來，樂府推伯堅與吳彥高，號『吳蔡體』」。〔註4〕可見，在他的心中，將金初的「吳蔡體」視作蘇軾以後，成就最高的詞體創作。吳梅也說：「唐五代兩

〔註3〕黃兆漢《金元詞史》（臺北：學生書局，1992年12月），頁2。
〔註4〕元好問《中州集》輯一（北京：線裝書局，2001年12月），頁57。本文所引《中州集》皆出於此書，下文不再加註，僅於引文後附註書名及頁碼。

宋人之作，爲詞學極盛之期，自是而後，此道衰矣。金源諸家惟吳、蔡、遺山爲正，餘皆略事聲歌，無當雅奏。」〔註5〕雖然認爲宋以後之詞並無可看，有失偏頗；但此處卻標舉出了吳（激）、蔡（松年）之詞，堪與元好問（字遺山）相提並論的觀點。此外，根據蘇學在金代極爲盛行的風氣、蔡松年詞作中頻繁化用蘇軾作品的事實，以及近來諸多學者所承認的，關於辛棄疾曾師事蔡松年的問題，繫連起來，筆者隱約察覺「吳蔡體」與蘇軾、辛棄疾似乎有著某種密切的關係。

　　是以，筆者欲藉此篇論文，探討由吳激、蔡松年兩人所構成的「吳蔡體」，呈現出何種特質，而能吸引歷來論者的注意。此外，在認清了「吳蔡體」的內涵之後，進一步欲檢視它在詞體發展過程中所代表的意義，及其貢獻所在。期能揭開「吳蔡體」此一較少爲人認識的詞體的面貌，並爲其尋找所應得到的詞史地位。

第二節　研究概況

　　誠如上述，在六朝、唐、宋等文學創作成果極爲豐盛的事實之下，學者對於金、元兩代，尤其是金朝的研究，可謂是鳳毛麟角，極爲少見。所幸，在唐圭璋先生《全金元詞》〔註6〕出版以後，各方對於此一斷代的研究興致始爲提高，因而在近年來與金、元相關的論文，有日益增多的趨勢。

　　關於金詞的研究，在專書方面，有張師子良《金元詞述評》〔註7〕、黃兆漢《金元詞史》、周惠泉《金代文學研究》〔註8〕、趙維

〔註5〕吳梅《詞學通論》（臺北：台灣商務印書館，1988 年 4 月台七版），第八章，頁 112。

〔註6〕《全金元詞》於 1979 年 10 月初版，本論文所使用的爲北京中華書局於 2000 年 10 月 4 刷的版本。本文所引金詞作皆出於此書，下文不再加註，僅於引文後附註書名及頁碼。

〔註7〕張師子良《金元詞述評》（臺北：華正書局，1979 年 7 月）。

〔註8〕周惠泉《金代文學研究》（臺北：文津出版社，2000 年 4 月）。

江《金元詞論稿》〔註9〕、胡傳志《金代文學研究》〔註10〕、陶然《金元詞通論》〔註11〕、劉鋒燾《宋金詞論稿》〔註12〕、丁放《金元詞學研究》〔註13〕、劉明今《遼金元文學史案》〔註14〕等。張師子良與黃兆漢先生的著作，可稱得上金元詞研究的先驅者，在早年資料較少的情況下，仍能對於金元詞人及其作品，加以詳細考察，並給予精準而切當的論述。兩人實對金元詞壇的研究工作，開了風氣之先。而周惠泉以下數位學者，則在前人基礎上，進一步對於金詞，作了整體性，或者更細部及主題式的研究。如趙維江即提出金元詞與南宋詞實際上分屬南北宗派的概念，並藉此凸出了金元詞迥異於南宋詞的特色；其中有許多論點，皆發前人所未有，對本論文有頗大助益。而對於「吳蔡體」的深入詮釋，也給予筆者諸多啟示。胡傳志則針對數位金代詞人進行考察，同時也對元好問《中州集》一書，作了整體性的研究。陶然較為特出的地方，則是對金詞的歷史定位加以關注，並開拓了金元少數民族詞人與域外交往的視野。

而王慶生《金代文學家年譜》〔註15〕上下兩冊，則是筆者所見，最新的金代研究專著。王先生此書收入金源一代作家共242人，包括《中州集》、《中州樂府》、《河汾諸老詩集》三書的全部作者，參考書目多達數百種，其用力之勤，可見一斑。單一作家的年譜考訂工作，本身即需耗費極大心力，對於金源此一資料散失殆盡的時期尤為困難；而王先生竟能對數百位金源作家的生平資料，進行蒐羅補遺的工作，其治學精神著實令人感佩。此書在吳激、蔡松年生平考述與詞作編年的部分，提供了本論文許多詳實有力的證據，故此一章節能順利

〔註 9〕趙維江《金元詞論稿》（北京：中國社會科學出版社，2000 年 2 月 1 刷）。

〔註10〕胡傳志《金代文學研究》（合肥：安徽大學出版社，2000 年 5 月）。

〔註11〕陶然《金元詞通論》（上海：上海古籍出版社，2001 年 7 月）。

〔註12〕劉鋒燾《宋金詞論稿》（北京：中國社會科學出版社，2002 年 4 月）。

〔註13〕丁放《金元詞學研究》（北京：中國社會科學出版社，2002 年 5 月）。

〔註14〕劉明今《遼金元文學史案》（上海：上海古籍出版社，2004 年 11 月）。

〔註15〕《金代文學家年譜》（南京：鳳凰出版社，2005 年 3 月）。

完成，得之於此書的幫助頗多。

　　至於期刊方面，總論金詞的有張晶〈乾坤清氣得來難──試論金詞的發展與詞史價值〉〔註16〕、王昊〈論金詞北派風格之成因〉〔註17〕、李藝〈談金代詞人的群體劃分〉〔註18〕、劉揚忠〈金代河朔詞人群體論述〉〔註19〕等，大抵關注金詞與宋詞不同的特色，以及形成此種特色的成因；而近年來對於以地域概念爲分析主體的詞人群探索，則給予金詞研究新的啓發。至於與吳、蔡相關的部分，則有歐陽少鳴〈論吳激詞風及對金詞的影響〉〔註20〕、張大燭〈略論吳激詞〉〔註21〕、劉鋒燾〈從守節徬徨走向消釋超脫──論蔡松年文化人格的轉變〉〔註22〕、劉鋒燾〈蔡松年〈庚戌九日還自上都……〉組詩作年考辨〉〔註23〕等，雖學者對吳蔡兩人進行了個體的研究，卻皆偏於概略性的論述；而劉鋒燾對於蔡松年組詩的考辨，則指出了在蔡松年自記作品年代的錯誤，對其生平及詞作編年的考訂，有一定的助益。蘇軾、辛棄疾與金詞關係的部分，則有胡傳志〈稼軒師承關係與詞學淵源〉〔註24〕、王慶生〈辛棄疾師事蔡松年說平質〉〔註25〕、胡傳志

〔註16〕見張晶〈乾坤清氣得來難──試論金詞的發展與詞史價值〉，收入《學術月刊》1996年第5期，頁12～17。

〔註17〕王昊〈論金詞北派風格之成因〉，收入《洛陽師範學院學報》2001年第6期，頁61～64。

〔註18〕李藝〈談金代詞人的群體劃分〉，收入《語文學刊》2004年第6期，頁12～16。

〔註19〕劉揚忠〈金代河朔詞人群體論述〉，收入《學術研究》2005年第4期，頁135～140。

〔註20〕歐陽少鳴〈論吳激詞風及對金詞的影響〉，收入《福建廣播電視大學學報》1994年第2期，頁35～37＋44。

〔註21〕張大燭〈略論吳激詞〉，收入《南平師專學報》（社會科學版）1997年第1期，頁34～37。

〔註22〕劉鋒燾〈從守節徬徨走向消釋超脫──論蔡松年文化人格的轉變〉，收入《蘭州大學學報》（社會科學版）2000年第1期，頁113～119。

〔註23〕劉鋒燾〈蔡松年〈庚戌九日還自上都……〉組詩作年考辨〉，收入《運城高等專科學校學報》2000年2月第18卷第1期，頁54～55。

〔註24〕胡傳志〈稼軒師承關係與詞學淵源〉，收入《安徽師大學報》（哲學社會科學版）1997年第25卷第1期，頁69～75。

〈「蘇學盛於北」的歷史考察〉〔註 26〕、曾棗莊〈「蘇學行於北」——
論蘇軾對金代文學的影響〉〔註 27〕、周秀榮〈論金詞與宋詞間的關係〉
〔註 28〕、劉鋒燾〈論宋金詞人對蘇軾的接受與繼承〉〔註 29〕等。學者
分別從「蘇學盛於北」的文化角度，比對出吳蔡詞作中與蘇軾相關的
線索，進一步論證蘇軾與「吳蔡體」之間確有承繼的痕跡；而關於辛
棄疾師事蔡松年的部分，除了從歷史資料中加以分析、探討，更直接
找出蔡、辛兩人在詞作中相似或相同的語句，呈現了在時空阻隔下兩
人的契合之處，證明辛棄疾對蔡松年詞作必然極為熟悉，故推測辛棄
疾曾師事蔡松年是可信的。

　　學位論文方面，與金詞相關的有鄭靖時《金代文學研究》〔註 30〕、
陳師宏銘《金元全真道士詞研究》〔註 31〕、梁文櫻《蔡松年詞研究》
〔註 32〕、鄭琇文《金元詠梅詞研究》〔註 33〕。鄭靖時對金代文學作了
較完整的考察，但對金詞的論述相對較為淺略；陳師宏銘則關注了金
元詞壇上極為特出的詞人群體——全真道士，並詳細論述了他們詞作
中顯著的特點，開啟了金元詞研究的新領域；梁文櫻的作品，則對本

〔註 25〕王慶生〈辛棄疾師事蔡松年說平質〉，收入《徐州師範大學學報》（哲
　　　學社會科學版）1997 年第 25 卷第 1 期，頁 69～75。
〔註 26〕胡傳志〈「蘇學盛於北」的歷史考察〉，收入《文學遺產》1998 年第
　　　5 期，頁 54～60。
〔註 27〕曾棗莊〈「蘇學行於北」——論蘇軾對金代文學的影響〉，收入《陰
　　　山學刊》2000 年 12 月第 13 卷第 4 期，頁 10～15。
〔註 28〕周秀榮〈論金詞與宋詞間的關係〉，收入《湖北民族學院學報》（哲
　　　學社會科學版）2002 年第 20 卷第 4 期，頁 39～43。
〔註 29〕劉鋒燾〈論宋金詞人對蘇軾的接受與繼承〉，收入《文史哲》2003 年
　　　第 3 期，頁 64～69。
〔註 30〕鄭靖時《金代文學研究》（臺北：國立政治大學中國文學系博士論
　　　文，1987 年）。
〔註 31〕陳師宏銘《金元全真道士詞研究》（高雄：國立高雄師範大學中國文
　　　學系博士論文，1997 年）。
〔註 32〕梁文櫻《蔡松年詞研究》（高雄：國立高雄師範大學中國文學系碩士
　　　論文，2004 年 4 月）。
〔註 33〕鄭琇文《金元詠梅詞研究》（臺南：國立成功大學中國文學系碩士論
　　　文，2005 年 6 月）。

論文有極大的幫助，因其較全面地分析了蔡松年詞之特色，可惜未能對詞作進行箋注，故在詞義的認知上面仍有可堪討論之處；學長鄭琇文的作品，則在與兩宋詠梅詞的比較之中，給予金元詠梅詞頗為中肯的地位。最後要說明的是，關於蘇軾對詞體的革新、辛棄疾詞作的特色，以及蘇辛兩人的關連與異同的部分，前人研究成果頗豐，礙於篇幅，此處不一一列舉。

　　綜上所述，可知前輩學者已對金源詞壇、吳蔡兩人及其詞作的研究，奠定了堅實的基礎，而使筆者在這些先備知識的吸收上，顯得較為輕鬆、從容。然而，現有的研究大多停留在對於吳蔡表面的特徵整理上，也未見對兩人作品全面、通盤性的分析；蘇軾、辛棄疾與吳蔡的關係，也是點到為止，少有深入的討論。是以筆者欲藉由對吳蔡作品的箋注工作，對兩人詞作加以分析，並為詞作進行編年；在整理出吳蔡詞作的個別與共同特色後，以「吳蔡體」此一詞體概念，聯繫比對與蘇軾、辛棄疾，以及金源詞人的關係，期能對此一主題有更完整的論述，略盡綿薄心力。

第三節　研究範圍及方法

　　本論文之研究範圍，以唐圭璋《全金元詞》為底本，並參考清・王鵬運一八八八年出版《四印齋所刻》本、吳重熹一九〇九年出版《九金人集》本、民國趙萬里一九三二年出版《校輯宋金元人詞》本，以利詞作箋注工作之進行。檢視《全金元詞》，共得吳激詞 10 闋、蔡松年詞 84 闋，殘句 2 闋，共 96 闋作品。

　　關於「體」、「派」之論述，除了金代以前之文獻資料，亦參考元好問《中州集》之記載，以及查閱元、明、清之相關評述；並檢閱相關詞話、詞論。同時，再利用宋、金相關之書籍資料，以檢視相關之人、事、物，以便對詞作及詞人有更廣泛、深入之認識。

　　至於本論文各章安排如下：

　　第一章為緒論，採用了歸納、分析等方法，對前人對於蘇軾以後

詞學發展，以及金詞的研究成果加以檢視，旨在對本論文的研究背景、目的、至今的研究現況、研究範圍及方法稍加陳述。

　　第二章爲「吳蔡體及其形成背景」，依然使用了歸納、分析法，簡述「體」、「派」等概念，並在回顧歷代文學體派的流變中，整理出文學體派的意義，藉此以檢視「吳蔡體」，並據此概念以演繹法爲「吳蔡體」下一定義。之後則援引歷史資料，就「吳蔡體」發展的政治背景與學術風氣，分別進行考察，以瞭解促成「吳蔡體」形成，並且發展出其獨特風貌的原因所在。

　　第三章爲「吳蔡生平及其作品繫年」，依照「知人論世」的觀點，先認識吳蔡個人的生平經歷，並對有疑問之處加以考辨；在清楚了詞人大致的活動經歷後，將詞作及其本事與詞人加以連結，而使用了編年法爲詞作進行繫年的工作。

　　第四章爲「吳蔡詞作分析」，則使用了分析、歸納、詮釋與比較法。首先針對兩人作個別的探析，並歸納出兩人詞作的特色；最後再將兩人加以比較，呈顯出共同構成「吳蔡體」的相同之處，以及足以代表兩人之相異特色。

　　第五章爲「『吳蔡體』在詞史上的地位」，則綜合運用歸納、分析、詮釋、比較、批評等方法，期能爲「吳蔡體」在詞史上的貢獻與影響，整理出一條清晰的脈絡。憑藉著上述研究的基礎，將「吳蔡體」視爲一個整體概念，並就其與蘇軾、辛棄疾詞作，在作詞態度、詞體功能、詞作本身等方面加以檢視、比較，進而得出「吳蔡體」在詞史上承東坡，下啓稼軒，並開啓金源一代詞運的樞紐地位。

　　第六章爲結論，歸納本論文所得之研究成果，並且對本論文所不足而尚待開發的部分進行補充。

　　文末另有附錄。附錄一爲「蔡松年友人資料」，附錄二爲「吳蔡詞作箋注」。

第二章 「吳蔡體」及其形成背景

　　「吳蔡體」作爲金代當時文壇流行之標誌，並且開啓了金源詞學風氣，因此對於「吳蔡體」進行研究是有必要的。在認識「吳蔡體」之內容及其代表之意義前，瞭解「吳蔡體」在當時能夠成爲一代風尚之原因及背景，則是理應具備的先決條件。

　　文學作品，乃作家在特定時代下所觀所感之產物，因此任何一件作品，都隱含了當時社會的風景。林淑貞以爲：

> 個人生活在時空坐標之中，行爲舉止必受環境、時代制約、
> 牽引、影響，不能自外於世局；然而文學作品是否也能自
> 外於時代、環境？詩人創作詩歌，常以反應時代風貌爲職
> 志，杜甫的「致君堯舜上，再使風俗淳」；白居易「詩歌合
> 爲時而作，文章合爲事而著」皆以具現時代精神爲要務，
> 懷有文學之社會使命。另外，也有詩人獨抒性靈，不必受
> 時代潮流影響，但是潛隱在文學作品當中的價值判斷亦隱
> 然受其影響而不自知。〔註1〕

是故，無論創作者本身是否有意識地將時代風氣隱藏在作品中，文學作品此一客體皆無法擺脫大時代環境的影響。因此，本章將對關於政治局勢及背景所帶給作者之刺激與影響，以及當時學術方面的風氣，究竟提供「吳蔡體」何種發展條件，加以探討、說明。

〔註 1〕林淑貞《詩話論風格》（臺北：文津出版社，1999 年 7 月），頁 91。

本章首先從「體」、「派」的概述談起，藉由對金代以前文學體派的介紹，進而論證「吳蔡體」確實爲一獨立而具有影響的詞體，最後再對「吳蔡體」下一簡要的定義。接著，將論述「吳蔡體」形成的政治環境。國家與個體的關係，本如骨肉一般互相依存。國家的安危與否，通常會藉由文人敏感的心靈，轉化成文學作品中，或安穩平實，或激動澎湃的旋律。由此可知，個人所處的大時代環境，與其創造出來的文學作品，是息息相關的。特別是在北宋末年，經歷了金戈、鐵馬的洗劫與摧殘，北宋文人對於國家淪陷的悲痛與對金人的憤慨，化成了洶湧的潮水，使得整個文壇激盪出許多美麗的浪花。本也是北宋文人的吳激與蔡松年，在遭遇了「靖康之難」後，卻無法同一般倉皇逃至南方的士大夫一般，仍能在眾志成城的激動與憤慨之下，燃起恢復失土，消滅外族的熊熊怒火。身陷金營、不得而歸的兩人，在金人的威脅下，甚至必須入金人幕府，爲金朝政治服務。在這樣的政治背景中苟活的兩人，所創作出的作品必定呈顯出與前人大不相同的特色；而作品中寄寓個人身世之感與時代離亂的可能性，也就大幅提高了。因此，考察此一時期之政治環境，尤其是北宋與金、金與南宋之間的關係與往來，便顯得格外重要。

再者，除了政治環境的影響，探索彼時的學術風氣，也是瞭解「吳蔡體」形成的另一面向。在國家經歷此一巨變之後，蘇軾以詩詞言志的表達方式，大大地影響了南宋初期的文壇與金朝的文人學者；而蘇學在北方流行之程度更甚於南方。因此，從大時代風向考察學術氛圍，並對政治所給予學術方面的牽制與影響，加以分析探討，勢必能對此一時期所提供「吳蔡體」生根茁壯的養分，有更深入的認識。

第一節 「體派」概念與「吳蔡體」義界

「吳蔡體」此一名詞雖爲元好問所提出，但學界似乎對「吳蔡體」是否成一詞體風格仍有疑問。如劉明今云：

金初詞壇有「吳蔡體」之稱，二家詞風差異頗大，故「吳
蔡體」並不是指某種特定的藝術風格，只是說明金初詞壇
以吳、蔡兩家最為著稱。〔註2〕

陶然則云：

論者常把所謂「吳蔡體」作為一個整體來看待，實際上，
吳激和蔡松年的詞，在風格和詞學淵源上都不盡相同。
〔註3〕

雖然有上述的異議之爭，但不可否認的，大部分的學者仍接受「吳蔡
體」此一專有名詞，並且承認「吳蔡體」確實開啟金源詞壇蓬勃發展
的風氣。有鑑於此，本文試圖從對「體」、「派」、「風格」等概念及相
關問題，論證「吳蔡體」確實有其自身所代表的特殊涵意，而能夠別
具一格，獨立成體。

　　至於「體」、「派」、「風格」等文學批評之相關論述，由來已久，
資料繁雜而龐大，絕非筆者一人之力足以負荷，且亦非本論文之重
點。因此，若欲溯其源流，考察其流變與發展之情況，恐非一蹴可
幾。且前輩學者對於文學批評之相關研究，成果頗豐，恐無筆者置
喙之處。〔註4〕是以，此處將僅就「體」、「派」、「風格」等相關與
詞作一簡單詮釋，並稍加論述其概念的異同；再檢視金代以前的詩
詞體派，期能從此一歷史演變中，探討「吳蔡體」得以成立的相關
問題。

〔註2〕劉明今《遼金元文學史案》，同第一章註14，頁4。

〔註3〕陶然《金元詞通論》，同第一章註11，頁288。

〔註4〕如梁崑《宋詩派別論》（臺北：東昇出版事業有限公司，1980年5
月）；許總《唐詩體派論》（臺北：文津出版社，1994年10月）；王
水照主編《古代十大詩歌流派》（長沙：湖南文藝出版社，1997年7
月）；黃天驥主編《古代十大詞曲流派》（長沙：湖南文藝出版社，
1997年7月）；劉揚忠《唐宋詞流派史》（福州：福建人民出版社，
1999年2月）；呂肖奐《宋詩體派論》（成都：四川民族出版社，2002
年7月）等。但令人遺憾地，在眾多關於體派的論述中，鮮少有作
者能清楚交代「○○體」之「體」，究竟意義為何，大概是以為「體」
的概念，為我國自古以來即有，而理所當然的概念，不必費心加以
詮解。

一、「體」、「派」與「風格」

許慎《說文解字》云：「體，總十二屬也。從骨豊聲。」段注：「十二屬許未詳言。今以人體及許書覈之：首之屬有三，曰頂、曰面、曰頤；身之屬三，曰肩、曰脊、曰尻；手之屬三，曰厷、曰臂、曰手；足之屬三，曰股、曰脛、曰足。合說文全書求之，以十二者統之，皆此十二者所分屬也。」〔註5〕可知，「體」字本指人類身體，言其結構乃由各部位複雜組合而成。而自本義向外延伸，遂有「事物之本質型態或主要成分」、「文章體裁」、「外表形式」等義，如「物體」、「駢體」、「體貌」等詞語；再引申而成文學作品「風格」之義。而在「體」字的眾多意義中，考察歷代文學上「○○體」之「體」字意義，歸納出「體」字只能有兩種解釋：一爲「風格」，如「建安體」〔註6〕；另一爲「體裁」，如「永明體」〔註7〕。風格，《漢語大辭典》及教育部《國語辭典》之解釋似乎都各有所偏〔註8〕；而楊成鑒以爲，風格可分成

〔註5〕《說文解字注》（高雄：高雄復文圖書出版社，1998 年 9 月），頁166。本文引用之《說文解字》原文，皆出自此書，下文不再加註，僅於引文後附註頁碼。

〔註6〕《漢語大辭典》：「指漢魏之際曹操父子和建安七子等所作的詩文。其中不少作品（主要是詩歌），繼承《詩經》及漢樂府民歌的現實主義傳統，反映了當時社會動亂和人民流離失所的痛苦生活，詞情慷慨，風格剛健，受到後世的推崇。」

〔註7〕永明體，《南齊書》卷五十二〈文學傳・陸厥〉已有記載；《南史》卷四十八〈陸厥傳〉則描述更爲清楚：「永明末盛爲文章。吳興沈約、陳郡謝朓、琅邪王融，以氣類相推轂。汝南周顒，善識聲韻。約等文皆用宮商，將平、上、去、入四聲，以此制韻，有平頭、上尾、蜂腰、鶴膝。五字之中，音韻悉異；兩句之內，角徵不同。不可增減，世呼爲永明體。」《漢語大辭典》：「南朝齊武帝永明時期所形成的詩體。其特點是強調聲律，對近體詩的形成有重要影響。」

〔註8〕《漢語大辭典》：「作家或藝術家在創作成果中所表現出的格調特色。」教育部《國語辭典》：「文學或美術作品中，充分表現作者才性或時代特性，而形成的藝術格式。」前者將「風格」限制在「個人」創作之下，故「風格」其實隱含「作者性情」之義；後者則注意到，文學作品之特色，尚有時代背景之滲透。

語言、流派、時代等不同類型〔註9〕。是以綜上所述，筆者重新爲
「風格」下一定義：「風格即是藝術作品中，由外在條件，如環境、
地域等，與內在條件，如作者之情性、才氣等，交融成帶有獨特面貌
而鮮明色彩的創作表現。」至於「體製」，則指詩文書畫之格式結
構。由以上可知，「風格」似乎較偏向作者內在情性的反映；「體裁」
則較偏向文章形式結構的組成。但在古代，不論「體」字釋爲「風
格」抑或「體裁」，皆無法判然劃分其指涉究竟是單指作者內在情
性，或外在的形式結構。應該說，「體」字之義是同時包括兩者——
即「風格」與「體裁」，如「長慶體」〔註10〕；但可依據上下文而各
有意義上之偏重，形成不同之指涉。因此，筆者以爲，文學上「○○
體」之「體」字，應解釋爲：同時包括作者情性所投射在作品中的風
格，以及因此等風格而表現出的結構與形式，所融合統一成足以與他
人相區別的特色。

　　至於「派」字，《說文解字》云：「派，別水也。從水厎。厎亦聲。」
段注：「〈吳都賦〉：『百川派別』。劉逵注引《字說》曰：『水別流爲
派』……按《眾經音義》兩引《說文》：『厎，水之衺流，別也』以釋
派。《韻會》曰：派本作厎。從反永。引鍇云：今人又增水作派。據
此，則說文本有『厎』無『派』。今鍇、鉉本水部派字當刪。」（頁
553）故知「派」字本指「江河支流」，爲用來指稱自然風物之名詞；
後來因此引申成「人、事或學術的分支系統」，而有「學派」、「流派」、
「體派」、「派別」等詞。

　　若單用「派」字來指稱文學創作之分支，則應始於劉勰《文心

〔註9〕楊成鑒《中國詩詞風格研究》（臺北：洪葉文化事業有限公司，1995
　　　年12月），頁18～19。
〔註10〕教育部《國語辭典》：「唐代詩人白居易、元稹所開創的七言長篇敘
　　　事歌行體。其特點爲：從內容上看，常選取典型的人物或事件，以
　　　反映具時代和社會意義的主題；從形式上看，爲七言歌行；從表現
　　　手法和文字風格上看，以鋪敘爲主，兼重敘事與抒情結合，文字則
　　　力求豐富多采，婉麗纏綿。」

雕龍・詮賦》：「賦自詩出，分歧異派。」〔註11〕至於用來指稱文學
上的分支概念的「流派」、「派別」等詞，則出現較晚，是一個「借
喻」之詞〔註12〕。「流派」一詞最早連用，是唐・張文琮〈咏水〉
詩：「標明資上善，流派表零長」，但仍指水而言：真正把「流派」
用來指稱文藝、學術方面分支系統的，要等到南宋・程大昌《演繁
露・摴蒱》：「摴蒱之名，至晉始著，不知起於何代，要其流派，必
自博出也。」而「派別」一詞，在晉・左思〈吳都賦〉中已有，見
上引段注；但用來指稱文學等分支，依然要等到南宋之時，如陸游
〈上執政書〉：「原委如是，派別如是，機杼如是，自《六經》、《左
氏》、《離騷》以來，歷歷分明，皆可指數。」由以上可知，「派」字
用來指稱某種特定的文學分支及其風格，則大體上較「體」字晚了
許多。

　　林淑貞以為，能形成文學流派，主要是具有相同的文學主張、理
念或能呈現相同或相似的創作風格。故葛立方《韻語陽秋》所云：「咸
平景德中，錢惟演、劉筠首變詩格，而楊文公與王鼎、王綽號『江東
三虎』，詩格與錢、劉亦絕相類，謂之『西崑體』。大率效李義山之為
豐富藻麗，不作枯脊語」，〔註13〕因其中錢、劉有自覺地仿效李義山
的風格，江東三虎風格亦與之相似，因此「西崑體」可視為宋代體派
之一。相反地，若無共同理念、主旨，且無自覺所形成的族群，沒有
共同的風格表現，皆不得視為流派、體派。如《韻語陽秋》：「唐盧綸
與吉中孚、韓翃、錢起、司空曙、苗發、崔峒、耿湋、夏侯審、李端
皆能詩，齊名，號『大曆十才子』」〔註14〕所言，十人只是以能詩而
齊名，沒有共同之詩學主張或理念，亦無相似或相近的風格呈現，故

〔註11〕王更生注譯《文心雕龍讀本》下冊（臺北：文史哲出版社，1999 年
　　　　9 月），頁 134。
〔註12〕因「派」字本與水有關，「派別」、「流派」本也是用來指稱水的分
　　　　支。見劉揚忠《唐宋詞流派史》，同註 2，頁 29。
〔註13〕《歷代詩話》下冊（北京：中華書局，2001 年 11 月 5 刷），頁 499。
〔註14〕《歷代詩話》下冊，同上註，頁 512。

此種構成方式不得謂爲體派或流派。〔註15〕

　　經過上述對「體」、「派」兩字本義的索原，可以發現：就指稱不同文學作品的劃分而言，「體」字在意義上之界定較爲清楚——指出「體」即爲文學之「風格」；而「派」字則著重在與原本「不同」的分別上，是相對於原本事物的分支。故「派」字整體意義所涵蓋的範圍較廣，因此意義上較不明確。但除了意義上的落差之外，「體」、「派」兩者尚有一極大的分別：即「體」只要一個人以上便能形成，而「派」則需要較多人數。前者如「太白體」、「東坡體」；後者如「江西詩派」、「唐宋派」等。也就是說，一人即能構成某種「體」，但只有一人卻不可能成爲某「派」。當然，亦有兩人或多人構成一「體」的，如「元白體」、「永明體」等。而基本上，能構成一種派別的，通常組成人數較多，相對地，其勢力及影響力也較某「體」之影響爲大。故我們不妨將「體」看做構成「派」的其中一個單位，因許多相同特色之「體」，不斷加以繫連、擴大，或者單由某「體」發逐漸展，即能成爲一個勢力堅強的派別。如「奇險派」，即以韓愈「昌黎體」爲主，包括了孟郊、賈島、姚合等人，呈顯出「奇絕險怪」之特色。但應指出的是，「體」與「體」之間之融合衝撞，可能形成某「派」，但「派」並非皆由「體」所構成，有時可能跳過「體」，而直接形成一「派」。由此可知，「派」字在文學上的指稱，要比「體」字包容性更強，影響更爲深遠。此外，不論是「體」或「派」，除了創作者本身的風格特色，時代背景亦是影響兩者生成、發展的客觀因素：

　　　　文學創作活動並非孤立個體的活動，而是人與人之間的互
　　　　動。每一個作家，總會自覺或不自覺地與前代、同代及後
　　　　代作家發生直接或間接、有形或無形的關係……風格是劃
　　　　分流派的主要依據，但我們卻不能脫離具體的時空環境與
　　　　風格生成因素，僅僅以一個空泛抽象的「風格」概念爲標

〔註15〕以上論述參見《詩話論風格》，同註1，頁264。

　　識來濫劃和硬湊流派。〔註16〕

是故，雖然形成某種「體」、「派」，皆免不了有時代背景之因素滲透，但因爲派別之構成在條件上較「體」來得嚴格，因此，在派別中所能體現與代表的時代風氣，也較爲明顯。所以，以研究某一「派」與某一「體」相較，前者所需探討及關注的，實較後者爲繁瑣、艱辛。或許此點即是現今對整個派別作深入研究，爲數不多的原因所在。

二、「吳蔡體」義界

　　在簡單介紹了「體」、「派」概念的形成與意義，而欲進入對「吳蔡體」的定義之前，不妨先概略回顧金代以前詩詞「體」、「派」的出現情況。

　　就詩而言，約有以下體派的出現：

　　以時間區分：建安體、黃初體、正始體、太康體、元嘉體、永明體、齊梁體、南北朝體、唐初體、盛唐體、大曆體、晚唐體、本朝體、元祐體、江西宗派體（即江西詩派）、元和體。

　　以人區分：蘇李體、劉曹體、陶體、謝體、徐庾體、沈宋體、陳拾遺體、王楊盧駱體、張曲江體、少陵體、太白體、高達夫體、孟浩然體、岑嘉州體、王右丞體、韋蘇州體、韓昌黎體、柳子厚體、韋柳體、李長吉體、李商隱體、盧仝體、白樂天體、元白體、杜牧之體、張籍王建體、賈浪仙體、孟東野體、杜荀鶴體、東坡體、山谷體、後山體、王荊公體、邵康潔體、陳簡齋體、上官體、梅宛陵體。

　　因選本而爲體者：柏梁體、玉臺體、西崑體、香奩體。

　　其他：山水詩派、邊塞詩派、田園詩派、奇險派、三十六體。

〔註17〕

〔註16〕劉揚忠《唐宋詞流派史》，同註2，頁2～3。

〔註17〕此處所列者，以宋・嚴羽《滄浪詩話・詩體》中所列出，而產生於北宋以前者爲主。其餘若有《滄浪詩話》所未列舉，但確實被明確指稱爲「某體」、「某派」，且爲世通用者，亦當置入。見《校正滄浪

　　就詞而言，則有：玄眞子（張志和）體、花間體、南唐體、柳永體、小晏體、東坡體、山谷體、李易安體、秦少游體、清眞體。〔註18〕

　　由以上資料可以看出，詩歌發展源遠流長，故體、派的數量對詞而言，都是較多的。而詞體大概由於發展時間尚短，在金代以前，只有「體」的出現，而未見足以構成詞派的情形。此外，詞體的構成也以「人」爲主（僅「花間體」以「選本」名之），不若詩歌有依時間、選體、主題等加以劃分的依據。

　　是以就金代以前，詩詞體派的出現脈絡而言，某一時期的時代特色、個人獨特的性格及作品的主題、藝術手法與風格，甚至是以書爲主的選本等，在客觀條件上，都足以構成「體」的發展。至於「派」，則因組成條件較嚴苛，在金代以前，只見以內容主題爲依據的組成方式。若再將範圍縮小至詞體來看，詞體發展初期，以多人創作的共同藝術手法及特色爲「某體」的形成標準，如「花間體」、「南唐體」；及至北宋，詞體大盛，詞人輩出，則慢慢形成以個人獨特的藝術手法及風格爲主的「某體」，呈現了北宋時期詞壇突出自我、個性化的現象。而若就上述結論來檢視「吳蔡體」，則在客觀條件方面，由時代相近的兩人所組成，且符合北宋以來詞體的發展標準，「吳蔡體」此一詞體的形成，是極有可能的發展趨勢。

　　接著，就主觀條件來看，兩人在作詞的態度及意識上，以及詞作所呈現的主題、藝術手法與風格，是否有其相同或類似之處？在筆者閱讀完兩人詞作之後，認爲這個答案是肯定的。從作詞態度及意識上而言，雖兩人並沒有留下任何詞論或相關文字，足以直接證明；但若從兩人詞作中加以探尋，即可發現兩人均不約而同地將「寫詞」作

　　詩話注》（臺北：廣文書局，1972 年 1 月），頁 27～39。
〔註18〕此處則依照劉揚忠《唐宋詞流派史》中所列出，且產生於北宋以前者爲主。見註2，頁 36～37。其餘若有《唐宋詞流派史》所未列舉，但確實被明確指稱爲「某體」、「某派」，且爲世通用者，亦當置入。

爲與人交際往來的方式之一，並在詞中寄寓了自身的情感與志懷。從詞體發展的功能及歷程來看，以上兩點無疑突破了「詞爲小道」的藩籬，大大提升了詞體的地位，漸與傳統「詩體」並駕齊驅。若就現存詩詞的內容來看，吳激 25 首詩中，與人交際往來的約有 8 首，約佔 32%；詞 10 闋，與人交際往來的作品約有 5 闋，佔總數 50%。蔡松年 59 首詩中，約有 10 首與交游有關，佔 17%；詞 84 闋（不含殘句），與人交游往來者高達 54 闋，佔 64%。由以上數據可見，兩人不僅以詞爲與人日常往來的工具，甚至在運用上，都較傳統詩作還要來得頻繁。至於在題材內容、藝術手法及風格上，兩人詞作亦有許多類似之處，筆者擬於第四章吳蔡詞作分析時再深入探討，此處姑且不論。

　　尚需要指出的是，除了肯定吳蔡詞作上的相同相似之處外，我們當然無法否認兩人之間的差異與呈現的特色，但這並不能否定兩人詞作足以構成一「體」的事實。對於前文兩位學者所提出，關於吳蔡兩人詞風與淵源上不同的言論，筆者誠然無法爲其掩飾，以蔽人耳目；但實際上也不須爲此大動手腳而加以爭論。畢竟，沒有一位作家的思想與作品風格，能夠完全與他人吻合、重複。人的可貴之處，即在其獨特而難以複製、模擬的個性與風格上。是以，王水照、李祥年在《古代十大詩歌流派·序言》中即言：

> 在我們指出共同的創作主張與統一的藝術風格作爲文學流派產生的重要條件的同時，也並不否定或排斥同一流派中不同作家由於其藝術素養、生活環境以及個性氣質的不同而在其文學作品中所體現出的個人色彩，在很多時候，正是由於文學流派中這種鮮明迥異的個人色彩的存在，而使這一流派因此獲得了更爲豐富的藝術內涵而不斷地擴大其社會影響。〔註19〕

這也就是何以吳激能以其深婉曲折，「哀而不傷」的特點爲後人所稱

〔註19〕王水照主編《古代十大詩歌流派》，同註4，頁3～4。

道；而蔡松年則是憑其清曠俊逸、神似蘇軾的面貌，令人留下深刻印象的原因。應該說，「吳蔡體」自有其特色與風貌，而這當然與吳激、蔡松年個別詞作中所呈顯出的風格，略有差異。但不論是異是同，我們均應承認這都是兩人詞作中所顯露出的不同面貌，而不宜輕易加以否定。

是以，綜上所述，「吳蔡體」確實得以成「體」，且有其獨特的精神與風格，此點是無庸置疑的。最後，筆者在此欲爲「吳蔡體」下一定義，以便下文援引、論述。所謂「吳蔡體」，即是：由吳激、蔡松年兩人，在詞作中承繼蘇軾「以詩爲詞」的態度，以詞爲抒發個人情志、與人交往的工具，並呈現善於用典、風格清俊，而以冰雪冷寒意象爲美的有機詞體。

第二節　政治局勢

吳激、蔡松年兩人均爲北宋末年人，因此本節理應從此一時期開始論述。而北宋覆亡，則是對兩人影響最大的政治變動。北宋之所以亡於金人，乃由許多複雜的因素所構成，前輩學者已多方探討，因此本節將以史傳資料爲主，對大環境背景予以概略介紹，至於吳蔡兩人細部之爲官情形將置於下一章論述。

北宋末年，一般均指宋徽宗朝；即自徽宗即位開始算起，已是較廣泛之指稱。但因吳激生年較早，約在西元 1093 年，即宋哲宗元祐八年；而蔡松年卒年較晚，在西元 1159 年，（即金海陵王正隆四年，宋高宗紹興二十九年）。〔註20〕因此，本文擬論述自 1093 年，至 1159 年之政治相關情況。然檢閱史料，吳激本人並無太多記載，其父吳栻之資料亦不多，只知吳栻於宋神宗熙寧六年進士及第，而後爲官之記載則多在徽宗年間。是故，本節仍從徽宗時期進行討論。而海陵王正隆四年，恰爲海陵王爲侵略南宋前之準備時期，故本節亦將論述至海

〔註20〕吳蔡兩人之生平概況，詳見下一章論述。

陵王發兵南征之時，金與南宋之政治動向。本節將分成北宋滅亡前、
靖康之難，及海陵王南征三個時期加以敘述。又歷來對徽宗時期政治
腐敗的論述，多集中在單一側面的探討，因此筆者欲在本節，較詳細
地綜合分析徽宗時期，內政所以紊亂的原因與情形。而其餘政治事
件，則因史料與相關論述頗為詳細，筆者將簡單帶過。

一、宋徽宗即位至靖康之難前

　　雖史料均載徽宗本人無心於政事，獨鍾情於玩物、遊樂與仙道；
然若非寵任蔡京、童貫等人，北宋之覆亡應不至如此迅速。是以下文
以《宋史》〈徽宗本紀〉為主要文本，欲呈現此時因諸多因素，而造
成內外不修的社會情況。但因外交方面，涉及到與女真、遼人的關
係，因此擬於第一點綜述徽宗朝內政概況，外交部份留至第二點一併
論述。

　　哲宗駕崩，向太后在聽政數月之後，旋即於元符三年（西元 1100
年）七月還政於宋徽宗。徽宗即位的第一年，改元建中靖國（1101），
取「和調元祐、紹聖」〔註21〕之義。此年遼天祚帝即位，改元乾統；
蘇軾卒于常州；范仲淹子純仁卒；吳激約九歲。

　　徽宗即位後，對太后所用舊黨人還朝後之政治態度頗不滿，欲罷
元祐而用紹聖之人，故詔明年改元崇寧，以紹述熙寧為志。崇寧元年
（1102），徽宗起用蔡京，開始對蘇軾及元祐黨人進行封鎖和打壓。
關於「元祐黨禁」之相關問題，將於下節討論，此不贅述。至於蔡京
之起用，乃童貫等人向帝進美言，且是時韓忠彥與曾布交惡，欲引蔡
京以自助，故到熙寧二年，蔡京已進左僕射。（卷四百七十二〈姦臣
傳・蔡京〉，頁 13722～13723）

　　至於何以蔡京對舊黨人士深惡痛絕，屢次打壓，甚至親列罪

<hr>

〔註21〕楊家駱主編《新校本宋史并附編三種》（臺北：鼎文書局，1983 年
　　　　11 月 3 版），卷三百四十五〈任伯雨傳〉，頁 10965。以下引《宋史》
　　　　皆出於本書，下文不再另行加註，僅於引文後標註篇名及頁碼。

狀，將黨人姓名刻石文於殿門，並錮其子孫（〈姦臣傳・蔡京〉，頁
13724），至今仍無人詳加探討。但從《宋史》本傳中，或許可看出些
許端倪：

> 京起於逐臣，一旦得志，天下拭目所爲，而京陰託「紹述」
> 之柄，箝制天子，用條例司故事，即都省置講議司，自爲
> 提舉。（〈姦臣傳・蔡京〉，頁 13723）

所謂「起於逐臣」，乃因蔡京元豐末曾因臺、諫之言，而屢被外放。
至於「陰託『紹述』之柄，箝制天子」，乃因蔡京本爲新黨人士，在
新舊黨爭時與章惇一氣；且元豐被貶，即因舊黨范祖禹言京不可用，
因此京記恨於心。此外，蔡京弟蔡卞，乃王安石之婿，曾從安石學。
是故蔡京打擊舊黨不遺餘力之緣由，也就隱約可知。然蔡京雖以復安
石之法爲名，但實際上卻只是爲了植黨擅權，鞏固自己的地位。是以
王夫之論曰：

> 蔡京介童貫以進，與鄧洵武、溫益諸姦剿紹述之邪說，推
> 崇王安石，復行新法。乃考京之所行，亦何嘗盡取安石諸
> 法，督責吏民以必行哉？安石之畫謀夜思，搜求眾論，以
> 曲成其申、商、桑、孔之術者，京皆故紙視之，名存而實
> 亡者十之八九矣。則京之所爲，故非安石之所爲也。天下
> 之苦京者，非其苦安石者也。是安石之法，未足以致宣、
> 政之禍；惟其雜引呂惠卿、鄧綰、章惇、曾布之群小，以
> 授賊賢罔上之秘計於京，則安石之所以貽敗亡於宋者此
> 爾。〔註22〕

此言洵爲的論。而徽宗本欲恢復神宗新制，故即位後，蔡京欲迎合
之，以修史之職，極力爲神宗、哲宗掩飾，欲紹述前賢之政。因此，
徽宗與蔡京一拍即合，不僅在實際施政上，以復新法爲名，重訂許多
措施；更宣布禁元祐學術，予舊黨人士及其子孫重挫。無怪乎王夫之
嘆曰：「嗚呼！安石豈意其支流之有蔡京哉？」是以，雖徽宗對蔡京

〔註22〕王夫之《宋論》（北京：中華書局，2003 年 11 月 4 刷），卷八，頁
148。

屢起屢罷，然蔡京四居相位，掌權幾二十年〔註23〕；且與童貫、王黼、梁師成、吳居厚等相善，一同把持朝政，使得徽宗在位的宋朝末年，走向更加衰敗的道路。

從〈徽宗本紀〉來看，徽宗一登上帝位，建中靖國元年，各地即災難頻仍：「河東地震，京畿蝗，江、淮、兩浙、湖南、福建旱。」（〈徽宗本紀〉，頁363）崇寧元年至三年，蝗災、旱災依然未歇；甚至盜寇等擾民之事也層出不窮，民間疾苦可想而知。〔註24〕但徽宗無暇體察民情，政治上一切新的措施才正要展開、實行。崇寧元年七月，「詔如熙寧條例司故事，都省置講議司。以宰相蔡京提舉，侍從爲詳定官，卿監爲參詳官。」（卷一百六十一〈職官志‧尚書省〉，頁3793）而蔡京本傳亦載：

> 以其黨吳居厚、王漢之十餘人爲僚屬，取政事之大者，如宗室、冗官、國用、商旅、鹽澤、賦調、尹牧，每一事以三人主之。凡所設施，皆由是出。用馮澥、錢遹之議，復廢元祐皇后。罷科舉法，令州縣悉做太學三舍考選，建辟雍外學於城南，以待四方之士。推方田於天下。榷江、淮七路茶，官自爲市。盡更鹽鈔法，凡舊鈔皆弗用，富商巨賈嘗齎持數十萬緡，一旦化爲流丐，甚者至赴水及縊死。提點淮東刑獄章綜見而哀之，奏改法誤民，京怒奪其官：因鑄當十大錢，盡陷綜諸弟。（頁13723）

除了可見蔡京弄權之醜態，也可以看出在其任官之初，積極施行新制以建功利己之企圖。餘如二年九月，「令天下郡皆建崇寧寺」（〈徽宗本紀〉，頁368）；三年七月，「行方田法」（〈徽宗本紀〉，頁370）；四年閏二月，「復元豐詮試斷按法」（〈徽宗本紀〉，頁373）等，皆反映了此時政治情況之紊亂。人民在不可避免的天災之外，又得適應朝令

〔註23〕崇寧元年（西元1102年）七月爲相，宣和七年（1125）四月以太師魯國公致仕。

〔註24〕如崇寧元年：「是歲，京畿、京東、河北、淮南蝗。江、浙、熙河漳泉潭衡郴州、興化軍旱。辰、沅州猺入寇。」（〈徽宗本紀〉，頁366）三年：「是歲，諸路蝗。」（〈徽宗本紀〉，頁371）

夕改的種種新制，每日都生活在變動不安與惶恐的情緒中，又增加了宋朝末年政局不穩的因子。

　　此外，徽宗皇帝對於宗教神仙的崇拜與愛好，也對國勢與人民負擔造成了極大影響。如崇寧元年七月，「建長生宮以祠熒惑」（〈徽宗本紀〉，頁 364）；四年七月，「置熒惑壇」（〈徽宗本紀〉，頁 374）；大觀二年三月，「班金籙靈寶道場儀範于天下」（〈徽宗本紀〉，頁 380）；四年四月，「立感生帝壇」（〈徽宗本紀〉，頁 384）；政和三年十一月，「以天神降，詔告在位，作天眞降臨示現記」（〈徽宗本紀〉，頁 392）；十二月，「詔天下訪求道教仙經」（〈徽宗本紀〉，頁 392）。從冊封自己爲「教主道君皇帝」，可知徽宗晚年對於信教之事，已近乎瘋狂境界。如政和七年，二月，「會道士二千餘人于上清寶籙宮，詔通眞先生林靈素諭以帝君降臨事……辛未，改天下天寧萬壽觀爲神霄玉清萬壽宮。乙亥，幸上清寶籙宮，命林靈素講道經」（〈徽宗本紀〉，頁 397）；五月，「如玉清和陽宮，上承天效法厚德光大后土皇地祇徽號寶冊……癸卯，改玉清和陽宮爲玉清神霄宮」（〈徽宗本紀〉，頁 398）。一個成天只知燒香誦經，期盼能如神仙般長生不老的皇帝，對於政事已覺煩躁與漠然，豈有餘力關心百姓生活，以及邊疆蠢蠢欲動的外敵？

　　此外，徽宗酷愛蒐集奇珍異寶，下位者往往於民間搜刮，人民因此怨聲載道。其中，尤以「花石綱」擾民最甚。花石綱，乃徽宗時所建立，專以運送奇花異石以滿足皇帝喜好之特殊運輸交通名稱。綱，指運送貨物的團隊。《宋史》卷四百七十〈佞幸傳‧朱勔〉載：

> 徽宗頗垂意花石，京諷勔語其父，密取浙中珍異以進。初致黃楊三本，帝嘉之。後歲歲增加，然歲率不過再三貢，貢物裁五七品。至政和中始極盛，舳艫相銜于淮、汴，號「花石綱」，置應奉局于蘇，指取內帑如囊中物，每取以數十百萬計。（頁 13684）

可知，朱勔進貢江南珍寶，乃由蔡京指使。而徽宗見之亦喜，故自最

初的「黃楊三本」，年年增加；到政和年間，入貢之珍寶需要船隊不間斷地往返江南與汴京間，始能運送完畢，遂有「花石綱」之名。而負責「花石綱」事務的，則有杭州造作局、蘇州應奉局：

> 京又專用豐亨豫大之說，諛悅帝意，始廣茶利，歲以一百萬緡進御，以京城所主之。其後又有應奉司、御前生活所、營繕所、蘇杭造作局、御前人船所，其名雜出，大率爭以奇侈爲功。歲運花石綱，一石之費，民間至用三十萬緡。姦吏旁緣，牟取無藝，民不勝弊。用度日繁，左藏庫異時月費緡錢三十六萬，至是，衍爲一百二十萬。（卷一七九〈食貨志・會計〉，頁 4361）

蔡京等人爲博取徽宗歡心，設置因應「花石綱」所需要的人力與物資，甚至不惜以鉅額國帑，購置可供賞玩之寶物。然而，人民並沒有因爲貢獻物品而獲得公帑，這些錢財全落到官員手中，因此官員們人人欲分一杯羹，而極力壓榨人民，使得百姓苦不堪言。

> 所貢物，豪奪漁取於民，毛髮不少償。士民家一石一木稍堪翫，即領健卒直入其家，用黃封表識，未即取，使護視之，微不謹，即被以大不恭罪。及發行，必徹屋抉牆以出。人不幸有一物小異，共指爲不祥，唯恐芟夷之不速。民預是役者，中家悉破產，或鬻賣子女以供其須。斸山輂石，程督峭慘，雖在江湖不測之淵，百計取之，必出乃止。嘗得太湖石，高四丈，載以巨艦，役夫數千人，所經州縣，有拆水門、橋梁，鑿城垣以過者。既至，賜名「神運昭功石」。（〈佞幸傳・朱勔〉，頁 13684～13685）

即因太湖石太過巨大，甚至因此阻塞河道，使「官舟不得行」，才讓徽宗皇帝罷花石綱，停止諸人之進貢。然因「花石綱」的迫害，人民積怨已久，以致宣和二年爆發「方臘之亂」。「方臘之亂」雖最終被童貫所平，但已使徽宗朝元氣大傷。而伴隨外患——女眞的不斷強大，造成國力急速衰退，徽、欽二帝遂帶領北宋走向覆亡的命運。

二、女眞興起至金宋混戰

（一）女真興起與聯金滅遼

　　徽宗末年，朝政已在蔡京等人的把持下，逐漸走向衰亡；令人遺憾地，外交狀況在此時也愈加危殆。徽宗朝除了要面對原本雄峙北方的遼國之外，女眞在徽宗後期的崛起也給了宋王朝一定程度的壓力。

　　實際上，遼國在徽宗時期的國勢，已不復往日的強大；宋徽宗即位的第一年，建中靖國元年（西元 1101 年），實際上也是遼天祚帝即位之年。亦即，「宋遼兩國的對峙從某種意義上說又成了宋徽宗和遼天祚帝時期的對峙。」〔註25〕可惜，宋徽宗及北宋諸臣，在當時並不瞭解敵國的政治情勢；加上自澶淵之盟後，北宋朝野在公開的議論中，都避免涉及收復燕雲之事，而使得固守宋遼和約的觀念深築人心。南宋葉適甚至以爲，澶淵之盟後，「中國之人遂以燕爲外物，不置議論之內。」〔註26〕是以，若能在知己知彼，並且拋開傳統固守盟約信念的情況下，徽宗朝或許眞能趁遼天祚帝腐朽荒淫、不理朝政之際，一舉收復燕雲失土，並且躲過亡於金人的命運。

　　至於女眞的興起，則可從兩方面來說明。一方面由於遼天祚帝之無道，使得「綱紀廢弛，人情怨怒」，對人民進行壓迫與剝削，尤以女眞人受害最深；另一方面，則由於被遼國統治的女眞人，在十一世紀中期，即已形成以完顏部爲核心的部落聯盟（《宋金關係史》，頁 3），在整體之生活與制度上較爲發達、進步。因此，逐漸強大的女眞人，面對著腐敗的遼國統治階級，便形成極深的抵抗意識與尖銳的矛盾對立。

〔註25〕趙永春《金宋關係史》（北京：人民出版社，2005 年 9 月），頁 1。
　　　　以下引文若出於本書，則不再另行加註，僅於引文後標註書名及頁碼。
〔註26〕李天鳴〈宋徽宗北伐燕山時期的反對意見〉，收入《宋史研究集》（臺北：蘭臺出版社，2002 年 1 月），第三十二輯，頁 296。

在遼國對女眞的壓迫上，最嚴重的是對「海東青」的索求無度。海東青是一種凶猛的獵鷹，主要產於女眞五國部東接大海的海東地區，即今黑龍江一帶。因其「小而健，能擒天鵝」，故遼國貴族打獵、皇帝「捺鉢」（註27）時極喜用之。然因海東青產地偏遠，遼人無法獲取，遂命女眞進貢。但海東青捕捉不易，女眞人甚至往往賠上性命；是以遼國貴族頻繁的索取，以及因無法準時進貢而加以處罰的迫害，遂激起女眞人民的仇恨。

遼天慶二年（西元1112年，宋徽宗政和二年），天祚帝至春捺鉢的混同江（即今松花江）邊漁獵，完顏阿骨打與女眞各部酋長按照慣例前來進貢。適逢進行「頭魚宴」，天祚帝命各酋長以歌舞助興，阿骨打嚴詞拒絕，被再三要求後，卻仍「辭以不能」。天祚帝因此對樞密使蕭奉先說：「前日之燕，阿骨打意氣雄豪，顧視不常，可託以邊事誅之。否則，必貽後患。」（註28）但蕭奉先以爲女眞乃蕞爾小國，並無能力興風作浪，使得阿骨打暫時逃過一劫。但阿骨打聞知天祚帝之意，加上各部落推舉他爲聯盟首領，因此遂有反遼之心。天慶四年，阿骨打在淶流水（今吉林扶余拉林河）邊起義，因懼遼國因叛亂而滅女眞，將士們人數雖少，卻個個置之死地而後生，最後女眞人很快地攻下了遼國的軍事重地寧江州（今吉林扶余石頭城子）。從此，雖天祚帝開始派兵爭討，但阿骨打所率領的軍隊節節勝利，陸續攻佔了賓州（今吉林農安東北）、祥州（今吉林農安）、咸州（今遼寧開元老城）等地。阿骨打遂於天慶五年（1115年，宋徽宗政和五年）建國稱帝，是爲金太祖，並定此年爲收國元年。此後，雖遼金繼續對戰，但遼軍

〔註27〕捺鉢，是契丹語之譯音，本義爲行營、行帳。後被引申爲指稱帝王的四季漁獵行動，即所謂「春水秋山，四時捺鉢」，合稱「四時捺鉢」。而後金代亦沿用此一習慣，但不若遼國有明確的四時之分，大約只有「春水秋山」，即「春獵秋獵」的區別。參考自劉浦江〈金代捺鉢研究〉，收入《文史》1999年12月第49輯、2000年7月第50輯。

〔註28〕楊家駱主編《新校本遼史附遼史源流考》（臺北：鼎文書局，1975年10月3版），卷二十七〈天祚帝本紀〉，頁326。

處於弱勢，金人很快佔領的北方大部分的土地。雖天祚帝一面派兵鎮
壓，但一方面也不斷遣使與金人談判。金太祖一開始並沒有滅亡遼國
的打算，因此願意與天祚帝談和。但雙方對於議和的條件一直達不成
共識，情況膠著；直至宋人訪金，才打破了遼金的僵局，並使宋、遼、
金三國關係起了極大變化。

　　自女眞反遼之後，北宋一直注意著來自邊防的情報。看到遼軍在
爭中不斷失利，北宋遂興起了趁機收復燕雲十六州的野心。此處先回
到北宋朝廷來討論：徽宗將內政交與蔡京等人掌管，而在外交軍事
上，則重用因助蔡京以進的童貫。早在崇寧四年，徽宗拔擢內侍之職
的童貫爲經撫使（《宋史》〈徽宗本紀〉，頁 373）之前，蔡京即以「贊
策取青唐，因言貫嘗十使陝右，審五路事宜與諸將之能否爲最悉，力
薦之。」（卷四百六十八〈宦官傳・童貫〉，頁 13658）之後童貫不斷
迅速升遷：

> 政和元年，進檢校太尉，使契丹。或言：「以宦官爲上介，
> 國無人乎？」帝曰：「契丹聞貫破羌，故欲見之，因使覘國，
> 策之善者也。」使還，益展奮，廟謨兵柄皆屬焉。遂請進
> 築夏國橫山，以太尉爲陝西、河東、河北宣撫使。俄開府
> 儀同三司，簽書樞密院河西北兩房。不三歲，領院事。更
> 武信武寧護國河東山南東道劍南東川等九鎮、太傅、涇國
> 公。時人稱蔡京爲公相，因稱貫爲媼相。（〈宦官傳・童貫〉，
> 頁 13658）

童貫在掌握了軍事大權後，不斷想拓展西北疆土以建功。然童貫畢竟
不懂用兵遣將之道，因此在好大喜功之餘，蒐集情報亦不確實，勉強
出兵的結果，導致西北邊事一再受挫。

> 將秦、晉銳師深入河、隴，薄于蕭關古骨龍，謂可制夏人
> 死命。遣大將劉法取朔方，法不可，貫逼之曰：「君在京師
> 時，親授命於王所，自言必成功，今難之，何也？」法不
> 得已出塞，遇伏而死。法，西州名將，既死，諸軍恟懼。
> 貫隱其敗，以捷聞，百官入賀，皆切齒，然莫敢言……弓

箭手失其分地而使守新疆，禁卒逃亡不死而得改隸他籍，
軍政盡壞。政和元年，副鄭允中使于遼，得燕人馬植，歸
薦諸朝，遂造平燕之謀，選健將勁卒，刻日發命。（〈宦官
傳・童貫〉，頁 13659）

正因童貫將屢戰屢敗的消息隱匿，而以捷報上奏朝廷，徽宗遂以爲童
貫經略西北有方；又適逢使遼途中獲燕人馬植，在童貫的鼓吹下，徽
宗亦覺燕雲可圖，而欲有進一步的行動。

馬植本燕人，世爲遼國大族。《宋史》卷四百七十二〈姦臣傳・
趙良嗣〉載：

政和初，童貫出使，道盧溝，植夜見其侍史，自言有滅燕
之策，因得謁。童貫與語，大奇之，載與歸，易姓名曰李
良嗣。薦諸朝，即獻策曰：「女真恨遼人切骨，而天祚荒淫
失道。本朝若遣使自登、萊涉海，結好女真，與之相約攻
遼，其國可圖也。」議者謂祖宗以來，雖有此道，以其地
接諸蕃，禁商賈舟船不得行，百有餘年矣。一旦啓之，懼
非中國之利。徽宗召見，問所來之因，對曰：「遼國必亡，
陛下念舊民遭塗炭之苦，復中國往昔之疆，代天譴責，以
治伐亂，王師一出，必壺漿來迎。萬一女真得志，先發制
人，後發制於人，事不侔矣。」帝嘉納之，賜姓趙氏，以
爲祕書丞，圖燕之議自此始。（頁 13734）

日後宋金海上之盟的構想，即始於趙良嗣此次之建言。而徽宗因趙良
嗣而知遼金對峙情形，以爲如獲至寶，故對其言深信不疑；加上童貫
等人的鼓吹，徽宗遂開始考慮北伐政策。關於徽宗欲北伐以收復燕雲
的相關問題，李天鳴在〈宋徽宗北伐燕山時期的反對意見〉一文中有
詳細之論述，此處不再贅述。對於在百年和平之後，突然破壞這種和
諧氣氛，背棄通好之盟約，北宋朝臣紛紛表達自己的意見。其中，有
識之士皆反對北伐，原因歸結起來不外破壞兩國和平關係、滅遼後金
人難以控制等。而以蔡京、童貫爲主的主戰派，則以爲遼國勢弱，人
心思漢，趁此時攻取必能如願。而宋徽宗在綜合了各方意見後，本欲

北伐的動作暫時擱置下來：政和六年八月，「誡北邊帥臣毋生事。」
（〈徽宗本紀〉，頁 396）政和七年二月，徽宗又下詔：

> 朝廷與北界和好，今踰百年。近者言邊累奏北界討伐女眞、
> 渤海，久未帖定。可依屢降處分，約束沿邊，不得妄動；
> 亦不得增添人馬，別致驚疑。〔註29〕

可見，徽宗仍覺得北伐燕山並無十足把握，不敢貿然前進。北伐行動
至此，似乎已宣告失效。

不料，就在同年七月，登州守臣王師中上奏說，有遼國漢人高藥
師等因避亂乘船，被風漂至登州。徽宗遂命王師中前往探問。

> （高藥師等）具言遼人以渤海變亂，因爲女眞侵暴。女眞
> 軍馬與遼人爭戰，累年爭奪地土，已過遼河之西。今海岸
> 以北，自蘇至興、瀋、同、咸等州，係屬女眞矣。〔註30〕

徽宗聽說立即命令王師中押送高藥師等人，前往蔡京官邸，與童貫一
同會商。蔡、童兩人因此再度興起北伐之構想，並建議執行趙良嗣提
出的聯金滅遼之計。而徽宗終於首肯，開始派人渡海與女眞商議。自
重和元年（1118）八月，自宋徽宗派馬政自登州渡海，以買馬爲名使
金開始，至宣和二年（1120）宋金雙方達成共識，雙方多次談判。因
經由渤海遣使往來，故稱爲「海上之盟」。而「海上之盟」最終協議：
雙方分別出兵夾攻遼朝，由金取中京（今內蒙古寧城西大明城），宋
朝取燕京（遼南京析津府，今北京）。滅遼後，燕京等七州歸宋；而
宋將每年輸給遼國的五十萬歲幣與金。

宣和四年（1122）正月，金軍攻陷遼國中京（今熱河平泉）、澤
州（今平泉西南），是以遼天祚帝逃離燕京。三月，耶律淳在燕京稱
帝。四月，金人攻下西京，天祚帝又逃入夾山（今內蒙古薩拉齊西北

〔註29〕《宋會要》冊一百九十六，〈蕃夷〉二之三十一。轉引自〈宋徽宗北
　　　　伐燕山時期的反對意見〉，同註 15，頁 267。
〔註30〕宋・徐夢莘《三朝北盟會編》（上海：新華書店，1987 年 10 月），頁
　　　　1。本書下文簡稱《會編》。以下引文若出於本書，則不再另行加註，
　　　　僅於引文後標註書名、卷數及頁碼。

大青山中部）。因宋朝北邊守臣認爲燕地可圖，蔡京等遂重新遊說徽宗，終使徽宗同意出兵收復燕雲。雖然此時的反對聲浪依然不減，但徽宗似乎意志堅定，「命童貫爲河北、河東路宣撫使，屯兵于邊以應之，且招諭幽燕。」（〈徽宗本紀〉，頁 409）然而，五六月間，由种師道率領的北伐大軍節節敗退，「遼人追擊至城下。帝聞兵敗懼甚，遂詔班師。」（〈徽宗本紀〉，頁 410）此時，遼耶律淳病死，是以宋徽宗又命令再度北伐。結果，十月下旬，宋軍又大敗而回。兩相比較，金人雖等不到宋朝的出兵援助，卻能迅速地佔領遼朝五京中的四京，雙方高下之勢立判。因此宋朝在十月再次派遣使者向金示好。然金人於十二月順利攻下燕京，因此不答應宋朝請求燕雲等地之事。最後，宋金兩方達成協議，宋朝用歲幣和燕山代稅貨，換回燕京等七州地區。宣和五年（1123）四月，宋朝正式收復燕山。

（二）靖康之難與金宋混戰

在金宋雙方結盟協議之時，曾屢次約定：雙方不得招納叛將與邊界人民。然而，宋徽宗與守邊將士卻沒有嚴格遵守，甚至屢次懷著貪圖與僥倖之心理，而違反了此一約定。其中最嚴重的，當屬招納遼叛將張覺事件，此亦成爲日後金人攻打宋朝的主要藉口。

宣和五年，遼將張覺被金人任命留守南京。但因軍隊還未被收編，又聽說天祚帝圖謀恢復，故紛紛建議率領軍隊降宋以取外援。張覺因此據平州叛金。此時宋朝已收復燕京，改燕京爲燕山府，命王安中爲燕山府路宣撫使、知燕山府事；並以遼降將郭藥師爲燕山府同知府事，統率常勝軍駐守燕山。張覺叛金後，燕人李石與高履等人至燕山，勸王安中招納張覺。因平州地勢險要，若能招張覺爲宋所用，自可屏障王室；否則，若其北通天祚等人，則對宋朝將造成威脅。王安中深覺有理，立即上奏徽宗。而宋人在與金協議之初，即欲得到平州之地，因此徽宗不管與金人之盟，很快地下令招諭張覺，命其爲節度使，並允許他「世襲平州」。（《會編》卷十八，頁 126）而在金人方面，金太祖已於五月病逝，太宗吳乞買繼立。太宗聽聞張

覺叛金，非常震怒，立即命人前往征討。七月，宗望大敗張覺，張逃入燕山。金人攻破平州，得宋朝頒賜張之誥命與徽宗御筆，其中有「吾當與汝滅女眞」（《會編》卷二十四，頁 176）之語，因此大怒而往燕山索人。王安中初依朝廷之意，推說不知，後來爲金人所逼，殺了一個貌似張覺之人，卻被金人識破。最後不得已，終於在十一月殺了張覺。雖然張覺已死，但卻埋下金人滅宋之因，〔註31〕故《宋史》卷三百五十二〈王安中傳〉載：「金人終以是啓釁。」（頁 11125～11126）

此外，金朝主事者對宋朝態度的轉變也是一重要因素。金太祖雖然在力爭金朝的權益上，態度強硬，但至少仍努力維持金宋兩國自海上之盟後交好的關係。但自太宗即位，一方面因爲宋朝衰弱無能的缺點在與金往來交涉時顯露無遺，另一方面則是因諸臣、遼降將等皆以爲宋弱可圖。且宋朝一再招納藏匿叛將與人民，暗地裡破壞兩國約定，因此金人以爲宋人日後必先敗盟，故勸太宗早日進攻宋朝。金太宗因此下令，於天會三年（西元 1125 年，宋徽宗宣和七年）十月揮兵南侵。

金太宗爲了加強對宋之戰的指揮，特建元帥府，並分成東西兩路大軍。西路以宗翰爲主帥，自西京大同府（雲州，今山西大同）南攻太原；東路則以宗望爲主，自南京（平州，今河北盧龍）西攻燕山。童貫聞金人來攻，自太原逃回開封；其餘守將也開門降之，宗翰很快包圍太原，但卻在此受到宋軍頑強抵抗。王稟在童貫棄守之後，與河東宣撫使太原知府張孝純合力守城。宗翰見一時無法攻下太原，便採取圍困方式，斷絕太原對外交通。而宗望率領的東路軍大敗郭藥師於燕山府東之白河，郭藥師遂將此時燕山知府蔡靖等人囚禁起來，以燕

〔註31〕如〈徽宗本紀・贊〉即言：「宋中葉之禍，章、蔡首惡，趙良嗣厲階。然哲宗之崩，徽宗未立，惇謂其輕佻不可以君天下；遼天祚之亡，張覺舉平州來歸，良嗣以爲納之失信於金，必啓外侮。使二人之計行，宋不立徽宗，不納張覺，金雖強，何釁以伐宋哉？以是知事變之來，雖小人亦能知之，而君子有所不能制也。」（頁 417）

山降金。隨後，雖一時無法攻取保州（今河北保定）、中山（今河北定縣）、眞定（今河北正定）等地，但宗望並不打算長久圍困，隨即越城南下，又攻佔了信德府（今河北邢臺）。而此時徽宗一面下詔罪己，一面打算由太子趙桓「監國」，準備逃往南方。後來又決意內禪皇位給太子，即日後之欽宗，而以太上皇的身份居於龍德宮。宗望欲自信德府繼續南攻，忽聞徽宗禪位之事，以爲宋朝有備，本欲還師。但郭藥師力勸繼續南征，宗望才與宋朝梁方平，於天會四年正月初（1126 年，宋欽宗靖康元年）在黃河對峙。沒想到梁方平不敢迎敵，「單騎遁歸」（《會編》卷二十六，頁 196），宋軍立刻潰散。宗望因此得以順利渡過黃河，直接包圍東京開封。

宋欽宗聞金兵已包圍開封，命李綱負責防守。因李綱親自登城督戰，士氣大振，因此金人多次進攻，卻無功而返。然欽宗仍在李綱守城之時，遣使赴金求和。金人本亦遣使欲問平山張覺之罪，故兩方使者一同至宋朝，討論議和事宜。此次議和條件亦不外乎割地與輸歲幣，但最重要的是金宋兩國關係，由原本「兄弟」之國，改爲「伯姪」之國。雖然極不平等，但欽宗仍允諾應之。宗望因此在此年二月撤軍北返。而宗翰得知兩國已議和，遂按照合約接受割與金朝的太原。但知府張孝純不承認欽宗此詔，堅守太原，宗翰因此撤軍北歸雲中（今山西大同），留下銀述可率兵繼續圍攻太原。

沒想到在金人北還，宋朝暫時得以免於覆亡之後，欽宗又因大臣們反對割讓三鎮、勤王大師陸續至汴的情勢，而有意毀約。在宋朝欲偷襲金兵卻反而中計大敗、意欲策動遼將耶律余睹聯合反金等動作後，以宗翰爲首的大臣遂亟欲再度南侵，企圖滅亡宋朝。因此，金人又在天會四年（1126）八月，依然由宗望、宗翰，分率東西二路大軍侵宋。兩路大軍於十一月於東京開封會合，並順利攻破。欽宗因此在十二月向金人投降。金人於是在天會五年（1127）二月，下詔將徽、欽二宗廢爲庶人，並在三月立張邦昌爲「大楚」傀儡皇帝，希望能用「以漢治漢」的方式管理北宋領土。徽、欽二帝及其宗室，則因此而

隨金人北還，從此淪爲金人的階下囚，北宋宣告覆亡。

而當金軍攻陷東京時，康王趙構正在相州（今河南安陽），並沒有如同其他宗室，被金人俘虜。因此北宋遺臣紛紛簇擁趙構稱帝，以復興趙氏政權。是故，趙構便於靖康二年（1127）五月，在應天府（今河南商丘）即位，改元建炎，建立南宋政權，是爲宋高宗。而僞楚政權張邦昌，雖在高宗即位後向其表明實乃身不由己的權宜之計，並迎元祐廢后孟氏垂簾聽政，自己退避地位，仍稱太宰；但很快就被高宗下詔賜死，僞楚政權也因此瓦解。金人聽說此事，便再度派兵南下，欲消滅趙宋政權。但因北方軍民不願歸附金人，而紛紛組成義軍與金人相抗，尤其是宗澤等人在東京的堅守，使得金人無法在短間內攻取東京。

宋高宗即位之後，雖曾贊成奮勇抗金，但他始終畏懼金人，甚至不敢定都於北。在聽說金人又揮兵南下之際，高宗遂決定於建炎元年（1127）十月，以南幸爲名逃往揚州。而金軍在進入山東地區後，又奉太宗之命追擊逃往揚州之宋高宗。高宗一路南逃至杭州，見金兵仍尾隨而來，遂企圖再往南逃至福州。宗弼一路追高宗至往福州的海上，因被大風雪及宋海軍打敗，才於天會八年（1130）二月率軍北返。令人意外地，金人在此次與宋軍戰鬥的過程中，多次遭到宋人頑強抵抗，連宗弼、完顏昌等主帥皆狼狽而回，金人始知南宋不若想像中容易攻下，遂逐漸萌生與宋議和的想法。但另一部份的金人則仍希望藉由「以漢治漢」的方式控制宋朝領土，因此便在天會八年七月，冊封於建炎二年（西元 1128 年）已降金的濟南知府劉豫爲大齊皇帝，建都汴京（今河南開封）。

而在南宋與金的關係上，雖宋高宗自即位始便不時遣使赴金，表面上探問徽、欽二宗的消息，實際上欲請求金人對南宋政權的承認，並有友好談和之意。但金人一開始並不接受，一心想滅亡南宋，因此對宋朝派遣之使者，如王倫、宇文虛中等，一律留之不遣。而自追捕宋高宗失敗之後，金人遂改變了強硬的態度，一面扶植僞齊政權、繼

續進攻南宋，一面又欲遣使講和，即所謂「以和議佐攻戰」〔註32〕策略。故於天會十年（1132）八月，遣歸扣留的宋使王倫，欲與南宋息兵講和。但趙永春以爲，此時之「議和」絕非眞正意義的議和，而僅是爲了加強對北宋原有土地之有效控制，並鬆懈南宋對金之防備，以加速滅亡南宋政權此一目的；這點從金人仍不放棄對南宋的軍事活動，以及金朝只遣歸留金之宋使，而不像宋朝派遣使者即可看出。（《金宋關係史》，頁99～100）

在中原地區較有效地被控制了之後，金宋兩國都有意識地將戰鬥主力放在西北，因此進行了幾場較關鍵的戰役。因富平（今陝西耀縣）之戰宋軍先勝後敗，因此和尚原（今陝西寶雞西南）之戰就格外重要。而和尚原西南緊鄰秦蜀往來要道大散關，是川陝的門戶，故若此地不保，金人滅亡南宋的可能性就大爲提高。因此張浚任命吳玠爲陝西諸路都統制，負責保衛和尚原。而吳玠也確實在天會九年（1131）十月，重挫宗弼所領之金兵，差一點使宗弼無法北歸。隨後金人又派撒離喝經略川陝，於天會十一年（1133）進逼川陝邊界饒鳳關（今陝西石泉西）。吳玠等被迫退守仙人關，與其弟吳璘一同抗拒金兵，使金人被迫還據鳳翔，而乘機收復了鳳州（金陝西鳳縣）、秦州（今甘肅天水）、隴州（今陝西隴縣）等地，破壞金人由陝入川之計。而劉豫在宋人不斷叛降及金人支援下，很快地自紹興三年（1133）十月起，接連攻下襄陽府（金湖北襄樊）至岷州（今甘肅岷縣）等地，佔領了東至山東，中跨襄漢，西到隴中的大片土地。宋朝遂任命岳飛加以防守，而於紹興四年（1134）四月迅速收復襄陽等六郡。劉豫因此請求金人出兵聲援，遂於九月再度南侵。沒想到岳飛、韓世忠等名將率領部下一再大敗金兵，使得金兵皆無鬥志。此時又傳來金太宗病危消息，宗弼一軍遂連忙北撤。劉豫等人也跟著倉皇北

〔註32〕宋·宇文懋昭《大金國志校證》（北京：中華書局，1986年7月），卷七〈太宗文烈皇帝〉：「大金用兵，惟以和議佐攻戰，以潛逆誘叛黨。」（頁113）

歸。金人南侵之計至此遂劃下休止符。

三、金宋和平相處至海陵南征

（一）金熙宗時期

天會十三年（1135）正月，金太宗病逝，由熙宗即位。除了因為熙宗漢化較深，此時宋金情勢已由金強宋弱，逐漸向金弱宋強轉化。〔註33〕因此，促成了金熙宗再度改變對宋態度，放棄以消滅南宋為目的的征戰，開始謀求雙方和平相處之模式。

既然金熙宗同意與宋謀求和平關係，即表示承認南宋政權，因此對於偽齊劉豫的存廢，就有了討論的空間。金朝當初建立偽齊，即是為了「以漢治漢」的目的；如今，既已有南宋政權的存在，偽齊似乎沒有繼續下去的意義。劉豫自己也深知此點，故欲繼續南侵宋朝，企圖以戰功保持自己的地位。但紹興六年（1136）的南征，卻損失慘重，大敗而歸，「金人遣使問劉豫之罪」〔註34〕。宗磐因此向熙宗建言：「先帝立豫者，欲豫關疆保境，我得按兵息民也。今豫進不能取，退不能守，兵連禍結，休息無期。從之則豫收其利，而我實受弊，奈何許之！」（《宋史》卷四百七十五〈叛臣傳‧劉豫〉，頁13800）是以熙宗決心廢偽齊，遂於天會十五年（1137）十一月，將劉豫囚於金明池，廢為蜀王。偽齊政權於此亦告消滅。而金人廢了偽齊之後，遂在汴京設置行臺尚書省，並廢偽齊所立之法。

南宋方面，宋高宗一如往常不時遣使至金。紹興七年（1137）正月，傳回宋徽宗及寧德皇后已逝世之消息，高宗遂再遣使乞求迎回兩

〔註33〕金宋兩國情勢之轉變，就金朝方面而言，除了因長年征戰，而死傷愈多之外，金國內部政權的鬥爭也是促使熙宗希望對外有和平環境的因素；在宋朝方面，則因軍民逐漸開始有系統的組織起來，面對金軍不再「望風潰散」。因此，兩國之勢力遂因此而各有增減。然此非本文重點，故不再贅述。

〔註34〕李心傳《建炎以來繫年要錄》（臺北：文海出版社，1980年6月），卷一零六，紹興六年十一月壬辰條，第1736頁。

人梓宮，並趁機請求歸還河南之地。沒想到金人慨然應允，金宋遂在紹興八年（1138）密集遣使往返，商討議和事宜。最後，達成以下協議：一、宋金兩國以黃河為界，金將劉豫管轄之河南陝西之地交還宋朝。二、南宋向金稱臣。三、南宋每年向金朝交納歲幣五十萬。四、金人許歸宋徽宗、寧德皇后梓宮及宋高宗母親韋氏。以上條件，皆是高宗即位以來所求之不得之事，因此可看出金朝在此次議和上，表現出最大誠意，而作出了重大讓步。是故，紹興九年（1139）三月，宋人終於正式收回河南陝西之地。

　　然而，金朝主持與宋議和的是完顏昌，完顏昌與秦檜相識，想藉歸還河南、陝西等地，使得宋朝因感激而幫助他在金朝內部建立王國。宗弼則因完顏昌沒有與他商量而逕自決定議和，對完顏昌有所猜疑，以為他必與南宋別有陰謀。因此建議金熙宗將被任命處理交割事宜而正在東京的王倫留置，並趁交割事宜尚未完備，一舉收復舊土。王倫得到消息，遂上奏朝廷，建議做好金人叛盟之準備。而此時完顏昌等人謀反之事敗露，當時交還河南、陝西等地的私心亦被暴露，故宗弼奏請誅完顏昌，並收回河南、陝西等地，金熙宗深以為然。因此熙宗於紹興十年（1140）五月，任命宗弼攻宋，聲稱要收回河南、陝西等地。戰爭之初，金軍進展順利，不多久便奪回河南陝西之地。而本奉命赴東京駐守的劉錡，遂決定堅守順昌府（今安徽阜陽）以禦金人。因劉錡有破釜沈舟之決心，激起將士們之奮鬥意志，竟然使金軍慘敗而歸。但宋高宗不敢得罪金人，不敢進攻河南陝西以外土地，遂令劉錡班師，退往鎮江，使宋人錯失了一次收復失土的大好機會。而另一方面，岳飛在偃城（今河南偃城）、潁昌（今河南許昌）等地，又打得金人落花流水，聞岳家軍之名而喪膽。孰料此時宋高宗卻送來金牌急招岳飛班師，雖岳飛不願意，但左右翼軍均已後撤，無法再孤軍深入，遂忍痛班師回朝，所復州縣又很快落入金人手中。而金軍在川陝的攻戰，亦因吳璘等軍之抵抗而受阻。金朝始知此時已無法以武力滅亡南宋，故頗有議和意願。但宗弼不願在戰敗的情形下議和，乃

在皇統元年（1141）正月，發動了迫使宋人求和的攻勢。宋人因大意而失利，宗弼又遣使表達在一定條件下願意議和的態度，宋高宗因此不計任何條件，執意求和。雙方便在十一月簽訂議和條約，主要概括有以下幾點：一、宋向金稱臣，且南宋皇帝需由金朝皇帝冊封。二、宋金以淮水中流為界。三、雙方皇帝生辰及正旦，均需遣使祝賀。四、宋每年輸金歲幣。此次議和對宋朝而言，比上次丟掉了黃河以南、淮水以北之土地，損失慘重。但因宋高宗怕得罪金人，故不計任何條件也要議和，甚至親手撰寫「誓表」以示誠意。雖宋金在此次和議後，維持了二十多年和平關係，但卻因此底定了宋金兩國在政權與疆域的劃分，而使南宋成為最大輸家。

（二）金海陵王時期

海陵王完顏亮是太祖庶長子宗幹之子，比金熙宗小三歲。金熙宗則是太祖嫡子宗峻之子，然因宗峻早死，母親按照女真族「父死則妻其母，兄死則妻其嫂，叔伯死則姪亦如之」的習俗，再嫁宗峻之兄宗幹，因此成為宗幹養子，與完顏亮在同一個環境下成長。當金熙宗即位後，完顏亮十分羨慕，遂有當皇帝之野心，因此積極在熙宗朝建功。直至皇統九年（1149），完顏亮已坐上右丞相兼任都元帥、太保領三省事之高位，掌握了朝中大權。因覺時機成熟，遂聯合左丞秉德等人，於十二月夜裡潛入熙宗寢宮，刺殺了熙宗，是為海陵王，改元天德。

但海陵王並沒有因此而滿足，在成為了大金皇帝之後，還企圖消滅南宋，統一天下，從以下史料便可略知一二：

> 宋余唐弼賀登寶位，且還，海陵以玉帶附賜宋帝，使謂宋帝曰：「此帶卿父所常服，今以為賜，使卿如見而父，當不忘朕意也。」使退，仲軻曰：「此希世之寶，可惜輕賜。」上曰：「江南之地，他日當為我有，此置之外府耳。」由是知海陵有南伐之意。（《金史》卷一百二十九〈佞幸傳・張仲軻〉，頁 2780～2781）

> 海陵與仲軻論漢書，謂仲軻曰：「漢之封疆不過七八千里，
> 今吾國幅員萬里，可謂大矣。」仲軻曰：「本朝疆土雖大，
> 而天下有四主，南有宋，東有高麗，西有夏，若能一之，
> 乃爲大耳」……海陵繼而曰：「朕舉兵滅宋，遠不過二三
> 年，然後討平高麗、夏國。（〈佞幸傳・張仲軻〉，頁 2782
> ～2783）

可見，一則因爲海陵本身有南侵之心，再則身邊小人又屢屢進言蠱
惑，海陵遂開始處心積慮地部署南侵計畫。首先，海陵爲了集中對全
國的控制權，於貞元元年（1153）不顧眾臣反對，將原本位於上京的
會寧府（今黑龍江阿城）首都，遷至較爲南方的燕京（今北京），改
名中都。但遷至中都後，又覺得中都離南宋太遠，想再遷都南京（今
河南開封）。因此於正隆三年（1158），又命左丞張浩等，負責監督南
京宮室的營建，並加緊進行戰爭準備。在無人敢進言勸阻南征的情況
下，海陵王於正隆六年（1161）九月，兵分四路地大舉進攻宋朝。最
後，金世宗在後方掀起政變，宋將與虞允文在采石之磯又打了漂亮的
一仗，金軍因此徹底潰敗；海陵王完顏亮也因被部下耶律元宜所弒身
亡，金宋大戰遂因此落幕。〔註35〕

　　雖以上頗費篇幅地敘述了中國在十二世紀，約六十年間所發生
的政治變動與情況，但因此段時期，概括了吳激、蔡松年兩人的生長
的時代背景；且兩人入金後又位居高官，因此對於此時宋、遼、金三
國之政治情勢加以介紹，是無法省略的步驟。雖此節對吳蔡兩人之直
接論述較少，但從與吳蔡兩人相關的人物與大政治背景的交融、互動
上分析，卻更能明瞭兩人在親身踏上仕途，與政治發生密切關係之影
響與脈絡，進而在第三章探討兩人生平事蹟，與第四章作品反映之心
態上，有更細微而透徹之體悟。

〔註35〕以上宋、遼、金三國史事，除依據正史記載，其餘多參考自趙永春
　　　　《宋金關係史》，同註25，以及李天鳴〈宋徽宗北伐燕山時期的反對
　　　　意見〉，同註26。

第三節　學術風氣

在概略介紹北宋末年之政治情況後，本節欲將焦點集中在文人生存的學術圈中。誠然，宋代士人身份如王水照先生所言，「有個與唐代不同的特點，即大都是集官僚、文士、學者三位於一身的複合型人才」，〔註36〕因此討論學術氛圍，總離不開與政治之聯繫；但學術畢竟有其獨立於政治之外的空間，以及由輿論凝聚而成之勢力，因此對彼時之學術風氣加以關注，也是不應忽略的課題。又由於宋代禮遇文人之特殊背景，使得文人對於政治之參與度大幅提升。但在各自表述己身之政治理念時，往往因意見不同而造成文人間之對立與聯合，遂形成「結黨」現象的出現；並進一步因欲求政治上之表現，而打擊異己或拉攏結夥，構成了北宋著名而爲禍甚烈之「黨爭」。

北宋末年，承繼著皇帝與朝臣間之政治恩怨，新舊黨爭依然沒有止息。徽宗時期的「元祐黨禁」，更是流於意氣之爭，對元祐黨人之迫害尤爲慘烈。而有趣的是，此時之學術圈，不但不因朝廷之禁令而停止傳播元祐學術，反而有愈禁愈盛之趨勢。是以，蘇、黃之學在北宋末年，遂逐漸盛行，而終能在靖康之難後，於南宋與金朝各自發展出不同的道路。因此，本節首先概述宋代文化與宋學之特徵，繼而論述新舊黨爭之成因與發展，最末則著眼徽宗朝實行「元祐黨禁」之情形與影響，以呈現北宋末年特殊之學術風氣。

一、宋學之特色

宋代緊接著唐朝而來，雖然對外之武功與發展不如唐代，但在文化學術上的貢獻，卻有過之而無不及。歷來學者對唐宋文化之差異已有豐富論述，因此本文將在前人基礎上，略爲簡介宋學及宋代文化之特色，期能爲下文黨爭之論述作一鋪墊。

〔註36〕王水照主編《宋代文學通論》（開封：河南大學出版社，1997年6月），頁27。

陳植鍔以爲，所謂「宋學」：

> 從橫的方面講，它相當於包括哲學、宗教、政治、文學、
> 藝術、史學以及教育等在內的具有畫時代意義的趙宋一朝
> 之文化；從縱的方面講，它是中國儒家傳統文化在十一世
> 界初期興起的一個新流派，一種跨時代的文化模式。〔註37〕

是知「宋學」一詞，兼有「宋代文化與儒家嶄新面目所形成之文化模
式」的雙重含意。因此，欲瞭解宋代學術風氣，不妨從探討宋學特色
著手。

　　陳植鍔歸納「宋學精神」爲：議論、懷疑、創造開拓、實用、內
求與兼容等六點。〔註38〕無獨有偶，李春青在論述「宋學精神之特質」
時，也指出了以下六點：理性主義、反思、創新、懷疑精神、言說衝
動，與對個體精神自由之渴求。〔註39〕兩相比較，發現兩者對宋學特
色的歸納，幾乎完全雷同：陳氏之「議論」，即爲李氏「言說衝動」；
陳氏「創造開拓」，即爲李氏之「創新」；陳氏之「內求」，即爲李氏
「對個體精神自由之渴求」與「反思」的結合；而「懷疑」精神則爲
兩人所共同認可者。可見，透過對以上數點的討論，即能大致掌握宋
學的精神與特色。

　　由於宋太祖趙匡胤以武力取得政權，因此在一統天下之後，遂以
唐朝藩鎮割據爲鑑，削弱群臣之武力，強化中央集權，開啓了宋朝重
文輕武、禮遇文人之風氣。正因爲朝廷提供了一個如此之舞臺，通過
科舉的士人們，無不競相貢獻自己的學力，以期爲皇帝和國家盡一分
力。又由於宋廷「不殺言論大臣」之慣例，使得群臣擁有絕對的言論
自由，而造成士人們好議論之風氣。《宋史》卷三百一十四〈范仲淹
傳〉載：

〔註37〕陳植鍔《北宋文化史論述》（北京：中國社會科學出版社，1992 年 8
　　　月），頁 151。
〔註38〕同上註，頁 287～323。
〔註39〕李春青《宋學與宋代文學觀念》（北京：北京師範大學出版社，2001
　　　年 10 月），頁 65～69。

仲淹泛通六經，長於《易》，學者多從質問，爲執經講解，
亡所倦。嘗推其奉以食四方游士，諸子至易衣而出，仲淹
晏如也。每感激論天下事，奮不顧身，一時士大夫矯厲尚
風節，自仲淹倡之。（頁 10267～10268）

范仲淹憑著他廣博的學識，從經典中獲得古今興亡的教訓，因此對時
政屢有建言。但他奮不顧身、慷慨陳詞的態度，則完全體現了他自己
在慶曆年間的格言：「先天下之憂而憂，後天下之樂而樂」，表達了知
識份子獻身於國的精神。從此，士大夫遂起而效之，以砥礪志節、議
論時政爲風尚。

　　而這樣好議論的風氣，也與宋人懷疑、重思考的態度有關。早
在北宋初期，即有學者對於前代流傳下來的經典，感到懷疑而進一步
立論以抒發己見。此又可分爲疑經與疑傳兩部分來談。疑傳的風氣產
生較早，在仁宗慶曆年間，范仲淹已開風氣。但眞正有所貢獻的，是
其弟子孫復。歐陽修在《孫明復先生墓誌銘》說：「先生治《春秋》
不惑傳注，不爲曲說以亂經，其言簡易，得於經之本義者爲多。」
〔註40〕孫復及其弟子石介等人，即以「不惑傳注」、「棄傳從經」之概
念，重新對漢唐以來的注疏加以反思，進而對經典有了新的詮釋。而
疑經風氣，則以歐陽修認爲《周易・繫辭傳》非孔子所作之言論爲最
早。他如劉敞對《春秋》之新解、李覯疑《孟子》、蘇軾疑《書經・
顧命》等，皆可證疑經風氣之廣布。陳植鍔談到：

從一定時期社會文化的深層心裡結構來分析，宋代知識份
子這種治學的懷疑精神，不僅與他們的批判意識相表裡，
而且也與著書立說，期於長遠的垂芳意識有關。歐陽修談
到自己黜僞說之亂經而不怕一時孤立的決心時說：余以謂
孔子沒，至今二千歲之間，有一歐陽修者爲是說矣。又二
千歲，焉之無一人焉與修同其說也……同予說者既眾，則
眾人之所溺者可勝而奪也……余之有待於後者遠矣，非汲

〔註40〕宋・李燾《續資治通鑑長編》（臺北：世界書局，1961 年 11 月），冊
　　　5 卷一百四十九，慶曆四年五月壬申條，頁 1506。

汲有求於今世也。〔註41〕

可見，在遍覽群書之後，宋人反省、思考的邏輯思維更加清晰，所以
能夠時時帶著放大鏡，小心翼翼地檢驗每一個字句與文義，並對自己
苦心累積而來的成果極具信心，期能為後人探求經典本義，貢獻自己
的創獲與意見。

　　至於創新開拓，可與內求及兼容精神一併討論。所謂創新開
拓，基本上也是站在對儒家精神及其經典的改變上來說的。如王安
石《易義》二十卷，及其所主持編定的《三經義》。王安石在〈答韓
求仁書〉中說：「某嘗學《易》矣，讀而思之，自以為如此，則書以
待知《易》者質其義。」〔註42〕如此出於己意而有所發明的精神，幾
乎是宋代士人必備的思維模式。此外，在唐代儒學受到外部佛、道
兩家的滲入和攻擊下，促使宋人必須兼採佛、道兩家之說，再融入儒
家本身傳統概念之中。此點也可以從《孟子》在宋代地位的攀升得到
印證。儒家思想雖然發展至宋代，已略具雛形，但對於內在本體的
心性之學，卻仍是空洞而脆弱的。宋儒察覺到了此一缺失，因此講求
內部自省的工夫，亟欲藉此以達成聖的境界。是故，從《孟子》探
討心性的角度出發，宋儒一方面身體力行「內求」工夫，一方面則對
《孟子》一書有了更多心的詮釋與發揮。因此，論者乃言宋代士人
處處受儒釋道三教合一的影響。雖然大多數宋人可能並不承認，但
這種援佛老以入儒的傾向，卻是昭然若揭而無須贅言的。也正是因
為宋學能夠對各種思想學說加以融合，才能成就一全新而又豐富的
嶄新面目。

二、新舊黨爭的由來與演變

　　從以上宋學的特色可知，富批判性思考與好發議論，乃宋朝士人
之基本性格。但若將場域與事件轉換成朝廷與國家安危，不同的政見

〔註41〕《北宋文化史論述》，同註37，頁302～303。
〔註42〕《新刻臨川王介甫先生文集》卷七十二，收入舒大剛主編《宋集珍
　　　　本叢刊》（北京：線裝書局，2004年6月），冊十四，頁534。

卻極易造就壁壘分明的文人集團。在北宋如此特殊的政治與學術背景下，因政治理念及學術思想差異的文人，遂形成了新舊兩黨互相角力的局面。

（一）「黨」的形成：學術思想的差異

「黨」，指由志同道合的人所組合而成的團體。因此，在歷代政治上，總不乏因政見不同而形成的「黨派」；而各黨之間觀念之落差，則造成影響程度不一的「黨爭」。誠如上述，宋代士人好發議論，且同時具備官員、文人、學者三種身份，因此使得宋代黨爭頻繁，並呈現了與以往各代不同的面目：同時揉雜了政治、文學與學術的多樣成分。

而綜觀北宋黨爭的形成，究其原因，乃因各家之學術思想有所不同，遂延伸而成對政治時事、文學觀念等頗為分歧的情形。沈松勤即以為，「從這個意義上說，北宋黨爭又是一種學術之爭、文化之爭。」〔註43〕因此，在瞭解北宋黨爭始末的同時，對於各家之學術思想也不能輕忽。北宋士人雖受儒釋道三教融合之影響，但總體仍是以儒家為本，並秉持繼承儒家道統為己任的精神處世。是故，士人接觸最久的經典古籍，所造成對士人影響最深的學術思想，則成了往後進入仕途或發而為文的主體核心概念。下文將概述北宋幾個重要學派，及其主要學術思想與概念，以釐清何以最終造成互相攻擊、傾軋，而導致北宋末年走向衰亡的原因。

全祖望〈宋元儒學案序錄〉：「慶曆以際，學統四起。」〔註44〕可知自仁宗朝開始，宋代學術即開始了百家爭鳴的局面。而北宋較重要的學派，約可分為洛、朔、蜀、新四派。前三者又稱為舊黨，是相對於王安石新黨來說的；洛學以二程為主，朔學以司馬光為主，蜀學

〔註43〕沈松勤《北宋文人與黨爭——中國士大夫群體研究之一》（北京：人民出版社，1998年12月），頁3。

〔註44〕沈善洪主編《黃宗羲全集》（杭州：浙江古籍出版社，2005年1月），冊3，頁28。

則是三蘇及其友人與弟子。雖然此四黨之核心人物，皆活躍於仁宗、神宗之時；但因其門人弟子繼承著師門之學術、政治恩怨，因此新舊黨之間的糾葛一直與北宋政治相始終。首先，王安石新學與司馬光朔學，皆是以儒爲本，著重經世致用的功能。但王安石依附經典的用意，在於托古改制，以爲新法找到理論依據；而在司馬光看來，以理財爲改革重點的王安石，自然是口稱先王之道，而實際上卻以「利益」爲先，背棄了聖人之道。且王安石以爲應先建立法度，再依此而選用人才，因此與司馬光以用人爲主，不願急切、徹底改變現況的態度大異其趣，是以兩人在學術思想上的歧異，便擴大成對政治改革的不同意見。

此外，洛學與蜀學雖然也以儒家爲本，但依然與新學、朔學在經世致用上的見解有所差異；是故在哲宗初立，高太后聽政時期，舊黨人士，尤其是洛、蜀兩派也形成嚴重對立。然而，在王安石變法之時，兩派依然對王安石新政有所不滿，而且也反對王安石任用小人，因此和司馬光站在同一陣線。對於蜀學，一般人常因其文學成就的卓越，而忽略或低估了三蘇之學術深度。但只要檢視三蘇在經學方面的著作，便可知蜀學以儒學爲本，大抵是不錯的。而在同樣以儒學爲本的北宋，蜀學相對於其他學派最爲特出的，則是廣泛吸收各家之精華，如縱橫家；其中，又大幅度地融合佛老之說於儒家之中，因此在「性命」方面有其獨到之處。秦觀曾言：

> 閣下謂蜀之錦綺妙絕天下，蘇氏蜀人，其於組麗也獨得之於天，故其文章如錦綺焉。其說信美矣，然非所以稱蘇氏也。蘇氏之道最深於性命自得之際，其次則器足以任重，識足以致遠，至於議論文章，乃其與世周旋，至粗者也。
> 〔註45〕

將對「性命」之體悟推到蘇軾學術的最前端，甚至連爲世所稱譽的

〔註45〕〈答傅彬老簡〉，收入徐培鈞《淮海集箋注》（上海：上海古籍出版社，1994 年 10 月），中冊卷三十，頁 981。

「議論文章」與之相比，都只是「至粗者」，可見秦觀對於蘇軾在此一方面的見解，是何等推崇。然而，若真要說對內部工夫與對「心」、「性」之闡發，仍不能不將焦點集中在以二程為首的洛學身上。洛學以為「心」是價值觀的真正來源，因為它具有「性」。因此，「盡心」遂成為修養工夫的第一要務。而惟有盡了心，使「心」、「性」為一，才能舉止合宜，順乎天理。正因為洛學將人與天理加以連貫，因此「成聖」之道便不假外求，使得儒家的哲學體系至此完整，也為儒學開啟另一嶄新面貌。至於洛蜀兩派在北宋末期的激烈鬥爭，日人諸橋轍次曾指出兩者在學術方面之差異：

> 蓋洛學主敬為綱領，蜀學蔑禮法而崇放達。洛學墨守道統；蜀學不顧異端，出入於佛、老。洛學戒玩物喪志；蜀學標榜文章，喜新奇，馳縱橫之鬼才。凡此數端，皆為兩者修養法之根本不同，要亦洛、蜀抗爭之根本原因也。〔註46〕

可見，不僅是修養工夫，連「文」與「道」孰先孰後、德行與文學對士人價值的影響等問題，兩派也有極大歧異。是以，洛蜀雖對外仍與新黨人士為敵，內部卻也因種種原因而相互攻訐，致使黨爭及因此所釀之禍害，在北宋將亡之際，仍未止息。

（二）黨同伐異的結果：混亂的政局

北宋黨爭，約起於仁宗慶曆年間范仲淹的政治改革。而范仲淹實施政治革新的原因，乃在於自開國以來集權中央，以文人為重所造成的弊病：冗兵、冗官、冗費，即所謂「三冗」。而宋初士人也意識到此等問題，致使「方慶曆、嘉祐，世之名士常患法之不變」〔註47〕；即便日後反對王安石新政的司馬光等舊黨人士，也希望透過改革以救積弊。因此，在仁宗時期，「通變救弊成了一股勢不可遏的社會思潮、

〔註46〕諸橋轍次撰、唐卓群譯《儒學之目的與宋儒之活動》，頁570。轉引自涂美雲《朱熹論三蘇之學》（臺北：秀威資訊科技股份有限公司，2005年9月），頁150。

〔註47〕陳亮〈詮選資格〉，收入《叢書集成初編》（北京：中華書局，1985年），冊三《龍川文集》卷十一，頁116。

一種強烈的時代要求。」〔註48〕在這樣的背景之下，范仲淹毅然絕然地興起北宋第一次的政治改革：慶曆新政。但很快地便宣告失敗。改革失敗的原因眾多，但除了規模較大，難以全面實行之外，朋黨間的互相攻擊；尤其是以呂夷簡爲首士人的指責，也是促使改革失敗的主因。此即爲北宋第一次黨爭。

而范仲淹所領導的慶曆新政雖宣告失敗，卻因此開啓了北宋黨爭之風氣。因爲范仲淹的失敗，並沒有使得士人們放棄改革的希望，反而更加熱烈地渴求政治上的新變。王安石所作的一系列詩文作品，即明確表達了欲更新天下的願望。〔註49〕而二程、二蘇等人，在此時也以詩文明確表達政制不變不可之時勢。〔註50〕是以朱子有云：「只是當時非獨荊公要如此，諸賢都有變更意」，〔註51〕可知北宋此時各方面之思潮，都以爲到了非變法不可的時候了。因此，以王安石爲主的政治革新，方於神宗熙寧間正式展開。

熙寧二年二月，王安石爲了推行新法，於三司之外另設制置三司條例司；次年五月，詔制置三司條例司歸中書；十二月，王安石入同中書門下平章事，並提舉編修三司司令式，朝臣於是群起議論。因三司爲理財機構，與中書（掌政務）、樞密（掌軍事）各司其職，直接對皇帝負責。而在三司之上設「制置三司條例司」以監督三司，後又將其歸入中書，遂使三司、中書、樞密均權的勢力被打破，宰相（主持中書事務）遂同時掌管了財政大權。如此，宰相專權、指鹿爲馬的情況極可能發生。是以朝臣乃以爲三司條例司之設置不當，而認定王安石之心態可議。但就事實而論，歷來學者亦指出，三司、中書、樞密不相過問職權的結果，導致掌政者無法全面瞭解財政狀況，

〔註48〕《北宋文人與黨爭——中國士大夫群體研究之一》，同註43，頁14。
〔註49〕如〈上仁宗皇帝萬言書〉、〈兼併〉、〈收鹽〉等。
〔註50〕如程顥〈論王霸札子〉、程頤〈上仁宗皇帝書〉、蘇軾〈上富丞相書〉等。
〔註51〕《朱子語類》（北京：中華書局，2004年2月5刷），卷一百三十，頁3101。

不知施政措施如何因應民生凋弊的困境，本來就應加以改變；且王安石三司條例司的設置，也非出於專權之思，乃是爲了強化中央對財政的掌控。但一方面由於王安石最初爲了救積弊之立意，與眞正施行新法後的情況不甚相合，在一定程度上加重了人民之負擔；另一方面，改革腳步過於急躁，使得相關官員與人民手足無措，是以司馬光有「治天下譬如居室，弊則修之，非大壞不更造也」（《宋史》卷三百三十六〈司馬光傳〉，頁 10764）之議。因此，在群臣議論洶洶的情形下，以贊成王安石改革爲主的新黨，與以司馬光爲首反對王氏改革的舊黨，壁壘分明的態勢立起，開啓了長達超過半個世紀的新舊黨爭。

誠然，新舊黨爭與上文所提及的學術思想之差異有關，而政治上新法的推行又是引起兩黨對立的導火線，但新舊黨爭的重點仍不僅止於此，因爲「君子」與「小人」之辨也是與政見相左而同步進行的爭論。君子小人，本圍繞著新法推行的心態而言，但兩黨互相攻訐而毫不相讓的結果，使得「君子」與「小人」的討論，終流於主觀的意氣之爭，而埋下了北宋末年黨禍甚烈的種子。沈松勤以爲，區分君子與小人的標準在於「義」與「利」；〔註52〕是以新舊黨爭，在一定程度上又可視爲「義利之爭」。而「君子小人」與「義利之辨」，在歐陽修〈朋黨論〉筆下，則更進一步發展成：「君子以『同道』爲朋，小人以『同利』爲朋」〔註53〕的論點。是以，君子小人、義利之辨、君子有黨等三組名詞，遂一反儒家傳統：「君子周而不比，小人比而不周」、「君子群而不黨」的概念，成爲一新穎明確而有機的繫聯。是以，新舊兩黨分別在政治理念與事件中，宣稱自己是以「道」以「義」爲主的君子；而對方則是以「利」爲主的小人，如此心態下，產生了黨同伐異的言論與行爲，使得本以政事爲主的黨爭，擴及成以攻擊異黨人

〔註52〕《北宋文人與黨爭——中國士大夫群體研究之一》，同註43，頁 47。
〔註53〕《歐陽修全集》（臺北：河洛圖書出版社，1975 年 3 月），頁 128～129。

士，甚至不惜危害其身家性命的慘烈黨禍。

　　而至徽宗以前，新舊兩黨在政權消長上互有進退。大略情況為：神宗欲對時政加以改革，因此元豐、熙寧間，重用新黨人士以行新政，舊黨人士則紛紛自請外放，或遭到貶逐；至神宗駕崩，哲宗即位，高太后聽政，因此元祐年間一改神宗之舊制，啟用舊黨人士，新黨人士反遭貶謫；至哲宗親政，欲遠紹神宗之治，因此改元「紹聖」，再度啟用新黨人士，而新黨人士則趁機打擊元祐舊臣。直至徽宗即位，新舊兩黨地位又再度交替。此間，執政一方總不吝給於對方沈重打擊，尤以從詩文作品中羅織罪狀而成的文禍最著。如舊黨蘇軾烏臺詩案、新黨蔡確車蓋亭詩案、舊黨蘇軾策題之謗等例皆是。而這樣的文禍也成為北宋黨爭的另一特點：以文字排擊「異黨」，且因排擊異黨而禁燬「文字」。〔註54〕黨爭與文禍的相伴產生，此一特點仍然與北宋文人複合型的身份有關。因文人興發對政治事件的感懷及議論，不論是否需上呈皇帝，都會將自己的意見付諸文字。因此，要構陷、詆毀異己，藉由附會、歪曲對方在文字間所表露的旨意，則成輕而易舉又令對方難以辯駁的方式。

　　綜上所述，本由學術認知上的差異，以及對國家認同而產生的政治使命，演變而成知識份子間排除異己的意氣之爭，使得北宋朝政也因此而動盪、衰弱，實為北宋士人複合型身份的直接反映。然而，如此激烈的黨爭與文禍，卻也深深地影響了學術風氣及文學創作的環境，使得北宋末年的學術背景，更增添了許多政治色彩。

（三）「元祐黨禁」之實施與影響

　　徽宗即位後的政治情勢，已見上文論述。令人遺憾地，因徽宗重用新黨的蔡京，是故在蔡京當政時期，元祐黨人遭遇最嚴重的黨禍波及。檢閱〈徽宗本紀〉，發現蔡京於熙寧元年（西元 1102 年）入相後，即展開一連串打壓元祐黨人之行動。熙寧元年七月，焚元祐

〔註54〕《北宋文人與黨爭──中國士大夫群體研究之一》，同註43，頁4。

法；九月，立元祐黨人碑；十二月，詔：「諸邪說詖行非先聖賢之
書，及元祐學術政事，並勿施用。」二年四月，「詔毀呂公著、司馬
光、呂大防、范純仁、劉摯、范百祿、梁燾、王巖叟景靈西宮繪像……
乙亥，詔毀刊行唐鑑并三蘇、秦、黃等文集」；九月，「詔宗室不得與
元祐姦黨子孫為婚姻」、「令天下監司長吏廳各立元祐姦黨碑」；十一
月，「以元祐學術政事聚徒傳授者，委監司察舉，必罰無赦。」三年
六月，復定元祐黨籍，立元祐黨籍碑。直至五年正月，才因星象變
異，「詔求直言闕政，毀元祐黨人碑」，並廢黨人一切之禁。宣和五
年，復禁元祐學術。六年十月，「詔：有收藏習用蘇、黃之文者，並
令焚毀，犯者以大不恭論。」至欽宗靖康元年二月，始廢元祐黨籍、
學術之禁。（以上引文皆出於《宋史》〈徽宗本紀〉、〈欽宗本紀〉，為
避繁雜，此處不詳列卷數及頁碼）然此時金人逐步逼近，北宋國祚已
然走入尾聲。

　　此處應加以說明的是，「元祐學術」或「元祐黨人」本指在哲宗
元祐年間在位者及其學術而言；但因此時高太后大量援用舊黨人士，
因此又可視作舊黨人士及其學術之代稱。其中，蘇軾兄弟最受重用；
且元祐年間，蘇軾弟子又相繼入仕宋廷，因此「蘇門」之立便在元祐
時期。汪藻《呻吟集・序》有云：「元祐初，異人輩出，蓋本朝文物
全盛之時也。」〔註55〕所謂的蘇門「四君子」、「六學士」，也都因為
諸人皆在此時任官而得名。因此，此處所指稱的「元祐黨人」、「元祐
學術」，是以狹義的蘇門諸人及蘇學為主。但蔡京等新黨人士何以如
此排斥元祐黨人，尤以對蜀學蘇軾一派詆毀最多，非本文論述之重
點；而令人意外地，雖然上位者明令嚴禁元祐學術，焚燬蘇黃書版，
但自士大夫以至民間，卻反其道而行，興起一股崇蘇熱潮。朱弁《曲
洧舊聞》卷八載：

　　崇寧、大觀間，（東坡）海外詩盛行，後生不復有言歐公者，

〔註55〕汪藻《浮溪集》卷十七，收入《叢書集成初編》（北京：中華書局，
　　　1985 年），冊二，頁 197。

> 是時朝廷雖嘗禁止，賞錢增至八十萬，禁愈嚴而傳愈多，
> 往往以多相誇，士大夫不能誦坡詩，便自覺氣索，而人或
> 謂之不韻。〔註56〕

可見，崇蘇學蘇已成為北宋末年的學術風氣。而朝廷本欲以高壓手段嚴格禁止傳播蘇學、蘇文的方式，卻更大程度地激起百姓、士人的蒐集、鑽研之風。是以，元祐黨禁不但沒有造成蘇學的衰弱，反而造成禁愈嚴而勢愈盛的局面。

諸葛憶兵曾談到：「蘇軾對徽宗年間文壇的影響，由顯而隱，卻無處不在。」〔註57〕而他在歸結蘇學在此時的滲透與影響時，提到了以下三個原因：第一，小部分的蘇門弟子和士大夫並不掩飾自己對蘇士人品、文章的景仰，因此對抗朝廷禁令，公開學習蘇軾文風，其中以李之儀最為突出。第二，徽宗及其身邊的近臣，大多是表面上尊崇朝廷禁令，而實際內心卻仍喜好、認同蘇軾文風，因此在不知不覺間，無形地影響了徽宗對蘇學的接受度。也因此，朝廷所下的禁令，也很少嚴格、徹底的執行；是以崇蘇的勢力，遂如散佈各處的星點火苗，有逐漸匯聚成巨大火海的趨勢。第三，此時朝野已逐漸形成對蘇軾的崇拜風氣，使得蘇軾的影響深入人心。尤其是對於在上位者而言，這樣的風氣往往影響他們所作的決策，〔註58〕如徽宗所寵信的宦官梁師成：

> 師成實不能文，而高自標榜，自言蘇軾出子。是時，天下
> 禁誦軾文，其尺牘在人間者皆毀去，師成訴於帝曰：「先臣
> 何罪？」自是，軾之文乃稍出。（《宋史》卷四百六十八〈宦
> 官傳·梁師成〉，頁 13662）

雖然他與蘇軾並無師徒之實，但卻敢於此時依附蘇軾，甚至為蘇軾

〔註56〕《師友談記》等三種，收入《唐宋史料筆記叢刊》（北京：中華書局，2002 年 8 月），頁 205。

〔註57〕諸葛憶兵《徽宗詞壇研究》（北京：北京出版社，2001 年 9 月），頁160。

〔註58〕以上論述部分參考自《徽宗詞壇研究》，同註57，頁 160～164。

向徽宗辯駁，可見朝臣們在實際行為上，已對禁令陽奉陰違。是以，
即便朝廷不斷重申禁令，然「四海文章慕東坡，皆畫其像事之。」
〔註59〕在此同時，蘇黃門人則寫成了以推崇蘇黃作品及學風為主的詩
話作品，如范溫《潛溪詩眼》、李錞《李希聲詩話》、潘淳《潘子眞詩
話》、王直方《王直方詩話》等，因此促使學蘇風氣更加興盛。是
故，在種種條件的醞釀、引導下，以蘇學為主的學術風氣終於逐漸壯
大，順利度過金人南侵的動盪，在金代與南宋初期，各以其適合的面
目，籠罩了當時之政壇與文壇。

　　蘇軾蜀學的特色已於上文介紹，此處將針對蘇軾晚年之文學成
就加以論述，以探析蘇學之所以大盛的成因。蘇軾〈自題金山畫像〉
有言：「問汝平生功業，黃州惠州儋州。」蘇軾被貶黃州時期，興發
許多人生起伏的思維與感受，更成就了一生中精彩絕倫的優秀文學
作品，前輩學者於此討論甚多，此處不再詳述。然而，面對哲宗紹聖
時期更加沈重的打擊，蘇軾此時之心靈，已有更多、更深的體悟與沈
澱。因此付諸文字之後，也就更加粲然可觀了，而這大抵是在黃州心
境調適與達觀面對的經驗積累而成的。是以，蕭偉慶以為，「進入嶺
海時期的蘇軾，其心態雖初有畏禍及身的一面，但隨即轉而以超然物
外為主。」〔註60〕而堪稱蘇軾嶺海時期代表作的「和陶詩」，則呈現
了平淡自然、質樸眞摯的思想情感與人格反射的特質。可以說，在此
一時期，蘇軾過去汲汲於功業、使才任性，以及仕隱抉擇的愁結憂慮
都已然消解，因此在心境上更加圓融自適；所表現在文字上的，也幾
乎是此等景況的寫照。所以，蘇軾嶺海時期的作品，不論在思想深度
或藝術價值上，已然大大超越之前的作品，而令人更加激賞。從上文

〔註59〕許翰《襄陵文集》卷十一〈朝奉大夫充石文殿修撰孫公墓誌銘〉，
　　　　收入《四庫全書珍本初集》（上海：商務印書館，1935 年），第 130
　　　　涵冊四，頁 5。按：孫卒於徽宗宣和五年，故可知所述為徽宗年間
　　　　事。
〔註60〕蕭慶偉《北宋新舊黨爭與文學》（北京：人民文學出版社，2001 年 6
　　　　月），頁 259。

可知，在距離崇寧禁書二十年後，宣和五年又復禁元祐學術，乃因「中書省言：福建印造蘇軾、司馬光文集」，〔註61〕故「詔：毀蘇軾、司馬光文集板，以後舉人習元祐學術者，以違詔論。」〔註62〕而蕭慶偉以為：

> 宣和所禁蘇軾集雖已不可詳考，但至少包括《蘇軾集》、《後集》及《海外集》三種。《梁溪漫志》卷七「禁東坡文」條云：「宣和間，申禁東坡文字甚嚴，有士人竊攜《坡集》出城，為閽者所獲，執送有司。」《坡集》疑為崇寧二年被禁毀的《東坡集》和《東坡後集》。〔註63〕

而上引《曲洧舊聞》所提的「海外詩」，即此處所引蘇軾於儋州所作的詩文《海外集》。可見，蘇軾在嶺海時期的文學作品已提升到某一高度，此乃因蘇軾於此期文學作品的特色，可以直接呈顯其人晚年率真自適的形象，以及澹泊超曠的心境折射。是以文人百姓無不爭相學習、模仿，以紀念此一可愛又可敬的文學家兼政治家。

在介紹了北宋末年之政治與學術環境後，此處還需論述與吳、蔡兩人背景相關的另一面向：即由兩人父執輩在北宋末年之為官與交游情形，繫聯出在北宋末年影響吳蔡兩人之關係網絡；並期能從中發現這些人物對吳蔡兩人，在個性、處事之道與政治、學術走向上產生指導作用的些許端倪。

吳激父吳栻在徽宗朝頗受重用，根據王慶生《金代文學家年譜》，吳栻崇寧元年在開封府推官，二年在中書，與米芾相善。〔註64〕

〔註61〕《續資治通鑑長編‧拾補》冊15卷四十七，同註40，宣和五年七月己未條引《九朝編年備要》，頁9。

〔註62〕《續資治通鑑長編‧拾補》冊15卷四十七，宣和五年七月己未條引《續宋編年資治通鑑》，同註40，頁8。

〔註63〕《北宋新舊黨爭與文學》，同註60，頁76。

〔註64〕王氏根據《嘉靖建寧府志》卷十八：「吳栻……徽宗朝為開封府推官」、《獨醒雜志》卷六：「米元章……徽宗朝，以廷臣薦，除太常博士。時內史吳栻行詞多褒獎，元章喜，作詩以謝之」，及翁方綱《米海岳年譜》，知米芾於崇寧元年官江淮荊浙等路制置發運司管勾文字，二年入為太常博士。而宋時稱中書省官員為內史，除官行詞，

又據《宋史》卷四百八十七〈高麗傳〉，吳栻於崇寧二年轉給事中，與劉逵使高麗。王氏又據《嘉靖建寧府志》卷十八，以爲吳栻使高麗歸後，權知開封府，〔註65〕後進工、戶部侍郎。崇寧四年貶知單州〔註66〕，崇寧五年曾至濟南，有詩刻石。大觀初歷知蘇州、陳州、河中，政和元年知成都府。後入爲兵部侍郎。政和三年出知江寧，改鄆州，又改河南，轉中山府，約政和末年卒。根據上文對徽宗的描述，可知徽宗並非唯才是用，而幾乎是憑其主觀好惡來提拔或貶謫侍臣。此處並非指吳栻如蔡京等人恃寵而無才，但從他曾任職中書、知開封府，進工、戶、兵部，可知吳栻爲官尚不至於忤逆徽宗的喜好與心意。

至於王安中，元好問《中州集》卷一「吳學士激」小傳載吳激爲王安中之「外孫」，但王慶生以爲應作「外甥」爲是。因安中元符三年進士，較吳栻及第晚二十七年，故吳激應當非其孫輩，推測頗爲有理，此從之。且魏道明於蔡松年〈滿江紅〉（春色三分）詞注曰：「公之夫人王氏，乃履道相公之季女。」「履道」即是王安中字，故知王安中亦與蔡松年有關，爲蔡松年之岳父。由此可見，王安中與吳蔡兩人均有親屬關係，實有必要稍加論述。而根據《宋史》記載，徽宗對

爲中書之職。故推知吳栻（史書上或作「吳拭」）在開封府推官應爲崇寧元年，二年在中書。見《金代文學家年譜》上冊，同第一章註15，頁30～31。

〔註65〕王氏又引《續資治通鑑》卷八十八：「崇寧二年十二月丁巳，詔臣僚姓名有與奸黨人同者，並令改名，從權開封府吳拭奏請也。」並說「知吳栻於時政介入頗深」。從此條引文，除了看出徽宗之深惡元祐黨人外，吳栻竟上奏此事，頗令人疑惑。因吳栻與米芾、王安中交好，吳激又爲米芾婿、安中外甥，吳栻理應偏向與蘇軾相善的元祐黨人，何以上呈此等奏議，啓人疑竇。但吳栻此時官運亨通，可能是爲了順著徽宗皇帝之意而有此奏。見《金代文學家年譜》，同第一章註15，頁31。

〔註66〕王氏引《宋會要輯稿》第九十九冊職官六十八之十一：「崇寧四年三月二十一日，戶部侍郎兼侍讀吳栻之單州。以知開封府日，宗邸訴家事究治不實故也。」可見吳栻亦非因忤逆上意而之調職。見《金代文學家年譜》，同第一章註15，頁31。

王安中之賞識與愛惜，似乎高出吳栻許多，所任官亦高於吳栻：

> 宣和元年……張邦昌爲尚書左丞，翰林學士王安中爲尚書右丞。（〈徽宗本紀〉，頁 405）

> 宣和五年……辛丑，命王安中作復燕雲碑。（〈徽宗本紀〉，頁 412）

> 政和間，天下爭言瑞應，廷臣輒箋表賀，徽宗觀所作，稱爲奇才。他日，特出制詔三題使具草，立就，上即草後批：「可中書舍人。」未幾，自祕書少監除中書舍人，擢御史中丞……安中爲文豐潤敏拔，尤工四六之製。徽宗嘗宴睿謨殿，命安中賦詩百韻以紀其事。詩成，賞歎不已，令大書于殿屏，凡侍臣皆以副本賜之。其見重如此。（〈王安中傳〉，頁 11125～11126）

正因王安中擅於詩文，遂令對藝術創作頗有天分的徽宗激賞不已，仕途因此更爲順暢通達。然綜觀《宋史》對王安中之評價，似乎偏於負面，以爲王安中雖非如蔡京等「六賊」般罪大惡極，但卻被視爲與李邦彥等人同樣有誤國之罪。〔註67〕而王安中爲官時最爲人所詬病者，乃在其知燕山府時，招遼將張覺歸附並隱匿之；與金人啓釁之事，已見於第一節，此處不再贅述。而王安中亦因與蔡松年父蔡靖同知燕山府，屬同僚而相熟識。〔註68〕

〔註67〕《宋史》卷三百五十二：「論曰：三代之後，有天下而長久者，漢、唐、宋爾。漢、唐末世，朋黨си確，小人在位，然猶有君子扶持遷延，浸微浸滅：未有純用小人，至於主辱國播，如宋中葉之烈也。蔡京以紹述爲羅，張端官、修士而盡之，上箝下錮，其術巧矣。徽宗亦頗悟，間用鄭居中、王黼、李邦彥輩，褫京柄權。以不肖易不肖，猶去野葛而代烏喙也，庸愈哉！當是時，王、蔡二黨，階京者莫京，締黼者右黼，援麗臺省，迭相指嗾，徼功挑患，汴、洛既震，則惴縮無策，苟生句和。彼邦彥、安中、深、敏輩誤國之罪，當正其僇，而欽、高二君徒從竄典，信失刑矣。恪既預推戴，署狀乃死，無足贖者。輔以小臣劌上，面譙大臣，坐斥不變，獨終始無朋與，其賢矣乎！」（頁 11132）

〔註68〕《宋史》卷四百七十二〈姦臣傳·郭藥師〉：「初，王安中知燕山府，

　　至於蔡松年之父蔡靖，字安世，元符三年進士。大觀元年爲左司
員外郎，五年在中書舍人，遷太子詹事、給事中。宣和四年知河間
府，五年移知燕山。宣和七年譚稹罷，以靖爲燕山府路安撫使，兼知
燕山。〔註69〕時金人將入侵，靖屢上章，終不報。〔註70〕十二月，燕
山陷落，蔡靖被脅入金。天會四年，斡離不自汴京回燕山，復勸靖
降，靖峻拒，幾爲所殺。冬，汴京下，金人取蔡靖家屬往燕山團聚，
〔註71〕約皇統年間卒。而據相關史料可知，徽宗雖任命蔡靖知燕山
府，負責防禦邊疆之事，但對他並未特別關照，甚至蔡靖上奏金人頻
有動作，也不被接納。因此筆者推測，蔡靖與徽宗之關係，僅止於君

　　　詹度與藥師同知，藥師自以節鉞，欲居度上。度稱御筆所書有序，
　　　藥師不從。加以常勝軍肆橫，藥師右之，不能制，告于朝廷。慮其
　　　交惡，命度與河間蔡靖兩易。靖至，坦懷待之，藥師亦重靖，稍爲
　　　抑損，安中但諂事之，朝廷亦曲徇其意，所請無不從。」（頁 13738
　　　～13739）

〔註69〕《三朝北盟會編》卷二十二引《茅齋自敘》：「宣和七年三月……貫
　　　　治燕中，撫搞郭藥師以下常勝軍，罷王安中，陞蔡靖爲宣撫，兼知
　　　　燕山府。」（頁 159）《宋會要輯稿》（臺北：新文豐出版股份有限公
　　　　司，1976 年 10 月），冊八，兵十四：「宣和七年四月五日御筆，詔蔡
　　　　靖鎮撫新邦二年於茲，政譽藹然，兵民畏服。應結絕燕山府路宣撫
　　　　使司及國信司職事，並專一行遣。」（頁 6981）

〔註70〕《三朝北盟會編》卷二十二：「時宣府司蔡靖與運使呂頤浩、李與權
　　　　修茸城隍，團結人兵，以爲守御之備。使銀牌馬奏朝，兼關合屬區
　　　　處。是時大臣以郊禮在近，匿其奏不以聞，恐礙推恩，奏荐事畢措
　　　　畫未晚。」（頁 165）卷二十四引《北征紀實》：「金人……既欲寒盟，
　　　　自秋冬探報甚密，中外多不知也。蔡靖上密奏凡一百七十餘章，至
　　　　言朝廷若不以爲實，則乞次轉行編置。然終不報。」（179）卷九十
　　　　六引《靖康小錄》：「靖具章疏直達，奏聞，上覽奏大驚，召邦彥問
　　　　之，邦彥乃詭爲之說曰：『此乃靖不肯久居邊任，欲入朝耳。』上遂
　　　　信而不疑。」（頁 706）又《靖康要錄》（收入《叢書集成初編》，北
　　　　京：中華書局，1985 年），卷 8：「蔡靖以金人點集，累有奏陳。詹
　　　　度時守中山，獨言不應有此。是致上皇以其鎮靜，特次獎諭，因此
　　　　更不爲備。」

〔註71〕《三朝北盟會編》卷七十二：「（靖康元年十二月九日）又取蔡京、
　　　　童貫、王黼、張孝純、蔡靖、李嗣本等家屬二十餘家。」（頁 542）
　　　　《靖康要錄》冊四卷十四記在十二月三日，同上註，頁 278。

臣而已，不若徽宗與王安中尙有藝術方面之交流，故與徽宗之關係不似徽宗和王安中間親密。

後人對王安中的人格品行多有微詞，但論及他在文學藝術上的才華，卻鮮少有否定者。據王慶生引《直齋書錄解題》所載，以爲王安中未冠時曾師事東坡，然未卒業；及第後又修邑子禮師晁以道，故學植深厚。諸葛憶兵也談到徽宗、王安中、蘇軾三人的關係：

> 徽宗喜好文學，親信近臣中多能文之士或文學侍臣，他們受蘇軾的影響更爲普遍。王安中極得徽宗信任，官至檢校太保、大名府尹。然王安中少時曾師事蘇軾，徽宗年間雖諂事宦官梁師成、權貴蔡攸以進，奔竟無恥，而「其詩文豐潤凝重，頗不類其爲人。」（《四庫全書總目提要・初寮集提要》）南宋初周必大也評價說：「時方諱言蘇學，而公（王安中）已潛啓其秘鑰。」並進而推許王安中爲「蘇學」的繼承者：「黃、張、晁、秦既沒，繫文統、接墜緒，誰出公右？豈只襲其佩、裳其環而已。」（《初寮集》卷首〈序〉）《文苑雌言》也有同樣的評價：「宣政間，忌蘇黃之學，而又暗用之。王初寮陰用東坡，韓子蒼陽學山谷。」（轉引自沈雄《古今詞話》上卷）〔註72〕

可見，王安中在文學上受蘇軾影響甚大。而吳蔡兩人與之關係密切，因此多少受蘇軾在文學概念與創作手法上的沾染，是信而有徵、不難推測的。由此處亦可得知，徽宗在學術文藝上，也是喜愛、偏向蘇軾的。而爲吳激丈人的米芾，與蘇軾的關係，以及受徽宗皇帝的喜愛，在史料上的證據與學者的論述更爲豐富而明確，故此處不多費筆墨。綜上所述，筆者發現，蘇軾、徽宗與吳蔡兩人，似乎在某種程度上有著緊密的聯繫，乃嘗試以圖表示之：

〔註72〕見氏著《徽宗詞壇研究》，同註57，頁162～163。

圖一：

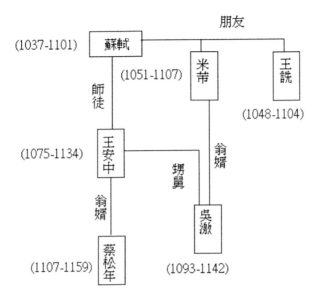

圖二：

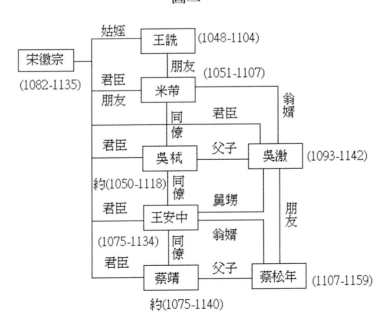

　　圖一與圖二分別以蘇軾與宋徽宗為核心,並列出與他們相關的人物。而兩張圖中的人物看似重複性高,但核心人物:蘇軾與宋徽宗,卻沒有直接的關係。然仔細研究此兩張圖,可以發現,其實圖一與圖二可以互相結合,且圖中人物彼此關係密切。也就是,宋徽宗即位時,蘇軾恰好病逝,兩人雖無君臣關係;但從兩人之交游關係,足證上文所言宋徽宗受蘇軾之影響,絕非泛泛之論。徽宗一朝,雖檯面上開啓了對元祐黨人與蘇軾的徹底禁錮與打壓,但誠如前輩學者所言,徽宗在思想層面其實深受蘇軾之影響﹝註73﹞;且宋徽宗愈禁元祐與蘇學,文人、百姓對他的尊崇與接受反而更加熱烈。這也可以說明,何以吳蔡兩人生於徽宗朝,對文藝與學術的養成恰在蘇學遭受打擊之時,但兩人卻能夠熟習蘇軾其人及其作品,並且在詞學上直接繼承並發揚了蘇軾的精神與創作手法,使得「吳蔡體」終成為與蘇軾相關,而又能獨當一面的特殊詞體。

﹝註73﹞如諸葛憶兵:「仔細推敲起來,徽宗本人也與元祐之學有割之不斷的聯繫。徽宗初與『王晉卿詵、宗室大年令穰往來,二人者皆善作文辭,妙圖畫。而大年又善黃庭堅,故祐陵(徽宗)作庭堅書體,後自成一法。』(蔡絛《鐵圍山叢談》卷一)」,見《徽宗詞壇研究》,同註57,頁162。此書對徽宗詞壇各個層面之情形,均有精闢之論述,頗具參考價值。

第三章　吳蔡生平及其作品繫年

　　《孟子・萬章下》：「頌其詩，讀其書，不知其人可乎？是以論其世也。」〔註1〕由於文學作品乃抒發個人情志之產物，因此作品之內容與旨意，或多或少都與創作者本身之經歷及遭遇相關。故欲對作品有通徹之瞭解，勢必對創作者加以認識，並聯繫起創作者所處之時代背景，如此方能一窺作品之全貌與其所欲呈顯之意義。

　　而「知人論世」之法，對於認識身處宋金劇烈變動之際的吳蔡兩人作品，更是息息相關而不可或缺。金初朝廷「借才異代」，積極任用宋舊臣以安內攘外，使得吳蔡兩人終其一生，將大半精力奉獻金朝，因此兩人與時代政治之關係極為密切。尤其蔡松年一生背負「棄宋降金」，位居金國宰相之名，「華夷之辨」與「仕隱之擇」，兩種對立的概念，直接造成他矛盾的心理，也影響了詞中自我身影的呈現。

　　因此，本章擬從大時代背景，概略介紹兩人之生平及當時宋金兩國之情勢，並將其詩詞作品加以編年，期能使「人」與「作品」有更緊密之聯繫。此中第一二節，分別概述吳激、蔡松年之生平，並對相關問題加以考辨；第三節則針對兩人作品中，可以確知或得以推測的

―――――――――

〔註1〕《四書集注》（臺北：漢京文化事業有限公司，1987 年 10 月），頁324。

成詞時間，進行編年之工作。而本章一二節與第三節，皆涉及「人物」與「詞作」之討論，惟一二節偏重人物經歷，第三節偏重作品寫成之年代；故一二節若有必要，將援引詩詞作品加以印證，而推測詩詞作品寫成之年代與詳細原因，則置於第三節論述。

第一節　吳激生平簡介及考述

　　學界對吳蔡二人生平的關注不多，近年來惟王慶生先生《金代文學家年譜》一書，對兩人生平事蹟，考證最詳，本文得力於此書頗多；尤其本章之人物生平簡介及作品編年，即在王先生此書之基礎上，加上自己粗淺之研究心得，希望能為兩人的研究，略盡棉薄之力，特此先作說明。

　　為了避免繁雜，本章一二節，將先概略介紹詞人的生平經歷；至於詳細的論述與考證，特置「考述」一目，進行說解。

一、吳激生平概述

　　吳激，字彥高，號東山散人。〔註2〕約生於宋哲宗元祐八年（1093），卒於金熙宗皇統二年（1142），年五十左右。〔註3〕建州甌

〔註2〕魏道明《明秀集》〈水龍吟〉（太行之麓清輝）詞注：「（吳激）妙於辭翰，道號東山散人。」收入於王德毅主編《叢書集成》三編47冊（臺北：新文豐出版公司，1996年），頁417～418。本文所引《明秀集》注皆出於此書，下文不再加註，僅於引文後附註頁碼。

〔註3〕關於吳激之卒年，因《金史》本傳言明吳激於到深州任後三日卒，故可確定為1142年；其生年則各家說法不一，但年代相去不遠：王慶生《金代文學家年譜》（同第一章註15，頁33）以為若為五十二歲，則應生於1091年；劉明今《遼金元文學史案》（同第一章註14，頁33）以為生於1090年；周惠泉《金代文學研究》（同第一章註8，頁151）則以為生於1092年；陶然《金元詞通論》（同第一章註11，頁283）以為生於1093年；張師子良《金元詞評述》（臺北：華正書局，1979年7月，頁24）、黃兆漢《金元詞史》（同第一章註3，頁83）或因成書較早，於吳激生年皆較保守，不予推估。本文所推測之年代，乃根據松年〈水龍吟〉（太行之麓清輝）詞序：「不幸年逾五十，遂下世。今墓木將拱矣。」推估。

寧人（今福建建甌縣）。祖師服，天聖八年進士。父吳栻，一作「吳
拭」，熙寧六年進士，一生爲宋廷效命，卒於任中。爲王安中外甥，
米芾之婿。〔註4〕可知吳激生於書香門第，學術多少受家學影響；來
往親友，亦皆文學之士。如王履道「爲文豐潤敏拔，尤工四六之製。
徽宗嘗宴睿謨殿，命安中賦詩百韻以紀其事。詩成，賞歎不已，令
大書于殿屛，凡侍臣皆以副本賜之。其見重如此。」（《宋史》卷三
百五十二〈王安中傳〉，頁 11126）而《宋史》米芾本傳則記其「爲文
奇險，不蹈襲前人軌轍。特妙於翰墨，沈著飛翥，得王獻之筆意……
王安石嘗摘其詩句書扇上，蘇軾亦喜譽之。」（卷四百四十四〈文苑
傳・米芾〉，頁 13123～13124）吳激在此環境薰陶下，逐漸積累了深
厚的文學基礎，終能成就「國朝第一手」（《中州集》輯一，頁 52）
之美譽。

　　因現有資料較少，故吳激一生經歷無法確知。王慶生以爲，吳激
在宋代似曾及第。徽宗宣和七年（西元 1125 年），仕爲燕山安撫司勾
當公事。欽宗靖康二年（1127）使金被留，入金後，遂赴上京，除官
入翰林。金太宗天會十二年（1134），曾出散關。金熙宗天會十三年
（熙宗即位後，未立即改元）九月，在乾文閣待制，朝廷追冊景宣皇
帝、惠昭皇后，吳激攝中書舍人舉冊。天會十四年（1135）十月，使
高麗。約於金熙宗天眷三年（1140），遷翰林直學士。而此年熙宗巡
狩至燕，吳激扈從而來，至金熙宗皇統二年（1141），預張總侍御家
宴，作〈人月圓〉（南朝千古傷心事）詞。皇統二年，宋金議和，允
使者南歸。吳激欲歸不能，改知深州（今河北省深州市），到官三日
即卒。作品有《東山集》十卷，又有《東山詞》，今皆亡佚。《全金元

〔註4〕出於元好問《中州集》輯一「吳學士激小傳」（同第一章註4，頁52）。
　　　　然《中州集》記吳激乃王履道（安中字）之「外孫」，王慶生則以爲
　　　　王履道及第較吳栻晚二十七年，吳激不當爲履道孫輩，故推測應爲
　　　　「外甥」之誤，本文從之。王慶生之推測，見《金代文學家年譜》，
　　　　同第一章註15，頁33。下文提及此書將不再加註，僅於引文後附註
　　　　頁碼。

詞》錄詞十闋,《全金詩》錄詩二十五首。詞與蔡松年齊名,號「吳蔡體」。王氏以為詩風清新婉麗,亦為當時名家。

二、吳激生平考述

以上根據王氏所編年譜,概略介紹了吳激之生平事蹟,然其中仍有許多可議之處,爰於下文分項討論之。

(一)處宋之時

王氏以為吳激在宋似曾及第,是根據〈同兒曹賦蘆花〉詩而來:

> 天接蒼蒼渚,江涵裊裊花。秋聲風似雨,夜色月如沙。澤國幾千里,漁村三兩家。翻思杏園春,鞭裊帽簷斜。(《中州集》輯一,頁54)

因「杏園」在曲江西,乃唐代新進士游宴之所,後人因以杏園喻科第,故言「似曾及第」,筆者同意此見解。蓋就全詩來看,前四句寫身在北國,舉目所見之景。而後四句因觸景生情,以故國家鄉景物,念及昔日杏園游宴之事,不由得興起身世之感。故以此詩推論吳激曾及第,應無疑議。

王氏又據〈秋興〉:「憶向錢塘江上寺,松窗竹閣瞰秋濤。」(《中州集》輯一,頁53)、劉著〈次韻彥高占雪〉:「吳侯擅六藝,名宦端不屑。晚歲(王氏作「步」)登泰山,早已探禹穴。」(《中州集》輯二,頁77),推測吳激在宋時曾游會稽、錢塘與泰山。而若繼續按其詩作加以推斷,則吳激在宋時尚曾遊歷常山及銅陵。〔註5〕然此法並不適用於全部作品,因若詩中地點位於南方,可以明確判斷此詩必定成於靖康二年,吳激使金之前;若地點位於北方,則難以判斷究竟成於北宋未亡之前,抑或吳激滯溜金朝之時。面對此一問題,王氏將吳激〈出散關〉殘句、〈長安懷古〉、〈宿湖城簿廳〉〔註6〕(以上三首皆

〔註5〕如〈三衢夜泊〉(《中州集》輯一,頁52),三衢位於今浙江常山;〈過南湖偶成〉(《中州集》輯一,頁53),南湖位於今安徽銅陵。

〔註6〕散關,即大散關,在今陝西省寶雞縣南,天會十一、二年時曾一度

出於《中州集》輯一，頁 52）詩作，劃歸爲吳激入金後所作。蓋以爲這些作品應是吳激於天會十一、二年間，奉使出關，而得以順道經過湖城、長安等地所作。然尚有〈太清宮〉、〈飛瀑巖〉殘句（以上兩首皆出於《中州集》輯一，頁 52）、〈夜泛渦河龍潭〉〔註7〕（《中州集》輯一，頁 53）等作品，皆出現位於北方的地名，何以未明確指出這些作品作於何時？根據王氏所編吳激年譜，除了曾於天會十一、二年奉使出關，離開上京，其餘皆不見有力證據顯示吳激於入金後，曾因公而赴任他處。亦即綜觀吳激入金後之經歷，若暫不考慮出關此一路線，則從一開始入金以至出知深州身卒爲止，除了曾奉命出使高麗及赴深州任，似乎皆在上京活動，沒有從中央（上京）調任至地方的記錄。雖面對同樣位於北方的地點，王氏卻推測山東之行乃在宋之時；河南陝西之行，則成於入金之後，判斷原則顯然不一。因此筆者猜想，是否有以下可能：出現北方地點之作，乃吳激在宋之時，而非入金之後所作。若依此推測，則吳激入金之後，幾乎皆在上京活動，而不曾調任至地方。亦即〈出散關〉等作品，可能成於在宋之時。且〈出散關〉詩殘句：「春風蜀棧青山盡，曉日秦川綠樹平。」乃記錄自己從南向北出散關之路程，故「蜀棧」已在身後，即將進入的是「秦川」。按：秦川本爲河名，源於甘肅省清水縣，後西南流注入渭水。又爲地名，指甘肅、陝西兩省。但秦川等地，靖康二年仍爲宋朝領土，故若假設吳激是爲了使金出散關，而於「靖康二年使金被留」，似乎亦屬合理。不過，使金似乎應走汴京路線，而不應往西北大散關前進，故是否爲使金時所作，仍待考證。但因詩句所呈現出的動線爲由南向北，故判斷此詩成於在宋之時，應屬合理。（因若爲入金之後，則出散關應爲由北向南走，與詩句不合。）

爲金人所據。此年宋金議和，宋放棄方山、和尚兩原，以大散關爲界，故自此成爲宋金兩國交界之處，金人屢次欲取而未得；湖城，在今河南省靈寶縣西，金屬河東南路，爲自河南入陝必經之地。

〔註7〕太清宮在今山東省青島市，金屬山東西路；飛瀑巖在泰山上，金屬山東東路；渦河在今河南省開封市，金屬南京路。

（二）入金以後

至於吳激究竟何時入金？入金之地又在何處？王氏年譜作「宣和七年，仕爲燕山安撫司勾當公事。靖康二年使金被留。」（《金代文學家年譜》，頁 34）此段文字乃根據《三朝北盟會編》卷二十三引許採〈陷燕記〉：「頤浩輩互以言熒惑蔡公，而安撫司勾當公事吳激者，遂進退保之言，頤浩、兢（王氏作「竟」，應誤）勸成之」（頁 173）、《中州集》「吳學士激小傳」：「將命帥府，以知名留之」而來。按：「勾當」、「管勾」乃宋時口語，意爲「管理」，故此處應非指官職名，而是記載吳激當時在安撫司管理公事，下文蔡松年處亦作如此解釋。故王氏對此段文字理解似有偏差。在時間方面，《中州集》並未言明何年出使，王氏「靖康二年」之推測，應根據松年〈水龍吟〉詞序：「余始年二十餘，歲在丁未，與故人東山吳季高父，論求田問舍事」（《全金元詞》，頁 4）而來。因丁未即金太宗天會二年，宋高宗靖康二年。而許採〈陷燕記〉，雖爲年代最相近之史料，且許採亦爲當事者，然觀其文中所述，在描寫梁兢及吳激，這些與松年相善人物之時，多有微言。對於身爲松年舅氏之許採而言，如此描寫二人，使此文之立場頗令人費解。故此處不予採信。因此關於吳激入金時間，應在靖康二年。然筆者進行作品編年時，又發現吳激可能於靖康元年時已在金朝，故入金時間有可能提前一年。如此靖康二年與蔡松年論求田問舍事，亦屬合理。考辨見第三節。至於入金地點，王氏根據松年詞序，推測「若吳激奉使帥府被留，則入金應在汴京，與二帝北遷隊伍一同至燕，因與松年相見。若被俘後即在燕山，自應與松年父子同處。」（《金代文學家年譜》，頁 35）此段論述頗爲合理。然王氏又言：

> 吳激既出使金營被留，則入金之地應不在燕山而在汴京，時間亦不在宣和七年。他是如何自燕山復歸於宋，又何時奉使入金，皆不能考。（《金代文學家年譜》，頁 34）

此論述有兩點可議：其一，吳激出使金營被留，何以即能推斷地點應

在汴京而不在燕山？其二，若王氏承認應在汴京不在燕山，何以下文又言「自燕山復歸於宋」？綜此而論，既然最早記載吳激使金被留之典籍爲魏道明《明秀集》注：「（吳激）少歷清華，爲宋使於本朝」（頁418），且後又爲《中州集》、《金史》所本，則在目前尚無進一步資料可證之前，仍應以魏道明之說爲準。故吳激入金地點仍待考證。

　　不管如何，吳激總歸是留滯於金朝，並且千里迢迢，直赴國都上京。王氏據劉著與吳激相和之詩歌，推證劉著與吳激入金後，一同在前往上京途中。〔註8〕吳激至上京後，除官入翰林。至金熙宗天會十四年（1136），吳激以乾文閣待制出使爲高麗生日使（《金史》卷六十〈交聘表〉，頁1399），並作〈雞林書事〉（《中州集》輯一，頁54）詩。而據吳激〈人月圓〉詞序云：「宴北人張侍御家有感」（《全金元詞》，頁4）、洪邁《容齋隨筆》卷十三載：「先公在燕山，赴北人張總侍御家集，出侍兒佐酒。中有一人，意狀摧抑可憐，叩其故，乃宣和殿小宮姬也，坐客翰林直學士吳激賦長短句記之，聞者揮涕」〔註9〕；又《容齋五筆》卷三載：「壬戌，公在燕，赴張總侍御家宴」，〔註10〕可知此詞應作於金熙宗皇統二年（1142）。王氏又以爲天眷三年（1140）熙宗巡狩至燕，宇文虛中、吳激扈從而來。熙宗於皇統元年車駕歸京，然依《容齋隨筆》所言，則二人未歸，留至皇統二年。又因《容齋隨筆》言彼時吳激已爲「翰林直學士」，魏道明《明秀集》注又云其「累遷翰林直學士」（頁410），故王氏推測吳激應於天眷三年前後即已任此官。

〔註8〕如劉著〈次韻彥高即事〉、〈出榆關〉、〈渡遼〉、〈次韻彥高暮春書事〉、〈次韻彥高占雪〉、〈再和彥高〉等。（以上見《中州集》輯二，頁76～77。）

〔註9〕宋・洪邁《足本容齋隨筆・容齋隨筆》（臺北：廣文書局有限公司，1995年6月），卷十三，頁3「吳激小詞」條。

〔註10〕宋・洪邁《足本容齋隨筆・容齋五筆》卷三，同上註，頁4「先公詩詞」條。

　　而皇統二年，宋金即議和，兼之熙宗以皇子生，大赦天下，允使者南歸。王氏據此推測，吳激本得南還，然金廷卻又反悔，令已上路又被截留的吳激，就近改知深州，使其在遇赦大喜後，又遭留滯而萬念俱灰，因此到官三日便卒。其〈訴衷情〉詞大約可表現當時心情：

> 夜寒茅店不成眠。殘月照吟鞭。黃花細雨時候，催上渡頭
> 船。　　鷗似雪，水如天。憶當年。到家應是，童稚牽衣，
> 笑我華顛。（《全金元詞》，頁4）

王氏以爲，由「黃花細雨時候」，可知詞作於八月之時，而八月正是此年一同遇赦之洪皓等人歸宋之時。下片則應是吳激於候船之時，設想還家時，妻兒歡喜簇擁之情景。

　　無法詳細確知研究對象之其人其事，大抵爲研究金元時期無可避免之困境。因此本文只能從原始史料入手，找出與其生平相近似或相關聯之處，並就現有資料加以推估，期能從中比較、判斷出可能發生的情形與時間，期能對吳激有進一步的認識。

第二節　蔡松年生平簡介及考述

　　與吳激相較，蔡松年之相關文獻較爲豐富，但仍有資料不全之憾。而蔡松年所遺留下的詞作，數量又遠超過吳激；且詞序或詞作中，往往標明年代或敘述本事，因此在推估生平與進行作品繫年時，能夠比吳激來得精確，其一生經歷，也較能顯現大致輪廓。

一、蔡松年生平概述

　　蔡松年，字伯堅，少時自號「玩世酒狂」，又號「蕭閑老人」。〔註11〕約生於宋徽宗大觀元年（1107），卒於金海陵王正隆四年

〔註11〕松年〈滿江紅〉（翠掃山光）詞序：「是月十五日，玩世酒狂。」魏
　　　　道明注：「玩世酒狂，公少時自號也。」〈水調歌頭〉（雲間貴公子）
　　　　詞注：「公作圃於鎮陽，號蕭閑圃。又公始寓汴都，其第有蕭閑堂，

（1159），年五十三。而根據魏道明〈念奴嬌〉（倦游老眼，負梅花京洛）詞注：「公本杭人，長於汴都。」（《明秀集》注，頁 410）又據《建炎以來繫年要錄》卷一載：「常勝軍亦囚其宣撫使保和殿大學士餘杭蔡靖」，〔註12〕此中蔡靖乃蔡松年之父，故可推知松年祖籍餘杭，長成於汴京。復據《金史》松年本傳記載：「天會中，遼宋舊有官者皆換授，松年爲太子中允，除眞定府判官，自此爲眞定人。」（卷一百二十五〈文藝上・蔡松年傳〉，頁 2715）可知蔡松年入金後，即在眞定居住，故以爲眞定人。入金之初，曾欲擇居懷衛，後又有擇居醫巫閭間之想。

　　宋徽宗宣和五年（1123），蔡靖移知燕山府，蔡松年應隨父守燕山。宣和七年，蔡靖爲燕山府路安撫使，兼知燕山。蔡松年入父幕，爲管勾機宜文字。時金人入侵，守將郭藥師欲迎金人入，蔡松年曾勸父堅守抵抗。十二月燕山陷落，蔡靖被脅入金，蔡松年亦同入金，帥府辟爲令史，未就。金太宗天會五年（1127），在燕山與吳激論求田問舍事。天會六年，在燕山與人合開酒店，兼作蕃漢通事。秋，識范仲淹後人范季霑。天會七年夏，游太平寺。天會八年，娶王安中季女。天會九年，始赴令史之職；蔡松年入仕金朝，即自此始。

　　天會十一年，在燕山帥府。天會十二年冬，隨元帥府伐宋。以太宗病危，軍還。金熙宗天會十三年（1135）正月，自江邊退軍，二三月間，歸至燕山，除眞定府判官。天會十四年，兼鎭陽與燕山帥府。天會十五年，金廢僞齊，置尚書省於汴，除行臺刑部郎中。天眷元年（1138），金廷以河南、陜西之地予宋。蔡松年時在行臺，卜居眞定，於鎭陽宅有圃名「蕭閑」。天眷二年，行臺移大名府，又移祁州。蔡松年可能隨行臺而移動。五月在燕，與范季霑別。天眷三年，金廷復取河南地，松年兼總軍中六部事。七月，復至祁州，行經眞定，曾在家盤桓數日。九月，有上京之行，與宗幹之子完顏亮相識。皇統元年

　　　　因自號蕭閑老人。」
〔註12〕宋・李心傳《建炎以來繫年要錄》，同第二章註34，頁69。

春，金人伐宋，蔡松年應隨帥府進止。冬，授中臺刑部員外郎。皇統二年（1142）正月啓行，親友至汴相送。二月至上京，京中友人高士談等設宴接風，松年以避嫌不赴。皇統三年，與高士談、劉著等人游。皇統五年，在刑部，八月得假歸。皇統六年，宇文虛中、高士談被殺。皇統七年六月，黨事起，殺田穀等八人，流孟浩等三十四人，蔡松年遷左司員外郎。皇統八年，在左司員外郎。

金海陵王天德元年（1149），疑蔡松年曾使高麗。天德二年，擢吏部侍郎，與張浩等增築燕京城，修建宮室。天德三年，子蔡珪及第。海陵王下詔遷都燕京。天德四年二月，隨車駕遷燕京。貞元元年（1153）二月至燕京，升戶部尚書，行鈔引法。冬，使宋爲賀正旦使。買田蘇門山下。貞元二年使宋歸，轉吏部尚書。辛棄疾、党懷英來謁。貞元三年二月，拜參知政事。正隆元年（1156），正月改右丞，六月轉左丞，封郜國公，因事被杖。正隆三年七月，自左丞遷右丞相。正隆四年閏六月，作〈蘇文忠公書李太白詩卷跋〉；八月薨。子蔡珪、蔡璋，婿桑之維。

蔡松年文辭清麗，尤工樂府，有《蔡松年文集》、《明秀集》傳世。《明秀集》爲蔡松年詞集，共六卷，今餘前三卷。《全金元詞》錄詞八十四首，《全金詩》錄詩五十九首。（《金代文學家年譜》，頁 43～73）

綜觀蔡松年一生，尚未弱冠即已遭逢國變，且被迫入仕金朝。入金之初，「華夷之辨」仍纏繞心中，故未即赴仕。但爲情勢所逼，金廷又亟欲用漢人，尤其是有識之士，以顯視聽，故蔡松年最後仍將自己之大半輩子，都奉獻於金廷。但從以上敘述可知，蔡松年在太宗、熙宗兩朝任官較久，卻未獲重用，甚至因「結黨」之事而遭貶；直至海陵朝，始平步青雲，官至丞相。是知，太宗、熙宗在政治上雖較有作爲，卻仍不敢任用蔡松年等舊宋之臣，或許也與當時漢化與用人政策有關；而海陵雖被記載成窮兵黷武，卻能重用蔡松年，並對他頗爲倚賴。而海陵重用蔡松年，可能出於私心（擢南人以顯視聽），但不

可否認，仕途中這樣順遂而迅速爬升，對蔡松年之內心確實造成了一定之影響。而這樣的影響，也或隱或顯地呈現在詩詞作品中，構成了一種前人所未有的特殊風格。

二、蔡松年生平考述

（一）生卒年及其居處的相關問題

　　雖然蔡松年的資料較吳激豐富，但相關問題卻也相對地較為複雜。首先是生卒年的問題，蔡松年之生年雖無資料可考，但據《金史》蔡松年本傳記載：「正隆四年薨，年五十三」（頁 2716），可推估松年應生於宋徽宗大觀元年（1107）。而王氏據蔡松年〈淮南道中〉五首之二：「吾年過五十，所過知前非」（《中州集》輯一，頁 56），認為此詩應作於 1154 年，蔡松年使宋歸金之時。然若詩作於此年，則蔡松年應為四十八歲，與詩中所言「年過五十」不符。故推測本傳「年五十三」，或許應作「年五十五」。但因無其他證據，故仍從本傳所記。而此若非《金史》有誤，則為蔡松年誤記。然《金史》除了蔡松年本傳記其薨於正隆四年，〈海陵本紀〉亦記載：八月蔡松年薨。故蔡松年卒於正隆四年，應無訛誤。王氏推測「年五十三」應作「年五十五」，則蔡松年係生於 1105 年，如此始與〈淮南道中〉詩相合，且又不違詞作的敘述年代，故此說應可成立。至於蔡松年詩中誤記自己生年，可能性雖小，但因進行詞作繫年之時，發現蔡松年確有誤記年月之情形發生，故此處亦不排除誤記的可能。

　　其次，是有關蔡松年籍貫與成長處所的問題。蔡松年長於汴京，或與父靖在中央任職有關。據王氏所言，蔡靖於宋徽宗大觀元年任左司員外郎、政和五年在中書舍人，遷太子詹事、給事中。直至宣和四年轉知河間府、五年知燕山，才由中央調至地方。宣和四年，蔡松年已十六歲；且從宣和七年蔡靖被脅入金，蔡松年隨父前往觀之，蔡靖任官之時，蔡松年一直隨侍身邊。可知蔡松年少時應隨父在汴京，後才轉入燕山。

（二）入金前後至仕金之前的活動

至於入金之相關問題，史料記載較豐。《金史》蔡松年本傳載：
「父靖，宣和末守燕山，松年從父來，管勾機宜文字。」（頁 2715）
又〈滿江紅〉詞序：「辛亥三月，春事婉娩……去家六年，對花無好
情悰。然得流坎有命，無不可者。」（《全金元詞》，頁 20）辛亥上溯
六年，即金太宗天會三年（西元 1124 年），宋徽宗宣和七年。可知宣
和七年，蔡松年隨父入燕山管勾機宜文字。王氏以為蔡松年本年始入
父幕，當以蔭仕。本傳又云：「靖以燕山府降，元帥府辟松年為令史。」
然《三朝北盟會編》卷二十四引沈琯《南歸錄》云：

> 靖率監司議事於南門內，內有人建言，欲擁取敢戰二千人，
> 開城門而遁。靖曰：「此事且須熟議。」獨臣以為不可。靖
> 曰：「試與家中商議，先遣骨肉南歸。」頤浩與競取家屬在
> 南門欲去。靖與臣同歸衙，聞靖告其妻兄許採及其子松年：
> 「今日眾人欲宵遁，如何？」採與松年俱曰不可。臣直入
> 靖室，採與松年在側大聲告之，以大學為守臣，豈可聽眾
> 人之語？幸堅守不去之說，大學以為然……九日晚，傳金
> 國太子至城，藥師率官屬遠迓之。回言太子有令，南朝官
> 並不殺，令出城降。靖言：「既就拘執，何必更降？見時用
> 何禮數？若少有屈辱，必死。」靖告藥師：「靖若死，舉家
> 骨肉告相公縊死，一坑埋之。」並誡子松年不屈。（頁 177
> ～178）

可知蔡靖在郭藥師降金前夕，除了不願屈服、寧願一死外，也告誡蔡
松年要以忠義為重，絕不能忍辱偷生。而蔡松年亦以為應堅守不屈。
故雖金廷辟為帥府令史，但蔡松年應未赴任，王氏亦以為是。

而據〈水龍吟〉（太行之麓清輝）詞序（引文見吳激生平），可知
二人於「丁未」，即天會五年（1127），論求田問舍事，時二人應皆在
燕山。王氏又以詞序言：「數為余言，懷衛間風氣清淑，物產奇麗，
相約他年為終焉之計」，推論本年懷衛一代尚未入金人版圖，二人指
懷衛為卜築之區，或應略晚。「懷衛」乃指懷州與衛州，前者為金屬

河東南路，後者屬河北西路，均在黃河主流附近。而檢閱《金史》卷三〈太宗本紀〉，太宗時仍持續與宋朝進行戰爭，欲盡收宋朝土地。天會四年，已克懷州，然衛州仍爲宋朝領土。時至天會六年二月，淮河以北各州幾乎已是金廷之囊中物，從金太宗「遷洛陽、襄陽、潁昌、汝、鄭、均、房、唐、鄧、陳、蔡之民于河北」之紀錄，即可看出。雖《金史》未言明衛州於何時取得，但應在此年以前。由此可證王氏以爲天會五年時，懷衛地區仍未歸金人版圖，大抵無誤。然懷衛地區若在天會六年已入金版圖，則距離五年亦未遠，惟與蔡松年「丁未」之言不符。

　　至於蔡松年於金太宗天會六年（1128）「與人合開酒店，兼作蕃漢通事」，則僅見於《三朝北盟會編》卷九十八引趙子砥《燕雲錄》：

　　　知燕山蔡靖，其子松年與眷屬同處，金人養濟甚厚。松年
　　　與一渤海道奴通事燕市中，合開酒肆。（頁725）

趙子砥爲宋宗室，靖康城陷與徽欽二帝一同被俘，北遷燕山。子砥於宋高宗建炎二年（1128）四月，南遁回宋。因此，《燕雲錄》所載之事，應爲靖康元年（1126）冬，至歸宋前於金廷之所見所聞。而《燕雲錄》中又載，蔡松年隨二帝北行，丁未五月才至燕山府。丁未即靖康二年，故又可將時間縮短至靖康二年（1127）五月至建炎二年四月，前後約一年。而據《燕雲錄》記載徽欽二帝或其他宗室，甚至金朝風物，都極爲詳實，舉證歷歷；因此，關於蔡松年的此段記載，應可信賴，極富參考價值。也因此能推測蔡松年應於1127～1128年間，與人合開酒肆，並兼作通事（通事即翻譯）。可知蔡松年於天會六年（1128）年以前，仍未仕金。

　　而天會六年秋，識范季霑；天會七年夏，游太平寺，皆根據蔡松年詞序而來。前者見〈水調歌頭〉（西山六街碧）詞序（《全金元詞》，頁8），後者見〈西江月〉（古殿蒼松偃寒）（《全金元詞》，頁18）。關於蔡松年何時娶妻，王氏推測應在天會八年。所據係〈滿江紅〉詞序及詞作：

辛亥三月，春事婉娩，土風熙然。東城雜花間，梨為最。
去家六年，對花無好情悰。然得流坎有命，無不可者。古
人謂人生安樂，孰知其他。屢誦此語，良用慨嘆。插花把
酒，偶記去年今日事，賦十數長短句遣意，非知心人，亦
殆難明此意。以仙呂調〈滿江紅〉歌之，是月十五日，玩
世酒狂。

翠掃山光，春江夢、蒲萄綠徧。人換世、歲華良是，此身
流轉。雲破春陰花玉立，又逢故國春風面。記去年、曉月
掛星河，香淩亂。　　　年年約，常相見。但無事，身強健。
賴孫壚獨有，酒鄉溫粲。老驥天山非我事，一蓑煙雨違人
願。識醉歌、悲壯一生心，狂嵇阮。（《全金元詞》，頁 20）

魏道明注云：「觀此意，公於去年曾偶故邦佳麗也」，可知蔡松年應於
天會九年（辛亥）之「去年」，即天會八年，娶王安中季女，此甚為
合理。然王氏又據詞序云：「是月十五日，玩世酒狂」，推測三月十五
日即為蔡松年新婚之日。此處甚為可疑，因「是月十五日，玩世酒狂」
為詞序之末句，應是蔡松年自號為「玩世酒狂」，記下作詞當天之日
期，頗類似「落款」以記註自己作品之方式，而與婚配不甚相關。且
綜觀此詞，內容在抒發自身對於宋廷之懷念與如今身處北方之慨嘆，
若強以此為新婚之日，恐有不妥。

（三）仕金後官職之變動與遊歷各處的紀錄

蔡松年入金後究竟何時出仕，也是學者關心的問題。王氏同樣依
據上引之〈滿江紅〉（翠掃山光）詞，推測應於本年始赴令史之職。
尤其是「老驥天山非我事……狂嵇阮」數句，使王氏確定因蔡松年有
官在身，故體驗到嵇、阮當年之心境。綜觀蔡松年一生詞作，幾乎皆
成於天會八年以後。且詞作中大多流露出欲辭官歸隱、悠游山水卻不
可得之希冀與矛盾之情。故若此年始入仕，則大部分詞作皆成於任官
之後，詞中此種困於世而期待解脫的內容基調，也就得與蔡松年之身
世相互印證了。因此，筆者以為王氏此說應可採信。

　　天會十一年，王氏以爲蔡松年在燕山帥府。王氏引其〈癸丑歲秋郊〉〔註13〕詩，並說明本年東路軍元帥宗輔在燕山，宗弼等人克吳玠於和尚原，松年行蹤不能細考。若僅以〈癸丑歲秋郊〉一詩來判斷此年在燕山帥府，似乎稍嫌勉強。癸丑確爲天會十一年，但詩中並無與燕山帥府相關之線索。且王氏又言「松年行蹤不能細考」，表示亦無史料顯示蔡松年此時之行蹤。唯一能夠推測的線索，應是蔡松年於天會九年赴元帥府令史之任，而本傳言其隨元帥府與僞齊一同伐宋，時在天會十二年冬，故天會十、十一年應仍在帥府。而正當大軍南征欲渡長江之時，傳來太宗病危的消息，故大軍急退。蔡松年〈洞仙歌〉詞序云：「甲寅歲，從師江壖，戲作竹廬」（《全金元詞》，頁 14）即可爲證。竹廬即營帳，以江邊多竹，故作此。

　　王氏推估，天會十三年（1135）正月，自江邊退軍。其〈念奴嬌〉詞序云：「乙卯歲江上」（《全金元詞》，頁 11），可證正月時仍在江邊，二三月間則歸燕山。此乃根據〈水調歌頭〉詞序：「乙卯高陽寒食，次嵩夫韻」（《全金元詞》，頁 19）及〈水龍吟〉詞句：「輭紅塵裏西山，亂雲曉馬清相向。新年有喜，洗兵和氣，春風千丈」（《全金元詞》，頁 23），予以論定，因「西山」係指燕之西山。然此處有數點可議：首先，〈水調歌頭〉（寒食少天色）詞序標明爲「寒食」，則顯然非王氏所推測在「二三月間」；其次，雖〈水龍吟〉（輭紅塵裏西山）詞中之「西山」確爲燕京之西山，然此詞詞序云：「甲寅歲，從師南還，贈趙肅之」，標明時間在「甲寅」，即天會十二年，而非此年之天會十三年。或許王氏推測蔡松年從師北歸之路線，爲長江邊——高陽——燕山，故有上之推論；然若依上引之兩闋詞來看，若此年（天會十三年）寒食已在高陽，則再向北至燕山，必成於四月以後，而與〈水龍吟〉（輭紅塵裏西山）詞記載之時間不符。雖〈水龍吟〉（輭紅塵裏西山）詞有「新年有喜，洗兵和氣」之句，可能爲甲寅（天會十二年）

〔註13〕全詩如下：漫漫黃雲水清淺，碧花無處亂鳴蜇。此生愈覺田園樂，夢裏曉山三四峯。（《中州集》輯一，頁62）王氏「處」作「數」。

年末已宣布退師，而對新的一年有所期待，但此詞終歸是作於天會十二年，故王氏此處的引用似乎不甚妥當。

天會十三年退兵之後，王氏推估蔡松年即除真定府判官。除引蔡松年本傳及《金史》卷三〈太宗本紀〉〔註14〕等史料外，尚據蔡松年〈師還求歸鎮陽〉詩，以證其授官在南征歸燕之初：

> 春風卷甲有歡聲。漸識天公欲諱兵。節物無情新歲換，男兒易老壯心驚。落身世網癡仍絕，挂眼山光計未成。聞道恆陽似江國，一官漫學阮東平。（《中州集》輯一，頁 60）

首二句符合南征北還之背景，「聞道恆陽似江國」又呼應詩題，表明欲歸鎮陽居處之心。然何以證明此詩與除官真定有關？蓋授官若在南征歸燕之初，則此時金廷始有餘力任免官職。但若據此詩以證，似乎仍沒有足以顯示兩者直接相關的資料。

天會十四年，王氏以為蔡松年兼鎮陽與燕山帥府。因〈淮南道中〉五首之四詩有「三年鎮陽游」（《中州集》輯一，頁 58）之句，為日後回憶在鎮陽三年任官之經歷；〈人月圓〉（梨雪東城又回春）之「東城」乃指燕山府（《全金元詞》，頁 17）；〈水調歌頭〉詞序云：「丙辰九日，從獵涿水道中」，及其詞亦云：「黃雲南卷千騎」（《全金元詞》，頁 7～8），涿水在燕山之南，故有此言。又：〈入關宿昌平〉詩有「記得鳴螀碧花句，蹉跎秋思又三年」（《中州集》輯一，頁 62）之句，「鳴螀碧花」乃指天會十一年所作〈癸丑歲秋郊〉詩，而昌平在北京西北，近燕山。以上論述頗為合理，然若據此推斷蔡松年兼鎮陽與燕山帥府，不如言蔡松年因公事而來往於燕山與鎮陽之間。因蔡松年天會十三年在真定為官，天會十五年除行臺刑部郎中，故本年應包括在鎮陽之三年任內。

天會十五年，廢偽齊，置尚書省於汴，本傳言蔡松年因此除行臺刑部郎中。王氏根據〈丁巳九月，夢與范季霑同登北潭之臨芳亭……〉

〔註14〕蔡松年本傳文字見前引。《金史》卷三〈太宗本紀〉：「天會八年十月，詔遼宋官上本國語命，等第換授。」（頁 62）

詩（《中州集》輯一，頁 58），知本年九月尚在鎮陽。《金史》卷四〈熙宗本紀〉記載廢僞齊在十一月，故蔡松年在十一月除官之前，應仍在鎮陽。王氏又引〈庚申閏月從師還自潁上對新月獨酌〉十三首之一：「伊昔三年前，淫雨催行舟」（《中州集》輯一，頁 58），推測「庚申」三年前爲本年，時金廷將南征，故淫雨而催行舟。然〈熙宗本紀〉中本年之記載，並無南征之事，因此王氏此言恐有誤。

　　天眷元年（1138），金以河南、陝西之地予宋。蔡松年於秋季卜居眞定。可從以下作品推斷：〈庚申閏月從師還自潁上對新月獨酌〉詩十三首之十二：「問舍前年秋，已買潭西地」（《中州集》輯一，頁 59），庚申年之前年爲本年，「潭」爲鎮陽北潭；〈庚申閏月從師還自潁上對新月獨酌〉詩十三首之三：「我家恆山陽，山光碧無賴」（《中州集》輯一，頁 59），及〈初卜潭西新居〉詩（《中州集》輯一，頁 60）。

　　天眷三年五月，金復取河南地，蔡松年兼總軍中六部事。是月，河南平。而從〈庚申閏月從師還自潁上對新月獨酌〉詩，可知蔡松年曾至潁上前線；〔註15〕值得注意的是，此組詩共十三首，卻大部分皆在藉議論以抒發身世飄零、進退失據之感，並表明亟欲歸隱之情。較爲寫實描述南征情景的，只有第六首：

　　　　孟夏幽州道，上陘車轆轆。旌旗卻南行，飛電隨馬足。行
　　　　窮清潁水，不辨洗蒸溽。吾生豈匏瓜，一笑爲捧腹。（《中
　　　　州集》輯一，頁 58）

此首雖有較多描寫南征之景，然結尾仍落入自身被迫仕金之情緒中。可見，此次南征所帶給蔡松年心境之衝擊，又較前次更深刻。關於蔡松年之情緒轉折以及與作品間之聯繫，待下文再詳細論述。

　　天眷三年七月，蔡松年隨師北還，復至祁州，有〈七月還祁〉詩（《中州集》輯一，頁 59）可證。後繼續北行，至眞定，曾在家盤桓數日。〈庚申閏月從師還自潁上對新月獨酌〉詩十三首之七（《中州集》

―――――――――

〔註15〕潁上，金屬南京路潁州，在淮水北，地近宋金交界之處。

輯一，頁 59）、〈南鄉子〉（霜籟入枯桐）詞序（《全金元詞》，頁 16）可證。〔註 16〕王氏又謂蔡松年九月有上京之行。而此處乃以〈庚戌九日，還自上都，飲酒於西崦，以「野水竹間清，秋崦酒中綠」為韻十首〉詩（《中州集》輯一，頁 59～60）及〈石州慢〉（京洛三年）（《全金元詞》，頁 13）詞序，判斷「庚戌」、「庚子」皆為「庚申」之誤。然此說可議，詳細辯證見下節作品繫年，此不贅述。而即在此年，蔡松年與完顏亮（即海陵王）相識。此據《金史》卷五〈海陵本紀〉及蔡松年本傳而來。〔註 17〕

　　皇統元年（1141），金人伐宋，王氏以為蔡松年應隨帥府進止。而以《金史》卷四〈熙宗本紀〉及卷七十七〈宗弼列傳〉驗之，可知金廷此年確實曾伐宋，且第一次在正月，曾至淮南，三月北歸；第二次在四月，欲進江南。而王氏又據〈念奴嬌〉詞序：「僕來京洛三年，未嘗飽見春物」（《全金元詞》，頁 9～10），以為蔡松年本年春不在汴京，應在帥府。但既言「來京洛三年」，而王氏推估此詞作於皇統二年，故今年（1141）應在汴京；且隨帥府進止，仍有可能至汴京，因第一次南征曾至淮南，自淮南入南京路，再北歸至汴京之動線，頗為合理。因此此處仍可商議。而本傳言：「都元帥宗弼領行臺事，伐宋……宋稱臣，師還，宗弼入為左丞相，薦松年為刑部員外郎。」可知宗弼於此年冬返京主持朝政時，薦蔡松年為刑部員外郎。

　　皇統二年正月，蔡松年自汴京起行，親友至汴相送，二月至上京。此以〈瑞鷓鴣〉（東風歲月似斜川）（《全金元詞》，頁 16～17）、〈水龍吟〉（亂山空翠尋人）（《全金元詞》，頁 9～10）、〈念奴嬌〉（倦

〔註 16〕詩：「客情念還家，如瞽不忘視。到家問松菊，早作解官計。」詞序：「庚申仲秋，陪虎茵居士，置酒小斜川。」虎茵居士指梁犹，入金後依蔡靖父子居恆陽。小斜川乃蔡松年之舅許採別墅。

〔註 17〕《金史》卷五〈海陵本紀〉：「天眷三年，年十八，以宗室子為奉國上將軍，赴梁王宗弼軍中任使。以為行軍萬戶，遷驃騎上將軍。」（頁 91）蔡松年本傳：「松年前在宗弼府，而海陵以宗室子在宗弼軍中任使，用是相厚善。」（頁 2716）

游老眼，負梅花京洛）（《全金元詞》，頁 22）詞序推估。〔註18〕而王氏以爲，至上京後，高士談等設宴接風，蔡松年以避嫌不赴。並引〈石州慢〉詞序以證：

> 今歲先入都門，意謂得與平生故人，共一笑之樂，且辱子文兄有同醉佳招。而前此二日，左目忽病昏翳，不復敢近酒盞。（《全金元詞》，頁 13）

王氏以爲「左目昏翳」只是托詞，因蔡松年懼宴游招忌，故推病不往。筆者不以爲然。因王氏此言置於下年論述，故置於後。皇統三年，王氏以爲蔡松年與高士談、劉著等人游。因高士談（字子文）與蔡松年相唱和之詩詞頗多，如高士談〈次伯堅韻〉詩（《中州集》輯一，頁 67）、蔡松年則有〈和子文寒食北潭〉詩（《中州集》輯一，頁 60～61）、〈浣溪沙〉詞序：「春津道中，和子文韻」（《全金元詞》，頁 17）……等。故推測這些唱和作品，應成於入京後的皇統二年至五年冬。然若據王氏前之推測，去年蔡松年因懼宴游招忌而裝病推辭，何以隔年之後仍能與高士談如此頻繁地唱和往來？顯然前後語意有所矛盾。

　　皇統五年，仍在刑部，八月得假歸。可見於〈水龍吟〉（水村秋入江聲）詞序（《全金元詞》，頁 22）。皇統六年，宇文虛中被殺，高士談因被牽連，亦死。皇統七年六月，田穀黨事起，蔡松年遷左司員外郎。田穀黨事，堪稱影響蔡松年入金後的大事。因《金史》本傳即以此短蔡松年之爲人，使蔡松年在背負仕夷罪名之外，又多了「小人」之號。又因除了《金史》之外，劉祁《歸潛志》〔註19〕等史料，皆同

〔註18〕〈瑞鷓鴣〉詞序：「邢嵒夫招游故宮之玉溪館，壬戌人日」，壬戌即皇統二年，玉溪館在汴京；〈水龍吟〉詞序：「去歲收燈後，過揚於鄭氏山亭，酣觴賦詩，最爲快適。自此僕遂東來」，可知約莫於收燈後（正月十八）起行；〈念奴嬌〉詞序：「僕來京洛三年，未嘗飽見春物。今歲江梅始開，復事遠行。虎茵、丹房、東岫諸親友，折花酌酒於明秀峯下」，可知親友至汴相送。

〔註19〕金・劉祁《歸潛志》（臺北：華文書局股份有限公司，1969 年 6 月），頁 250～251。

《金史》之說，以為蔡松年為小人，田穀等為君子。王氏於此列舉數點加以論證，得出與史料相反之結果：即田穀黨事與蔡松年無涉，蔡松年亦是黨爭之受害者。筆者於王氏列舉之數點並非完全苟同，然結論相似。亦即筆者以為，田穀黨事應非因蔡松年而起。除了王氏之舉證外，從作品上來看，田穀黨人邢具瞻即與蔡松年有所往來，因此有詩詞唱和。而蔡松年詞作中共有三闋與之相關，[註20] 如〈臨江仙〉詞序：「雪晴過邢嵒夫，用舊韻」。再就作品內容看：

> 誰信玉堂金馬客，也隨林下家風。三杯大道果能通。相逢開老眼，著我聖賢中。　　會意清言窮理窟，人間萬事冥濛。暮寒松雪照羣峯。衰顏無處避，只可慶潮紅。(《全金元詞》，頁15)

蔡松年於詞中表明願捨棄官職，歸隱山林之志，並借飲酒以澆胸中塊壘，對知心老友的坦誠敘說，讀來令人倍覺兩人交情深厚。因此，邢具瞻絕非與蔡松年對立的政敵，因若是蔡松年只欲與邢具瞻應酬，大可不必在詞中透露自己如此的期盼與無奈。而就蔡松年全部作品中所反映的自我投影，亦不若史料上所給予的負面形象。試想，一個欲剷除異己而後快之小人，何以亟欲自官場上逃離？又如何能讓作品呈現欲忘塵世之外、清麗真切，甚能步武蘇軾之風格？是以，筆者認為，就人格與作品之內在聯繫而言，田穀黨事應與蔡松年無涉。

金海陵天德元年（1149），蔡松年疑出使高麗。蔡松年出使高麗，乃據〈石州慢〉詞序：「高麗使還日作」(《全金元詞》，頁24) 及〈高麗館中二首〉詩 (《中州集》輯一，頁62) 得知。故蔡松年出使高麗應有其事，然確切年月不可考。王氏則以為：

> 金朝慣例，使宋，正使正三品；使高麗，正使正五品。松年皇統七年前在六品刑部員外郎，備受排斥，未必能充使臣。天德二年後已為正四品吏部侍郎，故疑使高麗在本年前後。(《金代文學家年譜》，頁65)

[註20] 即〈臨江仙〉（誰信玉堂金馬客）、〈瑞鷓鴣〉（東風歲月似斜川）及〈水調歌頭〉（寒食少天色）。

王氏此言從金代官制入手，論述頗爲公允，應可從。天德二年，擢吏
部侍郎，與張浩等增築燕京城，修建宮室。任吏部侍郎，乃根據本傳：
「天德初，擢吏部侍郎」而來，然未曾言明任於何年，故仍待考。與
張浩增築燕京城一事，雖不見《金史》卷五〈海陵王本紀〉記載，然
據《大金國誌校證》卷十三，可知修築燕京應在天德二年冬。〔註21〕
且海陵於天德三年四月，詔遷都燕京，故必在此年以前修築燕京。而
王氏又據《金史》卷八十三〈張浩列傳〉，言其中修宮室者不及蔡松
年，因此推測蔡松年只是短暫參與，故《金史》不及。

　　天德三年，子蔡珪及第，可見《中州集》輯一「蔡太學珪小傳」
（頁 62）。天德四年，隨車駕遷都燕京。據《金史》卷五〈海陵王本
紀〉可知，天德四年二月自上京出發，夏至凉陘獵，九月至中京。蔡
松年有〈晚夏驛騎再至凉陘觀獵，山間往來十有五日，因書成詩〉詩
（《中州集》輯一，頁 57）可證。貞元元年（1153），二月至燕京，
升戶部尚書，行鈔引法。蔡松年本傳載：「俄遷戶部尚書。海陵遷中
都，徙榷貨物以實都城，負鈔引法，皆自松年啓之」；《金史》卷四十
八〈食貨志三〉亦載：「海陵庶人貞元二年遷都之後，戶部尚書蔡松
年復鈔引法，遂製交鈔，與錢並用」（頁 1069），可證其事。此年冬，
使宋爲賀正旦使。蔡松年本傳：「海陵謀伐宋，以松年家世仕宋，故
亟擢顯位以聳南人觀聽，遂以松年爲賀宋正旦使。」王氏據此以爲，
蔡松年得顯位，與家世於宋無涉，遣其使宋，則不無「聳南人觀聽」
之意。筆者以爲，海陵雖重用蔡松年，但其心意不可知。觀其爲人，
固不排除可能基於以聳視聽之心理，而拔擢出身官宦世家之蔡松年。
然根據《金史》卷五〈海陵王本紀〉，使宋應在本年十一月。而據〈水
龍吟〉（太行之麓清輝）詞序（《全金元詞》，頁 12），知蔡松年此年

〔註21〕崔文印校證《大金國志校證》（同第二章註 32，頁 187）：「天德二
　　　年……冬，發諸路民夫，築燕京城……乃遣左右丞相張浩、張通古、
　　　左丞蔡松年，調諸路夫匠，築燕京宮室。」然三人之官職記載有誤，
　　　此處不詳述。

買田於衛州之蘇門山下。

貞元二年，使宋歸，轉吏部尙書。蔡松年本傳載：「使還，改吏部尙書，尋拜參知政事。」然史料皆未言蔡松年何時北歸，王氏則據〈淮南道中〉組詩，判斷過「淮南」爲蔡松年本年使宋北歸時之作，故據「南楚二月雨」之句，判斷蔡松年正月自臨安歸，二月尙在淮南。然筆者以爲，以〈淮南道中〉組詩（《中州集》輯一，頁 58）來證明此年使宋歸，仍不甚妥。因〈淮南道中〉組詩之創作年代，仍未有定論，言其應成於貞元二年，亦爲王氏之推測。若王氏從「淮南」二字推測蔡松年此時方能至南宋，則皇統元年（1141）時，蔡松年隨帥府進止，亦可能至淮南，因是時宗弼已克盧州。且組詩中尙有「吾年過五十」之句，與王氏所推本年（1154 年，48 歲），以及筆者推測之皇統元年（1141 年，35 歲）仍不相合。因此，雖〈淮南道中〉組詩有可能成於本年，但再據此推論蔡松年使宋歸，證據似乎過於薄弱。而若從「賀正旦使」角度，推測應於正旦過後即北歸，似乎較爲合理。王氏又以爲，辛棄疾、党懷英或於此年來謁。《宋史》卷四百一〈辛棄疾傳〉載：「少師蔡伯堅，與党懷英同學，號辛、党。始筮仕，決以蓍，懷英遇坎，因留事金，棄疾得離，遂決意南歸。」言辛党曾師蔡松年，而元・虞集《道園學古錄》卷三〈蕭閑堂〉詩：「受業蕭閑老，令人憶稼軒」，[註22] 亦以爲辛棄疾曾受業於蔡松年。惟辛棄疾是否曾師蔡松年，至今仍無定論，如鄧廣銘即堅持辛棄疾未曾師事蔡松年。筆者以爲，在缺乏史料可證之情形下，或許從作品尙可找到師事與否之蛛絲馬跡，將留待下文討論，此不贅述。而若辛党曾師蔡松年，何以王氏認定應在此年？似乎無足夠證據顯示二人曾來謁見，故確切年代待考。

貞元三年，蔡松年拜參知政事。《金史》卷五〈海陵王本紀〉言明時間在二月。而王氏以爲本傳：「尋拜參知政事。是年，自崇德大

〔註22〕元・虞集《元蜀郡虞文靖公道園學古錄》（臺北：臺灣華文書局，1912 年蜀本影印），冊一卷四，頁 157。

夫進銀青光祿大夫」（頁 2716），與事實稍有落差。因據《金史》卷
五十五〈百官志一〉：「正二品……下曰銀青榮祿大夫……正三品上曰
資德大夫」（頁 1220），可知在文字上仍有些出入。

　　正隆元年（1156）正月，蔡松年改右丞，六月轉左丞，封郜國公，
因事被杖。以上皆可見於《金史》卷五〈海陵王本紀〉。被杖事則參
見《金史》卷七十六〈太宗諸子・宗本・蕭玉傳〉（頁 1735）。正隆
三年，再遷右丞相。可見《金史》卷五〈海陵王本紀〉（頁 109）。

　　正隆四年八月薨。見《金史》卷五〈海陵王本紀〉（頁 110）。然
關於蔡松年之死，亦有不同之說法。劉祁《歸潛志》卷十記田瑴黨事
云：

> 其後松年在相位，晨赴朝，上馬，見瑴召辯，左右但聞松
> 年云：「某當便行。」望之在吏部聽事，亦見瑴召便，二人
> 由此薨。〔註23〕

而辛棄疾《美芹十論・察情第二》則云：「且如逆亮始謀南侵時，
劉麟、蔡松年一探其意而導之，則麟逐而松年酖，惡其露機也。」
〔註24〕對這兩則資料，王氏皆以為不足為信：王氏言前者是「黨人後
裔之丑詆濫調」，後者則因正隆四年年初，全國已在進行大規模戰爭
之準備，不應至正隆四年八月仍以洩機酖殺宰相。又因蔡松年本傳
載：「海陵弔惜之，奠於其第，令作祭文以見意」，認為海陵與蔡松年
半世交誼，又同屬太祖系集團，海陵應愛其才而痛惜之。據筆者之
見，若蔡松年因黨事而死，史書上應有所記載（因史料皆以為田瑴黨
事為蔡松年所興）；而就史料上所記載之海陵王，「善妒而性殘」似乎
正是海陵之形象。因此蔡松年之死，或許與海陵有關，但應非以洩軍
機而酖。王氏稱美海陵與蔡松年君臣關係，則似乎流於對海陵之主觀
意見。

〔註23〕《歸潛志》，同註 19，頁 252。

〔註24〕鄧廣銘輯校《辛稼軒詩文鈔存》（臺北：華正書局，1979 年 3 月），
　　　　頁 5。

第三節　吳蔡作品繫年

　　上文已簡述吳蔡兩人之生平事蹟，且對相關問題加以考辨，相信對研究兩人作品，有更進一步的幫助。然而，創作者所遭遇的事物，以及環境背景帶來的相關變化，卻是眞實而深刻地影響著作品。因此，在前兩節以人物事蹟爲主的討論後，本節欲以「作品」爲主體，並參考吳蔡兩人的生平活動，期能彌補在生平大事中，無法徵引全部作品之憾；並使作品與創作者產生更緊密的聯繫。有些作品，雖涉及之事物極微小，亦非創作者人生轉折之標記，但卻能表現出創作者不爲人知之心情紀錄，而得以更貼近創作者本身及其情緒轉折。因此，本節將就作品中作者標出確切年代（如庚申、癸丑歲等），以及能夠借以推估時間之作品，按先後次序加以編排，令人一目了然。

　　不論是爲創作者進行年譜之編排，或是針對作品加以繫年，皆是一項吃力不討好的工作。尤其在前人未開發的園地上耕作，更是需要毅力與勇氣。所幸，王慶生先生之《金代文學家年譜》已出版，筆者得以站在巨人的肩膀上，向遠處眺望。因此，本節仍在王先生此書的基礎上，加入自己研究、判斷之心得，期能爲吳蔡二人之作品，整理出大致輪廓。

　　以下繫年以西元年爲主，並註記金帝年號，將吳激及蔡松年兩人之作品一併敘述。爲避免重複，不再贅述此年發生之大事，並將可資爲證與待考之因，置於作品下方加以敘述。而若與前一二節之解釋、論述有所重複之處，則請見前文，此處不再贅述。

西元 1126 年　宋欽宗靖康二年　金太宗天會四年

吳激作〈送韓鳳閣使高麗〉詩（殘句）。

考辨：韓鳳閣可能指韓企先或韓昉。鳳閣爲中書省之別稱。企先曾任
　　　中書令，但未見其出使高麗之記錄；韓昉曾出使高麗，時在天
　　　會四年，然似乎未曾任中書官職。故若指韓昉，則詩應成於天

會四年韓昉出使前，亦足證吳激此年已在金朝。故吳激入金時
間可能不在靖康二年，而提早到靖康元年；甚或再往前推一
年，即宣和七年。若指韓企先，則成詩年代不可考。

吳激於本年使金，途中作〈出散關〉詩。

考辨：若吳激於本年出使金朝，則此首詩作應成於尚未入金被俘之
　　　時，故在時代上，應早於上首作品。

吳激於此年以前，作〈三衢夜泊〉、〈太清宮〉、〈飛瀑巖〉、〈長安懷古〉、
〈宿湖城簿廳〉、〈過南湖偶成〉、〈夜泛渦河龍潭〉、〈同兒曹賦蘆花〉、
〈秋興〉詩，然確切成詩年代皆不可考。

考辨：依據上文之推測，吳激可能於靖康元年出使金朝，在前文論述
　　　吳激生平時，筆者亦假設吳激作品中出現位於北方地名者，乃
　　　在宋時遊歷所作，而與王氏推測有所不同，故以上詩作皆應成
　　　於此年以前。原因見本章第一節註 7～9。

西元 1129 年　金太宗天會七年　宋高宗建炎三年

蔡松年作〈西江月〉（古殿蒼松偃蹇）詞。

考辨：詞序：「己酉四月暇日，冒暑游太平寺。」故知應作於此年。

西元 1131 年　金太宗天會九年　宋高宗紹興元年

蔡松年作〈念奴嬌〉（小紅破雪）、〈滿江紅〉（翠掃山光）詞。

考辨：〈念奴嬌〉詞序：「辛亥新正五日，天氣晴暖。」故知應作於
　　　此年。〈滿江紅〉詞序有：「辛亥三月」之句，故知應作於此
　　　年。

西元 1133 年　金太宗天會十一年　宋高宗紹興三年

蔡松年作〈癸丑歲秋郊〉詩。

考辨：癸丑歲，即西元 1133 年。

西元 1134 年　金太宗天會十二年　宋高宗紹興四年

蔡松年作〈洞仙歌〉（竹籬茅舍）、〈水龍吟〉（輭紅塵裏西山）詞。

考辨：〈洞仙歌〉、〈水龍吟〉詞序皆有：「甲寅歲」之句，故知成於

此年。此年冬南征，故兩闋皆作於冬季。然前者有「喚起兵前倦游興」之句，故知應成於南征之前；後者詞序言及「從師南還」，故時間應較晚。

西元 1135 年　金熙宗天會十三年　宋高宗紹興五年

蔡松年作〈師還求歸鎮陽〉、〈兵府得告，將還鎮陽府。推官王仲侯以書促予，命駕先寄此詩〉詩。

考辨：兩詩之背景相似，皆爲自軍中求歸鎮陽家中，故判斷應作於此年退軍北還途中。前者有「春風卷甲有歡聲，漸識天公欲諱兵」之句，符合退兵背景；後者有「老驥心疲十二閑」之句，若從本年逆推十二年，爲 1124 年，恰爲松年隨父入金之時。

蔡松年作〈念奴嬌〉（洞宮碧海）、〈水調歌頭〉（寒食少天色）詞。

考辨：〈念奴嬌〉詞序有「乙卯歲江上」之句，故知成於此年。又據上年所作〈水龍吟〉詞句：「新年有喜，洗兵和氣，春風千丈」，可知應於本年正月自江邊退軍，則此詞作於正月。〈水調歌頭〉詞序有：「乙卯高陽寒食」之句，故應作於此年四月。

西元 1136 年　金熙宗天會十四年　宋高宗紹興六年

吳激作〈雞林書事〉詩。

考辨：雞林，乃朝鮮半島新羅國之稱，金時爲高麗，即今韓國。《金史》卷六十〈交聘表上〉：「十月甲寅，以乾文閣待制吳激爲賜高麗生日使。」（頁 1399）

吳激〈滿庭芳〉（射虎將軍）詞可能作於此年之後。

考辨：據此詞內容，可知此人曾使高麗。而吳激能與之相會，故應作於吳激使金後，推測此詞作於本年

蔡松年作〈入關宿昌平〉詩。

考辨：因詩中有「記得鳴螿碧花句，蹉跎秋思又三年」之句，「鳴螿碧花」即指〈癸丑歲秋郊〉詩，三年後即爲本年。

蔡松年作〈人月圓〉（梨雪東城又迴春）、〈水調歌頭〉（星河淡城闕）、

〈水調歌頭〉（年時海山路）、〈念奴嬌〉（飛雲沒馬）詞，及〈水龍吟〉
（待人間覓箇）殘句。

考辨：〈人月圓〉詞序：「丙辰晚春即事」；〈水調歌頭〉詞序有「丙
辰九日」之句；〈水調歌頭〉詞序爲記「高德輝生朝」，而吳本
魏注有「欲言今日，先敘去年德輝奉命南聘，泛舟淮甸，曾逢
壽日」之句。而上年〈念奴嬌〉（洞宮碧海）詞正是敘述此事，
故「今年」應爲 1136 年。〈念奴嬌〉詞序有「時將赴鎮陽」，
而詞句：「飛雲沒馬，轉沙場疊鼓，三年寒食……未信兵塵逼」，
符合 1134～1136 年間，蔡松年隨軍南北奔波之背景，故應成
於此年。而〈水龍吟〉詞序有「自鎮陽還兵府」之句，故推測
可能成於此年，因蔡松年時兼鎮陽與燕山帥府。

西元 1137 年　金熙宗天會十五年　宋高宗紹興七年

蔡松年作〈丁巳九月，夢與范季霑同登北潭之臨芳亭。覺而作詩記其
事以示范〉詩。

考辨：丁巳即 1137 年。

蔡松年〈小飲邢嵒夫家，因次其韻〉詩，可能作於 1137～1140 年
間。

考辨：王氏以爲從詩中「大梁一官」句，可知時在行臺，故應在天
眷、皇統中。然松年在行臺爲 1137～1140 年，故應成於此段
年限中。

西元 1138 年　金熙宗天眷元年　宋高宗紹興八年

吳激作〈送樂之侍郎〉詩。

考辨：樂之乃張通古之字。《金史》卷八十三〈張通古傳〉載張通古
於天會四年，除工部侍郎；卷四〈熙宗本紀〉記張通古於天眷
元年（1138）以「右司侍郎」使江南。因可推測吳激此首作品
應作於天眷元年，張通古使宋之前。

蔡松年作〈初卜潭西新居〉詩。

考辨：據〈庚申閏月……獨酌〉十三首之十二：「問舍前年秋，已買
潭西地」，可知買地應在庚申年之前年，即本年。「潭」乃鎮陽
北潭，即蔡松年卜居眞定之處。

蔡松年作〈水調歌頭〉（雲間貴公子）詞。

考辨：根據詞句「十年流落冰雪」，可知爲描寫曹浩自汴京失守至今
已十年。汴京於 1126 年淪陷，故此詞至少應作於 1136 年以
後。而王氏以爲，根據詞序「念方問舍於蕭閑」一句，可知應
作於本年。

西元 1140 年　金熙宗天眷三年　宋高宗紹興十年

蔡松年作〈七月還祁〉、〈庚申閏月，從師還自潁上，對新月獨酌〉、〈庚
戌九日，還自上都，飲酒於西崮，以「野水竹閒清，秋巖酒中綠」爲
韻〉組詩。

考辨：〈七月還祁〉詩，乃作於隨師北還之時。〈庚申……獨酌〉，庚
申即 1140 年。〈庚戌……爲韻〉，雖記爲「庚戌」，但王氏以爲，
庚戌年爲 1130 年，時蔡松年尙未入仕，應誤；且〈石州慢〉
詞序：「僕頃在汴梁三年，每約會心二三客，登故苑之友雲亭，
或寓居之西崮，置酒高會，以酬佳節。酣觴賦詩，道早退閑居
之樂。歲在庚子。有五字十章。其一云：『去年哦新詩，小山
黃菊中。年年說歸思，遠目驚高鴻。』」其「五字十章」即指
〈庚戌……爲韻〉組詩，且「去年」等句，確實在此組詩中。
但庚子爲 1120 年，時蔡松年僅十四歲，尙未入金，更不符合
在汴梁的敘述，故知「庚子」亦誤。而此詩標題亦言「還自上
都」，可見此詩作成之背景，乃在蔡松年在汴，且剛從上都回
來之時。在汴三年中，本年爲「庚申」，符合以「庚」爲首之
干支，且此年九月赴上京，十二月即隨軍伐宋，可知已從上京
趕回，故推測應成於本年。

蔡松年作〈南鄉子〉（霜籟入枯桐）、〈水龍吟〉（一山星月）、〈滿江紅〉
（端正樓空）詞。

考辨：〈南鄉子〉詞序云：「庚申仲秋，陪虎茵居士，置酒小斜川。」
　　　故知成於此年。〈水龍吟〉詞序云：「梁虎茵家以絳綃作荔枝，
　　　戲作」，虎茵入金後，依蔡靖父子居恆陽，詞又言在虎茵家，
　　　故王氏推測作於 1140 年。〈滿江紅〉詞序云：「虎茵老人去
　　　汴二十年，重醉蠟梅於明秀峯下，謂侑觴稚秀者，有宣和玉
　　　宇間風製，俾僕發揚其事。」〈水調歌頭〉吳本魏注：「宣和癸
　　　卯，自中山廉訪移燕山廉使。明年天兵臨府，遂降於軍前。」
　　　宣和癸卯為 1123 年，可知虎茵自 1123 年自中山（定州）徙燕
　　　山後，隔年即入金，故在汴京應為 1123 年以前。而詞序言
　　　「虎茵老人去汴二十年，重醉蠟梅於明秀峯下」，可知虎茵事
　　　隔二十年，又於蔡松年恆陽家山中看見有宣和玉宇風製的
　　　人。蔡松年於 1140 年至汴，欲赴上京時曾於家中盤桓數日，
　　　故此詞應作於此時。若更往前推二十年，為 1120 年，亦符合
　　　此前推測。

西元 1141 年　金熙宗皇統元年　宋高宗紹興十一年

蔡松年〈渡混同江〉、〈韓侯晁仲許送名酒，渴心生塵，以詩促之〉詩
可能成於此年。

考辨：〈渡混同江〉乃指渡過黑龍江，表示作於蔡松年上京之時，故
　　　應在 1140～1145 年間。而詩中有「十年八喚清江渡」之句，
　　　若從蔡松年 1131 年始仕金來看，至 1141 年恰好十年，故可能
　　　作於此年。〈韓侯……促之〉，韓侯晁仲許不知為何人，但詩中
　　　有「江水苦搖梁苑夢……天東四月春如許」之句，表示蔡松年
　　　此時在上京，故亦應作於 1140～1145 年間。又同上述情形，
　　　詩中有「暫吐十年黃卷香」之句，故若從 1131 年算起，此詩
　　　亦應作於本年。

蔡松年作〈念奴嬌〉（倦游老眼，看黃塵堆裏）詞。〈永遇樂〉（正始
風流）詞可能成於此年之後。

考辨：〈念奴嬌〉詞序有「辛酉之冬」句，辛酉即 1141 年。〈永遇樂〉

詞序：「建安施明望，與余同僚，三年心期，最爲相得……且謀早退，爲閑居之樂。斯言未寒，又復再見秋物，念之惘然。」「三年」應指廢僞齊後之三年，王氏以爲時宜生在汴京行臺。若以此推算，廢僞齊在 1137 年 11 月，故應作於 1140 以後。又「斯言未寒，又復再見秋物」，可見又過了一年，因此此詞不會早於 1141 年。然王氏以爲此詞應作於 1142 年，不知據何以推估。

西元 1142 年　金熙宗皇統二年　宋高宗紹興十二年

吳激作〈人月圓〉（南朝千古傷心事）、〈滿庭芳〉（千里傷春）、〈訴衷情〉（夜寒茆店不成眠）詞。

考辨：〈人月圓〉（南朝千古傷心事）之考證，見本章第一節吳激生平。〈滿庭芳〉（千里傷春）詞，則據其內容，[註25] 可知戰爭連年未停，又有還歸消息，推測可能是描述皇統二年，宋金議和；加以熙宗得皇子，大赦天下，詔舊宋之臣還歸的情景，故此詞應作於被遣歸之前。〈訴衷情〉（夜寒茆店不成眠）詞，則應作於被遣歸而尙未遭金朝截留之時，時在八月，可見本章第一節吳激生平。

蔡松年作〈瑞鷓鴣〉（東風歲月似斜川）、〈瑞鷓鴣〉（酹春當得酒如川）、〈念奴嬌〉（倦游老眼，負梅花京洛）、〈念奴嬌〉（離騷痛飲）、〈石州慢〉（京洛三年）、〈滿江紅〉（老境駸駸）、〈雨中花〉（憶昔東山）、〈千秋歲〉（碧軒清勝）、〈臨江仙〉（誰信玉堂金馬客）詞。

考辨：〈瑞鷓鴣〉詞序：「邢崑夫招游故宮之玉溪館，壬戌人日」，壬戌即 1142 年，人日爲正月初七。〈瑞鷓鴣〉詞序云：「是日以事不克往，復用韻。」可見時間同於上闋，王慶生以爲此時松

〔註25〕原詞如下：「千里傷春，江南三月，故人何處汀州。滿簪華髮，花鳥莫深愁。烽火年年未了，清宵夢，定繞林丘。君知否，人間得喪，一笑付文楸。　　幽州。山偃蹇，孤雲何事，飛去還留。問來今往古，誰不悠悠。怪底眉間好色，燈花報、消息刀頭。看看是，珠簾暮卷，天際識歸舟。」

年已除中臺，將隨宗弼入朝，故無暇應召。〈念奴嬌〉詞序
云：「僕來京洛三年，未嘗飽見春物。今歲江梅始開，復事遠
行。虎茵、丹房、東岫諸親友，折花酌酒於明秀峯下……。」
「京洛」即指汴京，蔡松年於 1140 年至汴，1142 年離開，恰
好三年，符合「僕來京洛三年」；且 1142 年松年欲自汴京至上
京，符合「復事遠行」之語，故推測應作於本年。亦有可能作
於 1140 年，但如此則不符合「僕來京洛三年」之語。〈念奴
嬌〉詞序云：「還都後，諸公見追和赤壁詞，用韻者凡六人，
亦復重賦」，「還都後」，表示在上京，而此詞時間應近於上
闋。若上闋作於 1142 年，本闋亦應作於 1142 年，但在蔡松年
抵達上京之後。〈石州慢〉詞序言「歲在庚子……迨今已復三
經」，然庚子年為 1120 年，且又云時在汴梁，故應在 1140～
1142 年間。推證過程見 1140 年〈庚戌……為韻〉詩。既然〈庚
戌……為韻〉詩成於 1140 年，至今年已過三經，故今年應為
1142 年。〈滿江紅〉，王氏因詞中有「天香近，清班肅。公袞
裔，千鍾祿」之句，故以為應作於本年在上京之時。〈雨中花〉
詞序云：「僕將以窮臘去汴，平生親友，零落殆盡，復作天東
之別」，故王氏以為作於本年。〈千秋歲〉一闋，王氏以為，
因此詞有「几窗黃菊媚，天北重陽早」之句，可知應作於上
京。蔡松年至上京在 1140、1142 年。而筆者以為，雖 1140 年
亦曾至上京，然九月起行，故抵達上京時應值嚴多時節，此
詞言菊已開花，故知為秋天，因此推斷作於本年。〈臨江仙〉
詞序有「雪晴過邢崑夫」句，詞中亦云「誰信玉堂金馬客」，
故王氏推測應作於本年在上京時，此時邢具瞻亦自汴隨宗弼
入京。

蔡松年〈雪晴呈玉堂諸公〉、〈和子文寒食北潭〉、〈和子文晚望〉、〈初
至遵化〉詩，可能成於此年至 1145 年間。

考辨：〈雪晴呈玉堂諸公〉詩題有「呈玉堂諸公」之句，詩中又有

「化鶴山」〔註26〕、「清班」〔註27〕等句，可知應作於蔡松年在上京之時，即1142～1145年。〈和子文寒食北潭〉、〈和子文晚望〉兩詩，因王氏推估，高氏此年在待制，得與蔡松年相從，故推測應成於1142～1145年在上京之時。〈初至遵化〉，因遵化在薊州，位於赴大定、會寧途中，故1140～1142年間，至上京之時皆有可能；然詩中有「重游化國驚歲月」之句，故知為第二次經過此處，因此1140年上京之行被排除，推測應作於1142～1145年間。

蔡松年〈浣溪沙〉（溪雨空濛灑面涼）、〈滿江紅〉（梁苑當時）、〈漢宮春〉（雪與幽人）、〈驀山溪〉（人生寄耳）、〈漁家傲〉（浩浩春波朝復暮）詞應成於本年至1145年間；〈水調歌頭〉（西山六街碧）詞則成於本年之後。

考辨：〈浣溪沙〉詞序云：「春津道中，和子文韻」、〈滿江紅〉詞序云：「和高子文春津道中」、〈漢宮春〉詞序云：「次高子文韻」、〈驀山溪〉詞序云：「和子文韻」、〈漁家傲〉詞序云：「和子文韻」，皆可看出是與高士談相唱和，故同上段推測，應作於1142～1145年間。〈水調歌頭〉詞序云：「僕以戊申之秋，始識吾季霑兄於燕市稠人中……蓋十有二年。己未五月，復別於燕之傳舍。及其得官汴梁，僕已去彼……。」可知，己未年（1139）相別後，范季霑得官汴梁，但蔡松年已離開，可知蔡松年至汴梁應在1140～1142年間，故此詞應作於1142年以後。

西元1143年　金熙宗皇統三年　宋高宗紹興十三年

蔡松年作〈水龍吟〉（亂山空翠尋人）詞。

考辨：王氏以為詞序「去歲收燈後，過揚於鄭氏山亭，醑觴賦詩，最為快適。自此僕遂東來」，為敘述1142年自汴至上京之事。以

〔註26〕化鶴山，即指遼陽，金時為東京府，屬上京路，在今瀋陽西南。
〔註27〕「清班」指顯貴之臣，前之「玉堂」用來指稱官在翰林之人。

此推估，1142 年為「去年」，則今年應為 1143 年。

西元 1145 年　金熙宗皇統五年　宋高宗紹興十五年

蔡松年作〈水龍吟〉（水村秋入江聲）、〈水龍吟〉（九秋白玉盤高）、〈烏夜啼〉（一段江山秀氣）詞。

考辨：〈水龍吟〉詞序有「乙丑八月」之句，乙丑即為 1145 年。〈水龍吟〉詞中有「我走天東萬里，笑歸來、山川良是」之句，推測時間應近於上闋，為歸鄉後之作品。故亦成於本年。〈烏夜啼〉詞序云：「留別趙粹文」，詞中又有「三年不慣冰天雪」之句，吳本魏注記趙粹文於天會後，徙上京以終，故推測蔡松年應作於上京欲告假南歸之時，即本年八月以前。

西元 1147 年　金熙宗皇統七年　宋高宗紹興十七年

蔡松年作〈雨中花〉（嗜酒偏憐風竹）詞。

考辨：〈雨中花〉詞序云：「自丙辰丁巳……俯仰一紀」，可知從丙辰年作此詞之時，已過十二年。故依此推算，應作於本年。

西元 1148 年　金熙宗皇統八年　宋高宗紹興十八年

蔡松年作〈洞仙歌〉（六峯翠氣）、〈水調歌頭〉（空涼萬家月）詞。

考辨：〈洞仙歌〉詞序有「戊辰歲」之句，戊辰即 1148 年。〈水調歌頭〉詞序言作於「閏八月」，而對照陳垣《二十史閏朔表》，蔡松年一生（1107～1159）僅有三次閏八月，即 1110、1129、1148 年，蔡松年分別為 4 歲、23 歲、42 歲。然四歲之時不可能作詞，故排除。而 1129、1148 年相比，筆者推測較可能成於 1148 年；因松年於 1131 年始赴令史之職，應較無「倦游」之感。

西元 1149 年　金海陵王天德元年　宋高宗紹興十九年

蔡松年作〈高麗館中二首〉、〈銀州道中〉詩。

考辨：因王氏推測蔡松年於本年使高麗，故〈高麗館中二首〉應成於本年；而銀州屬咸平府，即在東京府附近，故推測〈銀州道中〉

應成於使高麗途中。

蔡松年作〈石州慢〉（雲海蓬萊）詞。

考辨：〈石州慢〉詞序云：「高麗使還日作」，王氏推測蔡松年於本年
使高麗，故此詞應作於 1149 年。

西元 1150 年　金海陵王天德二年　宋高宗紹興二十年

蔡松年〈梅花引〉（春陰薄）、〈梅花引〉（清陰陌）詞，應作於本年
後。

考辨：〈梅花引〉詞中有「金街三月初行樂」之句，「金街」可能指
北京王府街，而蔡松年曾在 1150 年，以及 1152 年後至北京，
故應成於此年後。〈梅花引〉（清陰陌）時間應同上闋。

西元 1151 年　金海陵王天德三年　宋高宗紹興二十一年

蔡松年作〈一翦梅〉（白璧雄文冠玉京）詞。

考辨：〈一翦梅〉詞序云：「送珪登第後還鎮陽」，而蔡珪於天德三年
中進士，故應成於本年。

西元 1152 年　金海陵王天德四年　宋高宗紹興二十二年

蔡松年作〈晚夏驛騎再之涼陘觀獵，山間往來，十有五日，因書成詩〉、
〈西京道中〉詩。

考辨：〈晚夏……成詩〉乃敘述天德四年海陵王遷都於燕京，二月自
上京出發，夏至涼陘打獵之事，故應成於 1152 年。〈西京道中〉
亦作於本年，因涼陘即屬西京道。

蔡松年作〈聲聲慢〉（青蕪平野）詞。

考辨：〈聲聲慢〉詞序云：「涼陘寄內」，據上所述，可知此詞亦作於
本年。

西元 1153 年　金海陵王貞元元年　宋高宗紹興二十三年

蔡松年作〈朝中措〉（十年鼇禁謫仙人）、〈朝中措〉（玉霄琁牓陋凌雲）
詞。〈水龍吟〉（太行之麓清輝）詞應作於本年後。

考辨：〈朝中措〉詞序云：「癸丑歲，無競生朝」，癸丑為 1133 年，

然王氏以爲此時王競尙未入翰林，應誤。詞中「十年鼇禁」謂
王競在翰林已十年，而王競約皇統元年入翰林，至貞元元年約
十幾年，且此年爲「癸酉」，符合以癸爲首之干支，故推測應
作於 1153 年。〈朝中措〉（玉霄琔牓陋凌雲）詞應近於上闋；
詞中「玉霄琔牓」句，係指無競去年題中都宮殿牓額事，故推
測詞成於今年。〈水龍吟〉詞序有「癸酉歲，遂買田於蘇門之
下」之句，而癸酉歲即本年，故應成於本年之後。王氏則以爲
楊德茂於皇統末、天德初在朝，能與松年相處；然天德元年爲
1149 年，貞元元年爲 1153 年，故僅能推測兩人或許於皇統末
天德初相善，但塡詞應不早於本年。

西元 1154 年　金海陵王貞元二年　宋高宗紹興二十四年

蔡松年作〈淮南道中〉組詩。

考辨：〈淮南道中〉，「淮南」應指淮河以南，故王氏以爲應成於本年
　　　使宋歸來之時。然詩中有「吾年過五十」之句，本年蔡松年應
　　　只四十八歲，似不相符；若「淮南」非指淮河以南的南宋國
　　　土，則可能指「淮南市」，在宋金兩國交界之處，則可能成於
　　　1140 年。此時蔡松年雖未使宋，但金取河南之地，接近金宋
　　　之交，且有〈庚申閏月還自潁上〉詩可證。潁上與淮南市相距
　　　不遠，故有此推測。且若成於 1140，與詩中回憶在鎭陽之行
　　　跡，〔註28〕年代較接近。但與「年過五十仍不相符」。故此處
　　　仍從王氏之推測。

　　以上可編年之作品，兩人詩共 35 首（組詩算一首），詞共 52
闋：吳激詩 13 首，詞 4 闋；蔡松年詩 22 首，詞 48 闋。就本論文欲
討論之吳蔡兩人詞作統計，可編年之 52 闋，佔兩人詞作總和 96 闋

〔註28〕〈淮南道中〉五首之四：「三年鎭陽遊」、五首之五：「鎭陽亘西南」，
　　　　皆在描述在鎭陽之情景。然此組以淮南爲題之五首詩中，卻僅有兩
　　　　首與淮南相關，且有兩首描述仕金在鎭陽爲官時之經歷，不免令人
　　　　生疑。

之二分之一強：即使分別來看，吳激詞現存 10 闋，可編年 4 闋，近總數之一半；蔡松年現存詞 86 闋，可編年有 48 闋，在比例上仍佔多數。

　　誠然，今日仍無法依照年代先後，替吳蔡兩人作品作一全面劃分，且以上編年的作品尚存在許多疑點；但根據目前現有資料所進行之編年推測，再照應兩人的生平，對於筆者瞭解作品內容及其相關背景，仍有一定程度之幫助。

小　結

　　本章係針對吳蔡兩人生平作一簡介，並將作品與兩人之遭遇相結合，期能從兩者交叉比對中，建立起清晰而相通之脈絡，期能更深入解讀作品創作的緣由，及其蘊含之意義。

　　在吳蔡二人之生平考述上，雖補充了筆者之心得與發現，但許多問題依舊懸而未決，值得再探討。諸如：吳激仕金後的政治動向如何？與金廷之關係又如何？蔡松年是壽終正寢，抑或同其他入金之宋臣一般，死於非命？田穀黨事與蔡松年的關係有多緊密？何以史書之記載皆對其不利？諸如此類，皆須賴詳細明確之證據，方能進行說解，而此洵非筆者淺薄學力所能完成，也非本文論述之重點，仍待前輩學者指點迷津。

　　值得注意的是，在整理兩人生平時，發現吳激與蘇軾，也有相當之關連。吳激親友如王安中、米芾，皆曾與蘇軾交游。如王慶生引陳振孫《直齋書錄解題》，說明安中未冠時曾師蘇軾，但未卒業（《金代文學家年譜》，頁 33）；而米芾與蘇軾更是以書法並稱「宋四家」，兩人時有往來。〔註29〕且吳激生於元祐年間，此時正是蘇軾自地方返回中央權力核心之際，更是蘇門勢力凝聚茁壯之時，蘇軾隱然成爲文壇領袖。雖然哲宗紹聖之時，蘇軾及其弟子又漸遭貶謫；徽宗時甚至設

〔註29〕可參見東坡作品，如〈與米元章二十八首〉、〈書米元章藏帖〉、〈睡起，聞米元章冒熱到東園宋麥門東飲子〉等。

立「元祐黨人碑」，但卻不可抹滅元祐年間，以蘇軾爲首，繁榮詞壇，使文學風氣爲之一變的功勞。因此，吳激年少學文之時，由政治走向所引領之學術風氣，雖對蘇軾及元祐諸人進行抨擊，但吳激對於蘇軾作品及其人其事，多少應有所認識。〔註30〕因此，蘇軾在文學創作上所給予吳激之影響，或許可從此處看出端倪。

　　至於何以吳激作品受蘇軾影響程度有限，反而松年作品更接近蘇軾？筆者以爲，除了松年本身忻慕蘇軾其人外，時代背景等客觀條件，也頗爲關鍵。因爲蘇軾之創作手法及其文學理念，在當世並不能爲大眾所接受；又有政治上之刻意打壓與封鎖，縱欲追隨學習，不能無所顧忌。直到宋廷南渡，國勢丕變，「以詩爲詞」的手法較符合書寫社會現況，人們才漸漸注意蘇軾在文學上的特出與重要。吳激因生年較早，長成之時雖已有元祐諸人創作與傳統不同的詞風，卻仍未蔚爲風氣；蔡松年則不同，他經歷了靖康之變，當時詞壇風氣又急轉直下，屬於豪放壯闊、書寫自適的因子，逐漸在詞壇上發酵、成長。可以說，吳激及其同時代之詞人，對於蘇軾的接受程度，遠不如經過靖康之變的松年及其同時代的詞人，故蘇軾對於兩人之影響，在程度上仍有深淺之別。相關論述可參見第二章第三節。但可以肯定的是，吳蔡兩人的確從蘇軾其及作品上，獲得了一種與當時文風迥然有別之概念——即是「以詩爲詞」；亦即藉由詞體書寫自身情志、感慨的方式，促使「吳蔡體」能在北方獨樹一格，並開啓金源一代風氣。

〔註30〕此等論述，可參考於彭國忠《元祐詞壇研究》（上海：華東師範大學出版社，2002 年 11 月）。

第四章　吳蔡詞作分析

第一節　吳激詞分析

　　被元好問目爲「國朝第一手」的吳激，《金史》本傳稱其詞「造語清婉，哀而不傷」（卷一百二十五，頁 2718）。而現存詞作僅餘十闋，卻幾乎皆是佳作。雖然無法見到吳激《東山集》的全貌，但筆者仍從現存作品入手，稍窺吳激所爲人稱道的詞作內涵。正因現存作品不多，且吳激又擅將自身所感融入詞作之中，故以下對吳激詞作的探析，並不強加分類，而是對整體作品所呈現的特出之處加以論述，期能較爲具體地呈現吳激詞作中，由各種心緒所揉雜而成的多樣化面目。同樣地，因爲詞體風格主要取決於作品之思想內容與藝術技巧，爲避免引證瑣碎而重複，故不另立「風格」一目討論，而將其併入以下兩點論述之。

一、吳激詞的主題內容

　　由於吳激遭逢靖康之禍，且爲宋朝使金又被留置不遣，因此這樣的身世背景，遂對其思想情感起了極大的影響，並直接反映在吳激的創作之中。是故，吳激詞中屢屢可見其對「身世家國」的感懷。其中對於故國之思的描摩刻畫尤見筆力，如詞作中最負盛名的〈人月圓・

宴北人張侍御家有感〉一闋：

> 南朝千古傷心事，猶唱後庭花。舊時王謝，堂前燕子，飛
> 向誰家。　　恍然一夢，仙肌勝雪，宮鬢堆鴉。江州司馬，
> 青衫淚溼，同是天涯。(《全金元詞》，頁4)

此詞特點在於，雖寫歷史更迭、朝代興亡之慨，但幾乎通篇化用前人
詩句，卻剪裁得宜，絲毫不見造作仿擬之跡。因其確確實實地將北宋
王朝，由繁華到零落的今昔對比，以及同為前朝遺舊的兩人，在異域
相見進而相憐的情景，壓縮成含蓄卻令人動容的一幕幕片段，呈現在
讀者之前。吳激此詞分別化用了杜牧、劉禹錫及白居易詩句的故實，
[註1] 將六朝、唐五代以至北宋的政局變化，串連成一有機的整體；
並藉此反襯自己在故國覆亡之後，仍苟且殘存於異代，且不得歸的掙
扎與悲哀。無怪乎劉祁《歸潛志》言：「彥高詞集，篇數雖不多，皆
精緻盡善。雖多用前人詩句，其剪截裁綴若天成，真奇作也。」[註2]
即便是當時文壇盟主宇文虛中，見此詞作成，亦不免「茫然自失」而
向來求詞作者推薦：「吳郎近以樂府名天下，可往求之」。[註3] 而另
一闋傳誦不衰的作品，則用沉鬱婉轉的筆調，虛實交錯地表達出相似

〔註1〕「南朝」兩句，用杜牧〈泊秦淮〉：「商女不知亡國恨，隔江猶唱後
　　　庭花」之句；「舊時」三句，用劉禹錫〈烏衣巷〉：「舊時王謝堂前燕，
　　　飛入尋常百姓家」之句；「江州」三句，用白居易〈琵琶行〉：「同是
　　　天涯淪落人，相逢何必曾相識……座中泣下誰最多，江州司馬青衫
　　　濕」之句。

〔註2〕劉祁《歸潛志》卷十，同第三章註19，頁195。

〔註3〕清・李良年《詞壇紀事》：「吳彥高在燕山，赴張總持侍御家集。張
　　　出侍兒佐酒，中有一人意狀催抑。叩其故，乃宣和殿小宮婢也。因
　　　賦〈人月圓〉詞記之，聞者揮淚。……時宇文叔通亦賦〈念奴嬌〉
　　　先成，即見此作，茫然自失。是後人有求樂府者，叔通即批云，吳
　　　郎近以樂府名天下，可往求之。」收入《歷代詞話》，同第一章註1，
　　　頁1102。又關於此詞及其事件始末，尚見許多書籍記載。最早的紀
　　　錄則是劉祁《歸潛志》卷八：「先翰林嘗談國初宇文學士叔通主文盟
　　　時，吳深州彥高視宇文為後進，宇文只呼為小吳。因會飲，酒間有
　　　一婦人，宋宗室子流落，諸公感嘆，皆作樂章一闋。宇文作〈念奴
　　　嬌〉……次及彥高，作〈人月圓〉詞……宇文覽之，大驚。自是人
　　　乞詞，輒曰：『當詣彥高也。』」同註2，頁194。

的情懷：

> 海角飄零。歎漢苑秦宮，墜露飛螢。夢裏天上，金屋銀屏。歌吹競舉青冥。問當時遺譜，有絕藝、鼓瑟湘靈。促哀彈，似林鶯嚦嚦，山溜泠泠。　　梨園太平樂府，醉幾度春風，鬢變星星。舞破中原，塵飛滄海，飛雪萬里龍庭。寫胡笳幽怨，人憔悴、不似丹青。酒微醒。對一窗涼月，燈火青熒。（〈春從天上來‧會寧府遇老姬，善鼓瑟，自言梨園舊籍，因感而賦此〉，《全金元詞》，頁6）

同樣是遇故國宮姬而興發的感慨，此詞卻用鋪敘、比興手法，大幅度地呈現心中雖已千迴百轉，卻仍找不著出路的哀怨與愁思。首句雖只有四個字，卻點明了詞中人物此時的身心狀態：就外在此身所處的位置而言，是距離故鄉遙遠的金國；就心理層面而言，則因流落異國，是以倍生孤獨寂寞之感。緊接著，作者用昔日秦漢宮殿的華美富貴，以喻北宋的繁榮興盛；但如今，這些舊時建築早已成為偶見流螢飛過的廢墟。然而，眼前這位宮姬的琴藝絕妙，彈奏的也是當時宮中才有的曲調，可見昔日必受帝王的倚重及青睞。可惜，因為國家的覆亡，空有一身絕藝的歌姬來到這北方之地，轉眼間，又過了數年。雖然已人老珠黃，髮色斑白，不若當年的青春貌美；但指間所流瀉的旋律，卻依然哀怨婉轉，令人動容。而結尾作者並沒有直接吐露出自身的哀思，反而借用了對當時景物的冷清色彩，襯托出己心慘澹悲涼的境況。除了深表對宮姬的同情，反思自身與之相似的境遇，又增添一份蕭瑟而無奈的氣氛。全詞雖不見「愁」、「怨」、「哀」等情緒性字眼，卻依然構築了一幅，令人為之鼻酸的身世零落、漂泊流轉之圖。是以歷來論者皆言吳激之詞，雖格調感傷，但卻「含蓄蘊藉」，無過於直露之弊，而頗具傳統上婉約凝鍊的特點。正因胸中藏著對故國濃烈的情感，卻又無處發洩，因此只能通過此種婉轉曲折的方式，略為舒緩緊繃的心弦。高度凝鍊的語句與其中所蘊含的豐富情感，也是〈人月圓〉與〈春從天上來〉兩闋作品膾炙人口，而常被相提並論之因。宋‧黃昇《中興以來絕妙詞選》卷二即言「二曲皆精妙

淒婉」；〔註4〕王士禎《居易錄》則記高麗宰相李藏用「從其主入朝於元，翰林學士王鶚邀宴於第。歌人唱吳彥高〈人月圓〉、〈春從天上來〉二曲，藏用微吟其詞，抗墜中音節。鶚起執其手，嘆爲海東賢人」。〔註5〕可見直至元朝，吳激此兩闋作品，仍流行於士人之間。

除了山河變色所給予詞人的震撼，有家卻歸不得的抑鬱，與對南方家園和故人的懷想，更是時時縈繞在吳激心頭，揮之不去。因此，如此恆常出沒的情緒，遂使其不得不吐之而後快，故此種主題總是不經意地呈現在詞人的作品之中。如〈滿庭芳‧寄友人〉：

> 柳引青烟，花傾紅雨，老來怕見清明。欲行還住，天氣弄陰晴。是處吹簫巷陌，衫襟漬、春酒如餳。溪橋畔，涓涓流水，雞犬靜柴荆。　　高城。天共遠，山遮望斷，草喚愁生。等五湖煙景，今有誰爭。悵斷湘靈鼓瑟，寫不盡、楚客多情。空惆悵，春閨夢短，斜月曉聞鶯。（《全金元詞》，頁4～5）

雖題爲「寄友人」之作，但從內容上看，全是吳激自抒懷抱的日常隨筆。誠然，能夠坦懷訴說心事的，必須是知交至深的友人；但正因爲如此，更能證明吳激這種客居異鄉的感懷及對故鄉的懸念，是按耐不住而眞實流露的。此詞從春天勃發的景色寫起，特別標注出「清明」此一節令，屬於「傷春」一類作品。關於「哀時傷逝」的主題，下文將加以探討，此處權且擱置。春季本是生意盎然，萬物復甦的時候；天氣乍暖還寒，紅花綠葉好不茂盛，就著此般景色暢飲美酒，一切似乎頗爲清新美好。但是作者筆調一轉，將視線轉向遼闊的天空，以及高聳入雲的山峰，欲憑高遠眺千里外的家鄉；可惜舉目所及，仍是望不盡的山巒。茂盛而連綿不絕的青草，則彷彿是作者心底不斷增長的愁緒。雖然形體無法回到江南故鄉，但精神早已跨越實際上千山萬水的阻隔，而恣意遊蕩在詞人熟悉的故土之中。最後，黃鶯的啼叫聲喚

〔註4〕清‧張宗橚編，楊寶霖補正《詞林紀事》（上海：上海古籍出版社，1998年11月），下冊，頁1228。
〔註5〕《詞林紀事》，同上註，頁1228。

醒詞人的美夢，才將詞人重新拉回現實，使其徒留惆悵，而感嘆清宵
夢短了。趙維江則言：

> 詞中所寫思鄉之情與柳耆卿筆下的羈旅之思頗有相似處，
> 但吳彥高生逢末世，國亡人留，有家難回的巨大悲慨，則
> 是盛世不遇的柳永不可能體會到的。詞人將此常情之外的
> 強烈愁思壓縮於細膩婉約的詞句之中，磨折爲柳青花紅間
> 的春夢鶯語，故其艷詞麗句中難掩其悲壯剛大之氣。實質
> 上，這種風格已爲稼軒體頗爲人稱賞的「催剛爲柔」之境
> 導夫先路。〔註6〕

此詞描摹羈旅情懷的筆調，的確與柳永有幾分相似；但遭受黍離之悲
的吳激，筆下的情感則更爲濃烈。因此在同樣的語句中所壓縮的情感
密度更高，而文字所承載的意蘊則更加豐富。是故，趙氏特別標舉柳
永，並提及對辛棄疾的影響，其實是極有見地的。此外，筆者以爲，
此詞雖較少使用時間上的今昔對比，卻將場景布置得極爲寬闊；藉由
宋朝／過去、金朝／現在，這兩組詞人所處之處場域的轉換，同樣成
功地表達了身世飄零之感與對故鄉懷念之思。陳清俊亦言：「羈旅之
愁、歸鄉之念，本是源於故園（國）與客地乖隔而產生的飄泊感」，
是以在探討因季節而生的情懷時，特別將「離別、客遊與思鄉」的感
情，劃歸於「空間意識」一類。〔註7〕而另一闋「寄友人」的作品，
依然透過對南方秀麗景色的記憶摹寫，訴說了惦念友人的真摯情誼；
「羈旅餘生飄蕩，地角天涯，故人何許？離腸最苦」（〈瑞鶴仙〉，《全
金元詞》頁6）幾句，則有別於吳激其他詞作，直露地將自己無法還
鄉而與故人分別，極爲苦痛的情緒一吐而盡。也許藉著如此貼近己身
的書寫，才能稍稍寬慰詞人無時無刻都受劇烈煎熬的靈魂吧！

　　自古以來，文人騷客總是對時光的流逝特別有感觸；而這個在
中國文學傳統中源遠流長的「傷春悲秋」情懷——即包括在「時間意

〔註6〕趙維江《金元詞論稿》，同第一章註9，頁100。
〔註7〕陳清俊〈盛唐「傷春」與「悲秋」詩的主題探討〉，收入《國文學報》
　　　　（1994年6月）第23期，頁139～140。

識」﹝註8﹞之中，也與身世國家之感，交相融合，雜揉成吳激詞作中
所呈現，感慨悲涼的複雜心緒。如上引〈滿庭芳〉（柳引青烟），詞人
對於「清明」此一節令到來的情緒反應，竟然是「懼怕」的；雖下文
看似並無多作解釋，但從「老來」兩字便可得知：詞人對於光陰的消
逝極爲敏感。一方面從心底認定自己已步入老境；另一方面又因此而
對節令的到來感到不適應。然詞人究竟何以對此一通俗節令感到「懼
怕」？這又必須從「清明」此一節令所具備的文化意涵與相關活動來
談。所謂「節令」，係指「節氣時令」而言。個別來談，「節氣」是將
一年分成二十四氣，故每一節氣約相隔十五天。從現今科學角度上
看，則代表「地球在公轉軌道上所運行的位置」；「時令」，又稱爲「月
令」，乃指古時歷朝歷代由朝廷及各級政府官員，按季節制訂的關於
農事活動等政令。﹝註9﹞可知，「節令」本來即分指兩種不同意涵的概
念。但因兩者在歷史發展過程中的互相滲透與融合，今日我們仍用
此一詞語來指稱「一年中，在特定的年節時空、環境、條件下，人們
從生產、生活的重大需求出發，所引發、派生出的『文化活動』」
﹝註10﹞。而正因「節令」爲中國農耕文化所發展出來的特殊風俗，因
此它本身所獨具的「文化」意蘊，則對廣大的人民，特別是知識份
子，形成了一種別具意義的文化指稱。清明，爲二十四節氣之一，在
春分後十五日，約爲陽曆四月四日或五日。但在宋代以前，重要性甚
至不如「寒食」、「上巳」等節令。又因此三節令日期相近，故相關習

﹝註8﹞ 關於中國詩歌對「時間意識」的討論，可見於松浦友久《中國詩歌原
理》（臺北：洪葉文化事業有限公司，1993 年 5 月）第一篇「詩與時
間」，頁 3～41。雖此文對於「時間」與文學作品的關係──特別是文
人們對於「春」、「秋」兩個季節的關注，作了細膩且深刻的分析；
然卻未對「時間意識」此詞，給予明確的定義。而筆者此處所稱的
「時間意識」，則指：在文學作品中，因作者本身有意識地感知到時
間的變遷，或因時間而生發的情緒爲主要書寫對象的創作思維。
﹝註9﹞ 李永匡、王熹《中國節令史》（臺北：文津出版社，1995 年 12 月），
前言，頁 2～3。
﹝註10﹞《中國節令史》，同上註，頁 44。

俗漸漸重疊相混。而清明的節令活動，主要是踏青與祭拜掃墓。踏青原是上巳至水邊遊春的活動，後因時值春光明媚的三月，特別適於至郊外遊賞，因此遂不限於在水邊的賞玩、郊遊。吳自牧《夢梁錄》卷三即載：

> 官員士庶，俱出郊省墳，以盡思時之敬。車馬往來繁盛，填塞都門。宴於郊者，則就名園芳圃，奇花異木之處；宴於湖者，則綵舟畫舫，款款撐駕，隨處行樂。〔註11〕

當時熱鬧情景可見一斑。但不論是祭拜祖先抑或至郊外踏青，在家庭人口眾多的古代，幾乎都是全家出動的大事。因此，若歸結到詞人漂泊的身世背景，則不難體會：對於因年華老去，卻仍身處異鄉的作者而言，清明時節的到來，不啻宣告全家團圓，和樂出遊的景況如今只成追憶，也難怪作者要如此害怕、閃躲此一節令了。此外，如〈木蘭花慢・中秋〉一闋，亦因時至中秋佳節，而使得作者興發感時懷舊之情，故欲藉「歸去江湖一葉，浩然對影垂竿」（《全金元詞》，頁 5）此般超然物外的隱逸生活，來消解無邊的愁緒。而此處所引，一為傷春，一為悲秋的作品，皆與身世之感、離別愁怨交相融合，則反映了吳激仍未跳脫傳統的格局，依然承襲著因時興感、以景入情的抒情寫作模式。在這一方面，吳激確實繼承了唐五代、北宋以來的詞學傳統而加以發揮。

　　最後，則要介紹吳激詞作中，風格較為特出，而顯得清新曠放的作品：

> 誰挽銀河，青冥都洗，故教獨步蒼蟾。露華仙掌，清淚向人霑。畫棟秋風嫋嫋，飄桂子、時入疏簾。冰壺裏，雲衣霧鬢，掬手弄春纖。　　厭厭。成勝賞，銀槃瀲灩，寶鑑披匳。待不放楸梧，影轉西檐。坐上淋漓醉墨，人人看、老子掀髯。明年會，清光未減，白髮也休添。（《全金元詞》，頁 5）

本詞旨在吟詠明月與繁星的皎潔透亮，並記敘在秋光美景宴飲揮毫的

〔註11〕南宋・吳自牧《夢梁錄》（臺北：文海出版社，1981 年），頁 50～51。

暢快與雅興。根據「秋風」、「桂子」、「冰壺」等詞語，以及通篇的文意加以推測，此詞可能寫於中秋月圓之時。然而相對於上所提及的「悲秋」情懷，此闋作品則跳脫出一向因秋季而起的蕭殺卻細膩的感懷，反而以豪放壯闊的氣度，書寫天空中獨特的景觀。在吳激筆下，月亮彷彿是一昂然闊步的勇士，牽引銀河如挽弓，又不顧流俗紛擾，「獨步」於清淨如洗的夜空之中。而下片則在景色描摹外，還寫入了作者在如此清景之下，就著月光，開懷暢飲；並因醉後而激動揮毫成書的影像。此詞中所呈現坦然恣肆的灑落之情，迥然有別吳激現存之其他作品。若要說吳激詞中有尚堪接武蘇軾的詞作，則非此闋莫屬。尤其是「老子掀髯」一句，除了將詞人醉後活潑快適的形象生動地刻畫出來之外，「老子」此詞的運用，更可見作者自我意識的置入；此與蘇軾詞中所呈現的自我觀念為相似。〔註12〕而結句「明年會、清光未減，白髮也休添」，則在情感的收束及迴環轉折上，依稀見到蘇軾瀟灑自適、長於擺脫的身影。

　　綜上所述，可知吳激詞作中所呈現的主題思想，大抵不出對故國覆亡、身世飄零，及時光流逝的感懷。而其中，雖然貌似蘇軾清剛曠達的作品僅一闋，但以全部詞作的比例觀之，此闋作品仍有其代表性，故頗具代表意義。而也因吳激作品中充滿著家國之思，因此呈現出來的情感特色，遂偏於哀婉濃重，而與下文將討論的蔡松年詞作，有著截然不同的題材與風格。

二、吳激詞的藝術手法

（一）用典

　　「善於用典」，是吳激詞作中，最為鮮明而為人稱道的特色。所謂「用典」，《文心雕龍・事類》有云：「據事以類義，援古以證今者

〔註12〕即東坡詞中「我」、「老子」等詞的使用，也就是王保珍所說的「明朗的自我觀念」。可參見王保珍《東坡詞研究》（臺北：長安出版社，1986年），頁75～88。

也。」〔註13〕而余毅恆則以爲：「詩文中把歷史事件、傳說故事或典章制度鎔鑄提煉，以表示特定意義的詞句，稱爲用典。」〔註14〕可知，巧妙地裁剪、鎔鑄前人故實以爲己用，不但能增加作品的力量，更得以藉由濃縮提煉的字詞，委婉表達幽深曲折的含意。是以，歷來優秀的作品，無不透過汲取他人之養分與精華，而結成更具豐富內蘊的纍纍果實。

由於唐詩的大放異彩，使得北宋以來文人，大有「世間好語言，已被老杜道盡；世間俗語言，已被樂天道盡」之嘆；而清‧蔣士詮則感慨：「宋人生唐後，開闢眞難爲」。〔註15〕雖張師高評據此以論述宋詩在唐人基礎上的創新與改變；但不可否認地，無論是宋詩抑或宋詞，在求新求變的基礎上，仍然大幅度地吸收、探納了唐人，甚至六朝以前的嘉言美詞，再透過自身的咀嚼與消化，而以另一種嶄新的樣貌，呈現於世人眼前。另一方面，又因宋代印刷刊刻技術的提升與書本流通的普及，使得即便是平民百姓亦得以接觸著名作家的作品，更遑論知識份子的閱讀質量了。因此，在宋人創作時，筆端常不經意地呈現出受前人語詞及故實影響的痕跡。但此非宋人喜掉書袋之罪，而是當時社會環境與物質生活提升所致。就詞壇上運用典故的狀況而言，王師偉勇在《宋詞與唐詩之對應研究》一書中，則以宋詞借鑑唐詩爲核心，論述了兩宋詞人對於唐詩借鑑引用的概況；並指出晏殊爲宋詞大量借鑑唐詩之先驅；而王安石與賀鑄，則分別在宋詞借鑑唐詩過程中佔有關鍵地位。〔註16〕此書對於宋人運用唐人典故的概念與論述十分周詳，從中大抵可知彼時運用典故的概況。

承繼著北宋大量用典的風氣，吳激詞作中對於典故的運用，比起

〔註13〕王更生注譯《文心雕龍讀本》下篇，同第二章註11，頁168。
〔註14〕余毅恆《詞詮》（臺北：正中書局，1996年11月），頁311。
〔註15〕轉引自張師高評《宋詩之新變與代雄‧序》（臺北：紅葉文化事業有限公司，1995年9月），頁ii。
〔註16〕王師偉勇《宋詞與唐詩之對應研究》（臺北：文史哲出版社，2004年3月），頁21。

宋人可謂毫不遜色。據筆者統計，在吳激現存的十闋作品中，用典的
數量即高達一百一十處，平均每闋作品即運用了十種以上的典故，其
數量之驚人由此可見一斑。而吳激詞尤為人讚賞之處，即在雖用前人
故實，卻能妥貼自然，宛若天成；而此亦為用典之高妙所在。姑且不
論吳激用典是否受北宋詞風之影響，能將典故運用得如此純熟而不露
痕跡，詞人對文字的掌握能力必然不容小覷。是以，筆者將於下文概
述吳激用典之情況，並按時代先後劃分，〔註17〕予以統計、分析，以
呈現吳激善用典故之藝術特色。

1. 先秦

引用先秦典故凡 18 處，其中以《楚辭》最多，《詩經》次之，其
餘諸子僅各出現一次。但引用《楚辭》的次數遠高於位居第二的
《詩經》，亦可見吳激對於《楚辭》的喜愛及熟稔。而也因吳激對於
《楚辭》典故的頻繁引用，使得詞作中總是充滿屈原式的苦悶、悲哀
氛圍。

（1）楚辭

如：〈滿庭芳〉：「千里傷春，江南三月，故人何處<u>汀州</u>。」（《全
金元詞》，頁 5）

〈木蘭花慢〉：「對<u>沆瀣</u>樓高，儲胥雁過，<u>墜露</u>生寒……丹桂
<u>霓裳</u>縹緲，似聞雜佩珊珊。」（《全金元詞》，頁 5）

〈滿庭芳〉：「畫棟秋風蝘蝘，飄桂子、時入疏簾。」（《全金
元詞》，頁 5）

〈瑞鶴仙〉：「會收身卻，<u>小山叢桂</u>，重尋林下舊侶。」（《全
金元詞》，頁 6）〔註18〕

〔註17〕下文依時代順序，共分為五期。而分期以收錄作品之成書年代為準，
如張衡〈西京賦〉，雖張衡為東漢人，但因收入《文選》，故劃入《文
選》成書年代——六朝；《後漢書》雖記載東漢史事，但成書於六朝，
故亦併入六朝時期計算。

〔註18〕以下所提及之典故出處，詳見文末附錄箋注，正文不再解釋說明。

按：吳激引用《楚辭》典故，大抵用以表達哀傷、懷念故國的情
　　思，如第一例；或用其中景物，以襯托己身心緒，如第二例
　　的「墜露」、第三例的「秋風嫋嫋」；或用以表明歸隱山林的
　　情志，如第四例；亦用以狀寫仙人樣態，如第五例。

（2）其他

如：〈滿庭芳〉：「相逢地，<u>歲云暮矣</u>，何事又參辰。」（《全金元
　　詞》，頁5）

按：此用《詩經》典故，來表示一年又將盡，而作者與友人卻依
　　然相隔兩地，不得見面。

如：〈風流子〉：「獨有蟻尊陶寫，<u>蝶夢</u>悠揚。」（《全金元詞》，頁
　　6）

按：此用《莊子・齊物論》之典，來代稱迷離虛幻的夢境，以暗
　　喻自身亟欲還鄉之渴望。

2. 漢代

漢代典故的引用，為五期中次數最少者，共8處。其中，以《史
記》與《漢書》的引用最多。因兩者為史書，故所用典故幾乎都是以
古人事蹟為主的「事典」〔註19〕，也因此而使得詞作呈現較為陽剛雄
放的風格。

如：〈滿庭芳〉：「<u>射虎將軍</u>，<u>釣鼇公子</u>，<u>騎鯨天上仙人</u>……養就
　　經綸器業，結來看、<u>開闔平津</u>。」（《全金元詞》，頁5）

3. 六朝

此期典故的引用，僅次於唐五代時期，共有27處。而此期以《文
選》次數最多，但因其中作品的原創年代皆有不同，故較難從中看出
端倪；但其中多為「語典」的運用，僅〈木蘭花慢〉：「歎舊日心情，

〔註19〕與之相對的為「語典」，即指前人詞句。此二類亦見於《文心雕龍・
　　　事類》。「事典」即「略舉人事，以徵義者」；「語典」則為「全引成
　　　辭，以明理者」，版本同第二章註11，頁169。

如今容鬢，瘦沈愁潘」一處，爲引用潘岳早生白髮的「事典」。而此亦表現出對前人佳言美詞的認同。故若暫且不論《文選》中的典故，則以兩晉、南朝梁的引用較多。而此期的特色，在於對著名文人雅士及其事蹟、語詞的引用，因此多呈現出對人物事蹟的欽慕懷想以及對時空變換的歷史之感。

（1）兩晉

如：〈滿庭芳〉：「少年豪氣，買斷杏園春。」（《全金元詞》，頁 5）

按：此引《三國志》陳元龍之典，指稱對方也有此等豪氣。

如：〈風流子〉：「曲水古今，禁烟前後，暮雲樓閣，春早池塘。」（《全金元詞》，頁 6）

按：此引王羲之〈蘭亭集序〉中「曲水流觴」之典，一方面希冀自己也能有此雅興，一方面又隱喻了對今昔變化，時光流轉的感慨。

（2）南朝梁

如：〈木蘭花慢〉：「歎舊日心情，如今容鬢，瘦沈愁潘。」（《全金元詞》，頁 5）

按：此用《梁書》沈約因病消瘦典故，以形容自己如今哀愁樣貌，與昔日之對比，亦隱含了對時間推移的察覺。

如：〈春從天上來〉：「夢裏天上，金屋銀屏。」（《全金元詞》，頁 6）

按：此用柳渾〈長門怨〉中的語詞，亦表達了虛實交錯，今昔對比的歷史之感。

（3）其他

如：〈瑞鶴仙〉：「把千巖萬壑雲霞，暮年占取。」（《全金元詞》，頁 6）

按：此用劉義慶《世說新語・言語》顧愷之典，以表達晚年欲適意於山明水秀的自然風景中的想望。

　　如：〈滿庭芳〉：「看看是，珠簾暮卷，<u>天際識歸舟</u>。」（《全金元
　　　　詞》，頁 5）

　　按：此用南朝齊・謝朓〈之宣城郡出新林浦向板橋〉詞語，以景
　　　　物表達欲歸家的心情。

4. 唐五代

　　吳激對唐五代典故的引用，爲五期之冠，共有 46 處。而因唐詩
在語言文字上的巨大成就，及其多樣化的面貌，使得在借鑒上多爲
「語典」的引用，僅〈滿庭芳〉：「射虎將軍，釣鼇公子，<u>騎鯨天上
仙人</u>」一處，用杜甫讚李白之語爲「事典」。是故，此期的特色爲
對唐詩各家作品的直接徵引，偏重「集部」典故而幾乎無經、史、
子部的引用。就唐詩人而言，引用最多的爲杜甫，次爲劉禹錫與白
居易，再次爲杜牧、黃滔及韋應物。而杜甫的引用次數，依然大大
超過了對居於次位，劉、白兩人的引用，可見吳激對於杜詩的熟稔
及認同。

（1）杜甫

　　如：〈滿庭芳〉：「<u>滿簪華髮，花鳥莫深愁</u>。」（《全金元詞》，頁
　　　　5）

　　　　〈滿庭芳〉：「天共遠，山遮望斷，<u>草喚愁生</u>。」（《全金元
　　　　詞》，頁 4）

　　　　〈木蘭花慢〉：「眺河漢外，送浮雲、盡出<u>眾星乾</u>。」（《全金
　　　　元詞》，頁 5）

　　按：引用杜詩典故，大抵取其凝鍊而善於概括的語句，以表達吳
　　　　激心中的濃烈情感。如第一例及第二例中的「草喚愁生」，
　　　　均借外在景物以襯托己心之哀愁，並抒發身世家國之感。此
　　　　外，亦常用對於自然景物獨特而精準的描摹，狀寫詞人眼中
　　　　的世界，營造出生動而真實的背景環境。如第二例的「天共
　　　　遠」及第三例。

（2）劉禹錫及白居易

如：〈人月圓〉：「<u>舊時王謝，堂前燕子，飛向誰家</u>」。（《全金元詞》，頁4）

按：此明顯化用劉禹錫〈烏衣巷〉：「舊時王謝堂前燕，飛入尋常百姓家」之句，以形容自己身在金朝，對於故國人事已非的感慨。

如：〈春從天上來〉：「<u>促哀彈，似林鶯嚦嚦，山溜泠泠</u>。」（《全金元詞》，頁6）

按：此化用白居易〈琵琶行〉：「間關鶯語花底滑，幽咽泉流水下灘」之句，以狀寫宮姬善鼓瑟的美妙樂音。

（3）其他

如：〈瑞鶴仙〉：「記孤烟、<u>相對夜語</u>。」（《全金元詞》，頁6）

按：此用韋應物〈示全真元常〉詩中「對床夜語」之典，表達對故人惦念不忘之意。

如：〈木蘭花慢〉：「<u>長安底處高城，人不見，路漫漫</u>。」（《全金元詞》，頁5）

按：此用歐陽詹〈初發太原途中記太原所思〉詩意，表達不見故國老友的孤單悲苦心情。

5. 北宋

吳激引用此期典故亦不多，共11處。其中以蘇軾最多，但也只多出其他作者一次，因此此期不見對某一人或某一書籍的集中引用，而顯得較爲平均。但值得注意的是，吳激此期所採用的文人，多與蘇軾有關，如黃庭堅、晁說之等，可見蘇軾及其友人、弟子，對吳激仍有一定程度的影響。

如：〈滿庭芳〉：「坐上淋漓醉墨，人人看，老子<u>掀髯</u>。」（《全金元詞》，頁5）

按：此引用蘇軾詩，以形容自己放意快適之情，而頗有蘇軾作品的氣味。

　　如：〈春從天上來〉：「酒微醒，對一窗涼月，燈火青熒。」（《全
　　金元詞》，頁6）

　　按：此用王之道〈水調歌頭・追和東坡〉（湖上有佳色）語詞，
　　借冷色系的景物，表現自己淒涼孤寂而無味的心情。

（二）意象

　　「意象」一詞，在傳統文學中由來已久。最早將「意象」用於文
學作品，則首推《文心雕龍・神思》：

　　是以陶鈞文思，貴在虛靜，疏瀹五藏，澡雪精神，積學以
　　儲寶，酌理以富才，研閱以窮照，馴致以繹辭。然後使玄
　　解之宰，尋聲律而定墨；燭照之匠，闚意象而運斤；此蓋
　　馭文之首術，謀篇之大端。〔註20〕

可知劉勰認為，創作是以個人主體的思維，去設想揣摩，而賦予客體
事物一特殊、且具有主體情感形象的過程。是以「意象」一詞，已不
只是「意」與「象」兩個字的單純結合，因客體事物所呈現的「象」，
已透過作者心志的選擇，轉化成帶有作者主體情感色彩的另一形象
了。因此袁行霈對「意象」作了如下詮釋：

　　物象一旦進入詩人的構思，就帶上了詩人主觀的色彩。這
　　時它要受到兩方面的加工：一方面，經過詩人審美經驗的
　　淘洗與篩選，以符合詩人的美學理想與美學趣味；另一方
　　面，又經過詩人思想情感的化合與點染，滲入詩人的人格
　　和情趣。經過這兩方面加工的物象進入詩中就是意象……
　　因此可以說，意象是融入了主觀情意的客觀物象，或者是
　　借助客觀物象表現出來的主觀情意。〔註21〕

筆者以為，引文最末兩句，簡潔而精確地說明了「意象」的形成與特
色，是以本文所討論的「意象」，即以此為意義的界定。因此以下將
針對吳激詞中所呈顯的意象，依據屬性加以分類，並試圖分析此中所

〔註20〕王更生注譯《文心雕龍讀本》下篇，同第二章註11，頁3～4。
〔註21〕袁行霈《中國詩歌藝術研究》（臺北：五南圖書出版有限公司，1989
　　　　年5月），頁61。

蘊含之意義。

1. 時間意象

此類即與時間、季節有關的語詞，如「夜」、「暮」、「清明」、「春」等。據筆者統計，吳激在時間意象的設置上，夜晚的比例高於白天；春天出現的次數又遠大於秋季。

如：〈訴衷情〉：「夜寒茅店不成眠，殘月照吟鞭。」(《全金元詞》，頁4)

〈滿庭芳〉：「千里傷春，江南三月，故人何處汀州……烽火年年未了，清宵夢，定繞林丘……看看是，珠簾暮卷，天際識歸舟。」(《全金元詞》，頁5)

〈春從天上來〉：「梨園太平樂府，醉幾度春風，鬢變星星。」(《全金元詞》，頁6)

按：由引文可知，在夜晚所生發的情緒總是伴隨著寂靜冷清的孤獨愁思，因此用「寒」、「清」等字眼，以凸顯出詞人當下的主體情緒。而其他詞作，雖未使用如「夜」、「晚」等明確的時間名詞，但通篇背景卻依然是設置在此一時分，如下文所要提及的，對於夜空景象的描寫。至於著重在夜晚表達自己的心情，乃因一日將盡，容易觸動人們對於時光消逝的聯想，因此也變得特別敏感多愁；而夜晚的背景環境，又適合人們從事反省、沈澱心靈的思維活動，因此在此一面向上，容易引發人們多方面的心緒反應。而從季節上來看，雖然總是在春天引起詞人特別的情懷，但卻非如萬物一般欣欣向榮的活潑氣氛，反而是因春而悲傷愁怨的情緒投射。對此，陳清俊則指出：「盛唐傷春詩中，思鄉的作品尤多」，並認為因：「作者『置身於一個與他經驗中季節運行規律相抵觸的陰冷黯淡的世界中』，因而加深了他對故園的思念」。〔註22〕

〔註22〕〈盛唐「傷春」與「悲秋」詩的主題探討〉，同註7，頁17、18。

陳氏乃就盛唐邊塞詩而言，但套用在吳激身上，依然能夠解
釋得通。吳激本南人，因使金被迫留滯北方，故對他而言，
此處正是與他經驗中季節運行規律相抵觸之地，無怪乎要令
詞人感嘆「千里傷春」而問「故人何處」了。

2. 空間意象

此類即標記出明確地點，或確實存在之處的語詞，如「家」、「江
南」、「吳楚」等。其中，對南方或故國的指稱又稍多於對吳激所處之
北方異域。而對「家」此一遙遠記憶的懷想，亦常出現詞作之中。

如：〈人月圓〉：「舊時王謝，堂前燕子，飛向誰<u>家</u>。」（《全金元
詞》，頁4）

〈滿庭芳〉：「誰憐我，<u>家</u>山萬里，老作<u>北朝</u>臣。」（《全金元
詞》，頁5）

〈春從天上來〉：「舞破<u>中原</u>，塵飛滄海，飛雪萬里<u>龍庭</u>。」
（《全金元詞》，頁6）

按：因山河殘破，獨自飄零，因此吳激詞作中仍有對於故國家山
的懷想。除了時時令人感知的時間意象，吳激也常常安排空
間上的變化轉移，以凸顯自身輾轉遷徙的情形。第一例中的
「家」，雖非詞人真實的「家」，卻藉著故國淪陷，燕子不知
能再飛入何人仍完好的「家」築巢居住，以暗喻自己也已無
家可歸的思維，故亦劃入此一範疇。而詞人真實的家，則遠
在南方，距離北朝此處，有「千里」、「萬里」之遙，身欲歸
而心不得回的矛盾與痛楚，也就隱然可見。

3. 自然意象

自然意象，包括了自然界的「景」與「物」，如天上的「月」、「星」，
或者舉目所及的「山」、「水」，以及生活在其中的動植物等。就「景」
而言，「月」意象出現最多，相關的「銀河」、「星」等意象亦常出現，
此與上文所述，吳激詞作大部分的時間背景皆在夜晚有關；而「天」、
「風」、「雲」、「烟」等意象，則是吳激抒發內心感慨時，最好的背景

底圖。此外，以陸地與湖海等比較，後者出現的次數佔了較大比例。
而對動植物的描寫，與自然景致比較起來，則相對較少出現，故此處
略而不述。

如：〈滿庭芳〉：「空惆悵，春閨夢短，斜<u>月</u>曉聞鶯。」（《全金元
詞》，頁5）

〈滿庭芳〉：「成勝賞，銀槃潑渌，寶<u>鑑</u>披<u>匳</u>。」（《全金元
詞》，頁5）

〈春從天上來〉：「對一窗涼<u>月</u>，燈火青熒。」（《全金元詞》，
頁6）

〈木蘭花慢〉：「眺<u>河漢</u>外，送浮雲、盡出眾<u>星</u>乾。」（《全金
元詞》，頁5）

按：根據以上引文，可知除了第二例之外，「月」意象的出現，
仍多半鋪展出殘落衰敗的景致，襯托了作者悲涼心境。也或
許可說，詞人正是因為看見了高掛天空的明月此一「物象」，
進而聯繫起意識中富含長久文化積累的特殊意蘊：「月」即
「團圓」、「圓滿」的象徵，因此而產生懷鄉、思歸的情緒了。
而第二例中的「月」意象，似乎不若其他作品中，帶有負面
的情感，此一方面為整闋作品在歌詠中秋時分的景物；另一
方面此闋作品又是吳激詞中唯一一闋，情志疏雋、節奏明快
的作品（可見上文內容分析部分）。是以明月在這樣的情感
之下，便轉成散發清透光亮，而型態變化多端的賞心美景
了。此例亦不妨視作吳激清朗詞風的一條線索。而例四出現
的「銀河」、「星」等意象，則用來作為天上仙人仙樂的布景，
亦帶有清新高潔的意境。

如：〈滿庭芳〉：「天共遠，<u>山</u>遮望斷，草喚愁生。等<u>五湖</u>煙景，
今有誰爭。」（《全金元詞》，頁4）

〈瑞鶴仙〉：「看<u>葡萄</u>東漲，孤舟掀舞。」（《全金元詞》，頁
6）

〈訴衷情〉：「鷗似雪，<u>水</u>如天，憶當年。」（《全金元詞》，頁 4）

> 按：吳激詞作中的「山」意象，大抵以「高聳」的特點出現，因此遮住了詞人的視線，而使其倍增哀愁。帶「水」意象群的大量出現，則不得不令人聯想到：吳激為福建人，而南方多水，因此溪河湖海，水濱沙洲，在在都勾起了吳激對家鄉的眷念，一點一點聯繫成龐大而朦朧的江南水景，暗示著詞人心底深處最原始的歸鄉渴望。

4. 人文意象

人文意象，即泛指一切人為景物，是相對於自然意象而言，如「酒」、「燈」、「樓」等。其中，如上所述，因吳激故鄉背景的關係，「船」及其相關意象（如「槳」）的出現最多，且極具意義；而「城」、「宮殿」等意象又次之；最末才是「樓」、「珠簾」、「窗」等意象。

如：〈訴衷情〉：「黃花細雨時候，催上渡頭<u>船</u>。」（《全金元詞》，頁 4）

〈風流子〉：「念<u>蘭楫</u>嫩游，向吳南浦，杏花微雨，窺宋東牆。」（《全金元詞》，頁 6）

〈木蘭花慢〉：「對沉灤<u>樓</u>高，<u>鷫鷞</u>雁過，墜露生寒……長安底處<u>高城</u>，人不見，路漫漫。」（《全金元詞》，頁 5）

> 按：聯繫起南方水鄉澤國的畫面，則知「船」、「槳」這樣的意象，必定也常出現在吳激詞中。除了是故鄉圖畫中不可或缺的景象，「船」還具有送往迎來、承載遊子歸人的動態意義，因此，這樣的意象，遂成了詞人急切歸鄉心情的縮影。而「城」在詞作中，則通常與「高聳」相伴出現，如同「山」意象一般，總是擋住了詞人的視線，因此而令人感到孤獨而哀傷。此外，「宮殿」意象的出現，則與故國覆亡、今非昔比的歷史情懷有關。是以詞人總在「現今」，對「過去」曾是華麗

熱鬧的富貴象徵，興起無比懷念。

5. 色彩意象

在吳激所使用的顏色中，以「青」、「綠」色系最爲頻繁；次爲白色，再次爲銀色。由此可見，吳激偏好使用「冷色系」顏色。究其原因，除了冷調色彩適合與其悲涼心境搭配之外，因身處北地而舉目蕭條冷清，無南方繁華濃豔色彩，亦有相當之關連。

　　如：〈滿庭芳〉：「滿簪華髮，花鳥莫深愁。」（《全金元詞》，頁 5）

　　〈滿庭芳〉（誰挽銀河）：「誰挽銀河，青冥都洗，故教獨步蒼蟾。」（《全金元詞》，頁 5）

　　〈春從天上來〉：「對一窗涼月，燈火青熒。」（《全金元詞》，頁 6）

6. 其他

吳激詞作中，還有一部份與「自身」有關之意象，如「夢」、「老」、「淚」等。其中，「夢」意象的頻繁出現，暗喻著詞人在現實生活中，無法獲得心境上的平靜與滿足，滿腔的抑鬱愁苦，只能藉由夢中無限可能的潛意識，以撫慰詞人矛盾無解的思緒與情懷。而可能因爲詞人經歷過國家巨變，是以在苟活下來之後，心境也變得殘敗衰老了。因此哀嘆年華逝去的「衰老」意象，也往往在筆端不經意地流露出來。

　　如：〈人月圓〉：「恍然一夢，仙肌勝雪，宮髻堆鴉。」（《全金元詞》，頁 4）

　　〈滿庭芳〉：「應憐我，家山萬里，老作北朝臣。」（《全金元詞》，頁 5）

　　〈春從天上來〉：「夢裏天上，金屋銀屏。」（《全金元詞》，頁 6）

　　〈風流子〉：「獨有蟻尊陶寫，蝶夢悠揚。」（《全金元詞》，頁 6）

小　結

　　綜上所述，可知吳激對於典故的運用，若按時代劃分，則以唐五代最多，次為六朝時期；以經、史、子、集四部區分，則仍以集部最多，約佔八成，史部次之，約佔一成五，經、子不到半成。然此亦可見吳激亦突破了傳統詞家用典之法，漸向豪放一派靠攏。而若以個別的作家作品來看，則以《楚辭》最多，次為杜甫。值得一提的是，對此二者的引用次數，遠高於其他作家作品；也因此，當吳激欲在詞作中表達身世家國與歷史興亡感慨時，《楚辭》與杜詩的典故都能夠十分精準地切合如此的內容主題，從而使思想內容與藝術技巧高度地契合，進一步融合成帶有屈原無處迴轉式的愁腸困境，以及杜甫忠憤愛國的慷慨情志所呈現的特殊詞體風格。王國維說：「楚辭之體，非屈子所創也。〈滄浪〉、〈鳳兮〉之歌已與三百篇異，然至屈子而最工。五七律始於齊、梁而盛於唐；詞源於唐而大成於北宋。故最工之文學，非徒善創，亦且善因。」〔註23〕吳激正是因為在善於承繼前人語詞句意，又使之妥貼熨合於自己詞作之中，故能在內容思想與藝術技巧上獲取難得的平衡之勢，而大大豐富了詞意的深度與廣度，終能蔚為金初詞壇大家，並給予後人一定程度的影響。

　　而在意象上，配合抒發自身感慨的主題內容，在時空背景上，不僅轉換了南北不同的場景意象，時序上也多設置在春日夜晚。而對大量自然景物意象的安排運用，則塑造了一個便於引發家國之思的環境，尤其是置身於月亮獨照的景色之下，或者是走入煙霧瀰漫的江南水景中。至於色彩的調配，仍維持吳激一貫孤寂慘澹的情調，塗抹上淡淡青色、銀白色系的顏料，而與淚眼、老態與夢境，共同交織成朦朧而又披上些許哀愁面紗的一幅圖畫。袁行霈曾說：「詩的意象和與之相適應的詞藻都具有個性特點，可以體現詩人的風格……屈原的風格與他詩中的香草、美人，以及眾多取自神話的意象有很大

〔註23〕王國維著、施議對譯注《人間詞話譯注》（臺北：貫雅文化事業有限
　　　公司，1991 年 5 月），頁 447～448。

的關係。李白的風格，與他詩中的大鵬、黃河、明月、劍、俠，以及許多想像、誇張的意象是分不開的。」〔註24〕可知，藉由以上對吳激詞中個別和整體意象的掌握，我們便能大略看出吳激詞作的風格走向了。

第二節　蔡松年詞分析

一、蔡松年詞的主題內容

　　在對蔡松年《明秀集》詞作內容進行分類之前，首先應說明的是：就整體內容而言，由於蔡松年經歷了從北宋遺民至出仕金朝，甚至位居高官的此一政治轉折，遂使其在心境雜揉了許多不同、甚至完全矛盾的情緒，以致於迫使詞人不得不將如此難以言喻，卻又無法深埋心底的抑鬱愁怨，藉由詞作的書寫，全部傾瀉而出。因此，綜觀《明秀集》詞作，幾乎可以在每一闋詞中見到蔡松年抒發自己心志及感懷的「抒情」詞句；即便是以下為了行文需要，不得不強為之分類的酬贈，甚至記事類作品，也都明顯可見蔡松年彼時情緒波動的痕跡。誠然，如王國維所言：「詞之為體，要眇宜修，能言詩之所不能言，而不能盡言詩之所能言。詩之境闊，詞之言長」，〔註25〕「詞體」本身即以其「幽」、「深」的特質，成為一種適於抒發情感的文類；但自唐五代以來，「詞」一向都被視為末端小道，只適合用來描寫男女之間溫柔香軟的旖旎情懷，而難以與「詩歌」此一堂皇「言志」的文類相提並論。即便是到了北宋中期，詞體的觀念及地位，在蘇軾手中被大大提升與開拓，但畢竟蘇軾本人仍無法全面性地將自己的心志，以詞作反映、呈現出來。但在蔡松年的詞作中，我們極易藉由某一事件或人物，便可輕易掌握住詞人當下心理的起伏變化。即便是散落在各闋詞中的零星詞句，只不過是蔡松年情緒的幾個片面；但若將其收集撿拾並加

〔註24〕《中國詩歌藝術研究》，同註21，頁66。
〔註25〕王國維《人間詞話》，同註23，頁225。

以拼湊，則幾乎可以藉由詞作的聯繫，見到蔡松年自宋至金的心志全貌。亦即，縱貫蔡松年詞作中的「抒情」成分，不只是對於周遭人事物的「情」感表露，更包括了己心幽憤難言的「志」趣，與美善希冀卻終成空想的「願」望反映。

是以，在這樣的心緒基礎上，以蔡松年所記錄下的詞序為主，並就詞作內容的偏重加以分析，將其劃歸為抒懷、記事、酬贈與其他主題等四類。其中，記事類為詞序中言明為記某事而作，或詞序並無提及，但就內容判斷為記事作品；酬贈類則為詞序中有「寄」、「贈」等相關字眼，或實因眾人聚會而創作的作品；其他類則包括為數不多的詠物及男女私情的作品。除以上三者之外，直接抒發自身感懷的作品，則置入抒懷一類。

（一）抒懷類

1.對親人摯友的真切情意

在《明秀集》詞作中，不難發現蔡松年與親友往來的頻繁記錄。而因蔡松年皆能深情以待，故反映在詞作中的情誼也就格外真摯動人。又下文另有「酬贈」一類作品，可明確見到蔡松年與他人在文字上的交流互動，故此處將針對蔡松年單方面的獨白表露，以凸顯蔡松年對於周遭親友的真切情誼。

如〈水調歌頭〉一闋，即描寫對於友人范季霑的欽慕與思念之情：

> 西山六街碧，嘗憶酒旗秋。神交一笑千載，冰玉洗雙眸。自爾一觴一詠，領略人間奇勝，無此會心流。小驛高槐晚，綠酒照離憂。　　木樨開，玉溪冷，與誰游。酒前豪氣千丈，不減昔時不。誰識昂藏野鶴，肯受華軒羈縛，清喚白蘋洲。會趁梅橫月，同典錦宮裘。（《全金元詞》，頁8）

范季霑，魏道明注稱其為范仲淹四世孫，家有圖書萬卷，故以此知名當世。蔡松年對他極為欣賞，故常於詞作中提及。而此詞則在描寫范季霑「使人神竦」的軒昂樣態，以及抒發因各自奔波仕途，而難於相

見的思念之情。蔡松年對於范季霈外型的描寫，並沒有多費筆墨，只用一句「冰玉洗雙眸」便帶過。孟子有言：「存乎人者，莫良於眸子，眸子不能掩其惡。胸中正，則眸子瞭焉；胸中不正，則眸子眊焉。聽其言也，觀其眸子，人焉廋哉？」〔註26〕是知，觀其人必先觀其雙眸，因眼睛能夠反映出一個人的氣質與個性。故蔡松年用「冰玉」來形容炯炯有神，如清水洗滌過一般澄澈的雙眼，則范季霈此人之容貌神態，便不難想見了。至於「誰識」三句，則以清高野鶴比擬范季霈，言其卓然超群，並不如凡夫俗子受名利誘惑。也正因為如此清高固執的氣度，使得蔡松年更為欽佩，而有不得相見，故「悵然之情，日日往來乎心」的感嘆了！此外，詞句「神交一笑千載」、「會心」，以及詞序中所言：「至於一邱一壑，心通神解，殆不容聲」，則可見蔡松年與范季霈的默契與情誼，已經超越了語言聲音，直通內心深處。是以最末，詞人期待能與知交暫時拋開人事紛雜，趁著美好月色，恣意灑脫地欣賞自然美景。

　　除了知心好友，蔡松年也寫下不少與妻子相關的作品，如〈聲聲慢・涼陘寄內〉：

> 青蕪平野，小雨千峰，還成暮陘寒色。裁剪芸窗，憶得伴人良夕。遙憐幾重眉黛，恨相逢、少於行役。梨花淚，正宮衣春瘦，曉紅無力。　　應怪浮雲夫壻，不解趁新醅，醉眠涼月。怨入關河，西去又傳音息。誰知倦游心事，向年來、苦思泉石。人未老，約閻峰、多占秀碧。（《全金元詞》，頁24）

詞人此時正隨海陵王在遷都燕京的路上，途中經涼陘而寫下此詞。根據記載，海陵一行人至涼陘應在夏季，是以首句寫在涼陘所看見的景色。「青蕪平野」的確呈現出夏日草木茂盛的畫面，但「小雨千峰，還成暮陘寒色」兩句，則似乎不若傳統認知中的夏季景象。此乃因寫作地點是「涼陘」，即今河北省沽源縣境，位置偏北；且自遼朝開始，

〔註26〕《四書集注》，同第三章註1，頁283。

此地即爲歷來皇帝的避暑聖地，可見氣候上實較陰涼而不如中南部的濕熱。接著，詞人從這樣微帶冷清的景色中，想起了正在恆陽家中的妻子，以及有妻子陪伴的美好過往。而詞人又設身處地去感受妻子之心情：想必她也孤獨地想念著我，但是應該也會怨恨我這個長年在外，而無法時時照顧她的丈夫吧！於是乎，當蔡松年思念妻子到一定程度時，妻子梨花帶雨，消瘦憔悴的容貌與身影，又彷彿出現在詞人眼前。下片除了仍用妻子角度來責怪自己，還趁機吐露了自己當下的心境：「誰知倦游心事，向年來、苦思泉石」，即是告訴妻子，其他人不能瞭解我無妨，但希望你不要也誤認我汲汲於功名的追求而總是不在你身邊。其實詞人極度想逃開官場上的一切，而投向山水泉石的懷抱。正是這種亟欲跳脫，卻又無法毅然放下的矛盾心情，使得悠遊於山野田園的願望，不斷凝聚、增強。是以最末仍希冀自己得以早日解官歸田，而卜居在草木秀麗的醫巫閭山之中。

2. 對故鄉家園的深情眷念

蔡松年本餘杭人，但因長於汴都，且早年即隨父入金，因此卜居眞定。然究竟對蔡松年而言，何處才是故鄉？若根據詞作判斷，「故鄉」似乎仍應指眞定恆陽與汴京，而少見對南方的懷想。此應與蔡松年長於汴都，而大部分時間又待在眞定有關。眞定恆陽是蔡松年入金之後的居處，可視爲入金後的「故鄉」；但對於詞人生長的「汴京」呢？蔡松年詞中「汴都」一詞曾多次出現，且魏道明在註解中，也提到「鄉」、「故園」其實指的就是汴京。趙維江則更進一步指出：

> 思鄉，是古人詩詞中最常見的主題之一，但其之於蔡松年
> 則包含著非同一般的意義。汴梁，不僅是蔡氏長於斯的「故
> 園」，同時還是已亡的北宋的都城，實際上它在那個時代的
> 民族深層文化語系中，已成爲了一個象徵——漢民族及其
> 文化與國家的象徵。蔡氏詞作中一再流露出的思鄉懷舊之
> 情，雖難以說是在有意識地寄寓其對亡宋的眷戀，卻不能
> 不承認它在某種程度上反映著其潛意識心理中對故國無法

　　割捨的「血緣」聯繫。〔註27〕

可見，對於蔡松年而言，「江南」不再是「故鄉」、「家園」的指稱，
反而是位於相對北方位置的「汴京」與「恆陽」，才是詞人日夜想念
的歸處。當然，在描述對「汴京」的懷想時，我們仍不得不在「家鄉」
的指稱之外，自然地聯想到其中也許仍蘊含了蔡松年對北宋故國的興
亡感慨。

　　而魏道明注有「公作圃於鎮陽，號蕭閑圃。又公始寓汴都，其第
有蕭閑堂，因自號蕭閑老人」〔註28〕的紀錄，則知蔡松年在鎮陽（即
恆陽）、汴京皆有房舍，但仍以鎮陽家中爲主。又蔡松年鎮陽家中有
「明秀峰」，魏注云：「（明秀峰）公家所蓄，其峰甚妙，故公之詩曲
必言及之」（《明秀集》注，頁 403），可見鎮陽家中山水最令蔡松年
眷戀不忘。〈滿江紅・安樂嵓夜酌，有懷恆陽家山〉即表現出這樣的
思念：

> 半嶺雲根，溪光淺、冰輪新浴。誰幻出、故山邱壑，慰予
> 心目。深樾不妨清吹度。野情自與游魚熟。愛夜泉、徽外
> 兩三聲，琅然曲。　　人間世，爭蠻觸。萬事付，金荷釀。
> 老生涯、猶欠謝公絲竹。好在斜川三尺玉。暮涼白鳥歸喬
> 木。向水邊、明秀倚高峯，平生足。（《全金元詞》，頁9）

安樂嵓，魏道明注爲「公家奇石」（《明秀集》注，頁 408），但既然
下句言「有懷恆陽家山」，表示蔡松年此時不在恆陽，因此推測「安
樂嵓」可能在汴京居所。「半嶺雲根」三句應指在安樂嵓所見到的月
景；「誰幻出」三句，則道出詞人心緒已從眼前美景，遙遙降落在恆
陽家山之中。接著，由對家園山水的思念，興起人生應肆情於自然之
間，不須在塵世中爭奪追逐的感懷。最末又回到因家鄉山水的秀麗景
色，使人有平靜滿足的踏實之感，而寧願沈醉其中了。

　　此外，〈江城子〉：「半年無夢到春溫，可憐人，幾黃昏」、「翠射

〔註27〕《金元詞論稿》，同第一章註9，頁 87。
〔註28〕魏注出處見第三章註2，頁404。下文所引魏注不再加註，僅於引文
　　　　後附註書名及頁碼。

娉婷雲八尺，誰爲寫，五湖春」、「好風歸路軟紅塵，暖冰魂，縷金裙」
（《全金元詞》，頁25），以及〈怕春歸‧秋山道中，中夜聞落葉聲有
作〉：「老去心情，樂在故園生處」、「記篷窗、舊年吳楚」、「夢頻頻、
蕭閑風土」（《全金元詞》，頁15）等詞句，則直接坦露出對於故鄉家
園的極度思念——在現實中不得歸，而頻頻在夢中看見；更有甚者，
欲在夢中補償無法親見的苦楚，卻不意竟持續半年都無法再夢迴故
土。因此，只好藉由過去美好的記憶片段，想像如今的五湖、明秀峰，
依然澄澈碧綠，來安慰自己漂泊孤寂的心情。

3. 對棄官歸隱的殷切想望

雖蔡松年在燕山時，不得已隨父入金，但並未立即入仕；根據推
測，蔡松年約至金太宗天會九年（西元1131年）才赴令史之職，開
啓了仕金歲月。然天會九年距離蔡松年入金（宋徽宗宣和七年，金太
宗天會三年，西元1124年）有七年之久，可見蔡松年對於入仕金朝，
的確有一段十分排斥的階段。至於究竟何以最終蔡松年仍決定向金廷
軟化，而爲其所用，實不得而知，亦非本文討論重點；但根據蔡松年
詞作來看，即便是日後仕途逐漸顯貴，存在蔡松年心中的矛盾仍未消
解，是以「棄官歸隱」的想望遂時時縈繞心中，並付諸文字，轉化爲
詞中對山林悠遊的極致頌讚。而關於「未消解的矛盾」，筆者以爲，
乃指宋金兩國、華夷之辨的深刻對立。即使蔡松年並未在宋朝任官，
與宋徽宗無實際之君臣關係，但畢竟蔡松年仍是宋人，生於宋、長於
宋；雖在還來不及報效國家之時，便已成宋朝遺民而入金，然在蔡松
年心中，北宋依然是故國的代稱，依然是一切行爲舉止規範的最終依
歸。否則，蔡松年不會在入金長達七年之後，才從一小官作起；更不
會在詞作中屢屢強調自己的山林野性，而困愁於爲官瑣事，不得恣意
徜徉在長林豐草之間了。

正因這種與身世背景相聯繫的政治環境的影響，致使蔡松年每每
意念流轉，便觸及此一恆常出沒於的心結；而將其投射於詞作之中，
則造成歸隱主題的出現頻率，高居抒懷作品之冠的情況。如〈洞仙歌‧

甲寅歲，從師江壖，戲作竹廬〉：

> 竹籬茅舍，本是山家景。喚起兵前倦游興。地牀深穩坐，
> 春入蒲圑，天憐我，教養疎慵野性。　雪坡孤月上，冰
> 谷悲鳴。松竹蕭蕭夜初靜。夢醒來，誤喜收得閑身。不信
> 有、俗物沈迷襟韻。待臨水依山、得生涯，要傳取新規、
> 再營幽勝。(《全金元詞》，頁 14)

此詞作於金太宗天會十二年（西元 1134 年），蔡松年隨帥府南征還師
之時。竹廬即營帳，因江邊多竹，故有此作。一開頭先寫江邊景色，
而引起詞人「倦游」的感慨。何以在兵前而有「倦游」之興？一方面
因為蔡松年本不欲仕金；好不容易說服自己屈服北國政權之下，擔任
的卻幾乎都是與軍事相關的職務。〔註29〕另一方面，此次金軍南征，
即欲收復陝西與宋毗鄰一帶。對蔡松年來說，在某一程度的意義上，
即為對祖國宋朝的侵略攻擊。姑且不論金廷舉用蔡松年擔任軍事相關
職務，是否欲借其宋人身份而有利於征戰；但至少就蔡松年的心境而
言，此不啻是以前朝遺民身份，對故國進行攻擊與侵略。如此要詞人
怎麼不產生激烈的情感衝撞、而進退維谷呢？是以，在情感與理智無
法達成平衡，而遍尋不著出路時，詞人只好採取消極的抵抗作法，厭
倦為官生涯而欲逃開塵世紛擾，躲進田園自然的懷抱了。因此遂有「天
憐我」兩句曲折委婉的情感表露。下片依然藉由「夢境」中潛意識的
表徵，凸顯出作者「倦游」與「歸隱」的雙重極致想望：因為太過於
期待從官場上解脫，才會在夢醒後一度以為自己已是山野中人而欣然
自適；但定心一想，卻又發現這不過是場短暫的美夢罷了！夢覺之
間，「誤喜」而「實悲」的情緒落差之大，更襯托出詞人心中矛盾的
深度。

〔註29〕如入仕第一年（金太宗天會九年）即任燕山帥府令史之職，直至天
　　　　會十三年金軍因太宗病危，無暇征宋而自江邊退兵，蔡松年皆在帥
　　　　府；金熙宗天會十四年，蔡松年兼鎮陽與燕山帥府；天眷三年五
　　　　月，兼總軍中六部事……等。關於蔡松年仕金官職，詳參第三章第
　　　　二節。

　　除了歸隱情懷的反覆訴說，不安於官場生活的蔡松年，也頻頻點出自己「倦游」的心情。而在自身的家國情感之外，朝廷宦途的險惡環境，也是致使詞人亟欲擺脫名利枷鎖之因。「東晉風流雪樣寒，市朝冰炭裏、起波瀾」（〈小重山〉，見《全金元詞》，頁 16）幾句，便直接道出當時世事的變化，以及作者自覺與世不容的疑懼心情。是以詞作接下來便轉而跳至對歸隱生活及自然美景的想像書寫：「梅月半斕斑，雲根孤鶴唳、淺雲灘。摩挲明秀酒中閑，浮香底、相對把漁竿。」類似的情緒抒發，在〈朝中措〉（玉屏松雪冷龍鱗）（《全金元詞》，頁16）、〈人月圓・丙辰晚春即事〉（梨雪東城又迴春）（《全金元詞》，頁17～18）等詞作中亦能見到。

　　最後，在抒懷類之中，還有一兩闋對身世飄零反覆詠嘆的作品。如〈念奴嬌〉：

> 小紅破雪，又一燈香動，春城節物。春事新年獨夢繞，江浦南枝橫月。萬戶槽邱，西山爽氣，差慰人岑寂。六年今古，只應花鳥相識。　　老去嚼蠟心情，偶然流坎，豈悲歡人力。莫望家山桑海變，唯有孤雲落日。玉色橙香，宮黃花露，一醉無南北。終焉此世，正爾猶是良策。（《全金元詞》，頁 20）

此詞詞序云：「辛亥新正五日，天氣晴暖。偶出，道逢賣燈者。晚至一人家，飲橙酒，以滴蠟黃梅侑樽。醉歸感嘆節物，顧念身世，殆無以為懷，作此自解。」可知此詞乃因新年景物觸動詞人身世之感所寫下，故雖然是「春事新年」，仍只有詞人的歸夢，繞著江邊梅月打轉。接著作者點明寫作時間：自靖康之難至今已六年，即便是汴都景物依舊，恐怕也只剩有情花鳥將迎接我吧！「老去」三句，則可見故國覆亡所帶給詞人內心的摧殘程度：明明是個二十餘歲的青年，心態卻直接由稚嫩倏地變為蒼老，因而道出超越此年紀應有的成熟體認——瞭解世事變換與喜樂悲哀，絕非渺如滄海一粟的個人所能抗衡改變的。是以趙維江云：「如果不是作品已自紀年月，很難想像其中『老去嚼

蠟心情』的蒼暮之嘆，僅出自一個二十四歲的青年人之筆。」〔註30〕
但詞人真正跳脫曠達了嗎？從「玉色」三句來看，蔡松年似乎仍未釋
懷，故欲藉橙酒澆愁，希望直接進入醉後意識朦朧的世界，彷如如此
便能泯滅一切南／北、華／夷的界線，而不再因其尖銳的矛盾對立，
困擾著詞人了。

　　綜上所述，可知在抒發情志此一方面，因身世家國之感所造成的
思鄉、歸隱情懷，是蔡松年一生中都無法規避的主題，是以不論是對
親友的思念或因宦途險惡所引起的棄官想法，都仍可見到以上兩種情
緒的滲入。也可以說，「抒懷」類的所有主題，對蔡松年而言根本是
融合一體而無法單獨拆解的完整情緒，是以即便是在以下三類之中，
仍不時可見以上情緒摻雜其中。

（二）記事類

　　此類作品，雖非對某一事件從頭完整地敘述到尾，而可能有作者
情感的介入；但因其「紀錄」、「描述」某一事件的成分較多，使我們
能藉此一窺蔡松年生活的各種面目。如〈水調歌頭〉（星河淡城闕），
即爲記從獵於河北涿水道中的情況；〈點絳唇〉（半幅生綃），則記與
浩然一同欣賞崔白〈梅竹圖〉的生活情趣。

　　正因爲是日常生活的紀錄，因此詞作主題較爲多元，上二例即
可證明。而其中最常出現的，則爲蔡松年飲酒歡宴的主題。蔡松年在
〈滿江紅〉詞序中，有「玩世酒狂」（《全金元詞》，頁 20）之語，魏
道明注曰：「玩世酒狂，公少年時自號也。」（《明秀集》注，頁 431）
則可見蔡松年對酒的偏嗜。詞作如〈減字木蘭花・中秋前一日，從趙
子堅索酒〉、〈菩薩蠻・攜酒過分定張子華〉、〈南鄉子・庚申仲秋，陪
虎茵居士，置酒小斜川〉等，大抵描寫因與友人相聚飲酒，而對眼前
美景加以刻畫，以及因景生情，所興發的感觸。而另一闋飲酒記事的
作品，在事件上較爲獨特，是蔡松年詞作中少數記遊的作品：

〔註30〕《金元詞論稿》，同第一章註9，頁88。

古殿蒼松偃蹇，孤雲丈室清深。茶聲破睡午風陰。不用涼
泉石枕。　　枯木人忘獨坐，白蓮意可相尋。歸時團月印
天心。更作逃禪小飲。（〈西江月〉，見《全金元詞》，頁 18）

此詞詞序云：「己酉四月暇日，冒暑游太平寺。古松陰間，聞破茶聲，
意頗欣愜。晚歸對月小酌，賦〈西江月〉記之。」可知詞作描述的是
白日遊太平寺的所見所聞及所感，因歸家後就著月景飲酒助興，再一
次回憶日間情景，因而引發了創作的動機。太平寺，魏道明注記其在
「中都北城」（《明秀集》注，頁 427），彼時中都應指今北京，且詞
人日遊而夜晚即歸，可見應在眞定家中附近。太平寺於遼時已建，故
至彼時已有相當歲月，是以詞作首句即言「古殿蒼松偃蹇」，描摹松
樹因時間久遠而能高聳茂密。「孤雲」以下三句，則狀寫太平寺的環
境：禪室的幽靜，僧人煮茶的美妙聲響，使詞人俗務繚繞的心，彷彿
也在這樣寂靜優美的環境下，而暫時得以清空、澄淨。此也呼應了詞
序所言「意頗欣愜」的描述。末兩句將歸家後的對月飲酒之景，寫入
詞中，卻仍能與上片加以聯繫，而戲言自己「作逃禪小飲」，則見詞
人此時心境的輕鬆活潑了。

　　此外，尚有以人爲主的記事作品。如〈滿江紅〉（并序）：

舅氏丹房先生，方外偉人，輕財如糞土，常有輕舉八表之
志，故世莫能用之。時時出煙霞九天上語，醉墨淋漓，擺
落人間俗學，自謂得三代鼎鐘妙意。今年以書抵僕，言行
年七十，精力愈強，貧愈甚，知大丹之旨愈明。意使早成
明秀歸計，以供其薪水之費也。作滿江紅長短句，以發千
里一笑云。

玉斧雲孫，自然有、仙風道骨。眉宇帶、九秋清氣，半山
晴月。入手黃金還散盡，短簑醉舞青冥窄。向大梁、城裡
覓丹砂，聊爲客。　　驚人字，蛟蛇活。借造物，驅春色。
問別來揮灑，幾多珠璧。合眼夢魂尋故里，摩挲明秀峯頭
碧。看歸來，都卷五湖光，杯中吸。（《全金元詞》，頁 19
～20）

詞序除了將作詞緣由交代清楚外，還對丹房先生——也就是蔡松年的舅父許採，作了生動的刻畫，彷彿是一篇許採的人物小傳。「意使」兩句一方面可知許採確實「甚貧」，而需要蔡松年資助其生活所需；另一方面也可看出許採具有「方外」人物狂放灑脫的特質。而詞作中亦對許採進行了人格特質的鋪陳渲染：「玉斧雲孫」等三句，言許採如仙人般的樣態；「入手」兩句，則針對其「輕財如糞土」加以引伸，並呼應了「世莫能用」的情形，更加突顯其「狂人」形跡。而下片自「驚人字」至「幾多珠璧」，則活靈活現地表達出許採揮灑文字的筆力與才氣，令人不禁對許採的無人賞識，落得生活無以為繼的下場，感到同情與不捨。或許蔡松年正因如此，而興起動筆記錄此一人事的念頭吧！而另一闋傳誦不絕，為人而記的作品，則是蔡松年自高麗使還歸來，為館伎所賦的〈石州慢〉：

> 雲海蓬萊，風霧鬢鬟，不假梳掠。仙衣捲盡雲霓，方見宮腰纖弱。心期得處，世間言語非真，海犀一點通寥廓。無物比情濃，覓無情相博。　　離索。曉來一枕餘香，酒病賴花醫卻。灩灩金尊，收拾新愁重酌。片帆雲影，載將無際關山，夢魂應被楊花覺。梅子雨絲絲，滿江干樓閣。（《全金元詞》，頁24）

從詞作內容可明顯看出，蔡松年句句皆扣緊館伎而成。從館伎之姿容、情緒起伏，直到心境轉折的描摹，皆深致而精到；末以景語作結，將無邊愁思寄寓於絲絲細雨中，顯得餘味無窮，無怪乎能在域外及中國境內廣為流傳。此詞及其故事之盛行，甚至曾改編為劇曲演出。劉祁《歸潛志》卷十載：「（趙可）獻之少清俊，文章健捷，尤工樂章，有《玉峯閑情集》行於世。晚年奉使高麗，高麗故事：上國使來，館中有侍妓，獻之作〈望海潮〉以贈，為世所傳，其詞云……先是，蔡丞相伯堅以（應誤）嘗奉使高麗，為館妓賦〈石州慢〉，云……二詞至今人不能優劣。」〔註31〕而王慶生則以明・陶宗儀《輟耕錄》卷二

〔註31〕同註2，頁266～268。

十五「院本名目」中有院本題目為〈蔡蕭閑〉；又鍾嗣成《錄鬼簿》
著錄原雜劇作家李文蔚作品，有〈蔡蕭閑醉寫石州慢〉一篇，故認為
「蔡松年使高麗故事，在金代已編成院本演唱，至元代又被改寫成雜
劇」（《金代文學家年譜》，頁 66）。蔡松年詞作之影響，由此亦可見
一斑。

（三）酬贈類

　　此類作品，主要是蔡松年與友人同儕應酬交際的文字記錄。但此
應加以說明的是，所謂「應酬交際」，不只是應付敷衍的語詞堆疊；
在蔡松年詞作中，對摯友懇切深入的自我剖析、對身世流轉和不合於
世的心志傾吐，都流露出詞人真實自然的情意與個性。雖然，在詞體
演變的過程中，北宋諸家已體認到「詞能言志」的功能，並在實際創
作中逐步加以實踐，但畢竟在整體創作中，能直抒心志的作品仍非多
數。趙維江在談到詞體功能的轉變時即以為：

> （金元）詞樂的衰微，實質上意味著詞體傳統應歌功能弱
> 化。由此而造成的詞的徒詩化趨勢，很自然使詞的文化消
> 費對象轉向了詞人自我和自我周圍的親友，與之相伴生的
> 便是詞體自娛與交際功能的進一步增強。〔註32〕

蔡松年酬贈主題的最大特色即在：詞人藉由與他人的互動對話，一方
面完成了與人交游的社會功能；另一方面也趁機訴說己身幽微的心
曲，而顯得真切感人。可以說，自蘇軾以來「以詩言志」的詞體功能
遷移，經由蔡松年在詞作中突出以應酬交際反映自己情志的此一面
向，而逐步將詞體發展的接力棒，漸移轉至辛棄疾手中。

　　據筆者統計，酬贈類作品共有 44 闋，佔蔡松年詞作總數的二分
之一強，是四類作品中為數最多者，且遠遠超越其他類詞作。可見，
「其詞作大部分是在社會交際中產生的」。〔註33〕而在這樣龐大的數

〔註32〕《金元詞論稿》，同第一章註9，頁92。
〔註33〕《金元詞論稿》，同第一章註9，頁93～94。但根據趙維江的統計，
　　　　蔡松年詞中「送迎寄贈」類作品約佔 30%，交游唱和之作約佔 40%

量中，又可依據詞作的內容對象，區分成以下三類：

1. 為人祝壽

為人祝壽的作品，是酬贈類三種類型中，最易流於應酬敷衍的一種。因既為慶壽，必定盡量用美詞佳言以讚頌之，是故極易造成「辭溢乎情」的矯揉造作。是以張炎《詞源》以為：「難莫難於壽詞，倘盡言富貴則塵俗，盡言功名則諛佞，盡言神仙則迂闊虛誕，當總此三者而為之，無俗忌之辭，不失其壽可也。松椿龜壽，有所不免，卻要融化字面，語意新奇。」〔註34〕可見，壽詞如要體面而不失情意，則需要創作者的才氣與筆力的巧妙融合了。而蔡松年詞作中，也不乏情感真切的祝壽之作，如〈念奴嬌·浩然勝友生朝〉：

> 紫蘭玉樹，自琅霄分秀，懸知英物。萬壑清冰摶爽氣，老鶴憑虛仙骨。醉帖蛟騰，豪篇玉振，不受春埋沒。蓬萊清淺，便安黃卷寒寂。　　冰簟壽酒光風，宮衣縹緲，猶帶嬰香濕。老去浮沈唯是酒，同作蕭閑閑客。耐久風煙，期君端似，明秀高峯碧。冷雲幽處，月波無際都吸。（《全金元詞》，頁 20～21）

首三句以仙界事物比擬張浩，大抵為祝壽時的溢美之詞。「老鶴」一句的形容，則非寒暄、空泛之言。因張浩本遼陽人，故用遼陽丁令威化鶴成仙故實，正切其身世背景，而不落俗套。「醉帖」三句，則對張浩擅長的書法文字，賦予生動的描摹，令人印象深刻。「冰簟」一詞，則可想見北地之風光氣候。「老去」兩句，則站在蔡松年自己的立場，因壽日而思及年華老去卻仍於宦海浮沈，故感嘆而欲邀張浩一同飲酒，期待自己在醉夢中早已解官歸田，成為蕭閑之人。而「耐久」三句，則祝福張浩能如自己家山的明秀峰一般蒼翠挺立，亦在某種程度上表達了對家山的喜愛與亟欲歸鄉的想望。

強，故趙氏設定的應酬交游作品約佔作品總數的 70%強，而與筆者之估算有所差異。

〔註34〕張炎撰、夏承燾校注《詞源注》（臺北：木鐸出版社，1987 年 7 月），頁 28。

除了對友人的慶賀，詞作中尚有寫給妻子的賀壽作品：

> 春色三分，壺觴爲、生朝自勸。清夢斷、歲華良是，此身
> 流轉。花底少逢如意酒，人生幾日春風面。算古來、誰似
> 五噫君，情高遠。　　年年約，常相見。但無事，身強健。
> 老生涯、分付藥爐經卷。聞道恒陽松雪好，遊山服要新針
> 線。但莫遣、雅志困黃塵，達人願。（〈滿江紅·細君生朝〉，
> 見《全金元詞》，頁 20～21）

首句點明妻子的生日在風光明媚的春日，因此夫妻兩人就著麗景，相
對飲酒慶祝。「清夢斷」以下卻陡地轉入自我身世流離的感慨，大抵
是因爲面對著與自己關係最爲親密的妻子，遂引起心底最深處的原
始情懷。「花底」兩句，則在「清夢斷」與「算古來」三句的抒情之
中，夾雜著輕微的議論成分：人生不如意事，十常八九，那能日日都
順心得意？下片則又回到祝壽主題，故用白居易〈贈夢得〉、馮延巳
〈長命女〉（春日宴）之典，祈願妻子能夠平安健康，與詞人相守以
終。魏道明則以爲：「公祝夫人之語，如此甚得體。」而「老生涯」
以下四句，用生活瑣事寄寓兩人細膩情感，讀來倍覺親切且令人動
容。結尾則以早日歸隱的希冀，表達退休後能與妻子共同徜徉於自然
美景的心意。是以魏道明注云：「心與夫人爲壽而言此者，意謂世人
多爲妻子之計，不得早退，故欲令夫人勸成之。」（《明秀集》注，頁
409）可看出，雖蔡松年欲作詞以祝賀妻子，但詞中卻屢屢隱含對自
我的反省與警惕之意。是以如此的祝壽之作，便顯得情意眞摯而不致
流於形式。

2. 寄贈酬答

寄贈酬答，即指寄贈、留別、答謝與宴席中應邀而寫下的作品，
在酬贈類型中所佔數量最多。由這些作品不但可以看出「詞體」此一
文類，在蔡松年生活中所產生的實際交游意義與其重要性，更可藉此
一窺蔡松年與友朋之間的互動情形。再者，因蔡松年作詞有以詞序記
錄人物事件背景的習慣，故許多與詞人交好卻不見經傳的人物，也得

以依據蔡松年流暢簡要的詞序，以及魏道明完整詳細的註解補充，而概略認識其爲人與生平情況。

根據筆者統計，蔡松年詞作中共出現 25 位友人，〔註35〕其中以高士談出現的頻率最多，范季霑、梁愼修次之，邢具瞻與許採又次之。是知以上四人與蔡松年之關係甚爲親密，故應酬來往的詞作頗多。但與友人的相熟程度，亦不能完全依靠出現次數的多寡而論。如吳激在蔡松年詞作中僅出現一次，但根據生平事蹟與詞作風格的聯繫，不難看出兩人的交情深厚。

而因此類作品爲數頗多，爲避繁冗，以下各細類僅舉一例說明之。首先討論寄贈作品，如〈永遇樂〉（并序）：

> 建安施明望，與余同僚，三年心期，最爲相得。其政術文章，皆余之所畏仰，不復更言。獨記異時，共論流俗鄙吝之態，令人短氣。且謀早退，爲閑居之樂。斯言未寒，又復再見秋物，念之惘然。輒用其語，爲永遇樂長短句寄之，並以自警。

> 正始風流，氣吞餘子，此道如線。朝市心情，雲翻雨覆，千丈堆冰炭。高人一笑，春風卷地，只有大江如練。憶當時、西山爽氣，共君對持手版。　　山公鑑裁，水曹詩興，功業行飛霄漢。華屋含秋，寒沙去夢，千里橫青眼。古今都道，休官歸去。但要此言能踐。把人間、風煙好處，便分中半。（《全金元詞》，頁 12）

施名望，即施宜生，北宋人，後仕僞齊，復入金，故與蔡松年爲同僚。除了政事學養，蔡松年對施宜生記憶最深刻的，則是兩人一同談論時人「鄙吝」的舉止，因而相約歸隱山林之間。不意光陰荏苒，如今一年又過，因此詞人特別作此詞以贈，並藉此而自我勸誡、警惕。「正始」三句，描寫世俗本有正始時期的風韻，如此豪氣足以征服庸祿之士，但近來這樣的清眞之氣卻已衰微，令詞人感到扞格不入與憂心。

〔註35〕蔡松年友人資料詳見附錄一。

是以「朝市」三句，則對友人傾訴了自己戒慎恐懼的心情。「高人」以下數句，則再度表明自己願成隱逸之士的想望。下片敘述即便是享有榮華富貴，仍不能阻止自己欲縱身於世外的意念；並轉變行文語氣，將歷史變換的感嘆，摻入了幾許議論成分：雖然從古到今，人人都嚷著應辭官歸隱，但真正做到的究竟有多少？而這個矛盾，也是詞人心中反覆思索，卻始終懸而未決的疑問。雖說是寄贈作品，但要令詞人如此大膽地表露自己的心跡，也隱約可知蔡松年與施宜生「心期相得」的程度了。

　　而送人留別的作品，除了表達離別的情感，還蘊含了對友人的祝禱與相約再見之意：

> 大江澄練，對一尊離合，春風江北。燕代三年談笑間，初識芝蘭白璧。桂窟高寒，鐵衣英壯，早得文章力。崢嶸富貴，異時方見相逼。　　明日相背關河，魏家宮闕，西望千山赤。我亦疎慵歸計久，欲乞幽閣松雪。千里相思，欣然命駕，醉倒張圓月。酒鄉堪老，紫雲莫笑狂客。（〈念奴嬌・別仲亨〉，見《全金元詞》，頁21）

開頭三句，寫才與友人相聚又得離別之景況。接著則追憶與友人相識的過程，並預期友人在不久的將來，將會步步高升，仕途順遂。下片則回歸到離別主題，用地理空間的阻隔暗喻難以相見的事實，但在情緒上卻不若一般分別時的黯然銷魂；作者反而以自身久欲歸隱的心志，將負面的情思轉化成積極行動——因隱居之地的景色優美，故要仲亨不遠千里，駕車前來相聚。如此不見哀傷愁怨的送別作品，在歷來詞作之中亦不多見。

　　最後，則要討論在眾人齊聚的宴會中，因人請求所寫下的作品：

> 憶昔東山，王謝感慨，離情多在中年。正賴哀弦清唱，陶寫餘歡。兩晉名流誰有，半生老眼常寒。夢迴故國，酒前風味，一笑都還。　　湖光玉骨，水秀山明，喚人妙思無邊。吾老矣，不堪冰雪，換此蕭閑。傳語明年曉月，梅梢莫轉銀盤。後期好在，黃柑紫蟹，勸我休官。（〈雨中花〉，

見《全金元詞》，頁 21）

其詞序則說明了作此詞的緣由：「僕將以窮臘去汴，平生親友，零落殆盡，復作天東之別。數日來，蠟梅風味頗已動，感念節物，無以爲懷。於是招二三會心者，載酒小集於禪坊，而樂府有清音人，雅善歌雨中花，坐客請賦此曲，以侑一觴。情之所鍾，故不能已，以卒章記重游退閒之樂，庶以自寬云。」若將詞序與詞作結合來看，則詞作中流露的傷別與身世感慨，則不難理解。而上片引用許多六朝人物的故實，則與蔡松年欽慕魏晉諸人曠放自適的高情遠韻有關。但因爲「坐客請賦曲」，在眾人面前，仍不好只沈浸於自身孤寂零落的情緒中，是以下片轉成對家山自然美景的讚嘆與描寫，而令聽聞此曲的眾人，彷彿也能陶醉於明秀山水的無邊魅力之中，與詞人一同興起休官歸隱的期待。

3. 唱和次韻

此類作品的限制較爲嚴謹，明確標明「和韻」或「次韻」者，才能劃歸此類。關於「和韻」與「次韻」，明・徐師曾《詩體明辯・和韻詩》云：「按和韻詩有三體：一曰依韻，謂同在一韻中而不去用其字也；二曰次韻，謂和其原韻而先後次第皆因之也；三曰用韻，謂有其韻而先後不必次也。」〔註36〕可見「次韻」的要求及難度又更高。兩者畢竟在韻腳的使用上有其一定的限制，是以「和韻」與「次韻」作品的好壞與否，實仰賴詞人的學識才力。但僅就數量上來看，蔡松年「和韻」、「次韻」作品數量之多，似乎不以其限制所苦，反而成爲信手拈來、與人交際的日常工具之一。此或許與北宋以來，尤其是蘇門群體的交相唱和風氣有關；但能如蔡松年般頻繁而廣泛地運用，亦可見蔡松年的創作功力，與當時詞體發展成熟的情況。

承上文所述，蔡松年與高士談的往來頻繁，除了詞作之外，蔡松年尚有〈和子文寒食北潭〉、〈和子文晚望〉（《中州集》輯一，頁 60

〔註36〕徐師增《詩體明辯》（臺北：廣文書局，1972 年 4 月），下冊卷 14，頁 1039。

～61）兩首詩作，高士談亦有〈次伯堅韻〉〔註37〕詩，可見兩人唱和
次韻的作品也不少。底下即引一闋和韻作品以證：

> 梁苑當時，春如水、花明酒冽。寒食夜、翠屏入照，海棠
> 紅雪。底事年來常馬上，不堪齒髮行衰缺。解見人、幽獨
> 轉寒江，樽前月。　　平生友，中年別。恨無際，那容髮。
> 蕭閑便歸去，此圖清絕。花徑酒壚身自在，都憑細解丁香
> 結。儘世間，臧否事如雲，何須說。（〈滿江紅・和高子文
> 春津道中〉，見《全金元詞》，頁 19）

王慶生以爲此詞作於蔡松年入上京之後（西元 1142～1145 年）（《金
代文學家年譜》，頁 58）。可知此時蔡松年因公隻身上京，故而懷念
起家鄉的景物。又因高士談本爲宋人，因此對汴京、對故國的懷
想，也一層一層地籠罩心頭。是以開頭六句，即寫出記憶中汴京繁
華的春日節令景象。然將今昔作一對比，現實中的自己卻爲了公事
而忙碌奔波，使得衰老之身難以承受。即因在這樣的生理、心理背景
之下，詞人對外界景物的概括擷取，也就與昔日的鮮豔色彩截然不
同，而呈現出「幽」、「獨」、「冷」的明月照人景象了。下片前半在抒
發自己中年與親友離別的愁怨情感，接著蔡松年仍維持一貫的思維
運行，轉而重申自己蕭散本性，故欲歸隱山林。結尾三句則頗有澈底
放縱，而不顧流俗紛擾的決絕之態。雖高士談的原作已不可見，但根
據蔡松年此詞的心緒坦露，則不難想見高士談在詞作中所寄寓的眞實
情感了。

另一闋次韻范季霑的作品，則短小活潑，頗見蔡松年清麗詞風：

> 月下仙衣立玉山。霧雲窗戶未曾開。沈香詩思夜猶寒。
> 閑卻春風千丈秀，只攜玉藥一枝還。夜香初到錦班殘。（〈浣
> 溪沙〉，見《全金元詞》，頁 17）

此詞詞序記錄寫作緣由，亦頗爲生動可愛：「范季霑一夕小醉，乘月

〔註37〕《中州集》輯一，同第一章註 4，頁 67。高士談尚有〈次韻飲嚴夫
　　　家醉中作〉，可見高士談、蔡松年、邢具瞻三人之情誼，及相與爲文
　　　字友的情況。

羽衣見過，僕時已被酒。顧窗間梨花清影，相視無言，乃攜一枝徑歸。明日作〈浣溪沙〉見意，戲次其韻。」可見詞作句句緊扣詞序所記之事而來，故「月」、「仙衣」、「窗戶」等正切詞序之意。然詞序卻又能將兩人醉後模糊恍惚的神情，傳達得歷歷如繪，此亦蔡松年功力獨到之處。而末兩句則將范季霑「乃攜一枝徑歸」的舉動，轉化成對於芳香盛開花叢的虧欠與辜負，也頗見蔡松年「戲次其韻」的幽默俏皮。

　　此外，在蔡松年唱和作品中，最突出的即是對前人——即詞人所仰慕的蘇軾作品的追和。而引人注目的是，雖直接標明「和韻」蘇軾的作品不多，但幾乎每闋皆是佳作；且蔡松年所擇用的詞調，也全是蘇軾名篇的詞調。如〈水調歌頭‧鎮陽北潭，追和老坡韻〉，依據此詞韻腳判斷，應是追和蘇軾〈水調歌頭〉（安石在東海）一闋；〈念奴嬌〉（倦游老眼，負梅花京洛）一闋，則在詞序中標明「藉東坡先生赤壁詞韻」，可知此詞乃和蘇軾〈念奴嬌〉（大江東去）。除了在詞句中化用蘇軾作品，直接在形式上對蘇軾詞加以追和，則顯現出蔡松年對於蘇軾，發自內心的喜愛與尊崇。而這些和韻蘇軾的詞作，也在上述的情感基礎上，大幅度地表達了自己的身世之感，以及欲效法蘇軾超然曠達的情懷。而以下將討論的〈念奴嬌‧還都後，諸公見追和赤壁詞，用韻者凡六人，亦復重賦〉一闋，更是最能代表蔡松年詞風，並呈顯其人格特質的作品：

> 離騷痛飲，笑人生佳處，能消何物。夷甫當年成底事，空想嵓嵓玉壁。五畝蒼煙，一邱寒碧，歲晚憂風雪。西州扶病，至今悲感前傑。　　我夢卜築蕭閑，覺來嵓桂，十里幽香發。嵬塊胸中冰與炭，一酌春風都滅。勝日神交，悠然得意，遺恨無毫髮。古今同致，永和徒記年月。（《全金元詞》，頁10）

此詞尚有後序〔註38〕，與詞作對照來看，更能體會蔡松年所欲表達的

<hr>

〔註38〕後序如下：「王夷甫神姿高秀，宅心物外，爲天下稱首。復自言少無

情感。蔡松年在抵達上京之後，再次面對著蘇軾的赤壁詞〔註39〕，此時內心的生發的，則是一連串如跑馬燈般閃過腦海，歷史上朝代嬗變及英雄豪傑輩出的影像。而在如此浩瀚史冊中浮沈的古聖先賢，蔡松年竟然毫不猶豫地選擇了西晉‧王衍，作為此詞詠歎的主角，箇中緣由其來有自：蔡松年頗慕王衍為人，不僅在詞作中屢次提及，即便是詞人所珍藏深愛的家山奇石（明秀峰）與個人詞集（明秀集），也是根據王衍傳中「神情明秀」的神態描寫而來。但檢閱史料，雖然對王衍的才氣神態，及深得玄妙義理的部分加以讚賞推崇；但就其在政治上因畏儒懦禍而首尾兩端，則是頗有微詞的。關於此點，精通史書的蔡松年不可能不知，然何以仍傾心於王衍？因此蔡松年寫下這闋作品，在其中表達了自己對王衍的觀感與評價。詞序「而當衰世頹俗」以下六句，清楚指出王衍之所以遭人詬病與最後不得善終的原因，也為詞作中「夷甫當年」兩句，作了最好的回答。可見，蔡松年對於王衍一生的行跡，是掌握得十分透澈的。是以，蔡松年所傾心的，是「雅詠玄虛」、「情之所鍾，正在我輩」那般神清簡秀、超然物外而又任真率情的王衍；而對於在政治上「志在苟免」、「不以經國為念，而思自全之計」〔註40〕的王衍，則是既同情其慮之不周、思之不明，又為其

宦情，使其雅詠虛玄，不論世事，超然遂終其身，何必減嵇阮輩？而當衰世頹俗，力不可為，不能遠引辭世，黽俛高位，顛危之禍，辛與晉俱為千古名士之恨。又嘗讀山陰詩序，考其論古今，感慨事物之變，既言脩短隨化，終期於盡，而世殊事異，興懷一致，則死生終始，物理之常。正當乘化以歸盡，何足深歎？而區區列敘一時之述作，刊紀歲月，豈逸少之清真簡裁，亦未盡能忘情於此耶？故因此詞併之。」此段後序《全金元詞》無錄，而魏道明注本仍存，故此處引自《明秀集》注，見第三章註2，頁411。

〔註39〕因在本年稍早，詞人仍在汴京時，即已借蘇軾赤壁詞，作〈念奴嬌〉（倦游老眼，負梅花京洛）一闋。抵上京後，諸人追和，是以蔡松年又依韻再創作一闋。

〔註40〕以上四句引文，皆出於《晉書》卷四十三〈王衍傳〉，見楊家駱主編《新校本晉書並附編六種》（臺北：鼎文書局，1976年），頁1236、1237。本文引用《晉書》文字皆出於此，下文不再另行加註，僅於引文後標明書名、卷數及頁碼。

不能全其名節而感到遺憾痛心。從另一方面來看，蔡松年會被王衍此
一具有矛盾性格的人所吸引而加以關注，則又與其自身的身世背景與
處境關係密切。首先，蔡松年在歷史上，亦如王衍一般，是一個具有
兩極評價之人。尤其是變節仕金、寓居高位，與引致黨禍，都將蔡松
年逼至奸邪不忠的一方角落，使其難以翻身；然而，在正史之外的許
多相關史料中，如《三朝北盟會編》，皆可見蔡松年在郭藥師投降金
人的緊要關頭，對其父蔡靖力勸堅守的記載。且在文學創作上佔有一
席之地的詞作內容中，也屢屢可見蔡松年對故國的情思，以及因身世
背景與政治敏感話題的複雜糾結，造成其心中恆常存在而始終無法消
解的矛盾情結，所帶給詞人身心上的痛苦與折磨。正是因爲這樣相似
的時代背景與人格特質，使得蔡松年在漫漫的歷史長流中，發現了與
自己處境相類似之人，因此便難以輕易割捨而甚爲關注了。是以，從
另一個角度來說，蔡松年特別標舉王衍之爲人，除了「用以自寬」之
外，未嘗不是戰戰兢兢、「亦以自警」〔註41〕呢？

　　除了王衍，詞中還提到幾位六朝人物，如「離騷痛飲」的王恭、
「西州扶病」的謝安、「世殊事異、興懷一致」的王羲之，以及「承
化以歸盡」的陶潛。雖然以上諸人的氣度懷抱有所不同，但其曠放自
適而各有獨特面貌的精神取向和人格特質，都令蔡松年悠然神往。元
好問以爲此詞乃「公樂府中最得意者。讀之，則其平生自處爲可見矣。」
（《中州集》輯一，頁57）此詞之所以堪稱爲蔡松年詞作的代表，除
了將詞人最仰慕的六朝人物組成一有機繫聯，更在追古以歎今之際，
抒發了自己對歷史家國的懷抱與情志。因爲時勢的難以爲用，卻又不
得不強迫己身出以爲人所用，遂與六朝人物形成強烈對比——詞人所
處的世局，比之六朝有過之而無不及，是更爲黑暗而令人痛苦的。是
故，蔡松年在歲晚而山雨欲來的現實世界中，找不著出路，卻以「夢

〔註41〕蔡松年〈水龍吟〉（水村秋入江聲）詞序：「幸終焉之有圖，坐歸歟
　　　　之不早，慨焉興感，無以爲懷，因作長短句詩，極道蕭閒退居之樂。
　　　　歌以自寬，亦以自警，蓋越調水龍吟也。」

境」的形式，補償自己欲卜築於蕭閑堂上，無所羈絆的閒適生活。「觖
隗胸中冰與炭」一句，極寫實地把自己心中的苦悶與掙扎，赤裸地呈
現在讀者眼前。「一酌春風都滅」，是希冀，亦是安慰自己寬心的方法。
「勝日」三句，則再度寄託於古人，正因有著這些先賢典型的存在，
才能讓孤身於現實世界的詞人，有著繼續下去的動力。結尾兩句，則
又重新回到王羲之〈蘭亭集序〉的感慨中，並將詞人所處的時空，又
擴大成無窮盡的宇宙，而將自己的情感壓縮的極為細長綿密，而顯得
餘韻無窮。

（四）其他

　　此類作品則涵蓋詠物、節令與兒女情愛等主題。雖然此類作品為
數不多，無法與其他三類相抗衡，但卻也能呈現蔡松年詞作的不同面
向。礙於篇幅，本類只舉兩闋作品以論述之。

　　如〈水龍吟‧梁虎茵家以絳綃作荔枝，戲作〉：

　　　一山星月，長生殿裏，端正人微笑。風枝玉骨，冰丸紅霧，
　　　長安初到。小部清新，上尊甘冷，風流天寶。自蓬山仙去，
　　　人間月曉，遺芳滿、漢宮草。　　　聞到雲鬟玉指，化奇葩、
　　　天容纖妙。香通鼻觀，春浮手藉，教人夢好。青瑣窺韓，
　　　紫囊賭謝，屬狂年少。但閑窗酒病，東風曉枕，簡中時要。

　　（《全金元詞》，頁23）

絳綃，即指紅色的薄紗、細絹。以「絳綃」作荔枝，本即因遊戲趣味
而為；蔡松年又「戲作」，更見彼時的生活情趣與詞人的調皮。因詠
「荔枝」，故詞中皆引「楊貴妃」與其相關故實，並加以化用，如首
三句即是。「風枝」三句，則化用歐陽修〈浪淘沙〉（五嶺麥秋殘）詞
作，設想荔枝由南方初到長安的情形。「小部」以下數句，則又從楊
貴妃嗜食荔枝的典故，轉成對唐玄宗與楊貴妃故事的敘寫。〔註42〕

〔註42〕魏道明於「漢宮草」下注曰：「此曲首言一山星月，繼言人閒月曉，
　　　　不但述當日之事，亦自別有深意。古人以晝比治、半夜比昏亂，故
　　　　其詩曰：『晝短苦夜長。』謂治時少、亂時多也。方明皇惑於妃子，

下片前半則更仔細地針對荔枝之外貌、香味等特色加以描摹、比擬，彷彿絳綃做成的荔枝正栩栩如生的呈現讀者眼前。詞的後半，蔡松年則將沈迷於荔枝世界中的自己拉回現實，較爲理智的訴說：這些年少輕狂才得以爲之的行爲舉止，對自己這年老之人而言，已是不可能發生的夢想。故末句言自己大概要在窗前養病之時，才能藉著此一可愛之物，來免除我的憂愁煩惱吧！由此亦可見，蔡松年的抒懷特性，即便是在詠物主題中，亦能巧妙融入，而不致於顯得奇怪、突兀。

　　至於描寫男女情愛的作品，在蔡松年詞中亦可見到，但數量不多。如〈梅花引〉：

> 春陰薄。花冥漠。金街三月初行樂。碧紵春。玉奩人。蟬飛霧鬢，風前立畫裙。　　浮生酒浪分餘瀝。嬌甚春愁生遠碧。犀心通。暖芙蓉。此時不恨，蓬山千萬重。（《全金元詞》，頁25）

此闋作品，雖不若蔡松年其他詞作，有作者身世家國情懷的滲透，而與前人情愛作品相近似，如「犀心通」以下數句；但如「金街三月初行樂」、「浮生酒浪分餘瀝」等句，仍標誌著詞人身處金朝的北國風光，以及作者本身個性的透顯。若就整體而言，蔡松年描寫男女情愛的作品，在風格手法上，仍承繼著前人的細膩特色，而少有創新。值得一提的是，這些關於男女私情的作品，皆非出自《明秀集》正編內，而是集中在後人蒐羅補遺的部分，[註43] 因此不得不啓人疑竇：如此溫軟言情的作品，與蔡松年其他詞作之風格內容相去甚遠，是否眞爲《明

　　騎奢無度，委政楊國忠，卒至祿山漁陽之變。當是之時，昏昏常如宵夜，故首言一山星月也；及國忠誅，妃子縊，肅宗破賊，收復兩京，明皇自蜀還京，是亦小康，故云人閒月曉。其寓意深遠如此。」（《明秀集注》，頁437）可知魏氏認爲此詞蘊含對國家治亂的指涉。然筆者以爲就全詞來看，似乎仍偏重在對「荔枝」的歌詠，若將其解釋爲對唐朝國勢的隱喻，似乎稍嫌勉強。

〔註43〕即第78〈尉遲杯〉、79〈驀山溪〉、80〈鷓鴣天〉、85及86兩闋〈梅花引〉作品。

秀集》之原作？誠然，《明秀集》另外半部已亡佚，將來是否得見完本，尚待學者之努力；然就現存之詞作加以判斷、追溯，似乎亦是我們所應勉力爲之的。若從版本上來看，清·王鵬運四印齋刻本只存《明秀集》一至三卷，共 72 闋；今所見補遺 10 闋及殘句 2 闋，皆清末吳重憙所錄〔註44〕。而唐圭璋《全金元詞》又據《陽春白雪》補上〈梅花引〉2 闋，即成現今所見蔡松年詞作，共 84 闋及 2 闋殘句。而筆者指出的情愛作品，則集中在吳重憙所補的 10 闋之中。然此 10 闋作品皆從元好問《中州樂府》而來，爲蔡松年所作之可能性則大爲提高。且若依據 10 闋作品中頗富盛名的〈石州慢·高麗使還日作〉一闋的內容而言，蔡松年寫作相思情愛詞的手法亦極爲成熟，因此判斷蔡松年詞作中應仍有此類作品的存在。且根據現存《明秀集》六卷的目錄來看，補遺 10 闋之詞牌全可見於今已亡佚的四、五兩卷之中〔註45〕。是以在未見新資料出土之前，不宜輕易將以上情愛作品摒除在外，此 86 闋作品應均爲蔡松年所作無疑。

二、蔡松年詞的藝術手法

（一）用典

　　與吳激善用前人語句如出一轍，蔡松年詞作中的典故運用，在數量上仍然呈現偏多的趨勢。〔註46〕雖然每闋詞作的平均用典量較吳激少，但仍可看出蔡松年熟練運用典故的藝術技巧。

　　蔡松年運用典故的取材範圍很廣，經、史、子、集皆能適當選用；且不論是事典或語典，在引用時皆以切合原意而又具有典型特徵的例子爲原則，因此顯得妥貼自然，無冷僻、掉書袋之嫌。經筆者統計，蔡松年詞作中運用經部典故的，約佔 2%、史部約佔 25%、子部約佔

〔註44〕吳重憙《明秀集》注〈跋〉，頁 442。

〔註45〕唐圭璋在第 73 闋〈好事近〉詞後，附註此詞見於《中州樂府》元德明詞內（見《全金元詞》，頁 23）。而若驗之《明秀集》目錄，亦可見〈好事近〉詞牌於卷四之中（《明秀集注》，頁 401）。

〔註46〕86 闋作品中，引用典故約 674 處。

16%、集部約佔 57%。其中，經、史、子三部加起來的比例，已漸漸與集部並駕齊驅，此爲前人少見的用典特色。此外，若從單獨作者或典籍來看，蔡松年引用蘇軾作品最多，其次依序是《晉書》、《世說新語》、杜甫、《史記》、黃庭堅、《莊子》、陶潛、白居易、杜牧及《後漢書》及韓愈。〔註47〕由此可見蔡松年對於蘇軾其人的仰慕，及對其作品的熟稔。而從用典數量之多與範圍之廣，亦可看出蔡松年胸中沈潛的豐富學識。是以下將就蔡松年在典故運用上的特色，分點敘述並列舉作品證明之。

1. 對蘇軾作品的全面化用

歷來論者在談到蔡松年詞作的特色時，無不將其與蘇軾詞在風格、內容、神韻上的相似處加以聯繫；而驗之於詞作，亦不難發現蔡松年《明秀集》中，幾乎隨處可見蘇軾身影。這樣的現象，除了當時社會崇蘇、學蘇風氣的影響，還與蔡松年本身對蘇軾人格的傾心與懷想有關。此點在上文討論蔡松年詞作主題內容時，已多少有所涉及；此處則欲從蘇軾作品的融化引用，更進一步而明確地證明兩人內在情感的深層聯繫。

承上所述，對蘇軾作品的引用，佔蔡松年典故運用之冠；而值得說明的是，引用蘇軾作品的次數，遠高於排名第二的《晉書》，甚至幾乎接近《晉書》的兩倍之多。由此可見，對蘇軾作品的引用，在蔡松年詞作中，是一個非常突出而具有重要意義的特點。而就引用蘇軾作品的內容來看，蘇詩所佔比例最大，詞、文、賦的比例則較爲平均。若就統計數據來看，蔡松年對於蘇軾作品的徵引，也頗爲平均；即便是對同一作品的引用，最多不超過三次。是以就如此龐大的總數而言，可知蔡松年對於蘇軾作品的引用非常廣泛，並非針對單一作品的重複徵引。由此亦可見蔡松年對於蘇軾作品的熟悉程度，如非瞭若指

〔註47〕爲避繁瑣，正文所列出的，爲引用超過 10 次以上者；引用 5～9 次者，依序分別爲歐陽修、《三國志》、蘇轍、《漢書》、毛滂、李白、《新唐書》、《列子》、元稹及李商隱。5 次以下者不一一詳列。

掌，在選取適當作品詞語以表達內心情感時，絕無可能如此左右逢源而得心應手的。

　　因蔡松年大抵直接化用蘇軾作品，故徵引的多爲佳言美詞的「語典」；是以整體而言，引蘇軾作品以寫景的比例較高。但誠如上述，蔡松年引用蘇軾作品頗爲廣泛而平均，因此多用蘇軾語典於各個面向的描寫，而少見對單一人事物的描寫。這除了歸功於蘇軾於詩詞作品中寄寓自身情志感懷、描寫生活中所見所感的特色外，亦可看出蔡松年傾力以詞作記錄日常點滴的抒發工具。就此點而言，蔡松年對詞體在功能及境界上的擴大，又比蘇軾更往前了一步。

　　引用蘇軾作品以寫景的例子頗多，如：

〈水調歌頭〉：「東垣步秋水，幾曲冷玻璨。」（《全金元詞》，頁7）

〔註48〕

　　按：此兩句化自蘇軾〈清溪詞〉：「雁南歸兮寒蛩嘶，弄秋水兮挹
　　　　玻璃。」

〈滿江紅〉：「春色三分，壺觴爲、生朝自勸。」（《全金元詞》，頁9）

　　按：化自蘇軾〈水龍吟〉：「春色三分，二分塵土，一分流水。」

〈永遇樂〉：「高人一笑，春風卷地，只有大江如練。」（《全金元詞》，頁12）

　　按：化自蘇軾〈南鄉子〉：「一陣東風來卷地。吹迴。落照江天一
　　　　半開。」

〈水龍吟〉序：「舉目皆崇山峻嶺，煙霏空翠，吞吐飛射。」（《全金元詞》，頁12）

　　按：化自蘇軾〈八聲甘州〉：「記取西湖西畔，正春山好處，空翠
　　　　煙霏。」

〔註48〕關於用典之例證，原文基本上參見附錄而不再列出，但此點欲呈現
　　　　蔡松年與蘇軾作品的相似度，因此將視情況需要而列舉原文以說
　　　　明。

〈浣溪沙〉：「溪雨空濛灑面涼，暮春初見柳梢黃，<u>綠陰空憶送春忙</u>。」（《全金元詞》，頁 17）

按：化自蘇軾〈同柳子玉游鶴林招隱醉歸呈景純〉：「花時臘酒照人光，歸路春風灑面涼。」

〈正月二十六日，偶與數客野步嘉祐僧舍東南野人家，雜花盛開，扣門求觀。主人林氏媼出應，白髮青裙，少寡，獨居三十年矣。感歎之餘作詩記之〉：「縹帶湘枝出絳房，綠陰青子送春忙。」

〈人月圓〉：「<u>一犁春雨，一篙春水</u>，自樂天真。」（《全金元詞》，頁 18）

按：以上兩句 [註49] 分別化自蘇軾〈如夢令〉：「歸去。歸去。江上一犁春雨。」

〈和鮮于子駿鄆州新堂月夜二首〉之一：「去歲遊新堂，春風雪消後。池中半篙水，池上千尺柳。」

　　蘇軾寫景的詞句，沒有色彩鮮豔穠麗的雕琢，大都以自然清麗的筆調，呈現出自然山水的親切可愛。蔡松年用蘇軾詞句，亦使得詞作的語言風格，散發出如沐春風的舒適暢快，令人有亟欲縱身於自然懷抱的衝動。

　　此外，若在蔡松年的身世背景與經歷，和蘇軾的仕宦生涯取其交集，則會發現由於這些外在因素的刺激，使得兩人共同的情感歸依，指向了山林田野中的隱逸自適。是以，藉由蘇軾筆下的畫面與意境，來敷陳內心歸隱的渴望，對蔡松年而言，不啻是一種在精神上落實夢想的虛幻途徑。如：

〈滿江紅〉詞序：「去家六年，對花無好情悰。然得<u>流坎有命，無不可者</u>。」（《全金元詞》，頁 20）

按：出自蘇軾〈答程天侔書〉之一：「尚有此身，付與造物者，

<hr>

〔註49〕第三句「自樂天真」亦出自蘇軾作品，但非寫景之例，故略而不論。

聽其運轉，流行坎止，無不可者。」

〈滿江紅〉：「老驥天山非我事，<u>一蓑煙雨</u>違人願。」（《全金元詞》，頁 20）

按：出自蘇軾〈定風波〉：「竹杖芒鞋輕勝馬，誰怕？一蓑煙雨任平生。」

〈滿江紅〉：「花徑酒壚<u>身自在</u>，都憑細解丁香結。」（《全金元詞》，頁 19）

按：出自蘇軾〈題文與可墨竹〉：「斯人定何人，游戲身自在。」

〈水調歌頭〉：「我有<u>雲山後約</u>，不得夜燈親酌，傾倒好情懷。」（《全金元詞》，頁 19）

按：出自蘇軾〈秋興〉之二：「報國無成空白首，退更何處有名田。黃雞白酒雲山約，此計當時已浩然。」

〈驀山溪〉：「老眼倦紛華，<u>宦情與、秋光似紙</u>。」（《全金元詞》，頁 15）

按：出自蘇軾〈送路都曹〉并引：「乖崖公在蜀，有路曹參軍老病廢事，公責之曰：『胡不歸？』明日，參軍求去，且以詩留別。其略曰：秋光都似宦情薄，山色不如歸意濃。公驚謝之，曰：『吾過矣，同僚有詩人而吾不知。』因留而慰薦之。」

〈雨中花〉：「使清泉白石，聞我心曲，<u>庶幾他日，不為生客耳</u>。」（《全金元詞》，頁 11）

按：出自蘇軾〈跋子由栖賢堂記後〉：「僕當為書之，刻石堂上，且欲與廬山結緣，他日入山，不為生客也。」

〈石州慢〉：「上園親友，<u>歲時陶寫歡情，槽牀曉溜東籬側</u>。」（《全金元詞》，頁 13）

按：以上兩句分別出自蘇軾〈游東西巖〉：「正賴絲與竹，陶寫有餘歡。」

〈和陶九日閑居〉：「鮮鮮霜菊艷，溜溜糟床聲。」

　　正由於這樣相似的心境，蔡松年在通過蘇軾作品以抒發自身不適官職，而應早日悠遊於山林豐草間，卻又難以實現的兩難情緒時，遂獲得了最佳的慰藉，並找到了釋放情感的出口。

　　而對「酒」的吟詠抒懷、對時間流逝與歷史興亡的感慨、對妻子的細膩情誼，甚至是蘇軾對時物獨特的聯想與描摹，也常被蔡松年加以引用，構成了詞作中多樣而繽紛的面目與風格。如：

〈水調歌頭〉：「老境玩清世，甘作醉鄉侯。」（《全金元詞》，頁8）

按：以上兩句分別出自蘇軾〈甘蔗〉：「老境於吾漸不佳，一生拗性舊秋崖。」

　　蘇軾〈喬將行，烹鵝鹿出刀劍以飲客，以詩戲之〉：「便可先呼報恩子，不妨仍帶醉鄉侯。」

〈滿江紅〉：「萬事付，金荷釀。」（《全金元詞》，頁9）

按：出自蘇軾〈病中聞子由得告不赴商州三首〉其三：「萬事悠悠付杯酒，流年冉冉入霜髭。」

〈滿江紅〉：「老生涯、分付藥爐經卷。聞道恒陽松雪好，遊山服要新針線。」（《全金元詞》，頁9）

按：出自兩句分別出自蘇軾〈朝雲〉：「經卷藥爐新活計，舞山歌扇舊因緣。」

　　〈青玉案〉：「春衫猶是，小蠻針線，曾濕西湖雨。」

〈臨江仙〉：「夢裏秋江當眼碧，綠叢摘破晴瀾。擣香鱸蟹勸加飧。」（《全金元詞》，頁15）

按：出自蘇軾〈金橙徑〉：「金橙縱復里人知，不見鱸魚價自低。須是松江煙雨裏，小船燒薤擣香虀。」

〈菩薩蠻〉：「披雲撥雪鵝兒酒，澆公枯燥談天口。」（《全金元詞》，頁18）

按：以上兩句分別出自蘇軾〈真一酒〉：「撥雪披雲得乳泓，蜜蜂又欲醉先生。」

〈洞庭春色〉：「須君灩海杯，澆我談天口。」

〈滿江紅〉：「對淡雲、新月烱疏星，都如昨。」（《全金元詞》，頁 19）

　　按：出自蘇軾〈生日，蒙劉景文以古畫松鶴為壽，且貺佳篇，次
　　　　韻為謝〉：「高標忽在眼，清夢了如昨。」

〈雨中花〉：「憶昔東山，王謝感髮，離情多在中年。正賴哀弦清
唱，陶寫餘歡。」（《全金元詞》，頁 21）

　　按：以上五句化自蘇軾〈游東西巖〉：「謝公含雅量，世運屬艱
　　　　難。況復情所鍾，感概萃中年。正賴絲與竹，陶寫有餘歡。
　　　　嘗恐兒輩覺，坐令高趣闌。」

〈水龍吟〉：「自騎鯨人去，流年四百，知此樂、人閒少。」（《全
金元詞》，頁 22）

　　按：以上四句化自蘇軾〈百步洪二首〉詩序：「王定國訪余於彭
　　　　城。一日，棹小舟，與顏長道攜盼、英、卿三子游泗水，北
　　　　上聖女山，南下百步洪，吹笛飲酒，乘月而歸。余時以事不
　　　　得往，夜著羽衣，佇立於黃樓上，相視而笑，以為李太白死，
　　　　世間無此樂三百餘年矣。」因蔡松年距蘇軾又百年，故云「流
　　　　年四百」。

　　礙於篇幅，蔡松年化用蘇軾作品之例，仍有許多未能一一列舉、
呈現。但綜上所述，依然可見蘇軾作品於蔡松年詞作中的種種風貌。
承襲著蘇軾善於用典的特色，蔡松年用蘇軾典大多直用其語，少數在
詞語上稍作修改，但卻不減蘇軾本意，而顯得靈活有味。透過如此全
面而貼切的化用蘇軾作品，不難看出：蘇軾對於蔡松年而言，有時並
不只是一種遙不可及的典型與偶像；許多時候，蘇軾更像是一位溫文
儒雅的長者，或者靜心諦聽的友朋，在蔡松年抑鬱愁苦之時，給予詞
人適時溫暖的擁抱，點明其跳脫擺落的方向。於是乎，蔡松年便在蘇
軾這樣雙重的引導下，時而向前追趕、時而原地徘徊，不斷地向蘇軾
所在的位置，逐漸移動、靠近著。

2. 忻慕魏晉六朝人物的高情遠韻

在蔡松年詞作的用典比例上，除了佔居首位的蘇軾，排在第二三位的《晉書》與《世說新語》，皆是魏晉六朝時期﹝註 50﹞的人事記錄。若再依序往下看，陶潛、《後漢書》、《三國志》等屬於六朝的人物及作品，也都躋身於常用典故之列。若將蔡松年詞中關於六朝的人事物加以累計，則其出現的次數幾乎要與蘇軾並駕齊驅。此外，若就時代劃分而言，六朝典故的運用次數，僅次於北宋一代，甚至超越了唐五代典故的徵引。﹝註 51﹞即使拋開隱藏於字句中的典故不論，蔡松年直接於詞作中指稱六朝人物或情韻的例子，亦不乏其例。如〈雨中花〉：「嗜酒偏憐風竹，晉客神清，多寄虛玄」（《全金元詞》，頁 12）、〈滿庭芳〉：「千畦。收玉粒，糟邱劉阮，風味依稀」（《全金元詞》，頁 13）、〈驀山溪〉：「東晉舊風流，歎此道、雖存如縷」（《全金元詞》，頁 14）、〈雨中花〉：「兩晉名流誰有，半生老眼常寒」（《全金元詞》，頁 21）等。可見，除了蘇軾此一鮮明的人物標的之外，蔡松年對於六朝諸賢及其流風餘韻的仰慕與神往，亦是十分顯目的。

而在風格迥異卻各具特色的六朝諸賢中，蔡松年獨愛陶潛、王衍與王羲之，嵇康、謝安等人又依序次之；其餘六朝人物，大多單用其人其事故實，而不若對以上六人的集中歌詠。因此下文將聚焦以上六人，作為核心論述；並適時引用其餘六朝人物典故加以舉證說明，以期呈顯蔡松年詞作中標舉六朝風韻的特點與代表意義。

（1）陶潛

由於蔡松年對蘇軾的欽慕欣賞，透過蘇軾在作品中對於陶潛此人的詮釋與解讀，進而熟悉陶潛的人格風範與其典型意義，則是不難想

﹝註 50﹞ 本文所指稱的「魏晉六朝」，採取較寬泛定義，即指從東漢末年以迄隋朝以前的歷史斷代。下文以「六朝」簡稱代指此一時期。

﹝註 51﹞ 據筆者統計，蔡松年運用秦漢以前典故約佔 15%，六朝約佔 28%，唐五代約佔 20%，宋代約佔 37%。

見的。蘇軾對於陶潛的熱愛，大抵如同蔡松年對於蘇軾的心儀與懷想。只不過，對於蔡松年而言，蘇、陶在精神上所給予他的影響，以及他對兩人在個性、氣韻層面的崇拜，卻是有所分別的。是以，下文將先就蔡松年詞作中用陶潛故實的例證開始分析，再進一步探討蔡松年與蘇、陶二人，在心靈程度上的相似與相異之處。

　　蔡松年所用陶潛故實，大都著重在歌詠陶潛任情肆志的高遠情操，或者藉陶潛嗜酒雅興加以引伸發揮。

　　　　如：〈水調歌頭〉：「庾老南樓佳興〔註52〕，陶令東籬高詠，千古
　　　　　　賞音稀。」（《全金元詞》，頁7）

　　　　〈念奴嬌〉：「千古栗里高情，雄豪割據，戲馬空陳迹〔註53〕
　　　　　　……故自丙辰丁巳以來，三求官河內，經營三徑，遂將終
　　　　　　焉。」（《全金元詞》，頁10～11）

　　　　〈滿江紅〉：「春色三分，壺觴爲、生朝自勸。」（《全金元詞》，
　　　　　　頁9）

　　　　〈念奴嬌〉：「揮掃龍蛇，招呼風月，且盡杯中物。」（《全金
　　　　　　元詞》，頁10）

　　值得注意的是，蔡松年引用陶潛典故，大多擷取其名篇名句，而使得詞作隨處可見陶潛曠達自適的身影；另一方面，也讓詞作呈顯出較爲平淡雋永的語言風格。

　　　　如：〈滿江紅〉：「猶喜平生佳友戚，一杯情話開幽獨。」（《全金
　　　　　　元詞》，頁9）

　　　　〈念奴嬌〉：「正當乘化以歸盡，何足深歎？」（《全金元詞》，

〔註52〕此句引用庾信典故。《世說新語‧容止》：「庾太尉（庾亮）在武昌，
　　　　秋夜氣佳景清，使吏殷浩、王胡之徒登南樓理詠。」

〔註53〕「戲馬」指「戲馬臺」，原爲項羽建以觀看士卒戲馬取樂之處。此用
　　　　宋武帝劉裕在戲馬臺大宴賓客之典。《南齊書》卷九〈禮志〉上：「宋
　　　　武爲宋公，在彭城，九日出項羽戲馬臺，至今相承，以爲舊准。」
　　　　見楊家駱主編《新校本南齊書附索引》（臺北：鼎文書局，1983年），
　　　　頁150。

頁 10）

〈雨中花〉詞序：「從事於簿書鞍馬間，<u>違己交病</u>，不堪其憂。」（《全金元詞》，頁 11）

〈水龍吟〉詞序：「<u>巾車短艇</u>，偶有清興，往來不過三數百里。」（《全金元詞》，頁 12）

> 按：以上典故均化自陶潛〈歸去來辭〉。由此亦可看出，在蔡松年渴望歸隱的希冀中，也有一部份來自陶潛在田園山水中悠游自得、身心安適的影響。

此外，蔡松年詞中對於「斜川」的特別關注，亦與陶潛〈游斜川〉一詩有關。陶潛〈游斜川〉描摹了「斜川」此地的優美景色，並抒發自身對流年歲月逝去的感慨，以及與友人對飲於美景之下的情懷。蘇軾子蘇過因慕陶潛為人，故將穎昌家中的數畝田地，命名為「小斜川」，並自號為「斜川居士」。而蔡松年所指之「斜川」，乃為其舅許採於真定所置園亭，仿陶潛而命為「小斜川」之地。雖此處非蔡松年自身所擁有的田產，但因景色優美，遂與「明秀峰」同受詞人的喜愛與青睞，屢屢於詞作中提及。

如：〈滿江紅〉：「好在<u>斜川</u>三尺玉，暮涼白鳥歸喬木。」（《全金元詞》，頁 9）

〈瑞鷓鴣〉：「東風歲月似<u>斜川</u>，蕭散心情愧昔賢。」（《全金元詞》，頁 16）

〈千秋歲〉：「淵明千載意，松偃<u>斜川</u>道。」（《全金元詞》，頁 17）

〈相見歡〉：「一段<u>斜川</u>松菊，瘦而芳。」（《全金元詞》，頁 18）

由以上所引之例，可見雖然集中在對「斜川」景色的描寫與紀錄，但「松」、「菊」等清高的象徵，以及由此而生發對陶潛其人的思念懷想之情，卻是詞人渴望抒發出來的主要心緒。

　　至於蔡松年與蘇、陶兩人的關係，則不得不從蘇軾在陶潛接受史上的地位談起。誠然，蔡松年對陶潛的認識與熟習，可能不完全來自於蘇軾對陶潛的再次解讀，應當還包括蔡松年對陶潛作品的親自閱讀、理解；然而，正如李劍鋒在《元前陶淵明接受史》一書中所提到的：

> 蘇軾在晚年傾其精力學陶、和陶，推重陶的人格並以陶自許，不僅爲世人描繪出一位代表宋人理想人格、認眞飄逸的陶淵明形象，而且對陶詩「質而實綺，癯而實腴」、「外枯而中膏，似淡而實美」的美學價值首次作了明確而深入的理性揭示，把陶詩推到了詩美理想的典範地位和無人能及的詩史顚峰，從而牢固地奠定了陶淵明在中國詩歌史上的獨特地位……作爲一代文壇宗師、精神領袖，蘇軾對陶的摯愛和闡釋直接深深感召和影響了同時代及稍後的文人士子。〔註54〕

正因爲蘇軾在對陶潛作品的理解、詮釋，以及其人格地位的推尊上，形成了一座巨大高聳的標的與屏障，使得後世學子在接觸陶潛作品時，都會不可避免而或多或少受到蘇軾的影響。尤其是在蘇軾去世後的幾十年中，正是蘇學被廣泛學習、推崇的時代，躬逢其盛的蔡松年自然在此一面向上，受到了蘇軾的沾染與影響。何況，除了「蘇學盛於北」的客觀因素之外，蔡松年本身即主觀而自覺地選擇了往蘇軾此一典型靠攏，因此蔡松年對於陶潛的學習與解讀，包含了蘇軾對陶潛的觀念滲透，則是大抵可以肯定的。是以，若回歸到蔡松年詞作本身而言，我們亦不難發現蔡松年在蘇軾作品中，對於與陶潛相關的典故徵引。如：

　　〈滿江紅〉：「好在斜川三尺玉，暮涼白鳥歸喬木。」（《全金元詞》，頁9）

　　按：此用蘇軾〈滿庭芳〉：「好在堂前細柳，應念我，莫翦柔柯」

〔註54〕李劍鋒《元前陶淵明接受史》（濟南：齊魯書社，2002年9月），頁220。

之語。

〈石州慢〉：「天東今日，<u>枕書兩眼昏花</u>，壺觴不果酬佳節。」（《全金元詞》，頁 13）

按：此用蘇軾〈和陶擬古九首〉其一：「主人枕書臥，我夢平生友」之語。

〈石州慢〉：「上園親友，歲時陶寫歡情，<u>糟牀曉溜東籬側</u>。」（《全金元詞》，頁 13）

按：此用蘇軾〈和陶九日閑居〉：「鮮鮮霜菊艷，溜溜糟床聲」之典。

〈水龍吟〉：「上女手香纖，<u>一山黃菊</u>，半青橙子。」（《全金元詞》，頁 22）

按：此用蘇軾〈次韻謝子高讀《淵明傳》〉：「一山黃菊平生事，無酒令人意缺然」之典。

由以上例證可見，蔡松年所援引的蘇軾作品，大多著重刻畫陶潛在山水田園中，快意肆志的生活情趣；或者是松菊等陶潛所愛好，而具有「高潔」象徵的事物描寫。而從內容上來看，蘇軾大抵亦從陶潛的作品中，拈出頗能代表陶潛人格特色，或深寓其獨特思維的部分，再經過自己的咀嚼消化，付諸文字。如〈滿庭芳〉（歸去來兮，吾歸何處）一闋，作於自黃州移汝州後，「蒙恩放歸陽羨」之時，因此便將那一陣子因朝廷人事變化，以及自身因此而生的心情起伏，醞釀壓縮成開篇「歸去來兮」四字，接下來還興發了「吾歸何處，萬里家在岷峨」的感慨。正是因為在黃州時沈潛了自己的心志與思慮，所以在復經仕宦人事變遷之後，特別突出地希冀自己能如陶潛一般，不為紅塵俗事所圍，而能放下一切，回歸到來時的田園故里。蔡松年在此引用蘇軾詞意，亦表達了對故園的思念與情感。由此可知，蔡松年在徵引蘇軾與陶潛相關的用語典故時，也就暗喻了對於蘇軾觀點的認同與接受。

　　那麼，究竟蘇軾與陶潛對蔡松年而言，共同產生了何種影響？而兩人是否對蔡松年而言，又分別代表了不同的典範類型、蘊含了處世深意呢？若就歷史角度來看，陶潛對蘇軾、蘇軾對蔡松年，甚至陶潛對蔡松年，前者對後者都是第一原型；後者皆得以用自身的角度與眼光，對前者作一理解與詮釋。但是，就陶潛對蔡松年而言，還存在著第二種影響的可能——即上述透過蘇軾的眼光與介紹，再次給予蔡松年的影響。若就第一種情況討論，則陶潛表現在作品中的人格特質，在蔡松年眼中，構成了具有高遠情致，又灑然自醉於田園生活間的形象；而蘇軾在作品中所呈顯的自我身影，則是積極熱情，而善於將悲哀困苦轉化消解的超越典型。正因如此，陶潛透過蘇軾再轉介到蔡松年眼前時，則是較爲集中地塑造陶潛「超越悲情」的特質與思維。誠如李劍鋒所云：「因此，蘇軾眼中便有了一個獨特的陶淵明形象：瀟灑飄逸，目光高遠，透過歷史與現實身物人生之道，超越世俗悲情而不厭棄人生，將自我融入自然、融入純樸的生活，眞正獲得了自我。」〔註55〕之所以會有如此的轉折，乃因蘇軾對於陶潛的認同與共鳴，本來即始自對於仕宦中所產生的進退出處，以及山林本性與環境對於自身限制的雙重矛盾。〔註56〕也就是說，蘇軾是以陶潛的形象，以及從陶潛作品中所蘊含的晶瑩哲理，來緩和心裡的矛盾，並期待有所轉化和消解。令人料想不到的是，在百年之後，蔡松年依然欲憑藉蘇軾對於陶潛的這種人格典型的追尋，來指引陷在更爲複雜的華夷矛盾之中的自己。因此，我們可以說，陶潛對蔡松年而言，是身心獲得較多平

〔註55〕 李劍鋒《元前陶淵明接受史》，同註54，頁292。

〔註56〕 如李劍鋒在談到蘇軾於元豐八年後，被高太后起用時期對陶潛的態度時，曾表示此時蘇軾的出處矛盾進一步向深層轉化爲心靈矛盾：「即過去是在社會上做官以實現尊主澤民的理想還是到自然中退隱以結束漂泊人生的渴望之間的矛盾，轉化爲渴望退隱以擺脫外物對自我本性的束縛與身不由己地處於有害本性的外物（官場）之間的矛盾。由於矛盾進一步內在化、自我化，蘇軾與陶淵明心爲形役、渴望解脫的認識和想法取得了強烈共鳴。」見《元前陶淵明接受史》，同註54，頁278。

衡的隱士，是以作品中散發著愉悅、溫和的情感特色；但蘇軾卻較多地表達了自己所遭遇的困頓，以及因此而更需要跨越超脫的思維與努力。而這兩者，亦即是「平和自適的心靈」與「超越苦難的智慧」，正是蔡松年一生所追尋並欲達到的理想，也是在每個矛盾痛苦極為尖銳時，亟需獲得的最佳良藥。有鑑於此，我們便不難理解，何以在蔡松年詞作中，蘇軾與陶潛所出現的頻率如此之高了。

（2）王衍與王羲之

在蔡松年所欣賞及偏愛的人物典故中，最引人注目而與人不同的，即是對王衍的加以關注。蘇軾、陶潛、王羲之等人，皆是在文人士子之間被廣泛推崇與懷想的歷史人物；但在眾多六朝名士之中，獨鍾情於王衍的情形，在蔡松年以前似乎不曾見過。這並非指稱王衍典故乏人問津，而是說明蔡松年對王衍的特殊關愛，可稱得是「前無古人」的。關於蔡松年對王衍的偏愛，箇中原因，已在內容主題部分加以討論，此不贅述。是以下文僅列出引用王衍故實之處，並稍加解釋。

> 如：〈念奴嬌〉後序：「復自言少無宦情，使其雅詠虛玄，不論世事，超然遂終其身，何必減嵇阮輩……而區區列敘一時之述作，刊紀歲月，豈逸少之清真簡裁，亦未盡能忘情於此耶！」（《全金元詞》，頁10）
>
> 〈雨中花〉：「方今天壤間，蓋第一勝絕之境，有意卜築於斯，雅詠玄虛，不談世事，起其流風遺躅。」（《全金元詞》，頁11）
>
> 〈望月婆羅門〉：「宦情久闌，道勇退、豈吾難。」（《全金元詞》，頁14）
>
> 〈小重山〉：「摩挲明秀酒中閒，浮香底、相對把漁竿。」（《全金元詞》，頁16）
>
> 按：以上典故均化自《晉書》卷四十三〈王衍傳〉。整體而言，用王衍故實多集中在「少無宦情」、「雅詠玄虛」、神情「明

秀」等詞語，可見蔡松年對於王衍任情肆志態度的欣賞。

至於引用王羲之典故，固然不乏對〈蘭亭集序〉中優美景色及人生短暫情思的化用、引伸，卻也有對王羲之的獨特氣度，以及其任眞率情的描摹。

如：〈水調歌頭〉：「俛仰十年事，華屋幾山邱……不用悲涼今昔，好在西山寒碧，金屑酒光浮。」（《全金元詞》，頁8）

〈水調歌頭〉：「自爾一觴一詠，領略人間奇勝，無此會心流。」（《全金元詞》，頁8）

〈滿江紅〉：「人間世，爭蠻觸。萬事付，金荷釀。老生涯、猶欠謝公絲竹。」（《全金元詞》，頁9）

〈永遇樂〉詞序云：「獨記異時，共論流俗鄙吝之態，令人短氣。」（《全金元詞》，頁12）

〈水龍吟〉詞序云：「舉目皆崇山峻嶺，煙霏空翠，吞吐飛射，陰晴朝暮，變態百出，眞所謂行山陰道中。」（《全金元詞》，頁12）

蔡松年頻繁引用王羲之故實，除了王羲之作品中所呈顯的哲思之外，其性樂山水、不欲仕宦的特質，亦是蔡松年無法捨棄對王羲之欽慕的原因。關於王羲之本性的紀錄，可從《晉書》本傳中略知一二。如殷浩器重王羲之，欲勸其赴高官職，羲之答曰：

吾素自無廊廟志，直王丞相時果欲內吾，誓不許之，手跡猶存，由來尚矣，不於足下參政而方進退。自兒娶女嫁，便懷尚子平之志，數與親知言之，非一日也。（《晉書》卷八十〈王羲之傳〉，頁2094）

本傳又云：

羲之雅好服食養性，不樂在京師，初渡浙江，便有終焉之志。會稽有佳山水，名士多居之，謝安未仕時亦居焉。孫綽、李充、許詢、支遁等皆以文義冠世，並築室東土，與羲之同好。嘗與同志宴集於會稽山陰之蘭亭，羲之自爲

之序以申其志。（《晉書》卷八十〈王羲之傳〉，頁 2098～
2099）

即因王羲之如此坦率自然，蔡松年便能藉其文章，想見其爲人，而對
他更加傾心。是以，在詞作中頻繁引用王羲之典故的原因，也就隱然
可知了。

（3）嵇康與謝安

蔡松年引用嵇康典故，最突出的是〈與山巨源絕交書〉的集中引
用；尤其是〈雨中花〉詞序中，用嵇康對自身性格的形容，轉化成情
意眞切的自我剖析，用典技巧之成熟，令人驚豔：

> 僕自幼刻意林壑，不耐俗事，懶慢之僻，殆與性成。每加
> 責勵，而不能自克。志復疎怯，嗜酒好睡。遇乘高履危，
> 動輒有畏；道逢達官稠人，則便欲退縮。其與人交，無賢
> 不肖，往往率情任實，不留機心。自惟至熟，使之久與世
> 接。所謂不有外難，當有內病，故謀爲早退閑居之樂。長
> 大以來，遭時多故，一行作吏，從事於簿書鞍馬間，違己
> 交病，不堪其憂。（《全金元詞》，頁 11）

此詞詞序爲蔡松年內心獨白的重要資料之一，刻畫出一位不諳人事、
執意縱情山水的狂士形象。對於這麼深刻而直接的心情坦露，詞人竟
然大量徵引嵇康〈與山巨源絕交書〉的語詞，且幾乎一字不改的加以
運用，詞人內心對於自己與嵇康性格相似程度的敏感察覺，是可以想
見的。姑且不論蔡松年這樣的個性描寫，是否迫於身處金朝之地，而
無法將更深層的內心表達出來，使得呈現在眾人眼前的性格，是有所
壓抑、扭曲的；但至少蔡松年口中承認的、欲使人認識到的，是這樣
一個與嵇康決絕個性極爲相似的自己。那麼，我們便不得不推想：詞
人的本性，抑或希望自己能夠轉變而成的人格典型，就與嵇康相距不
遠。但可惜的是，從現實狀況及歷史資料來看，蔡松年依然只能「期
許」自己擁有嵇康那般剛烈果決、正直不阿的個性。因爲蔡松年甚至
無法如嵇康一般，與一位朋友「絕交」，更不必談抵死爲宋，而絕不

仕金了。是以，在這樣的極端人格夢想中，與現實不得不妥協的兩端徘徊，造成了蔡松年終其一生都無法消解的內心矛盾與苦痛。令人在讀了他的詞作之後，不得不為他掬一把同情的淚水。

至於對謝安典故的徵引，則大致可分為兩類：一為對謝安西州扶病等情志的凸顯，另一則為對謝安清逸瀟灑個性的欽慕。

如：〈水調歌頭〉：「雅志易華髮，歲晚羨君歸。」（《全金元詞》，頁 7）

〈滿江紅〉：「富貴尋人知不免，家園清夏聊休沐。」（《全金元詞》，頁 9）

按：此用《晉書》卷七十九〈謝安傳〉：「安妻，劉惔妹也，既見家門富貴，而安獨靜退，乃謂曰：『丈夫不如此也？』安掩鼻曰：『恐不免耳』」之典。

如：〈念奴嬌〉：「西州扶病，至今悲感前傑。」（《全金元詞》，頁 10）

〈月華清〉：「可惜瓊瑤千里，有年少玉人，吟嘯天外。」（《全金元詞》，頁 23）

按：此用《晉書》卷七十九〈謝安傳〉：「嘗與孫綽等汎海，風起浪湧，諸人並懼，安吟嘯自若」之典。

除了對上述幾人的典故徵引，蔡松年詞作中許多具有魏晉風流的六朝人物，仍不勝枚舉：如桓溫的豪爽、衛玠的清勝、阮籍的得意忘形等。而蔡松年之所以鍾情於六朝，大抵與其所處的政治環境有關。自東漢末年開始，天災人禍頻仍，面臨著自身身命朝不保夕的現實環境，文人士子們無不感到憂慮與恐懼。若是天災本來就是無從抵禦，那麼為患更甚於天災的人禍，則令他們無所適從，而必須戰戰兢兢、謹慎小心地踏出關於出處應退的每一腳步。是以士人們思索著人生價值衰落的原因，並急切渴望重新找到自我價值與生命意義的平衡點。而正是在這樣的時代氛圍之下，六朝文人所感到的痛苦與孤寂之感，

也就格外的突出、深刻了。相同地，若拿六朝時期的背景造成士人能夠深切體驗生命的無常與脆弱，而產生濃厚的感傷情懷，以此檢視歷史軌跡，則宋金之際的國家覆亡與分裂，所給予士子人民的感觸，也就格外相似。正因蔡松年面對瞬息萬變的六朝歷史，發現了與自己身世類似的環境，是以在更進一步閱讀六朝人物的傳記資料時，也就更爲驚訝地看見前人與自身的契合之處，而不得不傾心神往了。因此，不論是魏晉人物的逍遙自適、曠放隱逸，甚至是藉酒消憂，〔註57〕都是在蔡松年的詞作中渴望成爲的典型。就是因爲與詞人身世背景、情感性格交相融會而產生火花，這般魏晉風流的吸引，才使得蔡松年詞作中的六朝人物身影，得以俯拾即是而無所不在。

3. 頻繁援引史部、子部的典故

詞中用典，自宋初即已得見。王師偉勇在〈晏殊《珠玉詞》借鑒唐詩之探析——兩宋詞人大量借鑒唐詩之先驅〉一文中，則指出晏殊詞善於借鑒唐詩，而對往後蘇軾、賀鑄、周邦彥等人化用唐詩典故，扮演了「先驅者」的角色。〔註58〕然而，眞正能夠做到將任何典故運用得渾化無跡而使寓意凝鍊深遠者，當非蘇軾莫屬。由於蘇軾「以詩爲詞」、「以詞言志」，因此注重詞中作者情意的眞實呈現與流暢表達，使得即便是前人少用的經部、史部以及子部的典故，也都不加迴避，自然地融入於詞作之中。筆者根據陳秀娟《東坡詞用典研究》的數據統計，得出東坡用經部典約佔整體用典數量的 7%，史部典佔12%，子部佔24%，集部佔57%，〔註59〕經、史、子三部加起來已逼

〔註57〕袁濟喜在《人海孤舟——漢魏六朝士的孤獨意識》一書中提到：「魏晉六朝是一個動盪、紛亂和黑暗的年代。憂懼、苦悶、孤獨等成爲一種時代病。逍遙是精神上的超越，而酒則是藉助於身心的快樂與麻醉，使人達到一種無憂無慮的境界，使壓抑已久的孤獨心態得到鬆弛。」見鄭州：河南人民出版社，1995 年 4 月，頁 178。

〔註58〕王師偉勇《宋詞與唐詩之對應研究》，同註16，頁 78。

〔註59〕陳秀娟只列出了統計數字，並未對四部典故的比例加以計算。是以此處筆者借用其數據，分別計算出蘇軾餘各部用典的比例，期能藉此量化蘇軾在典故運用上的獨特之處。見陳秀娟《東坡詞用典研究》

近集部用典的比例，如此的用典手法可說是前所未聞。尤其是「史
部」、「子部」比例的大幅度增加，更是造成蘇軾詞作趨於豪放剛健的
原因之一。

　　與蘇軾如出一轍，蔡松年對於史部、子部典故的大量化用，亦形
成其詞作極為顯著的一項特色。

　　就史部而言，若不論雜史、傳記類作品，單從蔡松年生前已寫成
的正史來看，19 部正史中，蔡松年即引用 13 部正史，僅《陳書》、《周
書》、《北史》、《北齊書》、《舊五代史》與《新五代史》六書未曾徵引。
可見，蔡松年對於史部典故的運用，是極為廣泛而熟練的。史部的典
故，除去引用最頻繁的《晉書》（已於上文論述），則以《史記》的運
用居次，《後漢書》與《三國志》又次之。如：

〈雨中花〉：「有賢王豪爽，不減梁園……倦游歸去，羽衣相過，
會約明年。」（《全金元詞》，頁 22）

按：梁園，即「梁苑」、「東苑」，梁孝王所見，名士如司馬相如
　　等皆為賓客。化自《史記》卷五十八〈梁孝王世家〉：「孝王，
　　竇太后少子也，愛之，賞賜不可勝道。於是孝王築東苑，一
　　方三百餘里。廣睢陽城七十里。大治宮室，為複道，自宮連
　　屬於平臺三十餘里。得賜天子旌旗，出從千乘萬騎。東西馳
　　獵，擬於天子。出言，入言警。招延四方豪桀，自山以東游
　　說之士，莫不畢至。」倦游，化自《史記》卷一百一十七〈司
　　馬相如列傳〉：「今文君已失身司馬長卿，長卿故倦游。」而
　　蔡松年屢次言說「倦游」，可見其亟欲歸隱之心，以及對司
　　馬相如仰慕之情。

〈石州慢〉：「雲海蓬萊，風霧鬖鬖，不假梳掠。」（《全金元詞》，
頁 24）

按：化自《史記》卷二十八〈封禪書〉：「自威、宣、燕昭使人入

　　　　（臺北：國立台灣師範大學國文研究所教學碩士班碩士論文，2002
　　年 6 月），頁 64～67。

海求蓬萊、方丈、瀛洲，此三神山者，其傳在渤海中。」此
指女子彷彿仙界下凡一般美麗。

〈瑞鷓鴣〉：「但知有酒能無事，便是新年勝故年。」（《全金元
詞》，頁 17）

按：化自《史記》卷七十〈張儀傳〉：「陳軫曰：『公何好飲也？』
犀首曰：『無事也。』」

〈浣溪沙〉：「天上仙人亦讀書，鳳麟形相不枯臞，十年傲雪氣凌
虛。」（《全金元詞》，頁 17）

按：化自《史記》卷一百一十七〈司馬相如傳〉：「相如以為列僊
之傳居山澤間，形容甚臞，此非帝王之僊意也，乃遂就大人
賦」。

〈一翦梅〉：「老子初無游宦情，三徑蒼煙歸未成。幅巾扶我醉談
玄，竹瘦溪寒，深寄餘齡。」（《全金元詞》，頁 17）

按：「老子」一詞化自《後漢書》卷二十四〈馬援傳〉：「此丞、
掾之任，何足相煩，頗哀老子，使得遨游。」「幅巾」化自
《後漢書》卷六十八〈符融傳〉：「後遊太學，師事少府李膺。
膺風性高簡，每見融，輒絕它賓客，聽其言論。融幅巾奮褒，
談辭如雲，膺每捧手歎息。」

〈念奴嬌〉：「酒前豪氣，切雲千丈依舊。」（《全金元詞》，頁
10）

〈水調歌頭〉：「但得白衣青眼，不要問囚推按，此外百無憂。」
（《全金元詞》，頁 10）

按：以上典故分別化自《三國志‧魏書》卷七〈陳登傳〉：「汜曰：
『陳元龍湖海之事，豪氣不除。』」、《三國志‧吳書》卷六
十一〈陸凱傳〉：「先帝每察竟解之奏，常留心推按，是以獄
無冤囚。」

綜上所引，可知在《史記》中的典故運用，蔡松年對司馬相如有

所偏愛；《後漢書》及《三國志》的徵引，則著重在對人物精神及事蹟的運用。此外，亦可看出蔡松年對史部典故的引用，以兩漢、魏晉兩個時間斷代為主。

　　至於子部典故，蔡松年亦在蘇軾旁徵博引的基礎上，搜索的範圍更廣、眼界更大，使得諸子哲理思維的智慧、軼事小說的趣味幻妙，一併融入了蔡松年的詞作之中，而呈顯出異於他人的語言特色。而就子部來看，以對《莊子》的引用最為突出，多表現為對人世的不拘泥執著；《世說新語》次之，但已併入上文「六朝人物」論述，故此處從略。其餘多為對小說、筆記中野史傳說所記載的神仙典故的運用；並承襲蘇軾善引佛、道用語與仙界故實的特色，而頗能從詞作中看出彼時儒、釋、道三教的融合與滲透。如：

〈浣溪沙〉：「芍藥弄香紅撲暖，酴醿趁雪翠綃長，夢為蝴蝶亦還鄉。」（《全金元詞》，頁 17）

按：此用《莊子・齊物論》：「昔者莊周夢為胡蝶，栩栩然胡蝶也，自喻適志與！不知周也。俄然覺，則蘧蘧然周也。不知周之夢為胡蝶與，胡蝶之夢為周與？周與胡蝶，則必有分矣。此之謂物化」之典。

〈念奴嬌〉：「花萼霓裳，沈香水調，一串驪珠溼。」（《全金元詞》，頁 20）

按：「花萼」兩句，化自《松窗雜錄》：「開元中，禁中初重木芍藥，即今牡丹也。得四本紅紫淺紅通白者，上因移植於興慶池東沈香亭前。會花方繁開，上乘月夜召太真妃以步輦從。詔特選梨園弟子中尤者，得樂十六色。李龜年以歌擅一時之名，手捧檀板，押眾樂前欲歌之。上曰：『賞名花，對妃子，焉用舊樂詞為？』遂命龜年持金花宣賜翰林學士李白，進清平調詞三章。白欣承詔旨，猶苦宿醒未解，因援筆賦之。」「清平調」即「水調」。而「驪珠」則化自《莊子・列御寇》：「夫千金之珠，必在九重之淵而驪龍頷

下。」

〈水龍吟〉：「新詩寄我，<u>垂天才氣</u>，凌波詞調。」（《全金元詞》，頁22）

按：化自《莊子‧逍遙游》：「鵬之背，不知其幾千里也；怒而飛，其翼若垂天之雲。」「垂天才氣」，此用以形容李白，因其著有〈大鵬賦〉。

〈水調歌頭〉：「思君領略風味，<u>笙鶴渺三山</u>。還喜綠陰清晝，<u>薝蔔香</u>中為壽……玉佩碎空闊，碧霧黳<u>蒼鸞</u>。」（《全金元詞》，頁9）

按：「笙鶴」化自漢‧劉向《列仙傳》：「周靈王太子晉（王子喬），好吹笙，作鳳鳴，游伊洛間，道士浮丘公接上嵩山，三十餘年後乘白鶴駐緱氏山頂，舉手謝時人仙去。」因此詞為祝壽而作，故此祝福對方如仙人乘鶴歸去般長生不死；「薝蔔香」化自《維摩經》：「天女言佛，以大乘法化眾生，如入薝蔔林中，唯嗅此花，不及餘香」；「蒼鸞」則化自《漢武帝內傳》：「其次藥有……蒙山白鳳之肺，靈邱蒼鸞之雪。」

〈水調歌頭〉：「<u>藍橋</u>得道，鶴骨端自見雲來。」（《全金元詞》，頁18）

按：化自唐‧裴鉶《傳奇‧裴航》：「一飲瓊漿百感生，玄霜搗盡見雲英。藍橋便是神仙窟，何必崎嶇上玉京。」

〈江神子慢〉：「風外<u>天花</u>無夢也，鴛鴦債、從渠千萬劫。」（《全金元詞》，頁24）

按：此化自《維摩經‧觀眾生品》：「時維摩詰室有一天女……見諸大人聞所說法，便現其身，即以天華散諸菩薩大弟子上。」

除了上述用典特色，蔡松年用典尚有一值得注意的地方，即是對與蘇軾相關人物的作品徵引，如歐陽修、蘇轍、毛滂、蘇門四學士中

秦觀、張耒，已極爲數頗多的黃庭堅之典。這說明了蔡松年不但對蘇軾作品極爲熟悉，對蘇門及其相善的交游人物亦不陌生，才能在詞作中適切地隨心化用，使得對有宋一代典故徵引的次數居冠。由此亦可看出，宋末蘇學的深刻影響及蘇門勢力的廣泛龐大。

（二）意象

對於蔡松年詞作中「意象」的探討，下文將分成四種類型加以討論。在進入論述以前，值得說明的是：上述在內容主題部分，已提過蔡松年詞作以抒發己身情志感懷爲主，故題材不外乎對家國故園的懷念、對隱逸山林的渴求，以及對游宦生涯的厭倦。是以，在運用詞彙語句以表達上述主題時，所構成的意象與境界也就不出上述類型的涵蓋。因此，下文將分別對於各類語詞所構成的意象，以及如何以此意象支持主題的建構，予以分析探討。

1. 自然意象：透過對自然景物親切美妙的營造，寄寓渴望隱逸閒適的希冀

由於蔡松年在詞作中流露出對山林丘壑的熱切懷想，因此對於自然意象，以及由此而組合成詞人心中理想隱逸世界的設計，也就顯得十分突出且龐大。是以詞作中的「人文意象」，如「樓」、「城」、「燈」等也就相對少見。

首先，「山」意象的出現就十分頻繁，平均每闋詞作即會出現一次。也就是說，以「－山」或「山－」的構詞形式極爲常見，如代表隱逸閒適的「西山」、詞人所擁有的「家山」風景，以及對往日「故山」、「江山」的懷念等。此外，對於特定地名的指稱，如「山陽」、「山陰」、「共山」等，以及由山巒起伏所構成的美景，如「山光」、「山色」、「山月」等的描摹和運用，也都十分妥貼自然。而對於「山」意象的特別關注，除了詞人本身對自然的嚮往之外，也與其生長背景有關。前文已提及，蔡松年雖本爲杭人，但在汴京長大，而長成後又大多在燕山一代，甚至因職位需要，來往於更北方的金國領土中。是以，詞

人舉目所見，大多爲山巒丘陵之地，而鮮少江南湖海水色的投影。但這並非否定蔡松年詞作中「水」意象的出現，而是相較於出身江南的作者而言，如吳激，蔡松年詞作中廣闊江海的紀錄並不多見，且多以複合詞的型態出現，如「海山」、「雲海」等，而非專門指稱。此外，由蔡松年詞作中並無「舟」、「船」、「槳」等意象，亦可輕易辨別詞人所接觸的自然環境，是位於北方多山之地的。當然，蔡松年詞作中依然不乏「水」意象的出現，如「溪」、「泉」、「湖」等，但與「海」相較，大多爲範圍較小的「水」意象。

此外，與「山」、「水」一同出現的，尚有「月」、「煙」、「雨」、「雲」、「林」等意象。而值得一提的是，在這些自然意象出現之時，詞人的心情大多是愉悅舒坦、閒適自在的。

如：〈念奴嬌〉：「紫芝仙骨，<u>笑談猶帶山色</u>。」（《全金元詞》，頁10）

〈望月婆羅門〉：「晤語平生風味，<u>如對好江山</u>。」（《全金元詞》，頁14）

〈雨中花〉：「湖光玉骨，水秀山明，喚人妙思無邊。」（《全金元詞》，頁21）

〈漢宮春〉：「端好在、垂鞭信馬，小橋南畔煙村。」（《全金元詞》，頁14）

當然，若以「家山」等相關意象出現，難免勾起詞人懷鄉惆悵心情，而有「莫忘家山桑海變，唯有孤雲落日」（〈念奴嬌〉，見《全金元詞》，頁20）之語。

相對於上述不動的場景，動植物等自然意象的出現，則讓詞作顯得較爲活潑、生意盎然。就動物而言，出現的種類不多，其中以「鶴」最爲頻繁；植物方面，泛稱的「花」意象次數亦多，如就專稱而言，出現次數依序是梅、竹、松、菊。而以上四者，皆是隱逸之人或清高之士所喜愛而足以爲其代表的植物。由此亦可看出，搭配著「歸隱」

理想的設定，蔡松年所選用的意象也與主題所欲呈現的氛圍互相融合，而頗能呈顯出明秀山水帶給詞人的愜意風味。

2. 自我意象：透過型塑消極衰弱、麻醉逃遁的自我狀態，記錄當下的心境反應與變化

正因蔡松年善於在詞作中抒發自身感懷，是以我們不難從詞作中發現詞人自我書寫的身影，從而描繪出詞人所欲呈現的自我形象。關於在詞作中隱藏著深刻的自我意識，我們不得不提及首開風氣的蘇軾。也許蘇軾本人無意為之，但正是這種不經意寄寓自我形象及抱負於詞作中的意識型態，才能讓「以詞言志」的概念，得以付諸實踐。王保珍統計蘇軾詞中明寫「我」的詞共有 56 闋，未明著「我」字而實際上具有自我意識存在的詞作有 22 闋，如此，其詞中「我的抒寫」佔詞總數四分之一，這種比例在蘇軾當代及其前之詞家中不曾顯示過的。〔註60〕而由此檢視蔡松年詞作，其中明確以相關語詞指稱「我」的，約有 67 處，幾乎平均每闋即有 1 處「我」的出現。如此比例，甚至比蘇軾要高出許多，其自我意識的呈現，的確引人關注。但此點將於下一章討論，此處權且擱置。

既然不討論與「我」相關的語詞，那麼要如何探討蔡松年詞作中的「自我意象」？筆者發現，除了上述關於「我」的詞語使用，尚有許多詞語及其所構成的意象，足以反映蔡松年當下的心境與自我狀態。如對「衰老」狀態的描摹。相關的字詞有「老矣」、「老眼」、「老生涯」等。從詞作編年可知，許多「衰老」的意象出現於詞人尚處青壯年的時期；也就是說，詞人在實際上並非步入「老年」階段，卻在詞作中屢屢描繪自己「衰老」的樣態。可知，這並非因「齒牙動搖」所造成生理上的「衰老」感，而是詞人心裡未老先衰的「老態」形容。至於何以造成詞人心態的「衰老」？筆者以為應與詞人的身世背景相關。因為蔡松年在弱冠之際即遭逢國變，不得已入金後又被強迫仕金，如此突如其來的環境巨變與衝擊，深深影響了詞人的心理狀態。蔡松年在入金後也許一直都沒有調整好自己的心情，一直都陷在仕／

〔註60〕《東坡詞研究》，同註 12，頁 83。

隱、華／夷兩難的矛盾選擇中；但現實生活中卻容不得他躊躇猶疑，非得當下作出一個合宜的決定。不論在現實生活中，詞人究竟作了什麼決定，但對於一直矛盾對立的內心而言，在沒有完全準備妥當又被外界所逼迫驅使之下，扭曲變形，甚至迅速老化的情形是可以想見的。是以，詞作中亦常留下詞人對於時序轉換、節令風情，以及流年消逝而有情緒起伏的痕跡。然而，蔡松年並沒有因此興發濃厚沈重的幽怨哀傷；相反地，伴隨著「衰老」意象出現的，卻大抵是無可奈何的消極心態，或者跳脫自適的情緒轉移。

　　如：〈水調歌頭〉：「老生涯，向何處，覓莵裘。倦游歲晚一笑，端爲野梅留。」（《全金元詞》，頁 8）

　　〈驀山溪〉：「老眼倦紛華，宦情與、秋光似紙。」（《全金元詞》，頁 15）

　　〈滿江紅〉：「蕭閑老，平生樂。借秀色，明杯杓。」（《全金元詞》，頁 19）

　　〈念奴嬌〉：「老去浮沈唯是酒，同作蕭閑閑客。」（《全金元詞》，頁 15）

　　可知，關於自身如此的「衰老」心境，蔡松年是無奈消極的，屢屢表達其對當下仕宦的「倦游」情感；也可以是跳脫而閒適的，但前提要是能夠隱居於山光水色中，或者有酒相伴。

　　而詞人愛酒，除了效法古人先賢的飲酒之風，而足以爲清高閒適的代表之外，也有借酒澆胸中塊壘，甚至用以麻痺自己、顯露肆恣狂放心態的含意。

　　如：〈念奴嬌〉：「千里相思，欣然命駕，醉倒張園月。酒鄉堪老，紫雲莫笑狂客。」（《全金元詞》，頁 21）

　　〈人月圓〉：「不堪禁酒，百重堆按，滿馬京塵。」（《全金元詞》，頁 17～18）

　　〈臨江仙〉：「六年冰雪眼常寒，酒樽風味在，借我醉時看。」（《全金元詞》，頁 15）

〈念奴嬌〉:「感時懷古，<u>酒前一笑都釋</u>……<u>醉</u>裏誰能知許
事，俯仰人間今昔。」(《全金元詞》，頁 10～11)

「酒」與「醉」常是一體兩面，藉由飲「酒」而「醉」，能夠讓
詞人忘卻身在何處，發生何事，而暫時擺脫心裡的羈絆與束縛；詞人
也寧願藉此，一反平時謹言慎行、戒慎恐懼的態度，揮灑豪氣，甚至
癲狂玩世了。或許，無法坦然放下一切的詞人，正需要「酒」的中介，
才能讓自己步武六朝人物的風流恣肆吧！

綜上所述，可知由自身「衰老」的意象，可以向外延伸，使得「倦
游」、「酒」、「醉」等意象互相聯繫，而構築出詞人獨特而鮮明的「自
我意象」。

3. 冰雪冷寒意象：突破傳統作為「反美」意象的代表，呈現
令人欣愜喜愛的特質與型態

蔡松年詞作中最獨特且為前人所無的，即是設置大量的「冰雪冷
寒」意象。誠然，這與詞人半生皆身處金國有關，作為北國景物而寫
入詞中是可以被理解的；然而，正如趙維江所言：

> 傳統婉約詞中並非絕對沒有這類物象，大多都是作為一種
> 反美意象而出現，如「霜送曉寒侵被，無寐，無寐」、「佇
> 聽寒聲，雲深無雁影」等；在姜夔詞中表現了一種值得注
> 意的「冷幽」氣韻，這與詞人引入詩體筆法以就傳統詞體
> 纖弱之弊的作法有關，但在白石詞中，「冷」、「寒」一類字
> 眼，大多還是與「花」、「香」、「月」、「雲」這類意象聯繫
> 在一起，並沒有成為一種超越傳統的意境審美新質。在傳
> 統婉約詞中，「寒」、「冷」一般是作為一種「反美」意象出
> 現於作品中，而在蕭閒詞中，他們則被賦予了一種正面的
> 美質，並成為其詞作意境的一個特有的標誌。〔註61〕

在蔡松年以前，並非沒有文人長期處於北方土地上，並且加以創作；
然而，呼應著北國冷冽氣候，作者們呈現在文學作品中的，卻是因

〔註61〕趙維江《金元詞論稿》，同第一章註9，頁99。

「寒」、「冷」而造成的「悲」、「苦」情感，鮮少有蔡松年詞作中，對於冰雪冷寒等意象，所產生的欣愜喜悅之情，甚至給予反覆的讚嘆與歌詠。

　　如：〈水調歌頭〉：「醉語嚼冰雪，樽酒玉漿寒。世間樂，斷無似，酒中閑。冷泉高竹幽棲，佳處約淇園。」（《全金元詞》，頁9）

　　〈念奴嬌〉：「花底年光，山前爽氣，別語揮冰雪。摩挲庭檜，耐寒好在霜傑。」（《全金元詞》，頁10）

　　〈朝中措〉：「玉屏松雪冷龍鱗，閑閴倦游人。耐久誰如溪水，破冰猶漱雪根。」（《全金元詞》，頁16）

　　〈漢宮春〉：「呵手凍吟未了，爛銀鉤呼我，玉粒晨饡。六花做成蟹眼，鳳味香翻。」（《全金元詞》，頁14）

　　〈水龍吟〉：「九秋白玉盤高，夜來冷射銀河水。好風清露，碧梧高竹，駁駁涼氣。」（《全金元詞》，頁22）

　　〈水調歌頭〉：「東垣步秋水，幾曲冷玻瓈。沙鷗一點晴雪，知我老無機。」（《全金元詞》，頁7）

　　可見，「冰雪冷寒」等意象，經常洗滌蔡松年憂困煩擾的心胸，給予詞人冷清幽靜的感受；並促使詞人更進一步地對這些具有冰清意象的景物，投以注目憐愛的眼光，甚至擊節讚賞它們耐寒不屈的堅毅個性。

　　此外，蔡松年也常用這些意象，來形容他所欽慕的友人同僚，以標舉他們異於常人的品格氣度和神態。

　　如：〈水調歌頭〉：「神交一笑千載，冰玉洗雙眸。」（《全金元詞》，頁8）

　　〈望月婆羅門〉：「妙齡秀發，韻清冰玉洗羅紈。」（《全金元詞》，頁14）

　　〈朝中措〉：「十年鼇禁謫仙人，冰骨冷無塵。」（《全金元詞》，頁16）

由此可知，具有冰雪冷寒特色的事物，的確能引發蔡松年在美感方面的體會，並且進一步運用投射到人物樣態的形容上。是以據此而觀趙維江對於蔡松年此一特色的注目和評斷，可以說是極有見地的：

> 冰雪之物、冷寒之感成爲詞中的審美意象固然與北國的自然環境有關，但他更是詞人審美情趣的偏好所致。冰雪冷寒只是一種外在的自然現象，詞人之所以反覆歌詠之，是因其體現了他所追求的清爽之氣和剛健之風。〔註62〕

綜此而論，「冰雪冷寒」以及「清」、「秀」等意象，凝聚組合而成一更大範圍的清切舒爽的意境風格，使得蔡松年詞作的特色，在北國冷冽的土地上，愈發展現其一枝獨秀的生命光彩。

4. 色彩意象：雖心結始終未能消解，但不流於悲傷哀悽，故設色較為多元、繽紛

雖然背負著亡國的身世背景，又不得已投入異族的統治網絡，但綜觀蔡松年在詞作中呈現的情感，卻鮮少低沈幽怨的感傷音調，反而散發著灑然清新、時而放曠，時而剛健的詞風。尤其與吳激相比，蔡松年的詞作明顯多了心緒的調適轉換，而顯得明快、疏朗許多。且詞作中，「憂」、「愁」、「悲」、「苦」字眼與意象並不多見，反而是「歡」、「樂」、「笑」等詞語出現的次數較多。當然，這並非意指蔡松年的心境是喜悅歡樂的，而是詞人運用對某件事物的關注，如酒，如山水，來轉換胸中潛藏的積鬱與矛盾。亦即是，雖然蔡松年心中始終有難以化解的困苦愁緒，但是表現在詞作中，卻少見其直露地吶喊自身的憂愁和悲傷；反而用置身山林美景的閒適之態，寄寓詞人欲抽身塵世的想望來代替，或者可說是某種程度上，對內心矛盾的消解。是以，呼應著這般情緒，詞作中所呈現的色彩意象，並非濃豔深沈而灰暗，反而用多種清淡的顏色組合，描繪出舒適自在的景象。

由於著重在對自然的描寫，因此蔡松年詞作中，以綠色系的顏色

〔註62〕同上註。

最多，黃色與金色又分別次之。此外，尚有對紅色系、紫色、白色以及銀色的使用。

如：〈臨江仙〉：「夢裏秋江當眼<u>碧</u>，<u>綠</u>叢摘破晴瀾。」（《全金元詞》，頁 15）

〈水龍吟〉：「風物宜人，<u>綠</u>橙霜曉，<u>紫</u>蘭清夏。望<u>青</u>帘盡是，長腰玉粒。」（《全金元詞》，頁 13）

〈尉遲杯〉：「午香重，草<u>綠</u>宮羅淡。喜<u>銀</u>屏，小語私分，麝月春心一點。」（《全金元詞》，頁 24）

〈水龍吟〉：「<u>青</u>瑣窺韓，<u>紫</u>囊睹謝，屬狂年少。」（《全金元詞》，頁 23）

〈念奴嬌〉：「<u>黃</u>卷精神，<u>黑</u>頭心力，虎帳多閒日。」（《全金元詞》，頁 11）

〈怕春歸〉：「<u>橙黃紫</u>蟹醉琴書，容與。向他年、尚堪接武。」（《全金元詞》，頁 15）

〈水調歌頭〉：「不用悲涼今昔，好在西山寒<u>碧</u>，<u>金</u>屑酒光浮。」（《全金元詞》，頁 8）

〈江城子〉：「好風歸路軟<u>紅</u>塵，暖冰魂，縷<u>金</u>裙。喚取一天，星月入<u>金</u>尊。」（《全金元詞》，頁 25）

〈雨中花〉：「高會端思<u>白</u>雪，清瀾遠泛<u>紅</u>蓮。」（《全金元詞》，頁 22）

由上可見，蔡松年詞作中的色彩雖稱不上絢爛繽紛，光彩奪目，但卻用最真實溫和的顏色，點染了環繞詞人四周的尋常景物，呈現出一幅幅生動而可親的生活寫照。

至於色彩意象所呈現的含意，色彩學家認為：紅色系給人溫暖、熱情、歡快、活潑的感覺；黃色系則給人陽光、溫和、輕快、華貴之感；綠色系讓人感覺清新、涼快、舒適、愉快。〔註63〕而對綠色系的

〔註63〕鄒悅富《色彩的研究》（臺北：華聯出版社，1982 年），頁 38～39，

大量使用，林書堯則認為綠色可以「表達內心傷感凄惘的意緒。」
〔註64〕蕭水順則以為：

> 青色的環境，使人鎮定、沈靜，行動遲緩，心情祥和，稍
> 微有點寒意，所以王昌齡「忽見陌頭楊柳色，悔教夫婿覓
> 封侯」，杜甫……都可以感覺一股凄清在字裡行間輕輕流
> 盪。〔註65〕

據此檢視蔡松年詞作中的色彩意象，則不難發現何以詞作風格呈現
清新舒適、較為明快的感覺了。是以，我們不妨這樣看待蔡松年詞
作中為數較多的綠色意象與情感關聯：一方面，外在呈顯出來的是
對於山光水色，自然美景的嚮往與喜愛，而給予人清新、回歸的自在
感受；另一方面，根據綠色相對應於心理層面的反射，又可窺見蔡
松年藉此以暗喻自己內心身處的迷惘與困頓。此外，從「運動」的角
度來看：

> 紅色有向前逼近的情勢，青色則有後退性，所以李白「送
> 友人」是在「青山橫北郭，白水繞東城」的地方揮手而別……
> 「青色」後退而有別離之意，因為波長短，在眼球網膜前
> 面映像，感覺上就有離退的動作出現。〔註66〕

由此，則可以將「冰雪冷寒」的意象，與青綠色意象，以及詞作的主
題內容連接起來：因為蔡松年詞的主題大多是對山林歸隱與現世倦游
的抒發，是以將自身「退隱」、「離別」塵世的幽微心緒，藏匿於青綠
色的意象之中；而雖然標舉出了具有冰清特質的事物，卻並沒有使用
一貫的冷清黯淡色彩，反而使用了淡淡凄清愁緒的青綠色調，以象徵
自己沈著理智、又具清高仁善的人格特質。〔註67〕綜上所述，可知心

　　轉引自江姿慧《晏殊《珠玉詞》研究》（臺北：國立台灣師範大學國
　　文研究所碩士論文，2004 年 6 月），頁 111。
〔註64〕林書堯《彩色學概論》（臺南：力文出版社，1963 年），頁 102，轉
　　　　引自江姿慧《晏殊《珠玉詞》研究》，同上註，頁 112。
〔註65〕蕭水順《青紅皂白》（臺北：月房子出版社，1994 年 1 月），頁 24。
〔註66〕同上註，頁 26。
〔註67〕林書堯在《色彩學概論》（臺北：三民書局，1980 年 9 月 8 版）中，

緒與詞作意象有了緊密而不可分割的關係，也藉此促進了詞作成熟而蘊藉的藝術手法表現。

第三節　吳蔡詞作比較

一、主題內容

（一）身世家國之感

　　源於同遭國難、流落異域的背景，吳激與蔡松年在詞作中皆流露出對身世家國的興懷感慨。

　　與所處的北國酷寒之地相比，故國家鄉的風物理應呈現出歡欣愉悅、亮麗輕盈的景象與情意。如：「念蘭楫嫩漪，向吳南浦，杏花微雨，窺宋東牆。鳳城外，燕隨青步障，絲惹紫游韁。曲水古今，禁烟前後，暮雲樓閣，春早池塘」（吳激〈風流子〉，見《全金元詞》，頁6）、「秀樾橫塘十里香。水花晚色靜年芳。臙脂雪瘦熏沈水，翡翠槃高走夜光。　　山黛遠，月波長。暮雲秋影蘸瀟湘」（蔡松年〈鷓鴣天〉，見《全金元詞》，頁25）；但身為降臣俘虜，萬里飄零的愁緒卻縈繞詞人心頭，久久揮之不去，是以回頭反觀自身現下的處境，兩相對比，異國的景物也就顯得格外悲哀蒼涼。如：「高城。天共遠，山遮望斷，草喚愁生」（吳激〈滿庭芳〉，見《全金元詞》，頁4）、「水村秋入江聲，夢驚萬壑松風冷。」（蔡松年〈水龍吟〉，見《全金元詞》，頁22）

　　至於身世的感懷，則突出自己孤獨無依、驚疑懼怯的情狀。如：吳激〈瑞鶴仙〉：「羈旅餘生飄蕩，地角天涯，故人何許。」（《全金元

　　　　說明「青綠色是深海的色彩，有深遠、沈著、智慧等象徵……青色是很消極的色彩，表示沈靜、冷淡、理知、瞑想、未熟，象徵高深、博愛以及法律的尊嚴。我國古時稱為東方的色彩，表示仁善的意義，有氣魄，神聖的意思。同時也當服色用，古時賤人的服裝多用青色，不過，文人服用卻表示清高。」（頁90～91）

詞》，頁 6）、蔡松年〈小重山〉：「東晉風流雪樣寒，市朝冰炭裏、起波瀾」（《全金元詞》，頁 16）、〈水龍吟〉：「身似驚鳥，半生飄蕩，一枝難隱。」（《全金元詞》，頁 22）

此外，尚須注意的一點是：雖兩人均選用此一主題，但整體而言，吳激在這一方面的感慨較深，著墨的比例也大。而這樣的區別應該與吳激前半生均在江南生長、遊歷，以及吳激曾在宋徽宗朝中任官有關。也因此，吳激詞作中對於南方土地風物的描寫，也明顯多於蔡松年。這大抵是兩人同中有異之處。

（二）親友真摯之情

吳熊和曾言：「詞的社交功能與娛樂功能，在相當長的時間內，是同它的抒情功能相伴而行的。不妨說，詞是在綜合上述複雜因素在內的歷史背景下產生的一種文學——文化現象。」〔註68〕自從詞的抒情功能與言志功能相結合，就已大大拓展了題材的廣度；社交應酬功能的普遍和深化，則將詞的發展又向前推進了一步，而使詞體臻於成熟境界。詞的應酬交際功能，在蘇軾手中得以有所發展。就此點而言，蘇軾對詞體的開拓之功，不容忽視；但誠如趙維江所言，其詞作畢竟在整體上的寫實言志性仍不夠充分。至南宋初，詞才得以普遍地用於作者的社交生活。「與同時期南宋詞相比，在參與作者社會交際生活方面，吳蔡詞更為全面，也更為徹底。」〔註69〕因此，在吳蔡詞作中，我們不難發現與親戚友朋的往來交游作品，並且時時流露出詞人誠摯真切的情感與心緒。

吳激現存的十闋詞作中，即有兩闋詞序標明為「寄友人」之作。而詞作中對故友的思念與往日相處的情景，更是透過詞人筆端，輕易地呈現在文字之間。如〈滿庭芳〉：「千里傷春，江南三月，故人何處

〔註68〕吳熊和《唐宋詞通論・重印後記》（杭州：浙江古籍出版社，2004 年 3 月 8 刷），頁 455。

〔註69〕以上關於詞的社交功能，參見趙維江《金元詞論稿》，同第一章註 9，頁 93。

汀州」（《全金元詞》，頁 5）、〈瑞鶴仙〉：「思君意，渺南浦。會收身卻向，小山叢桂，重尋林下舊侶。」（《全金元詞》，頁 6）而蔡松年詞作中，與之相親，甚至構成其日常生活中重要的交游圈的親友，更是頻頻出沒於其詞作之中。蔡松年親友相關的詞作與資料，已在題材內容部分討論，此處不再贅述。但此處仍可對一現象加以關注：即蔡松年詞作中，未見親友出現的詞作比例，竟然只佔四分之一。蔡松年詞作中對社交應酬的重視，尤其是與之相近的親友，由此亦可見一斑。

（三）倦游隱逸之思

在論述了吳蔡兩人內容主題的相同點後，此處要突出的是兩人的相異之處。又由於吳激現存詞作不多，而大體上偏重在對故國的懷念與哀嘆身世零落之感，是以在蔡松年詞作中最突出的「歸隱」與「倦游」主題，在吳激詞作便難以得見。

同樣地，關於倦游隱逸之思，在上述內容題材中已有詳盡的論述，此處仍不再重複。但筆者欲藉趙維江對於金元詞「隱逸避世」的主體精神探討，從大時代背景以及詞體流變的觀點上，對蔡松年此一主題進行解讀。首先，趙維江以為：

> 從總體上看，金元詞壇上隱逸避世的吟唱較之於前代異乎尋常地高漲了起來，成了當時詞體創作的「主旋律」。雖然書寫隱逸避世的志趣是金元時代整個文學創作的主潮，但與其他諸種體裁相比，詞體文學這方面的轉向則最為顯著。〔註70〕

可知，若將蔡松年「倦游隱逸」之思置入金元大時代的洪流中檢視，則此一特質實與當世潮流暗合。而作為金詞起首的蔡松年，在詞作中集中而大量地歌詠這樣的情懷，則又不得不令我們視之為此一思潮的開端。此外，趙氏尚以為金元的隱逸主題，蘊藏了一種「反思」

〔註70〕趙維江《金元詞論稿》，同第一章註9，頁39。

的特質：

> 在短短一百五十年間，遼、北宋、金源和南宋幾個王朝相
> 繼在戰火中覆滅，在暴力和強權面前，人命猶似螻蟻，榮
> 華更如煙雲，社會的一切道德、公理和秩序，都變得毫無
> 意義。這嚴酷的現實，使士人不能不對其自身的價值追求
> ——永恆的「道」——產生懷疑，不能不引起他們對歷史
> 意義的追索和對人生價值的考問。〔註71〕

雖然蔡松年來不及見到金源王朝的滅亡，但遼國、北宋的相繼消逝
（尤其是後者），所帶給詞人的震撼與打擊，是我們難以估算的。
而這樣的情勢，與詞人所關注與傾心的六朝，又有著極為相似的時
空背景。是以，聯繫起蔡松年對於六朝人物的風流以及其高情遠韻
來看，則不得不驚訝於其雷同之處，而能輕易理解這樣的主體選擇
與其關連了。關於此點，趙氏似乎也有所體會，是以對此作了一個
結論：

> 構成金元詞基本主題的隱逸思想，實質上體現了一種個體
> 生命意識的覺醒和對自由天性的追求……在這一點上，金
> 元時代及其文學創作傾向頗類似於魏晉南北朝時期的時代
> 與文學，也正因如此，魏晉士人那種蕭散放逸的情懷，特
> 別是陶淵明的高情遠韻和嵇、阮的狂放不羈，受到了金元
> 詞人特別的青睞，這在作為金元詞開端的蔡松年的創作中
> 就已有十分明顯的表現。〔註72〕

準此，對於蔡松年詞作中內容主題的探究，可以完全地聯繫起來，成
為一有機且整體的架構，而非各自散落、斷裂的個體。由此亦可得見，
蔡松年在心境上的矛盾衝突，付諸於文字之後，竟然能如此妥貼熨
合，其作詞的功力與心思的縝密，的確堪為金詞的代表。而由以上三
點，亦呼應前文所提：兩人詞作除了抒情，言志的比例極高，而這正
是對蘇軾以來「以詞言志」的最佳繼承與拓展。

〔註71〕同上註，頁40。
〔註72〕同註71，頁43～44。

二、藝術手法

（一）形式

就形式上來看，吳蔡兩人在詞作上並無獨特誇張之處。而兩人在形式上的共同點，則是多用長調，佔總數的二分之一以上。〔註73〕此大抵為因應「以詞言志」，以及用來社交應酬的主題內容，而有意識地選用能容納更多文字的長調，以便於心緒的完整、適當吐露。

在擇調方面，吳激擇用 7 調，其中〈滿庭芳〉一調最多，共 4 闋；蔡松年共用 37 調，其中以〈念奴嬌〉最多，共 12 闋；〈水調歌頭〉次之，共 10 闋；再次為〈滿江紅〉與〈水龍吟〉，皆 7 闋。而以上所舉詞調，皆屬長調，可見兩人對長調的偏愛。此外，吳蔡最為人所讚賞推崇的，也幾乎都是長調，如吳激〈春從天上來〉（海角飄零）、蔡松年〈念奴嬌〉（離騷痛飲）等。這除了與長調適合詞人抒發己心迴轉曲折的情志之外，也與長調在句式結構與聲情安排上，容易展現擺盪開闔的錯落變化有關。至於詞調與聲情的關係，擬於下文「風格」比較處討論，此處權且擱置。

在形式上，蔡松年還有一個吳激所沒有的特點，即是蔡松年詞作中，附有詞序以說明作詞緣由的，佔了極高比例；其中，長篇巨帙而彷彿一篇美文的詞序，約佔五分之一，令人為之驚豔。趙維江在談到蔡松年詞的議論特色時曾提到：

> 蕭閑詞中這類議論化的抒情常與其序文中抒情化的議論和敘事相配合，共同完成言志寫懷的任務。詞有題序北宋初即出現，如張先、歐陽修等，至東坡、山谷始成常例，篇幅也漸長，有些序文已略具表情寫意的性質，如蘇詞〈哨遍〉（為米折腰）、黃詞〈鷓鴣天〉（西塞山前白鷺飛）等，

〔註73〕吳激所作小令有 2 闋，長調 8 闋；蔡松年小令 24 闋，中調 13 闋，長調 47 闋。此處關於詞作的分法，依清・毛先舒：「五十八字以內為小令，五十九字至九十字為中調，九十一字以外為長調」加以區分。

但基本上還是交代寫作緣起一類的簡單文字。這種附加性的題序到了蔡松年的手裡發生了本質的變化，他一躍而成了作品中與韻文相得益彰、互為發明的一個有機的組成部分，由此使詞滲入了更多的紀實與思辨的成分，在某種程度上呈現出一種亦詩亦文的特徵。〔註74〕

翻開《明秀集》，近二十闋篇幅較長的詞序，動輒長達兩三百字，這樣的情形是前所未見的；而詞序中對於各個不同面向的描寫記錄，則呈現了多樣化的面貌。除了交代寫作緣由，對親友生平的介紹與描述，彷彿一篇篇有味的人物小傳，與魏道明注文互相發明，一同成為記錄當代人事物的寶貴資料；而對於自身性格的坦露與分析，則在史料闕如的情況下，為我們提供了最為真實貼切的第一手資訊；自注年月的習慣，則為我們在為作品編年、詳列作者年譜時，有了可堪參考依據的憑藉。無怪乎趙氏對蔡松年的詞序讚譽有加：「清張金吾《金文最》收其詞序12篇，足見其獨立的審美價值。」〔註75〕

（二）用典

誠如前文所述，吳蔡兩人均善於鎔鑄前人詞語故實，以婉轉表達幽深曲折之意。而兩人在用典上所呈現的特色，即是對於蘇軾以來的用典風氣，拓展發揚地更為寬廣、普及。此外，兩人在典故出處的運用上，也開始漸向以往所少用的地方取材，如史部、子部典故，而使得語言風格呈現出較為硬朗、豪放的特質。

而兩人用典的相異處，則在吳激對唐代典故的引用較多；蔡松年則是跨越唐代，直尋所傾心的六朝。還有一點，即是吳激較偏向整體詞意的化用，頗有前人「集句」之風，如膾炙人口的〈人月圓〉（南朝千古傷心事），以及句句引用琵琶故實的〈春從天上來〉（海角飄零）。令人在對歷史故事給予興亡悲慨之感時，也深深領會吳激所要傳達，低沈幽怨的故國之思。但吳激在典故上，向豪放詞派靠攏的痕

〔註74〕趙維江《金元詞論稿》，同第一章註9，頁107。
〔註75〕同上註，頁108。

跡，依然不若蔡松年來的深遠和神似，因此仍著重在對唐人典故的徵引。蔡松年則不然，除了用典廣博，對史部、子部典故運用的深化，亦是造成其詞風與宋人極爲不同之因。而跨越唐人，直接徵引六朝典故，以及廣泛化用蘇軾語典，則是蔡松年詞作中極爲顯著的特色之一。詞例詳參前文。

　　而此處尚須討論的，則是吳蔡對於典故嫻熟運用，及其之所以如此的主體意識，是其來有自的。亦即，吳蔡善於用典的特色，是對於蘇軾及黃庭堅的繼承。從生長背景來看，吳蔡長成之時，正是蘇學興盛的時期，而蘇黃則是詩壇上的代表人物，吳蔡在學術與創作上，不可能不沾染其風，故有所學習與繼承；從作品本身檢視，亦不難發現蘇軾在題材境界、黃庭堅在技巧手法上的影響。就作品數量較多的蔡松年而言，在有宋一代的作家作品中，對黃庭堅的引用僅次於蘇軾。何況我們在蔡松年大量化用典故，加上己之新意而鎔鑄成詞的手法上，也可見到「奪胎換骨」、「點鐵成金」的用意與呈現。雖然金代中後期，以及南宋時期，都不約而同地對江西之弊痛加針砭，但在金初兩位詞人能夠廣泛學習宋代詩歌的作法以入詞，且無生硬刻意痕跡的這一意義上，我們不能不加以肯定，並在繼承宋代與開創金代詞風的此一面向上，給予其應有的地位。

（三）意象

　　吳蔡兩人在意象安排上的共通點，即是對於自然意象的重視。對蔡松年而言，自然界的諸多意象，組織成龐大而美好安適的場景，頻頻召喚引誘著詞人對山林的歸隱渴望；而對吳激來說，雖然沒有亟欲隱遁自然的想望，但是舉目所見以及記憶中的一花一草、明山秀水，卻也勾起了他對家鄉故國的懷念。此外，兩人對於意象營造最爲突出的特色，即在對於「冰雪冷寒」意象的使用，以及使得此類意象從傳統的「哀傷」與「反美」情調中，一變而成高雅風尚，而堪爲洗滌撫慰人心的正面積極特質。是以筆者以爲，趙維江所言即有見地：「這

種清剛之質的確構成了吳蔡體最顯著的藝術特色，即如那些傳統題材的作品也與舊日風貌有別。」〔註76〕誠然，若將兩人相比，吳激詞中此類意象確實不若蔡松年多；但即使在僅存的十闋作品中，我們仍可以見到散佈在其中，而閃閃發亮的「清冷高潔」之質。如：〈滿庭芳〉（誰挽銀河）整闋、〈木蘭花慢〉（敞千門萬戶）上片、〈訴衷情〉：「鷗似雪，水如天，憶當年」（見《全金元詞》，頁 4～5）等。至於蔡松年詞作中的大量引用，已見上文，此處從略。但尚須指出的一點是：「冰雪冷寒」意象固然與蔡松年詞中極為頻繁出現的「清靈」、「清剛」等「清」意象有所關連，但從蔡松年廣泛運用「清」字於人格特性的呈現，與對於平凡事物的描摹，不難看出蔡松年詞作中以「冰雪冷寒」以及「清靈毓秀」兩組意象相互滲透影響，以及交疊層構而成的意境與風格，完全支撐起蔡松年詞作的龐大體系，並因此使蔡松年詞作透顯出類似蘇軾一般的清朗高遠情致。

而兩人在意象上的相異之處，則在於吳激多用意象襯托己心沈鬱哀傷的情緒；蔡松年則多藉意象以組成一處清淨優美的山水樂園，可供詞人優哉游哉地置身其中，並且心靈澄徹而無掛礙。是以，即便是相同的景物意象，在兩人手中，亦將呈現出低咽深沈以及曠遠適愜，兩種不同的情感與風格。

三、風格

（一）疏俊清朗

吳蔡兩人詞作在當時既已被稱為「吳蔡體」，可見兩人在作詞觀念、藝術手法，以及整體風格上，必有其相似雷同之處。而兩人在風格上趨於一致的特點，則是呈現出「疏俊清朗」的詞風。

在吳激方面，整闋詞作堪為例證的，只有〈訴衷情〉（夜寒茅店不成眠）與〈滿庭芳〉（誰挽銀河）兩闋，但前者較偏「清朗」；若單

〔註76〕趙維江《金元詞論稿》，同第一章註9，頁99。

就詞句來看，〈木蘭花慢〉（敞千門萬户）上片（《全金元詞》，頁5）、
〈滿庭芳〉：「君知否，人間得喪，一笑付文楸。　　幽州。山傴寒，
孤雲何事，飛去還留。問來今往古，誰不悠悠」（《全金元詞》，頁4）、
〈瑞鶴仙〉（曉溪煙曳縷）上片，以及下片：「會收身卻向，小山叢桂，
重尋林下舊侶。把千巖萬壑雲霞，暮年占取」（《全金元詞》，頁 6）
等，亦予人清麗疏俊之感。

　　相反地，蔡松年詞作中所呈顯的「疏俊」、「清朗」的風味，則明
顯地多於吳激，足以代表蔡松年主體風格中最重要的一個面向。如
〈水調歌頭〉（東垣步秋水）、〈水調歌頭〉（空涼萬家月）、〈滿庭芳〉
（森玉筠林）、〈驀山溪〉（霜林萬籟）、〈臨江仙〉（夢裏秋江當眼碧）、
〈減字木蘭花〉（春前雪夜）、〈相見歡〉（雲開晚溜琅琅）等；其中，
〈水龍吟〉（九秋白玉盤高）、〈烏夜啼〉（一段江山秀氣）、〈漢宮春〉
（雪與幽人）、〈雨中花〉（嗜酒偏憐風竹）等，則較偏向「疏俊」一
類。

　　需要說明的是，吳蔡詞作中之所以能呈顯「疏俊清朗」的詞風，
除了作者本身情志個性的影響，尚與詞作中「冰雪冷寒」意象的大量
使用有關。正因爲著重描摹「冰」、「雪」、「玉」、「玻璃」等具有「清
冷明澈」特質的事物，因此所構成的意象與意境，便很難不被這樣的
氣氛所感染、滲透。而這樣的清俊的詞風，在某種程度上，亦可視之
爲對蘇軾作品風格的吸收與繼承。關於蘇軾詞風的論述，學者已有詳
盡豐富的探討，茲不贅言。〔註77〕

（二）哀婉幽深

　　「哀婉幽深」，乃是吳激詞的主體風格，也是與蔡松年詞風迥異
的一點。蔡松年詞中雖亦有悲感愁怨，但總是隱匿於疏曠的字句，或

〔註77〕如郭美美《東坡在詞風上的承繼與創新》（臺北：文津出版社，1990
　　年12月）一書中，即提到隨著蘇軾人生境遇的轉變，其詞作風格，
　　如「健朗」、「飄逸」、「疏雋」、「清逸」、「疏放」、「疏淡」等，也多
　　少與之相應而有所變化。頁103～176。

者消解於爽朗跳脫的情志之中。可以說，蔡松年的負面情緒，是零星散佈於字裡行間的。

　　但吳激則不同。源於對家鄉故國的深切懷念，詞人的筆調也就時時帶著悲戚愁苦，而用精鍊的字句表達曲折幽深的心緒。是以論者每言吳激詞，無不著重此一特色，而加以敷衍。如張師子良在《金元詞述評》一書中即言：

> 要之，彥高詞作不多，皆精美盡善；雖多用前人語，點綴鎔鑄之工，不減東坡、幼安，而情志時復過之。蓋以江左英才，流寓北地，初接深裘大馬之風；鄉國之痛，騷人之懷，一寄於詞，故能沈渾淒婉至此也，元遺山極稱其詞，洵爲知音。〔註78〕

陳廷焯《白雨齋詞話》卷三亦云：「金代詞人，自以吳彥高爲冠，能於感慨中饒伊鬱，不獨組織之工也。」〔註79〕可見，此一風格確實足以代表吳激詞的大體特色。此外，陶然在談到吳激詞沈渾哀婉的特質時，還分析了所以如此的原因：

> （吳激詞）非無哀苦抑鬱之音，但出之以蕭散和感嘆，不作激烈語。這種「哀而不傷」的含蓄思致，很大程度上是依賴於對前人成句的化用，而善於融化前人詩句，正是吳激詞的一大特色。這種手法本是北宋舊格，賀鑄、周邦彥諸人都是此中高手，吳激當是受他們的一定影響。在〈人月圓〉詞中，體現得十分明顯。〔註80〕

「哀而不傷」，指的是雖有眞實的憂愁情緒，發而爲文卻沒有淒苦而不能自持的表露，是愁怨作品中極高的標準。而陶然認爲吳激詞所以能「不作激烈語」，乃是因爲借用前人語句，概括而形象地表達了自身情感，因此顯得委婉鮮明，不著痕跡。可見，吳激善於用典的藝術手法，也強而有力地支持了其主體風格的呈現。

〔註78〕張師子良《金元詞述評》，同第一章註7，頁28。
〔註79〕《歷代詞話》，同第一章註1，頁1723。
〔註80〕陶然，同第一章註11，頁28。

　　若從詞調與聲情的關係上來看，也不難理解何以吳激詞總是充滿著婉轉抑鬱的情感。龍沐勛在《倚聲學》一書中，曾提及〈滿庭芳〉和〈木蘭花慢〉，是適合「表達清柔婉轉、往復纏綿情緒的長調」，因其「儘管句度參差，有了許多變化，但在運用聲律上，卻是牢牢掌握住近體詩的基本法則，從而它所構成的音節也就特別和諧悅耳」；〔註81〕而〈風流子〉的曲調組成，則因符合「奇偶相生」的和諧規律，故見掩抑低徊的恢張局勢，但運用對偶不及〈沁園春〉的疏宕跳脫，因此只能成為纏綿悱惻的淒調。〔註82〕以上所言的三種詞調，共佔了吳激詞作的半數以上，而作品所呈顯的情感，也與詞調本身的聲情非常吻合。由此亦可看出吳激深闇詞調與聲情的關係，及其藝術表現。

（三）爽逸放曠

　　蔡松年詞作除了呈現「疏俊清朗」的風格，還有一些充滿「爽逸放曠」情調的作品。這也是吳激詞作所無的風格。〔註83〕而所謂「爽逸放曠」的風格，實包括了一般所指稱的「豪邁宏大」的氣勢。而本文所以不用「豪放」指稱，乃因筆者以為蔡松年詞作中呈現的「豪氣」，與辛棄疾所代表的傳統豪放定義，有所差距。誠然，「豪氣」、「豪放」不見得非要與金戈鐵馬的內容相關；就蘇軾而言，更大程度乃在指涉其「以詩為詞」、將個人情志寫入詞中，以及開展以詞為社交工具的此一面向的意義。但是這些層面的相關問題，前文已有所探討，故此處僅就狹義、傳統的解讀加以論述。

　　筆者以為，蔡松年詞中的「豪氣」，則是較往「爽逸放曠」的格調靠近。因為作品中沒有如蘇軾一般，在現實基礎上的豪情想像：「會

〔註81〕龍沐勛《倚聲學》（臺北：里仁書局，1996 年 1 月），頁 29～30。
〔註82〕同上註，頁 56～57。
〔註83〕筆者以為，吳激詞中僅〈滿庭芳〉（射虎將軍）：「射虎將軍，釣鼇公子，騎鯨天上仙人。少年豪氣，買斷杏園春。海內文章第一，屬車從、九九清塵」幾句，較有豪放之氣。

挽雕弓如滿月，西北望，射天狼」（〈江城子〉）〔註84〕；也沒有辛棄
疾獻身沙場的親身經歷：「醉裏挑燈看劍，夢回吹角連營……馬作的
盧飛快，弓如霹靂弦驚。」（〈破陣子〉）〔註85〕蔡松年的豪氣，不過
是在醉中對歷史興亡所發出的感慨：「千古栗里高情，雄豪割據，戲
馬空陳迹。醉裏誰能知許事，俯仰人間今昔。三弄胡牀，九層飛觀，
喚取穿雲笛」（〈念奴嬌〉，見《全金元詞》，頁 10）；或是寄予友朋的
心緒抒發：「疇昔得意忘形，野梅溪月，有酒還相覓。痛飲酣歌悲壯
處，老驥誰能伏櫪」（〈念奴嬌〉，見《全金元詞》，頁 11），以及對人
物的神態舉止所散發的豪放氣質的欽羨與記錄，如：〈永遇樂〉（正始
風流）、〈滿江紅〉（玉斧雲孫）等。雖蔡松年仕金之後，曾擔任不少
與軍事相關職位，也曾隨軍遠征；但從詞人對自己性格的描述，以及
少數詞作中所呈現的心情來看，蔡松年對於軍事、征戰是相當厭惡排
斥的。即便是與軍事相關的書寫，也僅是對於場景的些許摹寫，如〈念
奴嬌〉：「飛雲沒馬，轉沙場疊鼓，三年寒食」（《全金元詞》，頁 21）、
〈水龍吟〉：「青鬢何人，鳳池墨客，虎頭飛將。聽前驅一夜，鳴珂碎
月，催笳鼓、作清壯。」（《全金元詞》，頁 23）見不到詞人對己身豪
情壯志的吐露，一方面與身世背景和宋金局勢有關，另一方面則應源
於詞人個性的偏向。也正因如此，蔡松年對於「豪放」情調的呈顯，
遂轉變成「爽致俊逸」、「曠遠放達」的偏向了。

　　至於蔡松年詞的「放曠」，其實與蘇軾的「曠達」亦有所差別。
其中的關鍵即在蔡松年自始至終，都是藉由對蘇軾人格氣度與思想心
境，隨著人生境遇的改變不斷修正、調適的過程，終而能擺落跳脫，
以達自我安適的理想典範，來消解融化己心的矛盾抑鬱，但卻未能成
功。亦即是，蔡松年期望自己能如蘇軾「也無風雨也無晴」一般灑然，

〔註84〕鄒同慶、王宗堂《蘇軾詞編年校注》（北京：中華書局，2002 年 9
　　　月），上冊，頁 147。
〔註85〕鄧廣銘《稼軒詞編年箋注》（上海：上海古籍出版社，1998 年 12 月
　　　3 刷），頁 242。

故而詞作中留下許多這般自我期許的痕跡，如〈水調歌頭〉：「不用悲涼今昔，好在西山寒碧，金屑酒光浮。老境玩清世，甘作醉鄉侯」（《全金元詞》，頁 8）、〈滿江紅〉：「平生友，中年別。恨無際，那容髮。蕭閑便歸去，此圖清絕。花徑酒壚身自在，都憑細解丁香結。儘世間、臧否事如雲，何須說」（《全金元詞》，頁 19）等；然若對其詞作加以檢視，則可輕而易舉地發現，橫亙於蔡松年心中的情節依然存在，並沒有因為忻慕蘇軾的自適，便真能同他一般進入「此心安處是吾鄉」的境界。這也就是何以蔡松年在「疏俊清朗」與「爽逸放曠」兩種詞風之外，還有少數作品呈現出較濃的「悲感」情懷。趙維江對這樣的心理變化，也有所分析：

> 我們在《明秀集》中所看到的則往往並非這種心靈痛苦的直接表述，而多是其蕭散曠達情懷的抒寫。按照現代心理學的解釋，這實際上是一種心理能量轉換的結果，也就是通過剝奪造成焦慮和壓抑的政治、道德等社會性心理機能的能量，由此達到一種適應於環境的新的心理平衡。無疑，東坡詞所表現的那種身處逆境卻能隨遇而安、超然物外的精神，為這種心理能量轉換的實現提供了一條有效的途徑。蕭閑詞中所展示的那種蕭散的風神和閑逸的襟懷，正是經由痛苦的心靈掙扎而達到的一種超脫「無悶」的精神境界。〔註86〕

由以上的論證，我們便不難體會，蔡松年在「離騷痛飲」的曠語之後，還會有「笑人生佳處，能消何物」，以及「嵬隗胸中冰與炭，一酌春風都滅」等「悲感」語句出現了。是以，蔡松年詞作雖然透發著「爽逸放曠」的情調，但與蘇軾的「曠達自適」仍有著實質意義與程度上的差別。但是就蔡松年承繼效法蘇軾作品中，清曠俊逸的一面，則亦應加以重視並予肯定才是。

〔註86〕見趙維江《金元詞論稿》，同第一章註9，頁89。

第五章 「吳蔡體」在詞史上的地位

　　在討論了吳、蔡兩人詞作內容及藝術手法上的特色，以及兩人的異同之後，最後筆者擬從詞體發展的角度，探究「吳蔡體」在詞史上所扮演的角色及其所應得到的位置。

　　根據第二章的定義，所謂「吳蔡體」，即指「由吳激、蔡松年兩人，在詞作中承繼蘇軾『以詩爲詞』的態度，以詞爲抒發個人情志、與人交往的工具，並呈現善於用典、風格清俊，而以冰雪冷寒意象爲美等特色的詞體。」但此處要指出的是，因爲就現存作品而言，蔡松年詞作的數量遠勝於吳激，因此在下文進行論述時，難免出現以援引蔡松年詞作爲主的傾向，此乃不得已的事實；而爲了避免過於突出蔡松年個別詞作的特色，筆者仍盡力將「吳蔡體」此一整體概念，置入廣闊的詞學洪流中加以檢視，以期眞實呈顯出「吳蔡體」的詞體意義，及其在當時和對後世的影響。

第一節　上承東坡，追隨詞體革新腳步

　　「吳蔡體」在詞史上的意義，不僅止於開啓金源詞壇的蓬勃創作風氣；筆者以爲，對詞體最大的影響，還在於直接繼承了蘇軾在詞體上改革新變的種種痕跡。是以，本文將「上承東坡」此一特色置於開頭，即欲凸顯其所佔份量與地位。以下即就蘇軾與「吳蔡體」的相同

及相關處加以論述，並從「作詞態度」、「詞體功能」及「詞作本身」三個面向進行分析。

一、作詞態度

關於蘇軾的作詞態度，已有許多學者前輩加以探討；其中，「以詩爲詞」的態度與手法，則是公認對提升詞體功能及地位的最大貢獻。是以，彭國忠在論述「元祐詞壇」的特徵時，也提出「以詩爲詞」的共同傾向，和「風格的多樣並存」，是元祐詞壇總體風貌的兩大突出表徵。〔註1〕彭先生接著並舉例證明時人及後人評蘇軾之詞，皆不離「以詩爲詞」的主題，故作出以下結論：

> 無論是他們（元祐詞家）自評，還是他人、後人評他們：無論是從肯定的意思出發還是寓含微詞，總是以詩爲參照系，以詩的標準衡量他們的詞，認爲他們的詞具有詩歌的特徵。今人對加於蘇軾身上的「以詩爲詞」每予辯護，但卻未曾注意到：「以詩爲詞」恰是東坡詞乃至元祐詞壇的一個客觀創作事實，是元祐詞的重要特徵之一，也是元祐詞壇對詞史的最大貢獻。元祐詞家打破詩詞各自固有的畛域，援詩入詞，增大了詞的題材容量，豐富了詞的表現手法和表現形式，擴大了詞的功能，將它從狹隘的藩籬中解放出來，賦予它以嶄新的生命。〔註2〕

可知，「以詩爲詞」已不僅是蘇軾一人的詞作特色，甚至發展爲元祐詞壇的風潮，其創新與影響可見一斑。而回過頭來看蘇軾的「以詩爲

〔註1〕彭國忠《元祐詞壇研究》，同第三章註30，頁44。

〔註2〕彭氏所舉例子如下：黃庭堅評晏幾道詞，曰：「寓以詩人之句法」；晁補之評山谷詞，曰：「著腔子唱好詩」；人評後山之詞，曰：「妙處如其詩」；評李之儀詞：「直是古樂府俊語」；評釋仲殊：「非世俗師僧比」；賀鑄自謂其作詞：「吾筆端驅使李商隱、溫庭筠，常奔命不暇。」（按：據王師偉勇〈賀鑄《東山詞》借鑑唐詩之探析——兩宋詞人借鑑唐詩之奇葩〉一文指出，賀鑄借鑑最多的唐詩人乃爲杜牧。但此處不影響「以詩爲詞」的論述。見王師偉勇《宋詞與唐詩之對應研究》，同第四章註16，頁311。）見《元祐詞壇研究》，同上註，頁44~45。

詞」，其內涵即在於「以作詩之法作詞」，因此能「以詞言志」，抒寫懷抱，使詞作與詞人結合成一有機的整體。綜觀「吳蔡體」詞作，亦呈顯出此一特色，是以下文將從幾個方面分別加以論證，以見「吳蔡體」確實接續了蘇軾「以詩爲詞」的作詞態度。

首先，因爲蘇軾「詞爲詩裔」〔註3〕的觀念，使得他可以在詞作中，如同在詩中一般，恣意抒發自己的情感志願、記錄生活點滴。以此檢視吳蔡詞作，則可發現兩人均熟練地將心中所思所感，藉由詞作表現出來。吳蔡相關詞作已於前文交代，此處略而不論。但這裡應補充一點，即是藉由兩人詩詞內容的參照，可看出兩人對於以詞爲「抒懷言志」的文學載體的逐漸側重。如吳激萬里飄盪，不能歸鄉的心情，在詩中僅見以下幾句：

〈歲暮江南四憶〉之一：「驛使無消息，憶君清淚頻。」（《中州集》冊一，頁53）

〈歲暮江南四憶〉之二：「天南家萬里，江上橘千頭。夢繞閶門響，霜飛震澤秋。秋深宜映屋，香遠解隨舟。懷袖何時獻，庭闈底處愁。」（同上）

〈歲暮江南四憶〉之三：「吳松潮水平，月上小舟橫。旋斫四腮鱠，未輸千里羹。擣薤香不厭，照箸雪無聲。幾見秋風起，空悲白髮生。」（同上）

〈秋夜〉：「年去年來還似夢，江南江北若爲情。」（《中州集》冊一，頁54）

但在詞中，幾乎每闋都能見到其懷鄉愁思，並且比詩作刻畫地更加哀婉深切。是以陶然認爲：「吳激詩中這種深沈的故園之念，遠不如他在詞裡面表達得那麼直接、那麼真切動人。」〔註4〕至於蔡松年

〔註3〕蘇軾〈祭張子野文〉：「清詩絕俗，甚典而麗。搜研物情，刮發幽翳。微詞婉轉，蓋詩之裔。」見孔凡禮點校《蘇軾文集》（北京：中華書局，1986年），冊5，頁1943。

〔註4〕陶然《金元詞通論》，同第一章註11，頁285～286。

在詩中抒寫情志懷抱的比例，雖較吳激高，但將詩詞兩相對照之下，仍可發現蔡松年詩中表達的志向，在詞中亦時時可見。如同寫為官倦游、早歸山林的懷抱，詩中呈現的是直率坦露的敘述：「山英知我宦游心，為出清光慰枯槁。可憐歲月易侵尋，慙愧山川知我心。一行作吏豈得已，歸意久在西山岑」（〈晚夏驛騎再之涼陘，觀獵山間往來，十有五日，因書成詩〉，見《中州集》冊一，頁57）、「不堪行作吏，萬累方營營……拄煩西山語，適意千里羹。塵土走歲月，秋光浮宦情」（〈漫成〉，見《中州集》冊一，頁57）、「歸田不早計，歲月易云徂……簿書欺俗吏，繩墨守愚儒。安得知稽阮，相從興不孤」（〈閒居漫興〉，見《中州集》冊一，頁60）；詞作中則偏向心境描摹及山水優美景色的鋪陳：「我久紛華戰勝，求五畝、鶴骨應肥。青篷底，垂竿照影，都洗向來非」（〈滿庭芳〉，見《全金元詞》，頁13）、「釣舡篷底，閒殺煙蓑輩。老眼倦紛華，宦情與、秋光似紙。幽棲歸去，梧影小樓寒。看山眼，打窗聲，莫放頹然醉」（〈驀山溪〉，見《全金元詞》，頁15）、「好在蕭閒桂影，射五湖、高峯玉潤。木犀宜月，生香浮動，玻璃吸盡。准擬餘年，箇中心賞，追隨名勝」（〈水龍吟〉，見《全金元詞》，頁22）。

其次，蘇軾詞中不論何種主題皆「有我」，屢屢展現的自我意識，也證明了詞乃蘇軾生活中的一部份，如詩一般地參與了詞人的活動作息，促使蘇軾獨特個性得以呈現。王保珍即云：

> 如鄭騫先生所說，東坡詞最大的特點是有作者自己，我們只要翻東坡詞集一次，「我如何如何」「老夫如何如何」就一個一個躍入眼簾。處處在說明他個人「內在要求的實質」與對「外在現實」所採取的原則與態度。〔註5〕

是以王保珍稱呼這樣的現象為「我的抒寫」，並視之為蘇軾詞作的最大特色之一。〔註6〕王兆鵬也給予這樣的創作手法一個新的稱呼──

〔註5〕王保珍《東坡詞研究》，同第四章註12，頁77。
〔註6〕同上註，頁83。

即「東坡範式」，並認爲其最主要的特徵是：「著重表現主體意識，塑造自我形象，表達自我獨特的人生體驗，抒發自我的人生理想和追求。」〔註7〕正因其中有詞人的自我身影，才能使得詞作顯得眞切感人而饒富情味，不再只是空泛的代人擬言，或者流於文字的堆砌。故王保珍對蘇軾詞中凸出的自我書寫，作了一個頗爲精確的結論：

> 詞到極則，又何嘗不是抒寫自己胸襟。以上七十餘首詞中都帶著濃烈的主觀意識，作者與作品之間有極爲密切的「血緣」關係。作者無處不在表現自己，甚至重重疊疊，說了又說。讀別家的詞，是欣賞作品，讀東坡的詞，則彷彿面對著活生生的作者，同時也使人，感覺到作者識盡天下的艱辛與甘美，而以一顆赤誠的心面對著千變萬化複雜的人間世……蓋東坡爲至誠之人，於詞作中能盡己之性，自然地引起讀者的共鳴。〔註8〕

同樣地，「吳蔡體」在此一面向上，也出現了承繼蘇軾的特色，不經意地將自我意識傾注於詞作之中。在第四章已提過，蔡松年詞中幾乎闋闋有「我」；而吳激詞中，明確有「我」的共3闋，而未明著「我」但存在自我意識的，則幾乎涵蓋了全部詞作。由此可見，從蘇軾到吳蔡，這樣書寫自身的概念已逐漸增強，呈現出詞人對詞體的重視，以及詞體地位的提升。

兩人詞作中，明確有「我」的作品，如：

吳激〈訴衷情〉：「到家應是，童稚牽衣，笑<u>我</u>華顚。」（《全金元詞》，頁4）

吳激〈滿庭芳〉：「坐上淋漓醉墨，人人看、<u>老子</u>掀髯。」（《全金元詞》，頁5）

蔡松年〈減字木蘭花〉：「招<u>我</u>吟魂，教卷澄江入酒樽。」（《全金

〔註7〕王兆鵬《宋南渡詞人群體研究》（臺北：文津出版社，1992年3月），頁176。

〔註8〕同註5，頁88。

元詞》，頁 16）

蔡松年〈雨中花〉：「寄謝五君精爽，摩挲森碧琅玕。簡中著<u>我</u>，儲風養月，先報平安。」（《全金元詞》，頁 12）

蔡松年〈洞仙歌〉：「竹籬茅舍，本是山家景。喚起兵前倦游興。地牀深穩坐、春入蒲團。天憐<u>我</u>，教養疎慵野性。」（《全金元詞》，頁 14）

蔡松年〈念奴嬌〉：「<u>老子</u>陶寫平生，清音裂耳，覺庾愁都釋。淡淡長空今古夢，只有此聲難得。」（《全金元詞》，頁 20）

蔡松年〈水龍吟〉：「佳世還丹，坐禪方丈，草堂蓮社。揀雲泉、巧與<u>余</u>心會處，託龍眠畫。」（《全金元詞》，頁 13）

而未明著我，卻有詞人隱身其中的，如：

吳激〈滿庭芳〉：「柳引青烟，花傾紅雨，老來怕見清明。欲行還住，天氣弄陰晴。」（《全金元詞》，頁 4）

吳激〈木蘭花慢〉：「長安底處高城，人不見，路漫漫。歎舊日心情，如今容鬢，瘦沈愁潘。幽歡。」（《全金元詞》，頁 5）

蔡松年〈滿江紅〉：「底事年來常馬上，不堪齒髮行衰缺……平生友，中年別。恨無際，那容髮。蕭閒便歸去，此圖清絕。」（《全金元詞》，頁 19）

蔡松年〈怕春歸〉：「飄蕭鬢綠，日日西風吹去。夢頻頻、蕭閒風土。」（《全金元詞》，頁 15）

以上四闋，雖不見對自身的指稱，但如「老來」、「怕見」、「人不見」、「歎舊日心情」、「齒髮衰缺」、「夢頻頻」等描寫及舉動，其主詞皆是作者自己，是以雖不言明而作者的自我身影卻依然可見。是以，對吳蔡而言，「明朗」的自我觀念已不足以指稱、呈顯其特色；筆者以為，就如此頻繁的自我書寫而言，「吳蔡體」所呈現的，則是存在著「尋常」而「普遍」的自我意識。

二、詞體功能

由於詞人對作詞態度的轉變，使得詞體所發揮的功能相對地提高，並得以向多方面拓展。也就是說，在蘇軾之後，詞體從本來只在歌舞筵席上的「小道」、專寫兒女私情的軟紅香豔，轉變而為堂堂正正的「士大夫詞」，可以用來與人應酬交際、記錄生活上的點滴。關於詞的交際功能，蘇軾以前並非沒有，但往來對象與作品內容卻大不相同，在比例上也只是少數。蘇軾以後的應酬交游詞作，大多是與自己相熟的親戚友朋，是以在情感的深度和己身境遇的內容上，也就顯得與詞人息息相關，而頗為親切有味。此外，用以書寫生活上所遭遇的人事物，也使得詞作在題材上，吸取了更多前所未有的內容，從而豐富、充實了詞作的實際意義。如以詞記錄出獵情景、農村生活，或者描摹聚會品茗、旅遊感懷的情狀，使得「無事不可入詞」，而大大增加了詞的實用性。

對應於吳蔡詞作，根據第四章的論述可以得知，在以詞作為與人交游往來的功能上，較之蘇軾已有大幅度的進步，此處不再贅述；而內容題材上，也大抵不出以上範圍。彭國忠在歸納了元祐詞人詞作主題的新變時，認為對妻子的情感寄寓與描摹、對飲茶文化的敷寫、對詠物詞的開拓與主體的特出等，皆開啟了詞壇創作的新境界。〔註9〕無獨有偶，這些新開發的題材，在蔡松年詞作中皆有例子以為證。如：〈滿江紅〉（春色三分）、〈聲聲慢〉（清蕪平野）兩闋，即是寫給妻子的作品。而不論是前闋的祝壽或後闋因公在外而思念妻子，均可見蔡松年與其妻的深厚情感，並凸出妻子溫柔敦厚、善體人意的賢淑形象。至於茶詞的創作，蔡松年詞中僅〈好事近〉一闋標明「詠茶」，但在其餘詞作中仍不時可見「茶」的出現，如：〈西江月〉：「茶聲破睡午風陰，不用涼泉石枕……歸時團月印天心，更作逃禪小飲」（《全金元詞》，頁 18）、〈漢宮春〉：「六花做成蟹眼，鳳味香翻」（《全金元

〔註 9〕彭國忠《元祐詞壇研究》，同註 1，頁 107～153。

詞》，頁 14）、〈石州慢〉詞序：「毛澤民嘗九日以微疾不飲酒，唯煎小團，薦以菊葉，作俏茶樂府……而前此二日，左目忽病昏瞖，不復敢近酒盞。癡坐亡聊，感念身世，無以自遣，乃用澤民故事，擬菊烹茶，仍作長短句，以石州之音歌之」及詞作：「獨詠竹蕭蕭，者雲團風葉」（《全金元詞》，頁 13）等。而彭國忠所歸納的元祐茶詞的內容與特點，如描摹茶的外形、烹煮時的情狀、茶對詞人的功用（如滌除煩憂），甚至是一雙女性「纖纖玉手」的出現，都可在這些為數不多的詞作中見到。雖然以上無法直接比附兩者的關係，但由此判斷元祐詞人對詞壇的影響，以及吳蔡對元祐詞人加以學習、接受，始能有如此相似的詞作情形呈現，則大抵是不錯的。當然，我們更不能忽視對於作為元祐詞壇盟主、開風氣之先的蘇軾詞作，所留下的深遠影響。由上述可知，「吳蔡體」在詞體功能的應用和拓展上，仍然扮演了承先啟後的角色。

三、詞作本身

蘇詞對詞作本身的新變，可從詞序〔註 10〕、用典、意象、風格等方面來談。蘇詞在詞作中喜用詞序來說明作詞緣由與記錄相關事物的特色，是眾所皆知的。其中，某些詞序的篇幅較長，也是蘇詞的特色。方元珍以為：「東坡作詞，多於調下賦予一題，雖敦煌曲詞中詞題已大量存在，唐五代文人詞中亦偶有所見；惟詞題加長，大量如同詞序般的使用，則確實始自東坡。」〔註 11〕詞序篇幅拉長，可以把事物交代的更為清楚，甚至還有詞人當時的感懷在其中，是以在某種程

〔註10〕 此處所謂「詞序」，係指詞調以下，詞作內文以上，用來交代作詞始末或說明緣由的文字。也就是包括一般所指稱的「詞題」與「詞序」。施蟄存先生以為：「『詞序』其實就是詞題。寫得簡單的，不成文的，稱為詞題。如果用一段比較長的文字來說明作詞緣起，並略微說明詞意，這就稱為詞序。」見施蟄存《詞學名詞釋義》（北京：中華書局，2004 年 1 月 3 版），頁 95。

〔註11〕 方元珍〈論東坡「以詩為詞」與稼軒「以文為詞」〉，收入《空大人文學報》（2000 年 1 月）第 4 期，頁 24。

度上也促進了詞作的「言志」特性，並使詞序與詞作內容得以互相參
照，增加「表意」的完整性。這樣的特色在蔡松年詞中尤其顯目。第
四章曾提及，清‧張金吾《金文最》〔註12〕收蔡松年詞序 12 篇，故
可證明這些詞序有其獨立的審美價值。此處要再補充的是，既然張金
吾以「文」為收錄標準，則將蔡松年詞序編入其中，表示在他的眼中，
蔡松年這些詞序即使單獨來看，也稱得上是流暢的美文，此即上述的
「獨立的審美價值」。此外，就收入於《金文最》第十九至二十三卷
的「序」來看，大抵皆是置於書前的總序，而非我們所指稱的「詞序」。
綜觀這五卷中的作品，以「詞序」被收入而與其他書的「總序」並列
的，只有蔡松年、元好問與白樸三人而已。這樣的現象除了證明以上
三人在金元詞壇的地位之外，更顯示出三人詞序可和一般散文相提並
論的藝術水準。若再將範圍縮小至三人被選入的詞序，元好問有 4 闋
作品入選，白樸則有 5 闋；與蔡松年的 12 闋比較起來，蔡松年在詞
序上的功力似乎更勝一籌。而就三人的詞序篇幅來看，元好問與白樸
兩人皆是短小精鍊，不如蔡松年的長篇巨製。從以上兩點即可得見，
蔡松年詞序在當時，甚至是後世的獨特面貌與價值。至於蔡松年詞序
的內容，大多以記敘作詞背景、當時生活遭遇，以及心境轉折為主，
並偶而提及與之相親的友人生平與個性，與詞作內容互為表裡，深具
參考價值。以下節選兩篇為例：

> 余始年二十餘，歲在丁未，與故人東山吳季高父，論求田
> 問舍事。數為余言，懷衛間風氣清淑，物產奇麗，相約他
> 年為終焉之計。爾後事與願違，遑遑未暇……余既沈迷簿
> 領，顏鬢蒼然，倦游之心彌切。悠悠風塵，少遇會心者，
> 道此真樂。然中年以來，宦游南北，聞客談簡中風物，益
> 詳熟。頃因公事，亦一過之。蓋其地居太行之麓，土溫且
> 沃，而無南州卑溽之患。際山多瘦梅修竹，石根沙縫，出
> 泉無數，清瑩秀澈若冰玉。稻塍蓮蕩，香氣濛濛，連亙數

〔註12〕清‧張金吾《金文最》（臺北：成文出版社，1967 年 8 月）。

十里。又有幽蘭瑞香，其他珍木奇卉。舉目皆崇山峻嶺，
煙霏空翠，吞吐飛射，陰晴朝暮，變態百出，真所謂行山
陰道中。癸酉歲，遂買田於蘇門之下，孫公和邵堯夫之遺
跡在焉，將營草堂，以寄余齡。巾車短艇，偶有清興，往
來不過三數百里。而前之佳境，悉為己有，豈不適哉？但
空疏之迹，晚被寵榮，叨陪國論，上恩未報，未敢遽言乞
骸。若僶勉駑力，加以數年，庶幾早遂麋鹿之性。(〈水龍
吟〉，見《全金元詞》，頁12)

曹侯浩然，人品高秀，玉立而冠。其問學文章，落盡貴驕
之氣，藹然在寒士右。惜乎流離頓挫，無以見於事業。身
閑勝日，獨對名酒，悠然得意，引滿徑醉。醉中出豪爽語，
往往冰雪逼人，翰墨淋漓，殆與海岳並驅爭先。雖其平生
風味，可以想見。然流離頓挫之助，乃不為不多。東坡先
生云：士踐憂患，焉知非福，浩然有焉。老子於此，所謂
興復不淺者，聞其風而悅之。念方問舍於蕭閑，陰求老伴。
若加以數年得相從乎？林影水光之閒，信足了此一生。猶
恐君之嫌俗客也，作水調歌曲以訪之。(〈水調歌頭〉，見《全
金元詞》，頁7)

前闋旨在抒發對懷衛之間秀麗山水的嚮往與憧憬，加以前朝風流人物
與豪傑之士在此卜居的背景，使得蔡松年亟欲掙脫官場的羈絆，悠遊
於自然的懷抱之中。但是迫於現實，他仍然無法即刻歸隱，成全本有
的疏慵野性，是以應友人之邀，而寫下這闋作品以表明自己心志。後
闋則是對其好友曹浩的描寫，除了風姿神態，還融入了自己對他的欣
賞之情，足以顯示兩人心期極為相得的情誼。其中還抒發了對人生的
感慨，並有些許議論性質的文字出現，與蔡松年在詞作中夾敘夾議的
方式相吻合。

　　在用典方面，蘇軾以其廣博的學識為基礎，筆端總是不經意地流
瀉出消化古人思想、詞句後，再經由自己反芻所得的結晶；是以每每
能化用成語故實於無形，並且與自己所要表達的意義相熨合。除了廣

泛而頻繁的用典，蘇軾為了意義的完整與妥貼，不避使用經、史、子部的典故，而使得詞作有豐富、典型的內涵加以支撐，呈顯出較為豪闊硬瘦的風格。同樣地，吳蔡兩人亦是善用典故的高手，從前文的分析即可得知，兩人在典故使用的數量，以及更加集中地援引史部、子部的故實，同樣是在繼承蘇軾的前提上，又往前邁進了一步。而在意象的部分，除了對自然景物的大量描繪，蘇軾與吳蔡之間另一個有趣的聯繫，即是「冰雪冷寒」等清透、清靈意象的組成。前文已提及，「冰雪冷寒」的意象，到吳蔡手中才以一種美質的形象出現，但這並不表示蘇軾作品中的「冰雪冷寒」意象少見。雖然蘇詞中的「冰雪冷寒」意象，不見得都是「美」得令人「欣喜」，且大部分仍以其本質所給予人們「孤單」、「冷清」的感受為主；但就吳蔡詞中對蘇軾作品的頻繁援引，以及對其「清逸」詞風的繼承來看，吳蔡詞作中「冰雪冷寒」的意象，最初即有可能脫胎於蘇軾作品之中。

至於風格，蘇軾的詞風向來是不拘一格，有婉約細緻、清麗可人，亦有豪放壯闊、疏朗曠達的部分。正因為這樣多樣化的詞作風格，使得蘇詞得以孕育出哀婉深致、清新俊朗、爽逸放曠的吳蔡詞風。誠如前文所述，吳蔡各有其特出的詞風，但共同繼承自蘇軾的，則是「爽逸放曠」的部分。當然，除了對蘇軾的學習繼承、吳蔡兩人本身的性格偏向之外，我們也不應忽視北方山川所給予詞人的影響。鍾振振在《論金元明清詞》一書中指出：

> 北國氣候乾烈祁寒，北地山川渾莽恢闊；北方風俗質直開朗；北疆聲樂勁激粗獷。根於斯，故金詞之於北宋，就較少受到柳永、秦觀、周邦彥等婉約詞人的影響，而更多地繼承了蘇軾詞的清雄伉爽。金人即賦兒女情、記艷游事，亦往往能寓剛健於婀娜，譬若燕趙佳人，風韻因與吳姬有別；至其酒酣耳熱，擊壺悲歌之際的激昂慷慨，不問可知。他們學蘇，縱然未能達到東坡詞鍾灝瀚流轉的地步，卻也寫出了一些骨重神寒如蒼岩桂樹的作品，如若從金詞中摘出一二語道其品，則「胭脂雪瘦薰沈水，翡翠盤高走夜光」

（蔡松年〈鷓鴣天・賞荷〉）云云，庶幾乎彷彿。〔註13〕

正是因爲金與南宋各據一方，在南北氣候景物有所不同的情況之下，致使同樣繼承了蘇軾詞風，卻分別走出了兩種不同的道路。如同歷史上南北分治的時代一般，國情不同，環境相異，便直接影響了文學發展的面貌與走向。趙維江亦指出：「『吳蔡體』並不是對東坡體簡單的因襲模仿，它胚胎於東坡體，而長成於北國土壤與氣候之中，它融入了金源士人對生活獨特的感受和理解，體現了一個時代審美觀念嬗變，又有著許多異於東坡體的新質。」〔註14〕倘若「吳蔡體」僅止於對蘇軾詞作的模擬與仿效，那麼就不可能獨立成「體」，而應該湮沒於蘇學蘇詞的廣大洪流中；更不可能開展金源一代的詞風，甚至影響辛棄疾與豪放詞派的發展。這也是我們在對蘇軾與吳蔡作一繫聯的同時，所應特別注意的地方。

此處還要提及一點，即是蘇軾在詞中所表現的議論成分。源於蘇軾的善於轉化、自我調適，以及佛道思想的長期浸濡，使得蘇詞中總是可見從低谷中經過幾番思量，而不斷緩慢向上攀升的心路歷程；或是對於現實事物的擺盪跳脫，所生發出有別於一般理路的另類思維。王水照便以爲，「承認人生悲哀而又力求超越悲哀，幾乎成了他的習慣性思維。」〔註15〕也就是說，蘇詞中並非全是欣喜自適的情感，當遭遇挫折困境時，悲哀愁苦的情緒在「以悲哀爲美」的詞作中依然可見；但是在抒發悲感之後，那些晶瑩而閃耀著詞人沈澱過後的哲思，卻總是能夠呈現灑然自適的開闊心態。而蘇詞的議論成分，則大多表現在以上兩種面向中。如：〈水調歌頭〉：「不應有恨，何事長向別時

〔註13〕轉引自趙維江《金元詞論稿》，同第一章註9，頁96～97。

〔註14〕趙維江《金元詞論稿》，同第一章註9，頁62。

〔註15〕王水照《蘇軾論稿》（臺北：萬卷樓圖書有限公司，1994年12月），頁78。此外，王先生還歸納出蘇軾在遭遇人生挫敗時的心境轉折，大抵呈現「喜──悲──曠」的變化過程。而在歷練越多，心境越趨成熟後，此三步驟的轉化也越來越快。亦即，當遭遇磨難，蘇軾也能在最短時間內，將自身情緒轉化成曠達自適的灑然境界。見頁87。

圓。人有悲歡離合，月有陰晴圓缺，此事古難全。但願人長久，千里
共嬋娟」〔註16〕、〈永遇樂〉:「燕子樓空，佳人何在，空鎖樓中燕。
古今如夢，何曾夢覺，但有舊歡新怨」（《蘇軾詞編年校注》上冊，頁
247）、〈滿庭芳〉:「蝸角虛名，蠅頭微利，算來著甚乾忙。事皆前定，
誰弱又誰強。且趁閒身未老，儘放我、些子疏狂。百年裏，渾教是醉，
三萬六千場」（《蘇軾詞編年校注》中冊，頁 458），以及極富盛名的
〈念奴嬌〉:「故國神遊，多情應笑我早生華髮。人間如夢，一尊還酹
江月」（《蘇軾詞編年校注》中冊，頁 398～399）等。議論的產生，
除了表明詞人擁有明澈細緻的思維之外，也與上述「以詩為詞」的概
念有關。正因為詞作不再只是描寫男女情愛的產物，是以在詩作中可
以抒發申論的心志感慨，也相同地可以呈現在詞中。而吳蔡詞作在這
一點上，也可明顯見到議論的痕跡。如吳激〈滿庭芳〉:「君知否，人
間得喪，一笑付文楸……問來今往古，誰不悠悠」（《全金元詞》，頁
5）、蔡松年〈念奴嬌〉:「人事長短亭中，此身流轉，幾花發花殘」（《全
金元詞》，頁 10）、〈念奴嬌〉:「夷甫當年成底事，空想嵓嵓玉璧」（《全
金元詞》，頁 10）、〈滿江紅〉:「儘世間、臧否事如雲，何須說」（《全
金元詞》，頁 19）等。也正因融入了些許議論，使得「吳蔡體」在詞
作風格上，呈顯出較為清剛放闊的氣勢。

　　最後，筆者欲將蘇軾與蔡松年皆有，而吳激所無，卻與辛棄疾相
關的特點，作一補充。雖然本章以「吳蔡體」為考量，但前文已提及，
吳激現存作品不多，是以在這樣的限制之下，蔡松年詞作中所呈現的
多種面目與特點，在吳激詞中較難發現。然而，若就蘇辛之間的過渡
與橋樑角色來看，蘇、蔡、辛三人所同有的特點，似乎又不應忽略，
故筆者擬於此處加以論述。而與辛棄疾有關的論述，將置於下節討
論，此處暫從略。

〔註16〕鄒同慶、王宗堂《蘇軾詞編年校注》上冊，同第四章註84，頁174。
　　　　本文所引蘇軾詞作皆出自此書，下文僅於引文後標注書名及頁碼，
　　　　不另行加註。

　　首先是蘇詞中對於自己「疏慵懶慢」個性的描寫。如〈一叢花〉：「衰病少情，<u>疏慵自放</u>，情愛日高眠」（《蘇軾詞編年校注》上冊，頁154）、〈南鄉子〉：「搔首賦歸歟。自覺功名<u>懶更疏</u>。若問使君才與術，何如。占得人間一味愚」（《蘇軾詞編年校注》上冊，頁243）、〈行香子〉：「問公何事，不語書空。但一回醉，一回病，一回<u>慵</u>」（《蘇軾詞編年校注》下冊，頁 862）等。當然，除了本身性格的催迫，現實環境所造成的心緒轉換，也引誘詞人書寫出如此情懷。由以上引文可以看出，因爲仕途並不安穩順遂，致使蘇軾生發了自己與世不合的感慨，轉而歸咎於自身個性的疏懶愚昧，亟欲辭官歸隱，放縱己身於恬淡自然的山水之中，以遂其性。極爲相似地，蔡松年在詞中亦不斷凸出自己「殆與性成」的「懶慢之僻」（〈雨中花〉詞序，見《全金元詞》，頁 11），以及不受羈縛的「野情」、「野性」。如：〈滿江紅〉：「深樾不妨清吹度，<u>野情</u>自與游魚熟」（《全金元詞》，頁9）、〈洞仙歌〉：「地牀深穩坐、春入蒲團。天憐我，教養疏慵野性」（《全金元詞》，頁 14）、〈水龍吟〉：「沙鷗遠浦，野麋豐草，唯便適意」（《全金元詞》，頁23）、〈念奴嬌〉：「我亦<u>疏慵</u>歸計久，欲乞幽閒松雪。千里相思，欣然命駕，醉倒張圓月」（《全金元詞》，頁 21）。誠然，蔡松年塑造自己懶慢的形象，與他倦游的心態有關；但此處所應特別注意的是，蘇軾與蔡松年所面對的政治背景大不相同，因此即便是皆受外在環境的影響而有這樣的文字出現，也不應一概視之。其中最大的不同即在於：蘇軾是因仕途上的屢遭打壓與挫折，而有歸隱之想；但蔡松年卻並非遭遇仕途上的險阻，也不是因爲自己的抱負無法施展而欲歸隱。造成蔡松年個性扭曲而說出自己「志復疏怯」、「動輒有畏」（〈雨中花〉詞序，見《全金元詞》，頁 11）的，是宋亡於金，而自己卻不得南歸，甚至必須爲金效力的無奈處境。應該說，有機會貢獻己力，在政治上有所作爲，是中國幾千年來士大夫最終的想望；但如蔡松年一般，能夠被上位者器重，甚至官至宰相，卻仍不時詠歎著長林豐草的美好，以及反覆申說欲歸隱遂志這般

希冀的文人，應該是少之又少的。這是我們在蘇、蔡兩人同中，所不能不注意到的相異之處。

而關於蘇、蔡兩人對陶潛的喜愛及與之相應的心境變化，前文已有討論，此處從略。另一個值得論述的，則是詞作中的「戲謔」表現。曾敏行在《獨醒雜志》中提到：「東坡多雅謔。」〔註17〕而王水照先生在談及蘇軾的文化性格時，也以「諧」來概括諸如蘇軾作品中，「戲謔」性質的文字呈現。王先生並認為：

> 他的諧在人生思想的意義上是淡化苦難意識，用解嘲來擺
> 脫困苦，以輕鬆來化解悲哀。作為內心的自我調節機制，
> 在他的性格結構中發揮著潤滑劑、平衡器的作用。〔註18〕

以「戲謔」的方式轉化悲情，或許正是蘇軾用以寬慰自己的一種獨特思維方式；但也有自生活細部中取材，而益見蘇軾活潑俏皮，饒富智慧的一面。僅舉以下詞作為例：

〈南鄉子〉：「不用訴離觴。痛飲從來別有腸。今夜送歸燈火冷，河塘。墮淚羊公卻姓楊。」（《蘇軾詞編年校注》上冊，頁90）

〈減字木蘭花〉并序：「過吳興，李公擇生子，三日會客，作此詞戲之」「犀錢玉果。利市平分沾四坐。多謝無功。此事如何到得儂。」（《蘇軾詞編年校注》上冊，頁104）

〈漁家傲〉：「些小白鬚何用染。幾人得見星星點。作郡浮光雖似箭。君莫厭。也應勝我三年貶。」（《蘇軾詞編年校注》中冊，頁394）

〈南歌子〉：「師唱誰家曲，宗風嗣阿誰。借君拍板與門槌。我也逢場作戲、莫相疑。　　溪女方偷眼，山僧莫眨眉。卻愁彌勒下生遲。不見老婆三五、少年時。」（《蘇軾詞編年校注》中冊，頁637）

〔註17〕宋・曾敏行《獨醒雜志》卷五，收入《筆記小說大觀》（臺北：新興書局，1960年7月），冊一，頁232。

〔註18〕王水照《蘇軾論稿》，同註15，頁87。

　　而檢視蔡松年詞作，雖標明爲「戲作」，但內容卻不似蘇軾一般幽默詼諧，依然呈現落入自身情緒或轉而敘事的面貌。此或許也是蔡松年無法如蘇軾一般曠達灑脫的另一種呈現。故以下僅列出與「戲謔」相關的文字。如：〈洞仙歌〉詞序：「甲寅歲，從師江壖，戲作竹廬」（《全金元詞》，頁 14）、〈浣溪沙〉并序：「范季雲一夕小醉，乘月羽衣見過，僕時已被酒。故窗間梨花清影，相視無言，乃攜一枝徑歸。明日作浣溪沙見意，戲次其韻」「月下仙衣立玉山，霧雲窗戶未曾關，沈香詩思夜猶寒。　　閒卻春風千丈秀，只攜玉藥一枝還，夜香初到錦班殘」（《全金元詞》，頁 17）、〈西江月〉：「枯木人忘獨坐，白蓮意可相尋。歸時團月印天心，更作逃禪小飲」（《全金元詞》，頁 18）、〈水龍吟〉詞序：「梁虎茵家以絳綃作荔枝，戲作」（《全金元詞》，頁 23）等。可見，蔡松年的「戲謔」往往只是點到而已，並非能做到如蘇軾一般「雅謔」的程度；但能將「戲謔」成分融入詞作，也可見蔡松年承繼蘇軾的些許痕跡。

　　而關於蘇蔡兩人之間的聯繫，學者亦曾稍加關注，但仍有可堪商討的空間。首先是吳熊和先生在《唐宋詞通論》中，注意到蘇軾對金源詞壇的影響。「金源特重蘇、辛詞」，此言固然不錯，但吳先生卻忽略了金初蔡松年對蘇軾的繼承與關聯：「金代作詞首宗蘇軾的，是趙秉文。在詞論方面首先爲蘇詞一振旗鼓之雄的，是王若虛。」〔註 19〕而在趙、王兩人之後，尚標舉元好問以爲金源詞壇崇蘇之大成。令人遺憾的是，吳先生並未發現早在以上三人之前的金初，即已孕育出蔡松年此一頗得蘇軾精神的人物。吳先生言金詞首宗蘇軾者爲趙秉文，並未舉出確實證據，是以此一結論的產生費人疑猜。若吳先生因趙秉文現存詞作中有兩闋仿擬東坡之作品，〔註 20〕而言其爲金代首宗東坡作詞者，則依此推論，蔡松年才應爲首宗蘇軾作詞之人。因蔡松年現

〔註 19〕吳熊和《唐宋詞通論》，同第四章註 68，頁 305。
〔註 20〕分別爲〈大江東去〉（秋光一片），詞序：「用東坡先生韻」、〈缺月挂疏桐〉（烏鵲不多驚），詞序：「擬東坡作」。

存詞作，直接標明仿蘇軾而作者共有三闋，〔註21〕在數量上較趙秉文為多；且蔡松年詞中化用蘇軾詞句者，亦所在多有。誠然，趙秉文仿擬追和蘇軾之作亦多，但呈現在詞作中的卻不多，也許這與其傳世詞作不多有關。然析言之，趙秉文在詩作方面對東坡之仿擬、用典，在數量上卻遠勝於詞作。因此，若從用典角度來看，蘇、蔡兩人在作品與人格上的聯繫，是更為接近而明顯的。

　　此外，梁文櫻在《蔡松年詞研究》中，將「刻意仿擬東坡」特立一節，而言其為蔡松年詞作的特色之一，〔註22〕筆者認為此處亦不夠精確。因綜上所述，可以發現蔡松年源於對蘇軾整體人格的忻慕，而使得在詞作的用語、風格及所呈現的情韻上，皆可見其逐步向蘇軾靠攏的現象。而筆者以為不妥者，乃針對「刻意仿擬」此一概念。的確，筆者並不諱言蘇軾之於蔡松年的深遠影響，而造成蔡松年在潛意識中步武蘇軾的種種痕跡；但這樣的人格典型既然已深深融入蔡松年的心中，蔡松年在化用蘇軾作品及懷想其為人氣度的時候，就變成不自覺地吸收並且加以轉化了。亦即是，筆者以為蔡松年並非「刻意仿擬」蘇軾，而是在不斷尚友古人的意念之下，慢慢一步一步，往蘇軾典型邁進的心路歷程。這也就說明了，何以蔡松年在面對蘇軾浩瀚作品中，能輕而易舉地化用於無形，並且使得用典妥貼自然而不露痕跡的功力。因這已不是博學多聞、善用技巧所能呈現，而完全是藉由依憑著蔡松年用生命、用心靈去揣摩、靠近蘇軾，而始能投射於詞作中的個體意義與實踐。

第二節　下啓稼軒，促進豪放詞派發展

　　「吳蔡體」既然在各方面吸收了蘇詞的創新與特點，又加以融化、拓展，便形成其獨到而蔚為風尚的詞體特色。辛棄疾自幼在金朝

〔註21〕即上文提及的〈水調歌頭〉（玻璃北潭面）、〈念奴嬌〉（倦游老眼，負梅花京洛）、〈念奴嬌〉（離騷痛飲）三闋作品。
〔註22〕梁文櫻《蔡松年詞研究》，同第一章註32，頁109～114。

統治下的山東成長，直至二十三歲（西元 1162 年，宋高宗紹興三十二年，金世宗大定二年）才率眾南歸於宋。是知辛棄疾的學問養成，應在金朝時即已底定。龍沐勛以爲：「其（稼軒）詞格之養成，必於居金國時早植根柢」。〔註 23〕雖然辛棄疾是否師事蔡松年的問題，至今未有定論，但多數學者仍對此抱持肯定的態度。〔註 24〕是以，底下將就「吳蔡體」（尤其是蔡松年詞作）所給予辛棄疾的影響加以分析，期能從詞作內部的聯繫，證成蔡、辛兩人在詞作上的血緣關係；並進一步論述藉由對「吳蔡體」的吸收、繼承，匯聚成辛棄疾廣博厚實的詞學內涵，而發展出氣勢壯闊的豪放詞派。

一、作詞態度

自蘇軾開啓了「以詞言志」的風氣，又經歷了天地變色的「靖康之難」後，在詞中抒發家國之感及書寫己身抱負，似乎成了南宋初年的詞作基調。正是在這樣的背景之下，加上辛棄疾不爲當政者所用的滿腔熱血，促使他藉由詞體，完整而眞切地吐露了內心的所思所感。詞體至此，「言志」的功能已然與詩體並駕齊驅，再也不是「末技小道」，而完全能夠融入詞人生活，體現其生命意義了。

關於蘇軾與吳蔡在詞作中書寫懷抱，上文已有論述，故此處僅對辛棄疾詞作進行討論。在詞作中坦露己身抑鬱之情，寄寓在沙場上克敵建功的志願，是辛詞中爲數最多的題材。如：〈水龍吟〉：「落日樓頭，斷鴻聲裡，江南游子。把吳鉤看了，欄干拍遍，無人會，登臨意。　　休說鱸魚堪膾。儘西風、季鷹歸未。求田問舍，怕應羞見，劉郎才氣。可惜流年，憂愁風雨，樹猶如此。倩何人，喚取盈盈翠袖，

〔註 23〕龍沐勛《龍榆生詞學論文集》（上海：上海古籍出版社，1997 年 7 月），頁 246。

〔註 24〕如胡傳志〈稼軒師承關係與詞學淵源〉，同第一章註 24；王慶生〈辛棄疾師事蔡松年說平質〉，收入《徐州師範大學學報》（哲學社會科學版）（1997 年）第 3 期，頁 60～63；鞏本棟〈詞學蘇軾與轉益多師：辛棄疾詞的藝術淵源〉，收入《辛棄疾評傳》（南京：南京大學出版社，1998 年 12 月），頁 319～349 等。

搵英雄淚」〔註25〕、〈菩薩蠻〉：「鬱孤臺下清江水。中間多少行人淚。
西北望長安。可憐無數山。　　青山遮不住。畢竟江流去。江晚正愁
予。山深聞鷓鴣」（《稼軒詞編年箋注》，頁41）、〈破陣子〉：「醉裡挑
燈看劍，夢回吹角連營。八百里分麾下炙，五十絃翻塞外聲。沙場秋
點兵。　　馬作的盧飛快，弓如霹靂弦驚。了卻君王天下事，贏得生
前身後名。可憐白髮生」（《稼軒詞編年箋注》，頁 242）等。綜觀辛
詞，「以詞言志」是在蘇軾、吳蔡等基礎上更進一步發揮，而使得詞
作中屢屢可見辛棄疾胸懷壯闊的平生素願。這樣的改變，與辛棄疾的
作詞態度有極大關係。辛棄疾門人范開在〈稼軒詞序〉中即言：「公
一世之豪，以氣節自負，以功業自許，方將斂藏其用以事清曠，果何
意於歌詞哉，直陶寫之具耳。」〔註26〕正是因為辛棄疾將詞視為「陶
寫之具」，是以能將「言志」的範圍拓展的更廣更大，而與詩體「言
志」傳統，渾然無別了。

　　此外，詞中有「我」的特色，在辛詞中的比例依然是較前人更高
的。陳宗敏在談到蘇詞對辛詞的影響時，提到：「蘇、辛詞均是有我
的，他們的詞即是他們生活、思想的寫照，也是他們個性、品格的結
晶。」〔註27〕據筆者粗略統計，辛詞中僅「我」字的使用，即高達一
百餘處；其餘「吾」、「余」、「老子」等相關名詞的出現，也約有一百
餘處。然而，在辛詞中，不僅是「我」等主體稱謂的頻繁使用，對於
自身容貌衰老、年歲增加等的描寫，也都廣泛而全面地呈現辛棄疾凸
出的主體意識。如：

　　〈沁園春〉：「青山意氣崢嶸。似為我歸來嫵媚生……酒聖詩豪，
　　可能無勢，我乃而今駕馭卿。」（《稼軒詞編年箋注》，頁353）

〔註25〕鄧廣銘《稼軒詞編年箋注》，同第四章註 85，頁 34。本文所引辛棄
　　　疾詞作皆出自此書，下文僅於引文後標注書名及頁碼，不另行加
　　　註。
〔註26〕鄧廣銘《稼軒詞編年箋注》附錄二，同第四章註85，頁 596。
〔註27〕陳宗敏〈三部最影響稼軒詞的作品〉，收入《花蓮師專學報》（1978
　　　年 12 月）第 10 期，頁 141。

〈鷓鴣天〉:「寧作我，豈其卿。人間走遍卻歸耕。」(《稼軒詞編年箋注》，頁172)

〈江神子〉:「白髮蒼顏吾老矣，只此地，是生涯。」(《稼軒詞編年箋注》，頁169)

〈賀新郎〉:「甚矣吾衰矣。悵平生、交游零落，只今餘幾。<u>白髮空垂三千丈</u>，一笑人間萬事。問何物、能令公喜。<u>我見青山多嫵媚，料青山、見我應如是</u>。情與貌，略相似。」(《稼軒詞編年箋注》，頁515)

〈水調歌頭〉:「<u>頭白齒牙缺</u>，君勿笑衰翁……有時三盞兩盞，淡酒醉蒙鴻，<u>四十九年前事</u>，一百八盤狹路，拄杖倚牆東。<u>老境何所似，只與少年同</u>。」(《稼軒詞編年箋注》，頁243)

由以上可知，辛棄疾確實將己身與詞作充分融合，才能如此隨心所欲地在詞作中呈現自己的生活與個性，令人讀來倍感真切有味。

二、詞體功能

詞體多樣化的功能，自蘇軾、吳蔡以來，已逐漸被文人所認同。最明顯而普遍的例子，即是應酬往來主題在詞作中的日益增多。上文已提及，吳蔡詞作中的交際功能突破蘇軾的藩籬，成為「吳蔡體」的明確特色之一。這樣的概念傳遞到辛棄疾手中，則在程度上更加深化，在廣度上也拓展的更遠。趙維江即言:

> 我們認為吳蔡體對稼軒體最根本的影響是在詞體本質和功能的轉換與遷移上。從東坡到稼軒是以言志抒懷為本質特徵的豪放詞體由初生到大成的發展過程，而吳、蔡則是其間遞傳薪火者。稼軒詞雖然產生於詞仍以可歌為尚的南宋詞壇，但它卻基本上是一種徒詩化的言志體抒情詩……實際上他是將詩文在文人士大夫生活中的地位和功用轉讓給了詞。因而其創作與其社會交往活動有著密切的聯繫。據統計，《稼軒詞編年箋注》卷一「江、淮、兩湖之什」共有詞88首，而確切標明關涉社交的有44首。其中難免有一

些言不由衷之辭，但從總體上講，其英雄之懷和恢復之志
藉助詞體的這種交際功能而得到了充分展示。與吳蔡體相
比，稼軒體所涉及的社交面更爲廣泛，所表現的內容也更
爲深刻。詞往往成爲辛棄疾在交際中書寫懷抱和陳述政見
的工具，甚至壽詞也是如此。〔註28〕

趙先生此言極爲精闢透澈，對吳蔡與辛棄疾在詞體功能上的關聯，作
了一番清楚的描繪與分析。的確，翻開辛棄疾詞集，與人相關的詞作
比比皆是，較之吳蔡有過之而無不及。即便是壽詞，也在很大程度上
融入了自己的心志與懷抱，是以林玫儀認爲辛棄疾的壽詞，「能在題
材狹隘，字句不免雷同的重重限制下仍能獨具面貌」〔註29〕，而呈顯
出異於常人的特色和價值。以下即舉數例爲證：

我來弔古，上危樓、贏得閒愁千斛。虎踞龍蟠何處是，只
有興亡滿目。柳外斜陽，水邊歸鳥，隴上吹喬木。片帆西
去，一聲誰噴霜竹。　　卻憶安石風流，東山歲晚，淚落
哀箏曲。兒輩功名都付與，長日惟消棋局，寶鏡難尋，碧
雲將暮，誰勸杯中綠。江頭風怒，朝來波浪翻屋。（〈念奴
嬌〉，見《稼軒詞編年箋注》，頁11）

此詞有序云：「登建康賞心亭，呈史留守致道」，可知此詞亦爲酬贈之
作。又如：

山路風來草木香。雨餘涼意到胡床。泉石膏肓吾已甚。多
病。隄防風月費篇章。　　孤負尋常山簡醉，獨自。故應
知子草玄忙。湖海早知身汗漫。誰伴。只甘松竹共淒涼。
（〈定風波〉，見《稼軒詞編年箋注》，頁178）

此詞詞序云：「用藥名招婺源馬荀仲游雨巖。馬善醫。」可知此詞乃
作以招馬荀仲共游雨巖。因馬善醫，故在詞作中嵌以藥名（如木香、
防風等）以贈。又如：

渡江天馬南來，幾人眞是經綸手。長安父老，新亭風景，

〔註28〕趙維江《金元詞論稿》，同第一章註9，頁105。
〔註29〕林玫儀〈稼軒壽詞析論〉，收入《中國文哲研究集刊》（1992年3月）
　　　　第2期，頁285。

可憐依舊。夷甫諸人，神州沈陸，幾曾回首。算平戎萬里，
功名本是，是儒事，君知否。　　況有文章山斗。對桐陰、
滿庭清晝。當年墮地，而今試看，風雲奔走。綠野風煙，
平泉草木，東山歌酒。待他年，整頓乾坤事了，爲先生壽。
（〈水龍吟・甲辰歲壽韓南澗尚書〉，見《稼軒詞編年箋注》，
頁 145）

相公倦台鼎，要伴赤松遊。高牙千里東下，笳鼓萬貔貅。
試問東山風月，更著中年絲竹，留得謝公不。孺子宅邊水，
雲影自悠悠。　　占古語，方人也，正黑頭。穹龜突兀千
丈，石打玉溪流。金印沙堤時節，畫棟珠簾雲雨，一醉早
歸休。賤子親再拜，西北有神州。（〈水調歌頭〉，見《稼軒
詞編年箋注》，頁 277）

〈水調歌頭〉詞序云：「送施樞密聖與帥江西。信之讖云：『水打烏龜
石，方人也大奇。』『方人也』實『施』字。」可知此詞不僅爲送別，
辛棄疾尚用信州諺語與施聖與之姓相縮合，頗見其諧趣幽默的性格；
也令此一酬贈之作，在題材上更呈顯其獨特風貌。

　　而在題材方面，蘇軾詞作已有「無意不可入，無事不可言」
〔註30〕的評語，但到辛棄疾，題材卻更加廣泛而全面，就詞體發展
的角度來看，仍是有所進步的。是以王師偉勇以爲：

　　於其（稼軒）筆下，不論弔古傷時、談玄說理、描繪風物、
　　抒寫襟抱、酬作贈和；甚而論政局、發牢騷、調風月、敘
　　閒情，無一不寫，無所不能。舉凡他人不肯寫、不敢寫、
　　不能寫之題材，稼軒隨意拈來，著手皆可成春也。〔註31〕

因此作出「真能令題材廣泛，內容繁富者，故宜推稼軒」〔註32〕的結
論。而以下僅舉辛詞中較爲特出，而前人所無或少有的題材爲證。如
〈蘭陵王〉：

〔註30〕劉熙載〈詞概〉，收入《歷代詞話》下冊，同第一章註1，頁 1636。
〔註31〕王師偉勇《南宋詞研究》（臺北：文史哲出版社，1987 年 9 月），頁
　　　318～319。
〔註32〕同上註，頁 318。

恨之極。恨極銷磨不得。萇弘事，人道後來，其血三年化
爲碧。鄭人緩也泣。吾父攻儒助墨。十年夢，沈痛化余，
秋柏之間旣爲實。　　相思重相憶。被怨結中腸，潛動精
魄。望夫江上巖巖立。嗟一念中變，後期長絕。君看啓母
憤所激。又俄頃爲石。　　難敵。最多力。甚一忿沈淵，
精氣爲物。依然困鬥牛磨角。便影入山骨，至今雕琢。尋
思人世，只合化，夢中蝶。」（《稼軒詞編年箋注》，頁 426
～427）

此詞附長序云：「己未八月二十日夜，夢有人以石研屏見饟者，其色
如玉，光潤可愛。中有一牛，磨角作鬥狀。云：『湘潭里中有張其姓
者，多力善鬥，號張難敵。一日，與人搏，偶敗，忿赴河而死，居三
日，其家人來視之，浮水上，則牛耳。自後並水之山往往有此時，或
得之，里中輒不利。』夢中異之，爲作詩數百言，大抵皆取古之怨憤
變化異物等事，覺而忘其言，後三日，賦詞以識其異。」綜觀此序及
詞作，以及所描寫的內容，不得不令人懷疑，辛棄疾於此處所寄寓指
涉的另一層意涵。運用此種近似寓言方式以入詞者，辛棄疾可稱得上
是有史以來的第一人。題材之特出，設想之巧妙，著實令人嘆爲觀止。
又如〈感皇恩〉：

案上數編書，非莊即老。會說忘言始知道。萬言千句，自
不能忘堪笑。朝來梅雨霽，青青好。　　一壑一丘，輕衫
短帽。白髮多時故人少。子雲何在，應有玄經遺草。江河
流日夜，何時了。（《稼軒詞編年箋注》，頁 470）

此詞序云：「讀莊子，聞朱晦菴即世」。將讀書所得以入詞，前人已有；
但辛棄疾此處尚融入了另一主題──友人朱熹去世的消息。是知此詞
不只是一般的生活記錄，還融入了對友人的眞摯情誼與追悼之意。又
如〈鵲橋仙〉：

溪邊白鷺。來吾告汝。溪裡魚兒堪數。主人憐汝汝憐魚，
要物我、欣然一處。　　白沙遠浦。青泥別渚。剩有鰕跳
鰍舞。任君飛去飽時來，看頭上、風吹一縷。（《稼軒詞編
年箋注》，頁 533）

此詞題爲：「贈鷺鷥」。寄贈酬唱，詞中常見；但贈與的對象爲「鷺鷥」，則似乎尚未出現。雖全詞以擬人化寫成，但如此題材仍是新穎少見的。

三、詞作本身

在進入探討辛棄疾詞作的種種特點之前，筆者擬就整理所得，比對辛詞中與吳、蔡詞作極爲相似、甚至相同的詞句，期能從詞作內部證明辛棄疾確實在詞作上師法「吳蔡體」，並有所繼承與發揮。

除了辛棄疾直接引用吳蔡詞作的例子，還有辛棄疾與吳蔡均化用前人同一詞句的部分。雖然無法因此比附三人的關係，但從這些爲數不少的詞例，仍然能夠得知他們在閱讀與學習過程中，對同樣作者及文句的關注和喜愛，而隱約可見其主體意識的相似之處。是以下文將分別列舉相關詞例，聊備參考之用。

（一）辛棄疾詞確實借鑒自吳蔡的詞例，如：

蔡松年〈念奴嬌〉：「藥籠功名，酒壚身世，不得文章力。」（《全金元詞》，頁 11）

辛棄疾〈念奴嬌〉：「藥籠功名，酒壚身世，可惜蒙頭雪。」（《稼軒詞編年箋注》，頁 272）

按：「不得文章力」一句，均化自劉禹錫〈郡齋書懷寄江南白尹兼簡分司崔賓客〉：「一生不得文章力，百口空爲飽煖家。」辛棄疾〈霜天曉角〉亦曾用之，詞曰：「雪堂遷客，不得文章力。」（《稼軒詞編年箋注》，頁 583）

蔡松年〈水調歌頭〉：「倦游客，一樽酒，便忘憂。」（《全金元詞》，頁 8）

辛棄疾〈水調歌頭〉：「飯飽對花竹，可是便忘憂。」（《稼軒詞編年箋注》，頁 133）

蔡松年〈水調歌頭〉：「玉佩揖空闊，碧霧黯蒼鸞。」（《全金元詞》，頁 9）

辛棄疾〈水調歌頭〉：「玉佩揖空闊，碧霧黟蒼鸞。」（《稼軒詞編年箋注》，頁 582）

蔡松年〈念奴嬌〉：「九江秀色，看飄蕭神氣，長身玉立。」（《全金元詞》，頁 11）

辛棄疾〈沁園春〉：「看長身玉立，鶴般風度，方頤鬚磔，虎樣精神。」（《稼軒詞編年箋注》，頁 430）

蔡松年〈念奴嬌〉：「放眼南枝，忘懷樽酒，及此青青髮。」（《全金元詞》，頁 10）

辛棄疾〈臨江仙〉：「青青頭上髮，還作柳絲長。」（《稼軒詞編年箋注》，頁 519）

蔡松年〈念奴嬌〉：「醉裏誰能知許事，俯仰人間今昔。」（《全金元詞》，頁 11）

辛棄疾〈賀新郎〉：「蓮社高人留翁語，我醉寧論許事。」（《稼軒詞編年箋注》，頁 516）

按：「許事」乃化自《南史》卷二十一〈王融傳〉：「（王融）詣王僧祐，因遇沈昭略，未相識。昭略屢顧盼，謂主人曰：『是何年少？』融殊不平，謂曰：『僕出於扶桑，入於湯谷，照耀天下，誰云不知，而卿此問？』昭略云：『不知許事，且食蛤蜊。』」但「醉」而「知」、「論」「許事」，則可見蔡辛兩人的相似之處。

蔡松年〈水調歌頭〉：「蕭閑一段歸計，佳處著君侯。」（《全金元詞》，頁 7）

辛棄疾〈滿江紅〉：「問不知、何處著君侯，蓬萊島。」（《稼軒詞編年箋注》，頁 321）

蔡松年〈臨江仙〉：「誰信玉堂金馬客，也隨林下家風。」（《全金元詞》，頁 15）

辛棄疾〈水調歌頭〉：「玉堂金馬，自有佳處著詩翁。」（《稼軒詞編年箋注》，頁 158）

〈漢宮春〉：「達則青雲，便玉堂金馬，窮則茅廬。」（《稼軒詞編年箋注》，頁 545）

蔡松年〈水調歌頭〉：「揀雲泉、巧與余心會處，託龍眠畫。」（《全金元詞》，頁 13）

辛棄疾〈賀新郎〉：「自是三山顏色好，更著雨婚煙嫁。料未必、龍眠能畫。」（《稼軒詞編年箋注》，頁 313）

（二）吳蔡與辛同用前人作品者，如：

吳激〈滿庭芳〉：「看看是，珠簾暮卷，天際識歸舟。」（《全金元詞》，頁 5）

辛棄疾〈謁金門〉：「遙想歸舟天際。綠鬢瓏璁慵理。」（《稼軒詞編年箋注》，頁 393）

按：「天際歸舟」乃化自南朝齊・謝朓〈之宣城郡出新林浦向板橋〉：「天際識歸舟，雲中辨江樹」及柳永〈八聲甘州〉：「想佳人、妝樓顒望，誤幾回，天際識歸舟。」

吳激〈滿庭芳〉：「誰挽銀河，青冥都洗，故教獨步蒼蟾。」（《全金元詞》，頁 5）

辛棄疾〈水調歌頭〉：「聞道清都帝所，要挽銀河仙浪，西北洗胡沙。」（《稼軒詞編年箋注》，頁 7）

按：此化自杜甫〈洗兵馬〉：「安得壯士挽天河，淨洗甲兵常不用。」

蔡松年〈念奴嬌〉：「邱壑風流，稻粱卑辱，莫愛高官職。」（《全金元詞》，頁 11）

辛棄疾〈水調歌頭〉：「文字覷天巧，亭榭定風流。平生丘壑，歲晚也作稻粱謀。」（《稼軒詞編年箋注》，頁 133）

按：「稻粱謀」化自杜甫〈同諸公登慈恩寺塔〉：「君看隨陽雁，各有稻粱謀。」

吳激〈滿庭芳〉：「相逢地，歲云暮矣，何事又參辰。」（《全金元詞》，頁 5）

辛棄疾〈漢宮春〉:「歲云暮矣,問何不、鼓瑟吹笙。」(《稼軒詞編年箋注》,頁 540)

按:此句化自《詩經·唐風·蟋蟀》:「蟋蟀在堂,歲聿其莫。」

吳激〈春從天上來〉:「促哀彈,似林鶯嚦嚦,山溜泠泠。」(《全金元詞》,頁 6)

辛棄疾〈惜奴嬌〉:「未久,轉新聲、泠泠山溜。」(《稼軒詞編年箋注》,頁 581)

按:此化自晉·陸機〈招隱詩〉之二:「山溜何泠泠,飛泉漱鳴玉。」

蔡松年〈水調歌頭〉:「庾老南樓佳興,陶令東籬高詠,千古賞音稀。」(《全金元詞》,頁 7)

辛棄疾〈水調歌頭〉:「莫把驪歌頻唱,可惜南樓佳處,風月已淒涼。」(《稼軒詞編年箋注》,頁 68)

按:此化自《晉書》卷七十三〈庾亮傳〉:「諸佐吏殷浩之徒,乘秋夜往共登南樓,俄而不覺亮至,諸人將起避之。亮徐曰:『諸君少住,老子於此處興復不淺』」,及《世說新語·容止》:「庾太尉(庾亮)在武昌,秋夜氣佳景清,使吏殷浩、王胡之徒登南樓理詠。」

蔡松年〈滿江紅〉:「春色三分,壺觴爲、生朝自勸。」(《全金元詞》,頁 9)

辛棄疾〈臨江仙〉:「引壺觴自酌,須富貴何時。」(《稼軒詞編年箋注》,頁 308)

按:此化自陶潛〈歸去來辭〉:「引壺觴以自酌,眄庭柯以怡顏。」

蔡松年〈念奴嬌〉:「從今歸夢,暗香千里橫月。」(《全金元詞》,頁 10)

辛棄疾〈念奴嬌〉:「疏影橫斜,暗香浮動,把斷春消息。」(《稼軒詞編年箋注》,頁 449)

按：此化自宋・林逋〈瑞鷓鴣〉：「疏影橫斜水清淺，暗香浮動月
黃昏」及王安石〈即事五首〉之三：「唯有多情枝上雪，暗
香浮動月黃昏。」

蔡松年〈念奴嬌〉：「離騷痛飲，笑人生佳處，能消何物。」（《全
金元詞》，頁 10）

辛棄疾〈滿江紅〉：「細讀離騷還痛飲，飽看脩竹何妨肉。」（《稼
軒詞編年箋注》，頁 401）

按：此化自《世說新語・任誕》：「王孝伯言：名士不必須奇才，
但使常得無事痛飲酒，熟讀〈離騷〉，便可稱名士。」

蔡松年〈念奴嬌〉：「勝日神交，悠然得意，遺恨無毫髮。」（《全
金元詞》，頁 10）

辛棄疾〈念奴嬌〉：「下筆如神強壓韻，遺恨都無毫髮。」（《稼軒
詞編年箋注》，頁 460）

按：此化自杜甫〈敬贈鄭諫議十韻〉：「毫髮無遺恨，波瀾獨老
成。」

蔡松年〈水調歌頭〉詞序：「老子於此，所謂興復不淺者，聞其
風而悅之。」（《全金元詞》，頁 7）

辛棄疾〈水調歌頭〉：「老子興不淺，歌舞莫教閒。」（《稼軒詞編
年箋注》，頁 315）

按：此化自《晉書》卷七十三〈庾亮傳〉，引文見上。

蔡松年〈念奴嬌〉：「三弄胡牀，九層飛觀，喚取穿雲笛。」（《全
金元詞》，頁 11）

辛棄疾〈生查子〉：「喚取酒邊來，軟語裁春雪。　　人間無鳳
凰，空費穿雲笛。」（《稼軒詞編年箋注》，頁 204）

按：「穿雲笛」化自蘇軾〈水龍吟〉詞序：「余過臨淮，而湛然
先生梁公在焉。童顏清徹，如二三十許人，然人亦有自少見
之者。善吹鐵笛，嘹然有穿雲裂石之聲。」

蔡松年〈念奴嬌〉：「痛飲酣歌悲壯處，老驥誰能伏櫪。」（《全金

元詞》，頁 11）

辛棄疾〈卜算子〉：「歎息曹瞞老驥詩，伏櫪如公者。」（《稼軒詞編年箋注》，頁 493）

按：此化自曹操〈步出夏門行〉：「老驥伏櫪，志在千里。烈士暮年，壯心不已。」

蔡松年〈念奴嬌〉：「爭席樵漁，對牀風雨，伴我爲閑客。」（《全金元詞》，頁 11）

〈念奴嬌〉：「他年風雨，對牀卻話今夕。」（《全金元詞》，頁 11）

辛棄疾〈永遇樂〉：「付君此事，從今直上，休憶對床風雨。」（《稼軒詞編年箋注》，頁 529）

按：此化自唐·韋應物〈示全真元常〉：「寧知風雪夜，復此對牀眠」及蘇轍〈舟次磁湖前篇自賦後篇次韻〉：「夜深魂夢先飛去，風雨對床聞曉鐘。」

蔡松年〈石州慢〉：「愁絕。此身蒲柳先秋，往事夢魂無迹。」（《全金元詞》，頁 13）

辛棄疾〈西江月〉：「萬事雲煙忽過，一身蒲柳先衰。」（《稼軒詞編年箋注》，頁 530）

按：此化自《世說新語·言語》：「顧悅與簡文同年，而髮蚤白。簡文曰：『卿何以先白？』對曰：『蒲柳之姿，望秋而落；松柏之質，經霜彌茂。』」

蔡松年〈望月婆羅門〉：「妙齡秀發，韻清冰玉洗羅紈。」（《全金元詞》，頁 8）

辛棄疾〈念奴嬌〉：「妙齡秀發，湛靈臺一點，天然奇絕……握手論文情極處，冰玉一時清潔。」（《稼軒詞編年箋注》，頁 570）

按：此乃化自蘇軾〈祭魏國韓令公文〉：「妙齡秀發，秉筆入仕。」

蔡松年〈漢宮春〉：「呵手凍吟未了，爛銀鉤呼我，玉粒晨饙。」
（《全金元詞》，頁 14）

辛棄疾〈上西平〉：「凍吟應笑，羔兒無分謾煎茶。」（《稼軒詞編年箋注》，頁 545～546）

按：此化自蘇軾〈江神子〉：「孤坐凍吟誰伴我，揩病目，捻衰髯。」

蔡松年〈滿江紅〉：「年年約，常相見。但無事，身強健。」（《全金元詞》，頁 9）

辛棄疾〈清平樂〉：「此身長健。還卻功名願。枉讀平生三萬卷。滿酌金杯聽勸。」（《稼軒詞編年箋注》，頁 278）

按：此化自馮延巳〈長命女〉及白居易〈贈夢得〉。

蔡松年〈人月圓〉：「眼青獨拄西山笏，本是簡中人。」（《全金元詞》，頁 18）

辛棄疾〈木蘭花慢〉：「甚拄笏悠然，朝來爽氣，正爾相關。」
（《稼軒詞編年箋注》，頁 406）

〈念奴嬌〉：「萬戶糟邱，西山爽氣，差慰人岑寂……終焉此世，正爾猶是良策。」（《全金元詞》，頁 20）

按：此化自《世說新語・簡傲》：「王子猷作桓車騎參軍。桓謂王曰：『卿在府久，比當相料理。』初不答，直高視，以手版拄頰云：『西山朝來，致有爽氣。』」

蔡松年〈滿江紅〉：「入手黃金還散盡，短蓑醉舞青冥窄。」（《全金元詞》，頁 19）

辛棄疾〈水調歌頭〉：「散盡黃金身世，不管秦樓人怨，歸計狎沙鷗。」（《稼軒詞編年箋注》，頁 27）

按：此化自李白〈將盡酒〉：「天生我材必有用，千金散盡還復來」及蘇軾詩題：「回先生過湖州東林沈氏……白酒釀來因好客，黃金散盡為收書。」

蔡松年〈石州慢〉：「雲海蓬萊，風霧鬢鬟，不假梳掠。」（《全金

元詞》，頁 24）

辛棄疾〈念奴嬌〉：「莫惜霧鬢風鬟，試教騎鶴，去約尊前月。」
（《稼軒詞編年箋注》，頁 162）

按：此化自蘇軾〈洞庭春色賦〉：「攜佳人而往遊，勒霧鬢與風
鬟。」

吳激〈人月圓〉：「舊時王謝，堂前燕子，飛向誰家。」（《全金元
詞》，頁 4）

辛棄疾〈八聲甘州〉：「想今年燕子，依然認得，王謝風流。」（《稼
軒詞編年箋注》，頁 36）

按：此化自劉禹錫〈烏衣巷〉：「舊時王謝堂前燕，飛入尋常百姓
家。」

吳激〈人月圓〉：「江州司馬，青衫淚溼，同是天涯。」（《全金元
詞》，頁 4）

辛棄疾〈滿江紅〉：「笑江州，司馬太多情，青衫溼。」（《稼軒詞
編年箋注》，頁 40）

按：此化自白居易〈琵琶行〉：「同是天涯淪落人，相逢何必曾相
識……座中泣下誰最多，江州司馬青衫溼。」

蔡松年〈相見歡〉：「一段斜川松菊，瘦而芳。　　人如鵠、琴如
玉、月如霜。」（《全金元詞》，頁 18）

辛棄疾〈滿江紅〉：「一舸歸來輕似葉，兩翁相對清如鵠。道如
今、吾亦愛吾廬，多松菊。」（《稼軒詞編年箋注》，頁 505）

按：「人如鵠」化自蘇軾〈別子由三首〉之二：「遙想茅軒照
水開，兩翁相對清如鵠。」其餘句意乃稱賞陶潛的生活情
致。

吳激〈瑞鶴仙〉：「記孤烟、相對夜語。」（《全金元詞》，頁 6）

辛棄疾〈臨江仙〉：「記取小窗風雨夜，對床燈火多情。」（《稼軒
詞編年箋注》，頁 209）

按：「相對夜語」、「對床風雨」，化自唐‧韋應物〈示全真元

常〉：「寧知風雪夜，復此對牀眠」，及蘇轍〈舟次磁湖前篇自賦後篇次韻〉：「夜深魂夢先飛去，風雨對床聞曉鐘。」

　　由於辛詞數量龐大，篇幅率屬長調，無法一一詳細進行比對，僅列出在字句上極為近似的部分。也許吳蔡與辛棄疾詞作中，仍存在著許多聯繫，等待著被挖掘、呈顯。但從以上的歸納整理可得出一個結論：在當時政治隔絕的背景之下，辛詞中能夠如此頻繁地出現吳蔡詞作中的詞句，甚至有些作品是一字不改地化用，若非在金國期間即已熟習，甚至向吳蔡師法請益，是不可能如此廣泛而流暢地將吳蔡作品融入其中的。

　　而在詞序部分，源於辛棄疾的全力為詞，將詞當成詩、文一般書寫，使得題材包括了生活上的各種情事，而需要詞序加以說明、解釋相關的背景。至辛棄疾手中，詞序的出現已經非常普遍，但若從蘇軾、吳蔡一脈相成的角度來看，辛詞中在詞序篇幅方面似乎沒有太大的拓展。憑藉著「以文為詞」的態度，辛詞在詞序上應該具有敷寫長篇的能力；但實際上，長篇詞序在辛詞中所佔比例並不高，甚至無法與蔡松年相比；最長篇幅的詞序，在字數上也較蔡松年詞序為少。〔註33〕由此可以看出，蔡松年長篇詞序在詞史上的獨特地位及成就。但需要指出的是，雖然長度不若蔡松年詞序的篇幅，其中的散文化程度卻較高。亦即，論者以為蔡松年長篇詞序「如美文一般」，但畢竟仍只是「似」文而非真正散文；辛詞詞序則同詞作內容一般，已經不避散文句法的使用，直以清楚表意為主。如：〈賀新郎〉詞序：「嚴和之好古博雅，以嚴本莊姓，取蒙莊、子陵四事：曰濮上、曰濠梁、曰齊澤、曰嚴瀨，為四圖，屬余賦詞。余謂蜀君平之高，揚子雲所謂『雖隋和何以加諸』者，班孟堅獨取子雲所稱述為王貢諸傳序引，不敢以其姓名列諸傳，尊之也。故余以為和之當併圖君平像，置之四圖

〔註33〕辛詞中詞序篇幅較長的，筆者以為僅〈賀新郎〉(把酒長亭說)、〈醉翁操〉(長松)、〈沁園春〉(有美人兮)、〈蘭陵王〉(恨之極)、〈啁遍〉(池上主人)、〈賀新郎〉(濮上看垂釣)幾闋而已。

之間，庶幾嚴氏之高節備焉。作乳燕飛詞使歌之」（《稼軒詞編年箋注》，頁 523）至於何以辛棄疾詞序篇幅不若蔡松年爲長？筆者以爲：正是因爲辛棄疾已經將散文句法帶入詞作之中，在意義表達上已較爲清楚，是以不需再如蔡松年一般，將詞序與詞作相互參照，以爲補充。也就是說，蔡松年詞作所運用的語言，仍是偏向「以詩爲詞」，是詩化的語句，而不若辛棄疾「以文爲詞」的散文化。但散文化的特點在蔡松年詞作中已可看出端倪，只是必須等到辛棄疾手中才有進一步的發展。因此如果假設辛詞中的散文意識及其句法，可能導源於蔡松年詞作，似乎也在合理的推測範圍之內。趙維江在談到「吳蔡體」與辛詞的關係時，曾指出：

> 審美理想與詞體風格的新變也必然伴隨著藝術表現手法的創新。較之吳蔡體，稼軒體這方面的成就更爲突出，但後者的許多獨到之處實際上已於前者詞中略見雛形。〔註34〕

趙先生並將「以文爲詞」及「大量使事用典」兩點，視爲辛詞與「吳蔡體」在藝術手法上的重要聯繫。這些我們將在下文繼續討論。

　　使事用典，依然是自蘇軾以降，經由吳、蔡繼承而加以發揮的特色。到了辛棄疾手中，則匯聚成更廣大的激流，沖刷出前代文學作品精華所遺留下的美麗圖案。而從用典的發展上來看，前文已提及，吳、蔡將用典的題材又拓寬了一些，尤其是史部、子部典故的運用；辛詞則更大程度地化用了經、史、子部的故實，故使詞作充滿著豪健剛毅之氣。根據熊篤〈論稼軒詞的用典〉一文統計，辛詞中運用經部典故佔 7%、史部佔 25%、子部佔 14%、集部佔 54%。〔註35〕合計經、史、子三部佔 46%，較蔡松年又更增加了一些。其中，辛詞在經部典故的運用上較蔡松年多，相對地子部典故則稍微降低。而從單人單書的出現頻率來看，依次是：蘇軾、杜甫、《史記》和《世說新語》、《莊子》、《漢書》、韓愈、《楚辭》、《晉書》、陶潛等。與蔡

〔註34〕趙維江《金元詞論稿》，同第一章註 9，頁 106。
〔註35〕熊篤〈論稼軒詞的用典〉，收入《辛棄疾學術研討會論文彙編》（武夷山：中國韻文學會、福建師大文學院，2004 年 4 月），頁 263。

松年相同，對蘇軾作品的引用高居第一，其餘如杜甫、《史記》和《世說新語》、《莊子》等，也與蔡松年頗為相似；至於《楚辭》，則與吳激不謀而合。可見，在用典方面，辛棄疾依然是上承蘇軾、吳蔡，而自己又有所發揮的。至於典故詞例，前人已頗多研究，本文不再一一列舉與論述。

意象方面，辛詞中固然有傳統上對自然景物的大量描寫，但也有其凸出、創新之處，如王翠芳即舉出辛詞中偏向豪放氣度的「狂」、「狷」人物意象。〔註36〕然此非本文探討的重點，故略而不論。此處要標舉的，是「吳蔡體」中特有的「冰雪冷寒」意象。辛詞中具有「冰雪冷寒」特質的人事物，數量上並不少見，也並非全都如吳蔡詞作一般，呈現優美高尚的格調與氣韻，反而仍有著傳統悲苦孤寂的意蘊。但是，若就「冰雪冷寒」意象中所散發出的正向美質來看，我們又不得不回歸到辛棄疾出生於北方、長成於金國的此一背景來談。前文曾提及，辛棄疾學問之養成，大抵在金國時已完成；是以北方山川風物對他的影響，不能不特別關注。加上對於「吳蔡體」的繼承與效法，「冰雪冷寒」作為一特定的美感取向，也就成為頗具北方文化意蘊的一股澄澈強勁的清流，匯入辛詞的汪洋大海中，而呈現出與南方文化交相融合的特點。辛詞中「冰」、「玉」、「雪」、「清」等意象的使用，往往呈現出可悲可喜、清剛悲婉的兩極化風格，如：

〈臨江仙〉：「莫向空山吹玉笛，壯懷酒醒心驚。四更霜月太寒生。被翻紅錦浪，酒滿玉壺冰，小陸未須臨水笑，水林我輩鍾情。」（《稼軒詞編年箋注》，頁208）

〈浪淘沙〉：「不肯過江東。玉帳匆匆。至今草木憶英雄。唱著虞兮當日曲，便舞春風。兒女此情同。往事朦朧。湘娥竹上淚痕濃。舜蓋重瞳堪痛恨，羽又重瞳。」（《稼軒詞編年箋注》，頁 368～369）

〔註36〕王翠芳《稼軒豪放詞風之美學研究》（國立高雄師範大學博士論文，2001年6月），頁 292～327。

〈生查子〉：「百花頭上開，冰雪寒中見。霜月定相知，先識春風面。　　主人情意深，不管江妃怨。折我最繁枝，還許冰壺薦。」（《稼軒詞編年箋注》，頁 298）

〈水調歌頭〉：「造物故豪縱，千里玉鸞飛。等閒更把，萬斛瓊粉蓋顏黎。好卷垂虹千丈，只放冰壺一色，雲海路應迷。老子舊游處，回首夢耶非。」（《稼軒詞編年箋注》，頁 43～44）

　　由以上引文，除了可見辛棄疾對於「吳蔡體」「冰雪冷寒」意象的繼承，更應注意到他鎔鑄南北、綰合傳統與創新的功力及獨到之處。正是這般廣納百川的精神與學識，才能使辛詞成為詞史上具有極高藝術成就的一座標的，吸引著千百年來眾人的目光。

　　至於「以文為詞」，或者說辛詞中的「散文化」特點，也是為人所爭論的焦點之一。筆者此處不作好壞的分判，而是就詞體發展的角度加以探討。辛棄疾「以文為詞」的作法，除了本身性格及學養豐厚使然，也與當時詞體演變情形有關。靖康之禍後，詞樂資料的散佚造成詞譜的失傳。這樣的情況，「在北方當更甚於南方」。〔註37〕是以，詞體漸漸走向「詞樂分離」的道路，可被之管弦的反成少數。正因為沒有詞樂的配合，詞體也逐漸脫離歌館樓臺，成為一種案頭文學，而更適於書寫士人懷抱。同樣地，這樣的背景也提供了詞體散文化的條件：過於抽象典型的「詩化」語言，反而阻礙了清楚表達自己情志的目的。是以，「以文為詞」實際上是南宋以來整個大時代環境所造成的時代風尚，在這一面向上，實不應給予辛棄疾過多的苛責。而「以文為詞」的最大特點，即是「虛字」的大量使用。這點在吳蔡詞作中，已可見端倪。如：吳激〈滿庭芳〉：「明年會，清光未減，白髮也休添」（《全金元詞》，頁 5）、蔡松年〈水調歌頭〉：「老矣黃塵眼，如對白蘋洲」（《全金元詞》，頁 7）、〈漢宮春〉：「雪與幽人，正一年佳處，清曉開門」（《全金元詞》，頁 14）、〈念奴嬌〉：「終焉此世，正爾猶是

〔註37〕趙維江《金元詞論稿》，同第一章註9，頁 91～92。

良策」(《全金元詞》,頁 20)、〈水龍吟〉:「但閒窗酒病,東風曉枕,
箇中時要」(《全金元詞》,頁 20) 等。辛詞中雖然突破了韻文與非韻
文的藩籬,屢屢使用古文中才有的「虛字」,卻能謹慎為之,使得句
法靈活跳脫,饒富韻味。如:

> 秦望山頭,看亂雲急雨,倒立江湖。不知雲者為雨,雨者
> 雲乎。長空萬里,被西風、變滅須臾。回首聽,月明天籟,
> 人間萬竅號呼。　　誰向若耶溪上,倩美人西去,麋鹿姑
> 蘇。至今故國人望,一舸歸歟。歲云暮矣,問何不、鼓瑟
> 吹竽。君不見,王亭謝館,冷煙寒樹啼烏。(〈漢宮春〉,見
> 《稼軒詞編年箋注》,頁 540)

> 昔時曾有佳人,翩然絕世而獨立。未論一顧傾城,再顧又
> 傾人國。寧不知其,傾城傾國,佳人難得。看行雲行雨,
> 朝朝暮暮,陽臺下,襄王側。　　堂上更闌燭滅。記主人、
> 留髡送客。合尊促坐,羅襦襟解,微聞薌澤。當此之時,
> 止乎禮義,不淫其色。但啜其泣矣,啜其泣矣,又何嗟及。
> (〈水龍吟〉,見《稼軒詞編年箋注》,頁 360)

> 被公驚倒瓢泉,倒流三峽詞源瀉。長安紙貴,流傳一字,
> 千金爭舍。割肉懷歸,先生自笑,又何廉也。但銜盃莫問,
> 人間豈有,如孺子、長貧者。　　誰識稼軒心事,似風乎、
> 舞雩之下。回頭落日,蒼茫萬里,塵埃野馬。更想隆中,
> 臥龍千尺,高吟纏罷。倩何人與問,雷鳴瓦釜,甚黃鍾啞。
> (〈水龍吟〉,《稼軒詞編年箋注》,頁 219~220)

由以上可知,若能善用虛字,避免古文空泛堆垛的弊病,便能使詞作
確實產生情隨意轉,辭氣暢達卻又含蓄凝鍊的效果。除了虛字的使
用,辛詞在句式上的散化也是促成「以文為詞」的重點之一。散化的
文句,可以是該對仗時不對,也可以是古文直敘鋪陳的方式,更包括
了副詞、連接詞、語氣詞的使用。如:

> 過眼溪山,怪都似、舊時曾識。還記得夢中行遍,江南江
> 北。佳處徑須攜杖去,能消幾緉平生屐。笑塵勞三十九年

非，長爲客。(〈滿江紅〉上片，見《稼軒詞編年箋注》，頁
60）

稼軒日向兒童說，帶湖買得新風月。頭白早歸來，種花花
已開。　　功名渾是錯，更莫思量著。見說小樓東，好山
千萬重。(〈菩薩蠻〉，見《稼軒詞編年箋注》，頁95）

杯汝來前，老子今朝，點檢形骸。甚長年抱渴，咽如焦釜，
于今喜睡，氣似奔雷。汝說劉伶，古今達者，醉後何妨死
便埋。渾如此，歎汝於知己，眞少恩哉。　　更憑歌舞爲
媒。算合作平居鳩毒猜。況怨無大小，生於所愛，物無美
惡，過則爲災。與汝成言，勿留亟退，吾力猶能肆汝杯。
杯再拜，道麾之即去，招則須來。(〈沁園春〉，見《稼軒詞
編年箋注》，頁386）

上引詞作中的許多詞句，散入古文之中，亦能魚目混珠，以假亂眞。
由此可見辛詞融通古文句法的功力，已極爲純熟。對照吳蔡詞作，亦
能檢索出類似的詞句。如：吳激〈滿庭芳〉:「海內文章第一，屬車從、
九九清塵。相逢地，歲云暮矣，何事又參辰」(《全金元詞》，頁5)、
蔡松年〈滿江紅〉:「底事年來常馬上，不堪齒髮行衰缺」(《全金元詞》，
頁 19)、〈念奴嬌〉:「醉墨烏絲，新聲翠袖，不可無吾一」(《全金元
詞》，頁21)、〈水調歌頭〉:「酒前豪氣千丈，不減昔時不」(《全金元
詞》，頁8)、〈念奴嬌〉:「終焉此世，正爾猶是良策」(《全金元詞》，
頁 20) 等。雖大體而言，散文化的程度不若辛詞，但與蘇軾相較，
仍是較爲散化的。

　　議論部分，辛詞依然在蘇軾、吳蔡的影響下，有了更大的進展。
伴隨著「以文爲詞」的特點，辛詞中往往有夾敘夾議的情形發生；當
然，幾乎通篇議論的也可得見。如：

萬事幾時足，日月自西東。無窮宇宙，人是一粟太倉中。
一葛一裘經歲，一缽一瓶終日，老子舊家風。更著一杯酒，
夢覺大槐宮。　　記當年，嚇腐鼠，歎冥鴻。衣冠神武門
外，驚倒幾兒童。休說須彌芥子，看取鵾鵬斥鷃，小大若

爲同。君欲論齊物，須訪一枝翁。(〈水調歌頭〉，見《稼軒
詞編年箋注》，頁 285)

莫殢春光花下遊。便須準備落花愁。百年雨打風吹卻，萬
事三平二滿休。　　將擾擾，付悠悠。此生於世百無憂。
新愁次第相拋舍，要伴春歸天盡頭。(〈鷓鴣天〉，見《稼軒
詞編年箋注》，頁 373)

總把平生入醉鄉。大都三萬六千場。今古悠悠多少事，莫
思量。　　微有寒些春雨好，更無尋處野花香。年去年來
還又笑，燕飛忙。(〈添字浣溪沙〉，見《稼軒詞編年箋注》，
頁 389)

辛棄疾在詞中好發議論，除了客觀的背景之外，也與其極具邏輯思辨
的理性特質有關。是以，朱靖華、劉彩霞以爲：「從辛稼軒全部詩、
詞、文的整體創作來看，他具有著鮮明的思辨式人生方式。他曾經說
過自己是一個非常重視『理』和『物理變化』的人……於是，我們看
到，他遇事總要刨根問底，推究驗證，上下求索，追逐理悟，在其詩
詞中，到處都充滿著『思量』的印迹。」〔註38〕將己身反覆思量所得，
化爲對人生體悟的文字，融入詞作之中，遂使得辛詞中的主體意識愈
亦凸出，也讓讀者能夠更加貼近辛棄疾的心靈及其生活點滴。

　　至於辛詞中的「戲謔」成分，則也是論者無法忽略的一項特色。
據統計，辛詞以「嘲」、「戲」爲標題，或題目爲標明而語涉嘲戲的有
150 闋；「笑」或其同義詞，以及「調」、「樂」等則約有 170 闋詞。
〔註39〕因爲辛棄疾多半能將生活中所見所感，尤其是哀怨牢騷一類的
情感，轉化成幽默詼諧、自我調侃的情感基調，並寄寓自身幽微的反

〔註38〕朱靖華、劉彩霞〈論稼軒詞的自覺理性顯揚──兼論「稼軒體」的
　　　藝術特色〉，收入《辛棄疾學術研討會論文彙編》(武夷山：中國韻
　　　文學會、福建師大文學院，2004 年 4 月)，頁 203。
〔註39〕侯孝瓊〈試說辛棄疾詞中的「笑」聲〉，收入《辛棄疾學術研討會論
　　　文彙編》(武夷山：中國韻文學會、福建師大文學院，2004 年 4 月)，
　　　頁 81。

思與心緒在這樣的文字之中。是以侯孝瓊以爲：「這類充滿笑聲，充滿諧趣的詞，既有犀利的譏嘲，深沈的憤慨，也有溫厚的調侃，眞誠的慕悅，它們展示了一個失路英雄的深沉複雜的情懷，一個智者對生活的深刻認知。」〔註40〕王師偉勇則談到：

> 當稼軒視詞爲「陶寫之具」，選擇以詼諧、幽默之方式，表達其「熱心」之時，吾人可發現稼軒運用此等俳諧作品，小可以用於祝壽應酬、記寫日常生活，次可以自嘲嘲人、諷刺現實人生，大則可以抒情明志、寓寫不平之氣；甚乃綜而有之，眞如「禪宗棒喝，頭頭皆是」，故不可等閒視之。〔註41〕

可見，辛棄疾能夠將戲謔因子融入各種生活題材，所以這樣諧趣的詞作呈現了多元化的樣貌。如：

> 烈日秋霜，忠肝義膽，千載家譜。得姓何年，細參辛字，一笑君聽取。艱辛做就，悲辛滋味，總是辛酸辛苦。更十分，向人辛辣，椒桂搗殘堪吐。　　世間應有，芳甘濃美，不到吾家門戶，比著兒曹。縈縈卻有，金印光垂組。付君此事，從今直上，休憶對床風雨。但贏得，靴紋縐面，記余戲語。（〈永遇樂〉，見《稼軒詞編年箋注》，頁529）

此詞序云：「戲賦辛字，送茂嘉十二弟赴調」。全詞從「辛」字談起，雖是「辛酸辛苦」，卻仍轉化了負面情緒，而寄予無限祝福之情。是以雖戲謔爲之，卻仍充滿著敦厚溫馨之情。又如：

> 幾箇相知可喜。才廝見、說山說水。顚倒爛熟只這是。怎奈向，一回說，一回美。　　有箇尖新底。說底話、非名即利。說得口乾罪過你。且不罪，俺略起，去洗耳。（〈夜游宮〉，見《稼軒詞編年箋注》，頁476）

此詞乃記「苦俗客」的言談舉止，並描摹自己面對苦俗客的反應，生

〔註40〕侯孝瓊〈試說辛棄疾詞中的「笑」聲〉，同上註。
〔註41〕王師偉勇〈稼軒「雜體詞」探析〉，收入《辛棄疾學術研討會論文彙編》（武夷山：中國韻文學會、福建師大文學院，2004年4月），頁183。

動呈顯了辛棄疾不隨流俗、孤高自立的個性。又如：

> 更休說。便是箇、住世觀音菩薩。甚今年、容貌八十歲，
> 見底道、纏十八。　莫獻壽星香燭。莫祝靈龜椿鶴。只
> 消得、把筆輕輕去，十字上、添一撇。（〈品令〉，見《稼軒
> 詞編年箋注》，頁 477）

按：此詞詞序云：「族姑慶八十，來索俳語」。詞序詞作兩相結合，便可體會辛詞在祝壽中不失幽默莊重，卻又十分貼切的作詞功力。

最後，則要探討關於辛棄疾的詞作風格。辛詞的創作成就，在南宋詞壇可說是集大成者；也因此，不難想見其作品內涵的異彩紛呈。在風格方面，雖然辛棄疾以其豪放雄健的特色聞名；但不可否認地，辛詞在傳統婉約纖細的的風格中，依然透顯出其獨到的藝術技巧。亦即，辛詞可剛可柔，並呈顯出交揉錯雜的多樣風格。施議對即以為：

> （稼軒體）是由許多組包含著兩個相矛盾的對立面的統一
> 體所構成的。例如：剛與柔、動與靜、大與小、嚴肅與滑
> 稽等等，互相對立，辛棄疾則融之為一體，構成具有獨特
> 風格的稼軒詞。這是稼軒體有別於其他體的一個重要特
> 徵。〔註42〕

又說：「辛詞中英雄語與嫵媚語二者並兼，但其英雄語並非一般豪語、壯語，嫵媚語，亦非一般豔語、綺語。」〔註43〕是以辛詞的英雄語，便呈現「姿態飛動，沈鬱頓宕」的風格；嫵媚語則分別呈現了「摧剛為柔，婉約出之」，以及「柔中有剛，以氣行之」的兩種風格。〔註44〕關於詞例部分，施議對先生在所引的兩篇文章中已有詳細深刻的解析，此處從略。但應提及的一點是：辛詞風格的融通多樣，與師法吳蔡，亦有一定程度的關聯。誠如前文所述，吳激與蔡松年兩人表現在

〔註42〕施議對〈論稼軒體〉，收入《宋詞正體》（澳門：澳門大學出版中心，
　　　　1996 年 12 月），頁 291～292。
〔註43〕施議對〈辛詞特殊風格釋例〉，收入《宋詞正體》，同上註，頁 279。
〔註44〕施議對〈辛詞特殊風格釋例〉，同註 42，頁 279～285。

詞作上的風格，皆不只一種；吳偏哀婉含蓄，蔡偏疏俊清朗，但兩人又共有「爽逸放曠」的氣質因子。以此對照辛棄疾詞作，則不難發現辛詞中包含概括了以上幾種風格。正是因爲這樣的博採融通，尤其是對吳激善剪裁前人語句卻彷若天成，以及蔡松年迴轉環繞，吞吐欲出的矛盾心情的摹寫的吸收仿效，〔註45〕更是直接型塑辛詞「潛氣內轉」、「剛柔並濟」風格的主要原因。

　　此外，承續第一節關於蘇軾、蔡松年、辛棄疾三人相似特點的討論，這裡還需針對辛詞加以分析。首先是對陶潛的忻慕與步武的痕跡。據統計，在辛棄疾現存的 629 闋詞作之中，吟詠、提及陶潛，以及借用、化用其作品的詞共有 87 闋，〔註46〕約佔 14%。其中，又以辛棄疾中晚年時的作品最多。源於辛棄疾積極進取的入世精神，以及其悲天憫人的英雄之氣，使得辛棄疾本身所呈顯出來的特質，與陶潛恬靜退適的個性有著極大的差異。是故，若從這樣的角度來看，辛、陶兩人不至於產生強烈共鳴，甚至擦出火花。這也說明了何以在辛棄疾青年及中年時期，對陶潛的提及引用，與時人並無太大不同。然而，與蘇軾、蔡松年相同，在經過了現實的紛擾與內心世界的衝突撞擊之後，陶潛「歸去來兮」的呼喚便一再地盤旋於辛棄疾心中，促使詞人漸漸向此一具有典範性質的隱者靠近。對陶潛的追慕到了極致，便轉化成對相關事物的頻繁詠歎，甚至是通篇櫽括陶潛作品入詞。如〈念奴嬌〉：

> 龍山何處，記當年高會，重陽佳節。誰與老兵供一笑，落帽參軍華髮。莫倚忘懷，西風也會，點檢尊前客。淒涼今古，眼中三兩飛蝶。　　須信采菊東籬，高情千載，只有陶彭澤。愛說琴中如得趣，絃上何勞聲切。試把空杯，翁還肯道，何必杯中物。臨風一笑，請翁同醉今夕。（《稼軒詞編年箋注》，頁 459）

〔註45〕關於此點，鞏本棟在〈詞學蘇軾與轉益多師：辛棄疾詞的藝術淵源〉一文中，亦有相同的看法。見註24。

〔註46〕李劍鋒《元前陶淵明接受史》，同第四章註54，頁 362。

飛流萬壑，共千巖爭秀。孤負平生弄泉手。歎輕衫短帽，
幾許紅塵，還自喜、濯髮滄浪依舊。　　人生行樂耳，身
後虛名，何似生前一杯酒。便此地，結吾廬，待學淵明，
更手種、門前五柳。且歸去、父老約重來，問如此青山，
定重來否。（〈洞仙歌〉，見《稼軒詞編年箋注》，頁 197）

停雲靄靄，八表同昏，盡日時雨濛濛。搔首良朋，門前平
陸成江。春醪湛湛獨撫，限彌襟、閒飲東窗。空延佇，恨
舟車南北，欲往何從。　　嘆息東園佳樹，列初榮枝葉，
再競春風。日月于征，安得促席從容。翩翩何處飛鳥，息
庭樹、好語和同。當年事，問幾人、親友似翁。（〈聲聲慢〉，
見《稼軒詞編年箋注》，頁 410）

當然，辛棄疾也曾有過如蘇軾、蔡松年一般「愧淵明」的情感；但隨
著人生閱歷的增長，以及與前人相比，閒居歲月的拉長，因逃避現實
而欲歸隱的情志已日趨減少，對自然山水的想望反而變成主動積極的
願望。陶潛的風流情韻，也不僅只是一個遙不可及的典型，而是一個
近在咫尺，彷彿伸手便可觸及的師友了。是以，李劍鋒對此作了一個
結論：

在辛棄疾有關陶淵明的詩詞文裡，陶淵明是一位有著高風
亮節和脫俗的生活情趣，有著對時世和人生獨特見解的隱
逸和豪傑之士，陶淵明在恬淡靜穆的生活外表下有著憂時
傷世的豪傑之心。在一代英雄、豪放派詞人辛棄疾藉淵明
酒杯，以澆自己胸中塊壘的過程中，對陶淵明的個性解讀，
所以他能由「酒興詩情不相似」發展到以陶為師，終而推
陶為千古知己。〔註47〕

正是因為自身的英雄氣概，才使得陶潛本來即有的壯志熱情，在歷史
上第一次被後人所認識。也因此，在辛棄疾眼中，陶潛不僅是不為五
斗米折腰的孤高隱士，更是對人世懷抱著熱情關注的儒士。

而與蘇軾、蔡松年相比，對自身「懶慢」個性的陳述亦不少見。

〔註47〕李劍鋒《元前陶淵明接受史》，同第四章註54，頁371。

如：〈南歌子〉：「病笑春先老，閒憐懶是眞」（《稼軒詞編年箋注》，頁160）、〈永遇樂〉：「雲時風怒，倒翻筆硯，天也只教吾懶。又何事，催詩雨急，片雲斗暗」（《稼軒詞編年箋注》，頁 411）、〈卜算子〉：「病是近來身，懶是從前我。靜掃瓢泉竹樹陰，且恁隨緣過」（《稼軒詞編年箋注》，頁 252～253）、〈鷓鴣天〉：「自古高人最可嗟。只因疏懶取名多。居山一似庚桑楚，種樹眞成郭橐駝」（《稼軒詞編年箋注》，頁 415）、〈玉樓春〉：「狂歌擊碎春醪骰，欲舞還憐衫袖短。身如溪上釣磯閒，心似道旁官堠懶」（《稼軒詞編年箋注》，頁 469）、〈鷓鴣天〉：「窮自樂，嬾方閒。人間路窄酒杯寬。看君不了癡兒事，又似風流靖長官」（《稼軒詞編年箋注》，頁 440）、〈鷓鴣天〉：「新劍戟，舊風波。天生予懶奈予何。此身已覺渾無事，卻教兒童莫恁麼」（《稼軒詞編年箋注》，頁 318）等。但應注意的是，辛詞中這樣的描述，並非同蘇、蔡一般，眞切嚮往著能夠擺脫世事羈絆，恣意享受長林豐草的樂趣。這並不是否定辛棄疾對於山水自然的喜愛，而是從詞人的個性志願來看，辛棄疾根本沒有放下家國興亡的情緒，甚至臨終前還「大呼殺賊數聲」[註48]，可見他自始至終都是以恢復破碎山河爲夙志的。因此，對於自己「懶慢」個性的陳述，其實是藉此以轉化不被重用的憤慨愁苦情緒，而故作漠不關心的一種手段罷了。

　　綜上所述，可知辛棄疾在詞作上對於蘇軾及「吳蔡體」的繼承與發揮，更可見到蘇、吳、蔡、辛之間隱隱相連的關係。但我們也不否認，辛詞對吳蔡的仿效，在程度上不若吳蔡對蘇軾，或者蔡松年對蘇軾的高。這一方面是辛棄疾「轉益多師」的結果，另一方面也與詞人個性與背景相關。亦即，雖蘇、蔡、辛三人一脈相承，但蘇、蔡兩人仍是較爲近似、相仿的；而雖蔡、辛兩人在詞作上的關係不若蘇、蔡親近，但從以上的討論卻依然得以證明，蔡、辛兩人有師徒之誼，且「吳蔡體」確實負起了傳承蘇詞的責任，並在多方面影響了辛棄疾，

〔註48〕清・王贈芳等修、成瓘等纂《濟南府志》（臺北：學生書局，1968 年 2 月），冊十一卷四十七，頁 4248。

也促使豪放詞派發展更爲成熟、完整。筆者以爲，這點是有跡可尋而
無庸置疑的。

第三節　揭開金源百年詞運，豎立清剛詞風

　　「吳蔡體」除了在縱向的詞學發展史上扮演樞紐轉承的角色外，
在當時橫向的十二世紀北方詞壇，也挑起了奠定詞學基礎，發展屬於
金源清逸剛健詞風的重責大任。是以元好問有云：「百年以來，樂府
推伯堅與吳彥高，號『吳蔡體』」(《中州集》輯一，頁 57)，可見「吳
蔡體」確爲金源詞壇第一座昂然矗立的山峰。陶然則歸結了「吳蔡體」
對金源詞壇的四個影響：其人其詞本身就構成了金代初期詞壇的主
體；從不同角度承繼了北宋詞的風範；奠定金詞學蘇的基礎，以及直
接影響了隨後的一批新生代詞人。〔註49〕可知「吳蔡體」對於金詞有
著極廣泛的貢獻，實有深入探討的必要。因此以下將就意象、功能、
詞風、特色等幾個面向，逐一論述「吳蔡體」與金源詞壇的關係及所
造成的影響。

　　首先，「吳蔡體」開啓了金詞「學蘇」的風氣。誠如前文所述，
蘇學自蘇軾歿後更加盛行，在金代的流傳與接受則更甚於南方。而
金代學蘇風氣不僅是單一面向的模仿，還融入了對蘇軾人格氣度的
仰望與懷想。是以不論是知識學術方面，抑或各個文學類別的創作，
總能見到蘇軾身影的滲透。而「吳蔡體」，特別是蔡松年的作品，則
適時地提供文人一個可堪借鑒、仿效的範本，促進了金詞學蘇的風
氣，而使其蓬勃發展。就心理層面來講，蘇軾曠達自適、善於調適
的思想，是金代文人所亟需具備，或藉以撫慰心靈的一帖良方。陶然
認爲：

　　　蘇軾式人生的意義在於其超越性，但這不同於以往的隱士
　　們那種純粹避世性的超越，而是置身於人生，而又以善處

〔註49〕陶然《金源詞通論》，同第一章註 11，頁 59～62。

人生的態度來超越人生的苦難。在中國傳統文化觀念中，本來就有「小隱隱於野，中隱隱於市，大隱隱於朝」之說，蘇軾開闢了一條以文人式的智慧、在有缺憾的人生中實現無缺憾的自我的道路，這自然會引起向來注重精神體驗的中國文人的傾倒……更重要的是，金代文人本身處於一個頗為尷尬的文化境地，儘管他們中的不少人榮登臺閣、歷仕要職，但作為仕於外族的漢族文人，因文化上的難以認同，而產生的心理沈重感，是很難抹去的。〔註50〕

仕隱的起伏與抉擇，長久以來即是操控士人情緒的羅盤；而偏偏能在仕宦生涯中一帆風順的，又鮮有其人。是以，蘇軾跳脫超曠的思維，對於中國士人，特別是身處金國的文人而言，是一種極難達成，卻又隱然是消解心結的最佳方式。而蔡松年的步武蘇軾，即是此一情緒演變過程的實例之一。至於金詞學蘇表現在詞作上，最顯而易見的即是標明仿擬東坡的作品。如趙秉文〈大江東去〉：

> 秋光一片，問蒼蒼桂影，其中何物。一葉扁舟波萬頃，四顧黏天無壁。叩枻長歌，嫦娥欲下，萬里揮冰雪。京塵千丈，可能容此人傑。　　回首斥壁磯邊，騎鯨人去，幾度山花發。澹澹長空今古夢，只有歸鴻明滅。我欲從公，乘風歸去，散此麒麟髮。三山安在，玉簫吹斷明月。（《全金元詞》，頁 47）

此詞序標明：「用東坡先生韻」。〈大江東去〉即〈念奴嬌〉，而檢視此闋作品，可知乃次韻蘇軾〈念奴嬌〉（大江東去）詞。詞中清新狂放的風格、俯仰今昔的時空感嘆，甚至是詞句如「我欲從公，乘風歸去」等，都與蘇軾極為相似。此處還需特別註明的是，「澹澹長空今古夢，只有……」的句子，其實完全化自蔡松年〈念奴嬌〉：「淡淡長空今古夢，只有此聲難得」（《全金元詞》，頁 20）。故亦可見蔡松年作品對於繼承蘇軾，又轉而直接給予後人的影響。又如趙秉文〈缺月挂疏桐〉：

〔註50〕陶然《金源詞通論》，同第一章註11，頁68。

烏鵲不多驚，貼貼風枝靜。珠貝橫空冷不收，半濕秋河
影。　　缺月墜幽窗，推枕驚深省。落葉蕭蕭聽雨聲，簾
外霜華冷。（《全金元詞》，頁 47～48）

此詞序云：「擬東坡作」。又〈缺月挂疏桐〉即〈卜算子〉詞調，可
知此闋乃仿蘇軾〈卜算子〉（缺月挂疏桐）而作。又如元好問〈鷓鴣
天〉：

煮酒青梅入坐新。姚家池館宋家鄰。樓中燕子能留客，陌
上楊花也笑人。　　梁苑月，洛陽塵。少年難得是閒身。
殷勤昨夜三更雨，膡醉東城一日春。（《全金元詞》，頁 95）

此詞序云：「效東坡體」。又如元好問〈定風波〉：

離合悲歡酒一壺。白頭紅頰醉相扶。見說德星金又聚。何
處。范家亭上會周吳。　　造物有情留此老。人道。洛西
清燕百年無。六課不爭前與後。好□。龍眠老筆新畫圖。（《全
金元詞》，頁 114）

此詞後序云：「永寧范使君園亭，會汝南周國器，汾陽任亨甫、北燕
吳子英、趙郡蘇君顯、淄川李德之、用東坡體，擬六客詞。」

　　此外，直接援引、化用蘇軾詞句的亦不在少數。如王寂〈一翦
梅〉：「汝水多情，卻解東流。」（《全金元詞》，頁 34）此兩句化自蘇
軾〈虞美人〉：「無情汴水自東流，只載一船離恨、向西州。」（《蘇軾
詞編年校注》中冊，頁 541）又如王寂〈感皇恩〉：

天地一浮萍，人生如寄。畫餅功名竟何益。百年渾醉，三
萬六千而已。過了一日也、無一日。（《全金元詞》，頁 35）

詞中「人生如寄」句，化自蘇軾〈西江月〉：「與君各記少年時。須信
人生如寄」（《蘇軾詞編年校注》中冊，頁 597）；「百年」兩句，化自
〈滿庭芳〉：「百年裡，渾教是醉，三萬六千場。」（《蘇軾詞編年校注》
中冊，頁 458）再如完顏璹〈朝中措〉：

襄陽古道灞陵橋。詩興與秋高。千古風流人物，一時多少
雄豪。（《全金元詞》，頁 45）

此兩句化自蘇軾〈念奴嬌〉（大江東去）。又如李俊明〈滿江紅〉：「但

芒鞋竹杖任蹉跎，狂吟笑。」（《全金元詞》，頁 66）此化自蘇軾〈定風波〉（莫聽穿林打葉聲）。又如：元好問〈水調歌頭〉：「把酒問明月，今夕是何年。」（《全金元詞》，頁 72）此兩句則化自蘇軾〈水調歌頭〉（明月幾時有）。又如：元好問〈水龍吟〉「此心安處，良辰美景，般般稱遂。」（《全金元詞》，頁 78）此句化自蘇軾〈定風波〉：「試問嶺南應不好。卻道，此心安處是吾鄉。」（《蘇軾詞編年校注》中冊，頁 579）

　　以上僅就金詞化用蘇詞的部分加以舉例，然尚有許多引用蘇詩入詞的作品，此處略而不論。可知，在詞中融入蘇軾思想，化用蘇詞語句，已是金代詞人習以爲常的文學慣性，故能隨手拈來，而顯得自然無跡。至於蔡松年引用蘇軾作品，又爲後人徵引的部分，則留待下文一併論述。

　　其次，詞體在經過蘇軾的革新，以及金初「吳蔡體」的拓展之後，其「言志」、「交際」的功能已爲金代詞壇所普遍接受；是以雖然金代詞壇不乏溫軟寫情的作品，但大抵上仍能呈現出詞人生活面貌、交游情形，以及心志舒展等多樣面向。如完顏亮〈念奴嬌〉：

> 誰念萬里關山，征夫僵立，縞帶占旗腳。色映戈矛，光搖劍戟，殺氣橫戎幕。貔虎豪雄，偏禅眞勇，非與談兵略。
> 須拚一醉，看取碧空寥廓。（《全金元詞》，頁 27）

完顏亮，即海陵王。海陵雄才大略，極具開疆闢土的野心。雖暴虐無道，但這樣帶有女眞血統的豪放積極個性，表現在詞作中，便呈顯出前人所無的極致剛烈特色。詞作中，可以看出海陵胸中馳騁沙場，奮勇作戰的熱情；而收拾南方疆土，一統河山的志願，則藉此隱約透顯了。又如完顏璹〈沁園春〉：

> 壯歲耽書，黃卷青燈，流連寸陰。到中年贏得，清貧更甚，蒼顏明鏡，白髮輕簪。納被蒙頭，草鞋著腳，風雨瀟瀟秋意深。淒涼否，鮓中匵粟，指下忘琴。　　一篇梁父高吟。看谷變陵遷古又今。便離騷經了，靈光賦就，行歌白雪，愈少知音。試問先生，如何即是，布袖長垂不上襟。掀髯

笑，一筆爲，萬事無心。(《全金元詞》，頁 45)

完顏璹，爲金世宗孫，越王永功長子，封密國公。元好問以爲「百年以來，宗室中第一流人也」。(《中州集》輯三，頁 181)完顏璹性好詩書，「風流蘊藉，有承平時王孫故態，使人樂之而不厭也」。(《中州集》輯三，頁 181)奉朝請居家四十年，家甚貧；中年之後，金朝國勢漸衰，是以詞作多流露愁苦之感。而上引〈沁園春〉一闋，則約略可見其平生及其當下心志的抒發。張師子良以爲，此詞「疏快曠達中，自有悲涼寓焉」，〔註51〕足證況周頤：「密國公詞，姜、史，辛、劉兩派兼而有之」〔註52〕之評，所言極是。又如王渥〈水龍吟〉：

> 短衣匹馬清秋，慣曾射虎南山下。西風白水，石鷃鱗甲，
> 山川圖畫。千古神州，一時勝事，賓僚儒雅。快長堤萬弩，
> 平崗千騎，波濤捲、魚龍夜。　　落日孤城鼓角，笑歸來，
> 長圍初罷。風雲慘澹，貔貅得意，旌旗閒暇。萬里天河，
> 更須一洗，中原兵馬。看鞭鑾嗚咽，咸陽道左，拜西還駕。
> (《全金元詞》，頁 52)

此詞序云：「從商帥國器獵，同裕之賦」，可知此詞爲從獵時與元好問（字裕之）同作。此詞不但可看出詞人爲家國奮戰的志向，更由此得知王渥與元好問此時一同跟隨完顏斜烈出獵商州，場景描寫生動。又如李俊明〈洞仙歌〉：

> 隴頭瀟灑，辜負尋芳眼。浪蕊浮花問名懶。縱看看驛使，
> 戴得春來，只恐怕、綠葉成陰子滿。　　暗香無恙否，月
> 落參橫，惆悵羅浮夢魂短。賴故人情重，不減西湖，花上
> 月，分我黃昏一半。更選甚、南枝與北枝，是一種春風。(《全
> 金元詞》，頁 59)

此詞序云：「謝楊成之寄梅」。李俊明愛梅，曾作〈謁金門〉十二闋以詠梅。此詞乃酬謝友朋寄贈梅花所作，風格清新疏淡。又如李俊明〈清

〔註51〕張師子良《金元詞述評》，同第一章註7，頁 72。
〔註52〕況周頤《蕙風詞話》(鄭州：中州古籍出版社，2003 年 11 月)，卷三，
　　　頁 41。

平樂〉：

> 黃花今後，纔是秋光暮。依舊滿城風又雨。句引錦囊詩
> 句。　　束籬尚可重游。羨君來往風流。莫惜尊前健倒，
> 這回節去蜂愁。（《全金元詞》，頁67）

此詞序云：「閏重九宋翔卿席」。可知此爲席上應酬所作。

　　由以上可見，詞體至此已與南宋一般，成爲與詩體平起平坐，足
以成爲士人「陶寫之具」的文學類別了。而綜觀金詞的言志抒懷取向，
從吳蔡詞作中已可見端倪；詞體應酬交際功能的普遍，也不得不歸功
於「吳蔡體」於金初的大量運用。

　　再者，在題材內容方面，金詞大抵不出「吳蔡體」的範疇。其中
對「隱逸」山林的希冀，也同樣貫穿了金源詞壇。如党懷英〈月上海
棠〉：

> 傲霜枝嬾圍珠蕾。冷香霏、煙雨晚秋意。蕭散繞東籬，尚
> 彷彿、見山清氣。西風外，夢到斜川栗里。　　斷霞魚尾
> 明秋水。帶三兩、飛鴻點煙際。疏林颯秋聲，似知人、倦
> 游無味。家何處，落日西山紫翠。（《全金元詞》，頁42）

> 百年富貴，一覺邯鄲夢。識破中流退應勇。縱生前身後，
> 得個虛名，褒貶處、一字由他南董。　　故園歸去好，還
> 肯同歸，大廈如今有梁棟。對青天咫尺，列宿森然，君莫
> 怪，不見少微星動。且拂袖、林泉作詩人，儘明月清風，
> 笑人嘲弄。（李俊明〈洞仙歌〉，見《全金元詞》，頁59）

> 五柳成陰，三徑晚、宦遊無味。還自嘆、迎門笑語，久須
> 童稚。歸去來兮尊有酒，素琴解寫無絃趣。醉時眠、推手
> 遣君歸，吾休矣。　　富與貴，非吾事。貧與賤，寧吾累。
> 步東籬遐想，昔人高致。霜菊盈叢還可採，南山依舊橫空
> 翠。但悠然、一點會心時，君須記。（段克己〈滿江紅〉，
> 見《全金元詞》，頁138）

金詞隱逸的特色，即在儘管詞人履居高位，仕途上未遭波瀾，但依然
懷抱著適意田野的心緒，而時有歸去之想。如上述三位詞人，基本上

皆非仕途不順，迭遭磨難之人，但仍然不時在詞作中吐露休官歸隱的想望，可見如此的「隱逸」思想，實爲金元時期所特有的大時代氛圍。儘管三人欲歸隱的情況與蔡松年不甚相似，但從詞作中透顯的情緒，甚至是所用詞句，如「倦游」、「富貴」、「勇退」、「故園」、「三徑」、「醉眠」、「君須記」等，很難否認其中有蔡松年詞作的影響。相同地，就蘇軾、蔡松年一脈相承，對陶潛其人其事的欽慕來看，其悠然於山水之間的高情遠韻，也受到金代詞人的歡迎與接受。

此外，自蘇軾以來，經過元祐詞人、蔡松年等所共同繼承的特定題材，如茶詞、寄贈妻子的作品，在金源詞壇亦有跡可尋。如高士談〈好事近〉：

> 誰打玉川門，白絹斜封團月。晴日小窗活火，響一壺春雪。　可憐桑苧一生顛，文字更清絕。直擬駕風歸去，把三山登徹。（《全金元詞》，頁4）

> 夢破打門聲，有客袖攜團月。喚起玉川高興，煮松簷晴雪。　蓬萊千古一清風，人境兩超絕。覺我胸中黃卷，被春雲香徹。（元德明〈好事近〉，見《全金元詞》，頁29）

據元好問《中州樂府》所錄，元德明所作有詞序云：「次蔡丞相韻」，下又記：「首倡及高子文屬和附於此」（《中州集》輯四，頁338）。可知，此詞乃蔡松年作於前，高士談和之，元德明在兩人之後又有此次韻之作。然此處應說明的是，元德明生於海陵王正隆元年（西元1156年），三年後（1159）蔡松年去世，故元德明非與兩人同時唱和，而是長成以後，追和前人韻所作。檢視此三闋詞，蔡松年原作即標明「詠茶」，可知此三闋皆爲茶詞。除了採用相同韻腳，描述烹茶情景，兩人作品皆呈現出清麗可愛的風韻。雖然不若蔡松年原作的自然流利，卻也不失茶詞一貫清雅的趣味。又如李節〈滿江紅〉：

> 紙帳春溫，春睡穩、窗槐搖綠。吾老矣、不堪重著，翠圍紅簇。千古清風荊布在，一家樂事糟糠足。笑杜陵、憔悴漫多情，須燕玉。　求鳳意，傳新曲。鶼鶼夢，從渠續。

問臨邛何賤，會稽何辱。畎畝豈無天下士，斧斤不到山中木。但莫教、風雨兩雛鳩，危枝宿。（《全金元詞》，頁52）

東樓歡宴。記遺簪綺席，題詩紈扇。月枕雙敲，雲窗同夢，相伴小花深院。舊歡頓成陳跡，翻作一番新怨。素秋晚，聽陽關三疊，一尊相餞。　　留戀。情繾綣。紅淚洗妝，雨濕梨花面。雁底關河，馬頭星月，西去一程程遠。但願此心如舊，天也不違人願。再相見，把生涯分付，藥爐經卷。（王特起〈喜遷鶯〉，見《全金元詞》，頁55）

蕭然林下秀。笑簷外、梅花似人清瘦。東風在垂柳。算幾時吹散，眉閒春皺。興來搔首。問今朝、何處有酒。怕一場醉後，漁歌樵唱，大家拍手。　　知否。眼前活計，無辱無榮，天長地久。不須肘後。望懸他、金印如斗。待一朝隨我，騎鯨去後，共尋天上王母。把碧桃花底流霞，爲君添壽。（李俊明〈瑞鶴仙〉，見《全金元詞》，頁60）

以上三闋詞序分別爲：「示婦」、「別內」、「細君壽日」。由此可見，金源詞壇與妻子相關的作品，已不再只限於祝壽一類；寄贈妻子的詞作中，還有著滿腔情懷所轉化成的文字，除了流露與妻子的眞摯情誼，還把妻子當成最親密的知己，得以傾訴自身難以爲外人道的情志。從此處亦可發現，金源時期妻子的地位，已經有別於以往，而有所提升。其中，「再相見，把生涯分付，藥爐經卷」的文句，則完全化用蔡松年爲妻子祝壽的詞作；而「藥爐經卷」四字，最先又是化自蘇軾〈朝雲〉：「經卷藥爐新活計，舞山歌扇舊因緣。」由此，亦可見蘇軾一脈所給予後人的影響。

　　至於「冰雪冷寒」意象作爲美質的出現，也是由「吳蔡體」所開創，直接影響金源詞人的特點。如：趙可〈好事近〉：「密雪聽窗知，午醉晚來初覺。人與膽缾梅蕊，共此時蕭索。　　倚窗閒看六花飛，風輕止還作。箇裡有詩誰會，滿疏籬寒雀。」（《全金元詞》，頁30）

　　此詞描寫雪日情景，顯得自然清麗。雖然屋外大雪紛飛，詞人卻因酒醉而聽窗方知。屋內正開的梅蕊，與詞人相對無言，更添蕭索。然而詞人畢竟無事身輕，因此對著如此雪景，消磨輕漾的閒愁。雖然通篇以「雪」為主軸，卻仍不見淒清愁苦之情，反而洋溢一股疏淡清遠的氣息。又如李獻能〈江梅引〉：

> 漢宮嬌額倦塗黃。試新妝。立昭陽。蕚綠仙姿，高髻碧羅裳。翠袖捲沙閒倚竹，暝雲合，瓊枝薦暮涼。　　璧月浮香。搖玉浪，拂春簾，瑩綺窗。冰肌夜冷滑，無粟影，轉斜廊。冉冉孤鴻，煙水渺三湘。青鳥不來天也老，斷魂些，清霜靜楚江。（《全金元詞》，頁 51）

此詞雖旨在描述青梅，整個場景仍充滿著清新高遠的「冰」「冷」情調。不論是青梅本身的姿態、月光下的夜景，或者寂靜透涼的江水，都輕柔而和諧地交織成美麗的圖畫，令人駐足流連，不忍離去。他如王庭筠〈大江東去〉：

> 山堂晚色，滿疏籬寒雀，煙橫高樹。小雪輕盈如解舞，故故穿簾入戶。掃地燒香，團欒一笑，不道因風絮。冰澌生硯，問誰先得佳句。（《全金元詞》，頁 43）

> 松液香凝。澹幽姿一洗，若下宜城。甘腴小苦中山賦，千古齒頰春生。燈花喜，缸面清。愛竹港、冰泉落枕聲。（元好問〈秋色橫空〉，見《全金元詞》，頁 113）

由以上例證可見，除了北國氣候的關係，詞人本身自覺地選擇了具有「冰雪冷寒」特點的事物，並加以敷寫描繪，甚至與自身心緒相連結，而呈現清新高雅的情致與韻味，與南宋以溫軟穠麗、悲戚婉轉為尚的審美態度，有著天壤之別。

　　也因上述的題材與意象，造就了金源清剛詞風的形成，維繫了詞體繼續發展的生命，而能與當時南宋詞壇相抗衡。此處要加以說明的是，金源詞壇畢竟是由許多個性不同的詞人所構築而成，即便是同一詞人的作品，也有著各具面貌的風格特色。是以本文所述的「清剛」詞風，並非一概抹煞金源詞壇婉轉綿麗詞風的存在，而是指出金源詞

壇以「清勁剛健」的風格為主流的趨勢。而所謂「清剛」詞風，其實
源於蘇軾清逸曠放的風格。「吳蔡體」緊接其後，將「清朗」、「爽逸」、
「曠達」等特色加以延伸、拓展，使得金源詞壇始終有著「清逸」因
子的滲透，而初步奠定了金源一代的詞風。在「豪放剛健」的部分，
我們不得不承認，「吳蔡體」所貢獻的成分較少，而大多出於北方文
化、環境所形成的影響。但是，此處也應指出：「吳蔡體」已孕育了
這樣的特質，因此吳、蔡詞作中仍能找出正在萌芽的豪闊之風。相關
作品已於前文討論，此處不再贅述。在「清俊爽逸」風格的部分，如
趙可〈鷓鴣天〉：

> 金絡閒穿御路楊。清旗遙認醉中香。可人自有迎門笑，下
> 馬何妨索酒嘗。　　春正好，日初長。一尊容我駐風光。
> 歸來想像行雲處，薄雨霏霏洒面涼。(《全金元詞》，頁 31)

> 秋入鳴皋。爽氣飄蕭。挂衣冠、初脫塵勞。窗開巖岫，看
> 盡昏朝。夜山低，晴山近，曉山高。　　細數閒來，幾處
> 村醪。醉模糊、信手揮毫。等閒陶寫，問甚風騷。樂因循，
> 能潦倒，也消搖。(許古〈行香子〉，見《全金元詞》，頁 49)

而「雄豪狂放」的部分，如鄧千江〈望海潮〉：

> 雲雷天塹，金湯地險，名藩自古皋蘭。營屯繡錯，山形米
> 聚，喉襟百二秦關。鏖戰血猶殷。見陣雲冷落，時有鵰盤。
> 靜塞樓頭，曉月依舊玉弓彎。　　看看定遠西還。有元戎
> 閫令，上將齋壇。區脫晝空，兜零夕舉，甘泉又報平安。
> 吹笛虎牙閒。且宴陪珠履，歌按雲鬟。未拓興靈，醉魂長
> 繞賀蘭山。(《全金元詞》，頁 38)

> 汗融畏日，豈知高處有風清。倚欄襟袖涼生。坐看崩雲脫
> 壤，不礙亂峰青。待目窮千里，卻怕傷情。　　河分古城。
> 聽裂岸、怒濤驚。好是烽沈幽障，鼓臥邊亭。西樓老子，
> 更無用，胸中十萬冰。酒到處、莫放杯停。(李晏〈婆羅門
> 引〉，見《全金元詞》，頁 39)

以上兩闋作品，都與處於邊地有關。但氣度的雄渾壯闊、用字遣詞的

剛勁力道，卻是北宋以前詞作少見的。因若非北地山川的廣大雄偉，
詞人舉目所見盡是巍然屹立、自然大器的物象，很難能憑空想像而揮
灑出如此的場景與情節。就人物來看，完顏亮的作品更是直接反映了
他剛烈勁直、豪放不羈的性格。當然，這應該與流動著女眞血液的原
始性格有關。

　　除了上述的主流「清剛」詞風以外，金源詞壇也可見到悲涼深致
的作品。如完顏璹〈臨江仙〉：

　　倦客更遭塵事冗，故尋閒地婆娑。一尊芳酒一聲歌。盧郎
　　心未老，潘令鬢先皤。　　醉向繁臺臺上問，滿川細柳新
　　荷。薰風樓閣夕陽多。倚闌凝思久，漁笛起煙波。（《全金
　　元詞》，頁46）

　　塞馬南來，五陵草樹無顏色。雲氣黯、鼓鼙聲震，天穿地
　　裂。百二河山俱失險，將軍束手無籌策。漸煙塵、飛度九
　　重城，蒙金闕。　　長戈褭，飛鳥絕。原厭肉，川流血。
　　嘆人生此際，動成長別。回首玉津春色早，雕欄猶掛當時
　　月。更西來、流水繞城根，空嗚咽。（段克己〈滿江紅〉，
　　見《全金元詞》，頁136）

以上兩闋作品，皆與詞人身世有所聯繫，因此寫來格外眞切感人。完
顏璹詞雖看似平淡，詞中卻寄寓無限迴還折繞的感情。因爲含蓄凝
鍊，沒有說破，因此顯得委婉深致。張師子良以爲：「『醉向繁臺臺上
問，滿川細柳新荷』，吞吐作筆，欲說還休，蓋密公心中另有難言者
在。尤其結處數語，言淡意深，感愴不盡。」〔註53〕而段克己之作，
則因融入了金朝亡國的悲痛，是以句句血淚，殘破的故國景象彷彿如
在目前。此詞抒寫黍離之悲，念國懷舊的心情與吳激詞作頗爲神似，
能夠引起讀者的共鳴。而金詞這般的哀婉幽深風格，在一定程度上，
也受到了吳激詞作的直接影響。

　　而蘇軾、蔡松年詞作中的「議論」特色，也爲金詞所承繼。如李

〔註53〕師子良《金元詞述評》，同第一章註7，頁72。

純甫〈水龍吟〉：

> 幾番冷笑三閭，算來往向江心墮。和光混俗，隨機達變，
> 有何不可。清濁從他，醉醒由己，分明識破。待用時即進，
> 舍時便退，雖無福，亦無禍。　　你試回頭覷我。怕不待
> 崢嶸則箇。功名半紙，風波千丈，圖箇甚麼。雲棧揚鞭，
> 海濤搖棹，爭如閒坐。但尊中有酒，心頭無事，葫蘆提過。
> （《全金元詞》，頁 70）

> 干戈蠻觸，問渠爭直有，幾何而已。畢竟癲狂成底事，謾
> 把良心戕毀。生穴藥床，磨穿鐵硯，自有人知己。摩挲面
> 目，不應長爲人泚。　　過眼一線浮華，辱隨榮後，身外
> 那須此。便恁歸來嗟已晚，荒盡故園桃李。秋菊堪餐，春
> 蘭可採，免更煩鄰里。孫郎如在，與君共枕流水。（段成己
> 〈大江東去〉，見《全金元詞》，頁 148）

此兩闋作品皆藉議論方式，抒發處世與應對的人生感悟。李純甫作品
以輕鬆、白話的行文方式，道出無爲隨化，不應強求的哲理，並勸人
應捨棄名利追逐，而以放達不羈的態度來面對人生。段成己與李純甫
同出一轍，用更爲強烈、癲狂的態度，說明他所以爲的處世之道。下
片則轉爲舒緩，以淡然可愛的筆調，訴說了適意山林、不問世事的悠
閒情懷。可以說，兩闋作品在與作者自身相聯繫的同時，也對當時的
社會環境、國家情勢，作了一種消極抵抗的反面陳述。

　　最後，筆者將列舉金詞中援用吳、蔡詞作之例，以證「吳蔡體」
對於開啓金源詞運，直接給予後人學習的範本，有其深遠的影響。如
王寂〈人月圓〉：

> 錦標彩鷁追行樂，管領鎮陽春。而今重到，鶯花應笑，老
> 眼黃塵。　　憑君問舍彫丘側，準擬乞閒身。北潭漲雨，
> 西樓橫月，藜杖綸巾。（《全金元詞》，頁 33）

此詞序云：「再過眞定贈蔡特夫」。特夫爲蔡松年次子蔡璋字，可知此
闋作品爲訪蔡璋而作。是以由此推估，即便王寂與蔡松年並不相識，
但與蔡璋卻熟識而互有往來。根據詞作中屢屢出現的蔡松年語詞，如

「管領」、「老眼黃塵」、「閒身」、「北潭」、「西樓」、「藜杖綸巾」等來分析，王寂對蔡松年詞作應是極為熟稔的。也許即因此而與蔡松年之子相善。又如王寂〈漁家傲〉：

> 嚴秀不隨桃李伴。國相未許幽蘭換。小睡醉宜醒鼻觀。簷月轉。紫雲娘擁青羅扇。　　半世廬山清夢斷。天涯邂逅春風面。茗椀不來羞自薦。空戀戀。野芹炙背誰能獻。（《全金元詞》，頁 34）

此詞與蔡松年〈江神子慢〉（紫雲點楓葉）極為相似。因蔡松年此詞亦為歌詠「瑞香」。而「紫雲」、「鼻觀」、「月」、「廬山」、「夢」、「茗椀」等詞句與意象，都與蔡松年極為相似。王寂另一闋作品〈望月婆羅門〉中的「獨有芳溫一念」，更是完全化用自蔡松年此闋作品；而其他詞作中亦多有整句化用蔡松年詞作之處，此處不一一列出。可見蔡松年詞作所給予王寂的影響，是極為直接而明顯的。他如：

1. 完顏璹〈青玉案〉：「覺來惟見，<u>一窗涼月</u>，瘦影無尋處。」（《全金元詞》，頁 45）

   此句出自吳激〈春從天上來〉：「酒微醒，對一窗涼月，燈火青熒。」

2. 趙攄〈虞美人〉：「<u>酬春當得如川酒</u>。酒債尋常有。」（《全金元詞》，頁 57）

   此句化自蔡松年〈瑞鷓鴣〉：「酬春當得酒如川，日典春衣也自賢。」

3. 元好問〈水龍吟〉：「<u>野麇山鹿，平生心在，長林豐草</u>。」（《全金元詞》，頁 78）

   此句化自蔡松年〈水龍吟〉：「沙鷗遠浦，野麇豐草，唯便適意。」「麇」應作「麋」。此又化自黃庭堅〈鵲橋仙〉：「野麋豐草，江鷗水遠，老去唯便疏放。」

4. 元好問〈念奴嬌〉：「<u>華屋生存，丘山零落，幾換青青髮</u>。」（《全金元詞》，頁 81）

此三句分別化自蔡松年〈水調歌頭〉：「俛仰十年事，華屋幾山邱」及〈念奴嬌〉：「放眼南枝，忘懷樽酒，及此青青髮。」

5. 元好問〈蝶戀花〉：「<u>一段江山秀氣，風流天上星郎。</u>」（《全金元詞》，頁90）

此化自蔡松年〈烏夜啼〉：「一段江山秀氣，風流故國王孫。」

6. 段克己〈滿江紅〉：「向人間頫仰，已成今昔。」（《全金元詞》，頁137）

此兩句化自蔡松年〈念奴嬌〉：「醉裏誰能知許事，俯仰人間今昔。」

7. 段克己〈滿江紅〉：「活國手，<u>談天口</u>。都付與，尊中酒。」（《全金元詞》，頁137）

此句化自蔡松年〈菩薩蠻〉：「披雲撥雪鵝兒酒，澆公枯燥談天口。」

8. 段成己〈滿江紅〉：「青鏡裏、<u>滿簪華髮</u>，不堪憔悴。」（《全金元詞》，頁147）

此句化自吳激〈滿庭芳〉：「滿簪華髮，花鳥莫深愁。」

9. 段成己〈滿庭芳〉：「回頭錯，閒中風味，一笑覺都還。」（《全金元詞》，頁149）

此句化自蔡松年〈雨中花〉：「夢迴故國，酒前風味，一笑都還。」

礙於篇幅，金詞中化用吳蔡語的詞例未能全面檢索完畢，並且一一列出；但筆者相信應仍存在著許多不僅在詞面上借鑒，更在詞意心緒的寄託上，有與吳蔡相似之處。藉由上述的參照，可知「吳蔡體」確實在金源詞壇風行一時，並且眞切廣泛地影響了金源詞人。

第六章　結　論

　　本論文旨在探討金初詞壇「吳蔡體」的形成，及其在詞史上所代表的意義及貢獻。是以首先欲對「吳蔡體」的形成，及其所賴以生長發展的背景環境加以考察。因此在第二章第一節中，概略爬梳文學發展史上，「體派」概念的意涵及流變，並從中歸納出「體」、「派」、「風格」等個別詞語所指涉的意義範疇；再以此評估「吳蔡體」確實足以獨立成體，從而對「吳蔡體」下一定義，以明確彰顯「吳蔡體」所蘊藏的內涵與特色。接著在二、三節中，則分別從政治情勢的大環境，與國家內部的學術風氣著手，分析北宋末年徽宗當政時所產生的內憂與外患，以及在學術上禁錮元祐學術，卻反而促進崇蘇風氣盛行的情況。大體而言，徽宗因任用奸臣、耽溺於玩物與仙道之術，是以朝政日益衰敗；加上適逢女真興盛，逐漸對為患宋朝邊陲已久的遼國展生威脅，是以目光短淺的宋朝寵臣欲藉此建功邀賞，而鼓吹徽宗與金人結盟，以剷除遼國此一心腹大患，並得以收復失土。但最後卻在宋廷搖擺不定、怯懦畏事的情況下，遭致了金人的憤怒與輕視，從而使金人在不斷議和、征戰的過程中，逐步認清了北宋虛有其表的實力，而發動了滅宋之舉。吳激、蔡松年也因此，從北宋的邊臣一變而成金朝的降臣俘虜，再也無法回歸到他們日夜思慕的宋朝領土。另一方面，此時的學術文壇，正洋溢著蘇軾人格及其學術所產生的流風餘韻，但

卻因政治上對元祐學術的禁錮打壓，而形成一種詭異且矛盾的氛圍。
實際的狀況是：朝廷對蘇學之禁愈嚴，仿效、追隨的人愈多。因此吳、
蔡在這樣的環境下成長，多少也沾染了元祐學術的思想與特色，而爲
日後的創作功力，奠定了基礎。此外，考察吳、蔡父執輩與蘇軾及其
友人的交遊關係，也使得吳蔡與蘇軾產生了緊密的聯繫，從而對於「吳
蔡體」的形成，提供了極其有力的證據。

　　第三章則對吳蔡兩人的活動與當時宋金情勢加以連結，介紹兩人
的生平經歷，並對其遊歷、仕宦等層面加以考證；接著參考所見資料，
爲兩人詞作進行編年，而附以詞人生平簡譜。最後得出兩人可編年詩
作共 35 首（組詩算一首），詞共 52 闋：吳激詩 13 首，詞 4 闋；蔡松
年詩 22 首，詞 48 闋的結論。其中，吳激可編年詩作較王慶生《金代
文學家年譜》多出 7 首，分別是〈送韓鳳閣使高麗〉殘句、〈三衢夜
泊〉、〈太清宮〉、〈飛瀑巖〉、〈夜泛渦河龍潭〉、〈過南湖偶成〉、〈送樂
之侍郎〉；詞的部分，則多出〈滿庭芳〉（射虎將軍）、〈滿庭芳〉（千
里傷春）2 闋。蔡松年方面，詩較王氏多出 13 首，分別爲〈兵府得
告，將還鎮陽府。推官王仲侯以書促予，命駕先寄此詩〉、〈小飲邢崑
夫家，因次其韻〉、〈渡混同江〉、〈韓侯晁仲許送名酒，渴心生塵，以
詩促之〉、〈雪晴呈玉堂諸公〉、〈初至遵化〉、〈銀州道中〉、〈晚夏驛騎
再之涼陘觀獵，山間往來，十有五日，因書成詩〉、〈西京道中〉；詞
則多出 30 闋，分別爲〈念奴嬌〉（小紅破雪）、〈水龍吟〉（輭紅塵裏
西山）、〈水調歌頭〉（寒食少天色）、〈水調歌頭〉（年時海山路）、〈念
奴嬌〉（飛雲沒馬）、〈水龍吟〉（待人間覓箇）殘句、〈滿江紅〉（端正
樓空）、〈永遇樂〉（正始風流）、〈瑞鷓鴣〉（酬春當得酒如川）、〈滿江
紅〉（老境駸駸）、〈臨江仙〉（誰信玉堂金馬客）、〈烏夜啼〉（一段江
山秀氣）、〈雨中花〉（嗜酒偏憐風竹）、〈水調歌頭〉（空涼萬家月）、〈梅
花引〉（春陰薄）、〈梅花引〉（清陰陌）、〈聲聲慢〉（青蕪平野）、〈朝
中措〉（玉霄琁牓陋凌雲）。藉由此章的考察與論述，對吳蔡兩人的相
關事蹟有更進一步的瞭解，而能對外在遭遇所給予兩人的影響，及其

詞作中涉及的心境反映，進行深入的解讀與分析。

　　第四章分別就吳激與蔡松年的詞作加以探討，歸納出吳激詞作主題，多以書寫身世家國之感為主；在藝術手法上則呈現善於用典、藉由時空意象的鋪陳，形塑去國懷鄉愁苦情緒的特色。其中，頻繁援引《楚辭》典故，加上偏愛冷色系意象的使用，使得吳激詞作顯得哀婉深致，頗受後人稱道。至於蔡松年，詞作內容以抒發自身情志為主，包括對親友的情誼、對故園的懷念，以及詞人最常吟詠的，對倦游歸隱的想望。依循著淳厚真切的情感前進，蔡松年詞作還包括對日常生活的記敘鋪寫、與友朋同僚的應酬往來，以及少數描寫兒女情誼和詠物的作品。而酬贈類作品的大量出現，則說明了蔡松年將詞當成與人交遊往來的工具。此點即標誌了蔡松年在作詞態度上，已將詞視為與詩同等份量的文學體裁，使得蘇軾所代表的詞體革新意義，又往前了一步。此外，在與人唱和次韻的部分，蔡松年較為特出的是對於蘇軾詞作的追和。這一類作品不僅在內容風格上與蘇軾若相彷彿，在詞人心境與情感的呈現上，也表現了忻慕蘇軾其人，並欲藉此轉化、消解自身愁緒的現象。正因詞人抒寫了心中流盪、沖激著的情緒，使得詞作高度地反映了作者某一部份的靈魂，而顯得真切感人，頗能引發共鳴。在藝術手法方面，蔡松年亦善於用典，但其特色在於廣泛平均地化用蘇軾作品、標舉魏晉六朝人物的高情遠韻，以及對史部、子部典故更加頻繁而深入的使用。又由於蔡松年對於長林豐草的殷切想望，使得作品中親切有味的自然意象較為豐富、龐大；此外，集中對於自己心境狀態「衰」、「老」、「倦」的描摹，以及外部狀態「醉」、「夢」的書寫，則凸出了對自我意識的關注，及被迫仕金所對於詞人心境上的壓迫扭曲。至於「冰雪冷寒」意象正面、美感的呈現，則是前所未有的突破與創造，也在一定程度上顯示了詞人以清剛冷質為尚的審美態度。此章最後，則將吳蔡兩人詞作加以比較，得出了兩人在身世家國之感、以詞為交遊之具、多用長調、善於用典、以「冰雪冷寒」意象為美、風格疏俊清朗等相同之處。而在相異的部分，大抵而言，蔡

松年多寫隱逸倦游之思、詞序篇幅較長、風格較爲爽逸放曠，故極似蘇軾；吳激則多呈現悲婉情緒，但能含蓄不露，呈現婉約詞家幽深雅致的特點。

第五章將「吳蔡體」此一整體概念，置於詞史長河上加以檢視，因此發現「吳蔡體」具有上承東坡、下啓稼軒，並開啓金源詞壇清剛詞風的關鍵地位。是以此章從作詞態度，如「以詩爲詞」、「以詞言志」；詞體功能的拓展，如能被廣泛地運用於與人交際應酬，以及詞作本身的種種特色，如詞序的普遍、用典頻繁、不拘一格的詞風，議論和戲謔成分的融入等，加以檢視自蘇軾、吳蔡至辛棄疾爲止，是否擁有一脈相承的特色。而並不令人意外的，四人的確有其相同並具歷史意義的傳承特點。也就是，許多部分正足以顯示：在蘇軾與辛棄疾之間，還有著「吳蔡體」加以繼承、發揮，十足扮演起過渡與轉承的角色。因此，探討蘇辛的關係及關連時，不必再爲兩人同中有異，「終隔一層」而往外追尋究竟何者才是蘇辛的中繼者。上述特點即已證明：「吳蔡體」即是辛棄疾步武蘇軾時，最佳學習的典範。而「吳蔡體」對於金源詞壇的影響，也藉由金源詞人與吳蔡作品的比對，得知金源詞人對於吳蔡作品極爲熟稔，是以能在他們的作品中發現種種與吳蔡相似的痕跡。

綜上所述，足見「吳蔡體」確實是一種承繼蘇軾詞作，而又有其異於蘇詞的自我內涵與特色，因此能成爲金初詞壇上開風氣之先的詞體。這是不可否認的事實。而就追隨蘇詞革新的腳步而言，對於在南宋詞壇大放異彩的辛詞卻有著直接的影響。是以將「吳蔡體」定位爲介於蘇辛之間的過渡，並佔有關鍵的轉承地位，應是合於情理的論述。

最後，筆者擬就本文的不足與值得開展的地方，再稍作補充。首先，本文繫連了蘇軾及其友人與吳蔡父執的關係，並且在詞作中亦能看出些許蘇門子弟及元祐詞人所給予吳蔡的影響。是以筆者以爲：是否能再從蘇門弟子、友人，或說元祐詞人與吳蔡關係的角度加以檢

視，以確認、證實此一以蘇軾爲中心的群體，對於吳蔡或者金源詞壇
有無影響？其程度又如何？再者，就蘇辛的過渡與蘇軾繼承人的問題
來看，晁補之、葉夢得、張元幹、張孝祥等人，均曾被認爲學蘇而頗
得其神韻。是以，若能將這些詞人及其作品重新檢視，並與吳蔡詞作
相互對應、比較，也許在於各家對蘇軾的繼承與模仿此一爭議上，有
較爲客觀且量化的依據。如此方能釐清，蘇軾以後，辛棄疾以前諸人，
在兩者之間所扮演的角色；以及諸家究竟繼承了蘇軾那一方面的特
點，並有所貢獻、發揮。

參考書目

（依照作者姓名筆畫排序，期刊及學位論文部分則依照年代排列）

一、詩詞文集

（一）詩詞文集

1. 孔凡禮點校《蘇軾文集》（北京：中華書局，1986 年）。
2. 金・元好問《中州集》（北京：線裝書局，2001 年 12 月）。
3. 宋・汪藻《浮溪集》，收入《叢書集成初編》（北京：中華書局，1985 年）。
4. 唐圭璋編《全金元詞》（北京：中華書局，2000 年 10 月 4 刷）。
5. 徐培鈞《淮海集箋注》（上海：上海古籍出版社，1994 年 10 月）。
6. 清・張金吾《金文最》（臺北：成文出版社，1967 年 8 月）。
7. 宋・陳亮《龍川文集》，收入《叢書集成初編》（北京：中華書局，1985 年）。
8. 宋・許翰《襄陵文集》卷十一〈朝奉大夫充石文殿修撰孫公墓誌銘〉，收入《四庫全書珍本初集》（上海：商務印書館，1935 年）第 130 涵冊四。
9. 鄒同慶、王宗堂《蘇軾詞編年校注》（北京：中華書局，2002 年 9 月）。
10. 元・虞集《元蜀郡虞文靖公道園學古錄》（臺北：臺灣華文書局，1912 年蜀本影印）。
11. 鄧廣銘輯校《辛稼軒詩文鈔存》（臺北：華正書局，1979 年 3 月）。
12. 鄧廣銘《稼軒詞編年箋注》（上海：上海古籍出版社，1998 年 12 月 3 刷）。

13. 金‧魏道明《明秀集》，收入於王德毅主編《叢書集成》三編 47 冊
（臺北：新文豐出版公司，1996 年）。

（二）全集、總集

1. 宋‧王安石《新刻臨川王介甫先生文集》，收入舒大剛主編《宋集
珍本叢刊》（北京：線裝書局，2004 年 6 月）。

2. 沈善洪主編《黃宗羲全集》（杭州：浙江古籍出版社，2005 年 1
月）。

3. 宋‧歐陽修《歐陽修全集》（臺北：河洛圖書出版社，1975 年 3
月）。

二、詩詞評論

1. 王更生注譯《文心雕龍讀本》（臺北：文史哲出版社，1999 年 9
月）。

2. 清‧何文煥輯《歷代詩話》（北京：中華書局，2001 年 11 月 5 刷）。

3. 清‧況周頤《蕙風詞話》（鄭州：中州古籍出版社，2003 年 11 月）。

4. 明‧徐師增《詩體明辯》（臺北：廣文書局，1972 年 4 月）。

5. 宋‧張炎撰、夏承燾校注《詞源注》（臺北：木鐸出版社，1987 年
7 月）。

6. 張璋等人編纂《歷代詞話》（鄭州：大象出版社，2002 年 3 月）。

7. 宋‧嚴羽著、清‧胡鑑注《校正滄浪詩話注》（臺北：廣文書局，
1972 年 1 月）。

三、筆記雜錄

1. 宋‧朱弁《曲洧舊聞》，收入《唐宋史料筆記叢刊》（北京：中華書
局，2002 年 8 月）。

2. 宋‧吳自牧《夢粱錄》（臺北：文海出版社，1981 年）。

3. 宋‧洪邁《足本容齋隨筆》（臺北：廣文書局有限公司，1995 年 6
月）。

4. 宋‧徐夢莘《三朝北盟會編》（上海：新華書店，1987 年 10 月）。

5. 清‧張宗橚編，楊宗霖補正《詞林紀事》（上海：上海古籍出版社，
1998 年 11 月）。

6. 宋‧曾敏行《獨醒雜志》卷五，收入《筆記小說大觀》（臺北：新
興書局，1960 年 7 月）。

7. 金・劉祁《歸潛志》（臺北：華文書局股份有限公司，1969 年 6 月）。

8. 宋・佚名《靖康要錄》，收入《叢書集成初編》（北京：中華書局，1985 年）。

四、史籍文獻

1. 宋・宇文懋昭著、崔文印校證《大金國志校證》（北京：中華書局，1986 年 7 月）。

2. 宋・李心傳《建炎以來繫年要錄》（臺北：文海出版社，1980 年 6 月）。

3. 宋・李燾《續資治通鑑長編》（臺北：世界書局，1961 年 11 月）。

4. 清・徐松《宋會要輯稿》（臺北：新文豐出版股份有限公司，1976 年 10 月）。

5. 楊家駱主編《新校本宋史并附編三種》（臺北：鼎文書局，1983 年 11 月 3 版）。

6. 楊家駱主編《新校本金史並附編七種》（臺北：鼎文書局，1976 年 11 月）。

7. 楊家駱主編《新校本南齊書附索引》（臺北：鼎文書局，1983 年）。

8. 楊家駱主編《新校本晉書並附編六種》（臺北：鼎文書局，1976 年）。

9. 楊家駱主編《新校本遼史附遼史源流考》（臺北：鼎文書局，1975 年 10 月 3 版）。

五、近人專著

1. 丁放《金元詞學研究》（北京：中國社會科學出版社，2002 年 5 月）。

2. 王水照主編《古代十大詩歌流派》（長沙：湖南文藝出版社，1997 年 7 月）。

3. 王水照主編《宋代文學通論》（開封：河南大學出版社，1997 年）。

4. 王水照《蘇軾論稿》（臺北：萬卷樓圖書有限公司，1994 年 12 月）。

5. 王兆鵬《宋南渡詞人群體研究》（臺北：文津出版社，1992 年 3 月）。

6. 王保珍《東坡詞研究》（臺北：長安出版社，1986 年）。

7. 王師偉勇《宋詞與唐詩之對應研究》（臺北：文史哲出版社，2004 年 3 月）。

8. 王師偉勇《南宋詞研究》（臺北：文史哲出版社，1987 年 9 月）。

9. 王國維著、施議對譯注《人間詞話譯注》（臺北：貫雅文化事業有限公司，1991 年 5 月）。

10. 王慶生《金代文學家年譜》（南京：鳳凰出版社，2005 年 3 月）。

11. 李永匡、王熹《中國節令史》（臺北：文津出版社，1995 年 12 月）。

12. 呂肖奐《宋詩體派論》（成都：四川民族出版社，2002 年 7 月）。

13. 沈松勤《北宋文人與黨爭——中國士大夫群體研究之一》（北京：人民出版社，1998 年 12 月）。

14. 李春青《宋學與宋代文學觀念》（北京：北京師範大學出版社，2001 年 10 月）。

15. 吳梅《詞學通論》（臺北：台灣商務印書館，1988 年 4 月台七版）。

16. 吳熊和《唐宋詞通論》（杭州：浙江古籍出版社，2004 年 3 月 8 刷）。

17. 余毅恆《詞詮》（臺北：正中書局，1996 年 11 月）。

18. 李劍鋒《元前陶淵明接受史》（濟南：齊魯書社，2002 年 9 月）。

19. 松浦友久《中國詩歌原理》（臺北：洪葉文化事業有限公司，1993 年 5 月）。

20. 林書堯《色彩學概論》（臺北：三民書局，1980 年 9 月 8 版）。

21. 林淑貞《詩話論風格》（臺北：文津出版社，1999 年 7 月）。

22. 周惠泉《金代文學研究》（臺北：文津出版社，2000 年 4 月）。

23. 胡傳志《金代文學研究》（合肥：安徽大學出版社，2000 年 5 月）。

24. 施蟄存《詞學名詞釋義》（北京：中華書局，2004 年 1 月 3 版）。

25. 施議對《宋詞正體》（澳門：澳門大學出版中心，1996 年 12 月）。

26. 袁行霈《中國詩歌藝術研究》（臺北：五南圖書出版有限公司，1989 年 5 月）。

27. 涂美雲《朱熹論三蘇之學》（臺北：秀威資訊科技股份有限公司，2005 年 9 月）。

28. 袁濟喜《人海孤舟——漢魏六朝士的孤獨意識》（鄭州：河南人民出版社，1995 年 4 月）。

29. 梁昆《宋詩派別論》（臺北：東昇出版事業有限公司，1980 年 5 月）。

30. 郭美美《東坡在詞風上的承繼與創新》（臺北：文津出版社，1990 年 12 月）。

31. 張師子良《金元詞述評》（臺北：華正書局，1979 年 7 月）。

32. 張師高評《宋詩之新變與代雄》（臺北：紅葉文化事業有限公司，1995 年 9 月）。

33. 陳植鍔《北宋文化史論述》（北京：中國社會科學出版社，1992 年 8 月）。

34. 陶然《金元詞通論》（上海：上海古籍出版社，2001 年 7 月）。

35. 許總《唐詩體派論》（臺北：文津出版社，1994 年 10 月）。

36. 黃天驥主編《古代十大詞曲流派》（長沙：湖南文藝出版社，1997 年 7 月）。

37. 黃兆漢《金元詞史》（臺北：學生書局，1992 年 12 月）。

38. 彭國忠《元祐詞壇研究》（上海：華東師範大學出版社，2002 年 11 月）。

39. 楊成鑒《中國詩詞風格研究》（臺北：洪葉文化事業有限公司，1995 年 12 月）。

40. 趙永春《金宋關係史》（北京：人民出版社，2005 年 9 月）。

41. 趙維江《金元詞論稿》（北京：中國社會科學出版社，2000 年 2 月 1 刷）。

42. 鞏本棟《辛棄疾評傳》（南京：南京大學出版社，1998 年 12 月）。

43. 劉明今《遼金元文學史案》（上海：上海古籍出版社，2004 年 11 月）。

44. 劉揚忠《唐宋詞流派史》（福州：福建人民出版社，1999 年 2 月）。

45. 諸葛憶兵《徽宗詞壇研究》（北京：北京出版社，2001 年 9 月）。

46. 劉鋒燾《宋金詞論稿》（北京：中國社會科學出版社，2002 年 4 月）。

47. 蕭水順《青紅皂白》（臺北：月房子出版社，1994 年 1 月）。

48. 龍沐勛《倚聲學》（臺北：里仁書局，1996 年 1 月）。

49. 龍沐勛《龍榆生詞學論文集》（上海：上海古籍出版社，1997 年 7 月）。

50. 蕭慶偉《北宋新舊黨爭與文學》（北京：人民文學出版社，2001 年 6 月）。

六、學位論文

1. 王翠芳《稼軒豪放詞風之美學研究》（國立高雄師範大學博士論文，2001 年 6 月）。

2. 江姿慧《晏殊《珠玉詞》研究》（臺北：國立台灣師範大學國文研

究所碩士論文，2004 年 6 月）。

3. 梁文櫻《蔡松年詞研究》（高雄：國立高雄師範大學中國文學系碩士論文，2004 年 4 月）。

4. 陳秀娟《東坡詞用典研究》（臺北：國立台灣師範大學國文研究所教學碩士班碩士論文，2002 年 6 月）。

5. 陳師宏銘《金元全真道士詞研究》（高雄：國立高雄師範大學中國文學系博士論文，1997 年）。

6. 鄭靖時《金代文學研究》（臺北：國立政治大學中國文學系博士論文，1987 年）。

7. 鄭琇文《金元詠梅詞研究》（臺南：國立成功大學中國文學系碩士論文，2005 年 6 月）。

七、期刊論文

1. 方元珍〈論東坡「以詩爲詞」與稼軒「以文爲詞」〉，收入《空大人文學報》2000 年 1 月第 4 期。

2. 王昊〈論金詞北派風格之成因〉，收入《洛陽師範學院學報》2001 年第 6 期。

3. 王師偉勇〈稼軒「雜體詞」探析〉，收入《辛棄疾學術研討會論文彙編》（武夷山：中國韻文學會、福建師大文學院，2004 年 4 月）。

4. 王慶生〈辛棄疾師事蔡松年說平質〉，收入《徐州師範大學學報》（哲學社會科學版）1997 年第 25 卷第 1 期。

5. 朱靖華、劉彩霞〈論稼軒詞的自覺理性顯揚——兼論「稼軒體」的藝術特色〉，收入《辛棄疾學術研討會論文彙編》（武夷山：中國韻文學會、福建師大文學院，2004 年 4 月）。

6. 李天鳴〈宋徽宗北伐燕山時期的反對意見〉，收入《宋史研究集》（臺北：蘭臺出版社，2002 年 1 月），第三十二輯。

7. 李藝〈談金代詞人的群體劃分〉，收入《語文學刊》2004 年第 6 期。

8. 周秀榮〈論金詞與宋詞間的關係〉，收入《湖北民族學院學報》（哲學社會科學版）2002 年第 20 卷第 4 期。

9. 林玫儀〈稼軒壽詞析論〉，收入《中國文哲研究集刊》1992 年 3 月第 2 期。

10. 侯孝瓊〈試說辛棄疾詞中的「笑」聲〉，收入《辛棄疾學術研討會論文彙編》（武夷山：中國韻文學會、福建師大文學院，2004 年 4 月）。

11. 胡傳志〈稼軒師承關係與詞學淵源〉，收入《安徽師大學報》（哲學社會科學版）1997 年第 25 卷第 1 期。

12. 胡傳志〈「蘇學盛於北」的歷史考察〉，收入《文學遺產》1998 年第 5 期。

13. 張大燭〈略論吳激詞〉，收入《南平師專學報》（社會科學版）1997 年第 1 期。

14. 陳宗敏〈三部最影響稼軒詞的作品〉，收入《花蓮師專學報》1978 年 12 月第 10 期。

15. 張晶〈乾坤清氣得來難──試論金詞的發展與詞史價值〉，收入《學術月刊》1996 年第 5 期。

16. 陳清俊〈盛唐「傷春」與「悲秋」詩的主題探討〉，收入《國文學報》1994 年 6 月第 23 期。

17. 曾棗莊〈「蘇學行於北」──論蘇軾對金代文學的影響〉，收入《陰山學刊》2000 年 12 月第 13 卷第 4 期。

18. 熊篤〈論稼軒詞的用典〉，收入《辛棄疾學術研討會論文彙編》（武夷山：中國韻文學會、福建師大文學院，2004 年 4 月）。

19. 劉浦江〈金代捺鉢研究〉，收入《文史》1999 年 12 月第 49 輯、2000 年 7 月第 50 輯。

20. 歐陽少鳴〈論吳激詞風及對金詞的影響〉，收入《福建廣播電視大學學報》1994 年第 2 期。

21. 劉揚忠〈金代河朔詞人群體論述〉，收入《學術研究》2005 年第 4 期。

22. 劉鋒燾〈從守節徬徨走向消釋超脫──論蔡松年文化人格的轉變〉，收入《蘭州大學學報》（社會科學版）2000 年第 1 期。

23. 劉鋒燾〈蔡松年〈庚戌九日還自上都……〉組詩作年考辨〉，收入《運城高等專科學校學報》2000 年 2 月第 18 卷第 1 期。

24. 劉鋒燾〈論宋金詞人對蘇軾的接受與繼承〉，收入《文史哲》2003 年第 3 期。

八、其他

1. 清‧王贈芳等修、成灌等纂《濟南府志》（臺北：學生書局，1968 年 2 月），冊十一卷四十七。

2. 明‧王夫之《宋論》（北京：中華書局，2003 年 11 月 4 刷）。

3. 宋‧朱熹《四書集注》（臺北：漢京文化事業有限公司，1987 年 10 月）。

4. 宋・朱熹《朱子語類》（北京：中華書局，2004 年 2 月 5 刷）。

5. 清・段玉裁《說文解字注》（高雄：高雄復文圖書出版社，1998 年 9 月）。

九、網路電子資料庫

1. 中央研究院漢籍電子文獻：
http://www.sinica.edu.tw/ftms-bin/ftmsw3

2. 中國期刊網：http://cnki.csis.com.tw/

3. 中華民國期刊論文索引系統：
http://cdnet.lib.ncku.edu.tw/ncl-cgi/hypage51.exe?HYPAGE=Home.txt

4. 全國碩博士論文資訊網：http://etds.ncl.edu.tw/theabs/index.jsp

5. 故宮寒泉古典文獻全文檢索資料庫：http://libnt.npm.gov.tw/s25/

6. 教育部國語辭典：http://140.111.34.46/dict/

7. 教育部異體字字典：http://140.111.1.40/main.htm

8. 網路展書讀：http://cls.admin.yzu.edu.tw/